努尔哈赤

刘恩铭 著

五岁始习骑射，二十五岁从父祖「十三副遗甲」起兵；二十九岁费阿拉称王，五十八岁称国称拉建立后金称汗；六十岁发布「七大恨」誓师攻明，六十三岁迁都辽阳，六十七岁迁都沈阳；六十八岁守这一城不下，抱病遗憾。

华文出版社
SINO CULTURE PRESS

图书在版编目（CIP）数据

努尔哈赤 / 刘恩铭著. —— 北京：华文出版社，2019.8
ISBN 978-7-5075-5129-7

Ⅰ.①努… Ⅱ.①刘… Ⅲ.①长篇历史小说－中国－当代 Ⅳ.①I247.5

中国版本图书馆CIP数据核字(2019)第124662号

努尔哈赤
NUERHACHI

作　　者：	刘恩铭
策划编辑：	胡　子
责任编辑：	孟志成
出版发行：	华文出版社
地　　址：	北京市西城区广安门外大街305号8区2号楼
邮政编码：	100055
网　　址：	http://www.hwcbs.com.cn
电　　话：	总 编 室 010-58336239　发 行 部 010-58336212　58336238
	责任编辑 010-58336209
经　　销：	新华书店
印　　刷：	北京明恒达印务有限公司
开　　本：	710×1000　1/16
印　　张：	20.25
字　　数：	290千
版　　次：	2019年8月第1版
印　　次：	2019年8月第1次印刷
标准书号：	ISBN 978-7-5075-5129-7
定　　价：	48.00元

版权所有，侵权必究

目 录

第 一 章　乱世降生　少负重担/1
第 二 章　离家出走　巧遇侠女/8
第 三 章　初奔广宁　遭人暗算/18
第 四 章　荒滩遇险　死里逃生/28
第 五 章　野岭度日　广交朋友/40
第 六 章　重逢山林　依恋分手/48
第 七 章　梨花跳崖　草房成婚/59
第 八 章　投军入伍　发誓起兵/70
第 九 章　追杀仇人　夜遇刺客/85
第一〇章　兵堡兴旺　刀砍世仇/96
第一一章　称王纳贡　进京告状/103
第一二章　引领钦差　识破迷雾/116
第一三章　山城欢庆　出兵叶赫/128

第一四章	纳贤献策	志在满洲/142
第一五章	定都称汗	深入虎穴/153
第一六章	争雄天下	初战告捷/163
第一七章	连克数城	惊动天朝/175
第一八章	两军血战	一决雌雄/187
第一九章	对垒斗智	总兵拜庙/199
第二〇章	孤行遇险	知音搭救/212
第二一章	博采众议	智取沈阳/226
第二二章	兵进辽阳	震惊辽东/240
第二三章	安民移都	计丁授田/252
第二四章	大明残阳	审时而进/263
第二五章	百川汇集	古庙相会/274
第二六章	严词教子	百思汗位/286
第二七章	火速迁都	独树谏桩/297
第二八章	壮志未酬	河畔辞世/308

第一章 乱世降生 少负重担

一

落日的余晖刚刚消散,天际涌起黑云,一道闪电划破长空,顿时雷声轰鸣,震撼着群山环绕的赫图阿拉山屯。

依山傍水的赫图阿拉城堡,方圆二十余里,屯寨环绕,住着爱新觉罗一大家族。清澈的苏子河绕屯流过,河谷两岸,地势平坦,土质肥沃。远处山林茂密,近处熟透了的红高粱、黄谷子、绿秋菜,色彩斑驳地镶嵌在大地之上。

此刻,在河套里,一群群牧马听到这不寻常的雷声,猝然受惊,咴咴地叫着,四处奔跑。它们有的顺流而下,有的逆水而上,有的奔上山冈,有的跑回屯中的马棚……一个个嘶叫不停。

正在屯中主持分配猎物的穆昆达、本屯长老觉昌安,听到马的嘶叫,立刻放下手中的一打貂皮,跳上两尺多高的树桩,打着眼罩向河套看去,不禁一怔。他凭着多年骑马射猎的经验,顷刻间又镇静下来,急忙从腰间拔出一只半尺多长的牛角号,"嘟嘟"一吹,附近的马群当即停下,远处的奔马也昂首顾盼,于是,被惊着的马慢慢地平静下来。

爱新觉罗氏伫的屯子,是属于长白山西山区的一个富屯,再加之觉昌安已被大明王朝封为建州左卫都指挥使,所以房宅十分气派。

太阳落山时,觉昌安家里东厢房的后烟囱呼呼地冒着白烟。平时,爱新觉罗父子因狩猎、挖参、耕作，不常聚会。今晚觉昌安为尽父辈之情，特意为儿子们备置了一些酒菜，做了一桌上等宴席，等着儿子们的到来。

觉昌安的几个儿子向阿玛打千问安之后，依次入座。席宴设在正房西间，南炕上摆着三张并起来的炕桌。觉昌安坐在上首，一一接过儿子们的敬酒，相继喝干，心里觉得十分舒坦。酒过三巡，觉昌安喝得两腮赤红，额头和眼角的皱纹似乎都舒展开了。

觉昌安呷了一口酒，就把傍晚听到尼堪外兰要发兵的消息，跟五个儿子说了一遍。只见他眉头蹙成了疙瘩，担忧地说："看来，尼堪外兰是仗势欺人，想兴妖作怪！"

塔克世听罢，勃然站起，脸红得活像关公，他右手扶着腰间的玉柄短剑，声音震得窗户纸直呼扇："怕他个小小的城主做啥？他敢兴妖作怪，咱就来个降龙伏虎！"

"不能老是刀对刀、枪对枪地干了！"觉昌安垂着头，心事重重地说。

"阿玛所说极是！"二子额尔衮盘腿坐着，像一尊弥勒佛，自斟自酌了一阵儿，抬起宽脸盘，挤了挤发涩的眼睛说，"我爱新觉罗家族，兄弟叔伯多人，眼下分居十二处，甚是涣散，何不聚居，共相守卫？"

礼敦拉长了长瓜脸，瞪着圆圆的眼睛，反对道："我等若同住一处，数千匹马，何处放牧？耕种如何开犁？"

"那我们就忍气吞声，像先祖那样，任他人践踏，蒙受耻辱？"塔克世刚刚坐下，就摇着楸木桌同阿哥礼敦争辩道："我辈需要攥成一个拳头，痛击犯我之辈！"

"此言有理！"一直沉默不语的老五点头称赞道，"我家阿玛是大明朝封的左卫都指挥使，如我兵力不足，何不借助明朝的官兵？"

"不可！不可！"觉昌安摇着手中的筷子说，"前车之鉴，切莫忘记！"

"明人'以夷制夷'，我辈切莫上当！"

二

正当觉昌安父子激愤之际，塔克世家的一个小阿哈一手拎着马鞭子，一手举着松树明子，闯进屋来。他朝觉昌安施礼打千问安之后，面带笑容地报告道："大贝勒！向您报喜了，您又得了个大孙子！"

接着，小阿哈又转身对塔克世笑脸禀报："贺喜，贺喜，您得了个大儿子！"

觉昌安听这两次禀报，如梦方醒，便捋着长须道："我爱新觉罗部又添虎子，看他日，小小的尼堪外兰，奈我何？"

塔克世见阿玛如此高兴，就挂上龙虎纹宝剑，对觉昌安道："阿玛，您就给孩子起个名字吧！"

觉昌安望着小阿哈手中的野猪皮鞭子，愣了一会儿神，然后站起来一把夺过那鞭子，在手里捋着鞭梢道："我看，就叫努尔哈赤吧！野猪皮耐热耐冷又耐磨，但愿我的孙儿能经得起千锤百炼，成为我爱新觉罗家族的栋梁之材。"

"努尔哈赤！努尔哈赤！好名字！"众人齐声赞道。此时，只见一道闪电凌空闪过，接着一串滚雷炸响，惊天动地。

四野里仿佛由远及近地响起了一个声浪——"努尔哈赤""努尔哈赤"——这声音又向四面八方扩散而去……

此时，正是明朝嘉靖三十八年，1559年的一个深秋之夜。中国历史上又一个改朝换代的风云人物降临了。

三

隆庆二年（1568）的春天来得很早，谷雨过后，烟筒山、鸡鸣山向阳的山坡上，已是草木葳蕤，山花盛开。道旁水沟，到处是黄色的、蓝色的、紫色的野花。苏子河上下，牧放的马群、羊群、牛群，奔腾跳跃，耍欢嘶鸣，给这早来的春天增添了生气。

清早,觉昌安带着十岁的努尔哈赤,来到苏子河一条小河汊边,钻进一片小桦树林,开始了一天一次的爷孙习武生活。

觉昌安带着两个背着刀枪剑戟的阿哈,一行四人,钻进树林,来到一块平坦的草地上。

他走到一棵歪脖树下,席地而坐,装上一袋旱烟点着,背靠着歪脖树抽起来。他一边有滋有味地吧嗒着老旱烟,一边眯着双眼,打量着在花间草丛中捕捉蚂蚱的大孙子,暗自赞赏着:多漂亮多英俊,鼻直嘴阔,虎头虎脑,红扑扑的脸蛋上透出几分豪气。

烟雾在他眼前袅袅上升,他想起努尔哈赤出生的那个秋夜,想起这十个春秋的朝朝暮暮。他清晰地记得,努尔哈赤出生的第二天,他就折来一根桃木,削了一副桃木弓箭,亲自把它挂在塔克世家的门框上,盼望孙子将来成为一个优秀的射手。那天早晨他把桃木弓箭刚刚挂好,就从屯南飞来一对白脖喜鹊,落在塔克世家院的核桃树上,"喳喳"叫着,似乎向他贺喜,而这两只报喜的喜鹊,好像就成了努尔哈赤飞黄腾达的先兆。等努尔哈赤长到六七岁,觉昌安又特意砍了一截水曲柳,为孙子做了一副木制的弓箭,教他拉弓射箭,早射燕雀,晚射飞鸿。更叫觉昌安喜爱的是努尔哈赤记性特别好,过目不忘。你教他一招,他能练会两招。几年工夫,不到十岁的努尔哈赤,就已经能骑善射、舞剑弄棒了。为此,觉昌安更加宠爱努尔哈赤,把爱新觉罗家族兴旺的殷切期望都寄托在他身上。有时他想起阿骨打教子练"嘎拉哈"的故事,就暗暗下决心:一定要把大孙子磨炼成像阿骨打、成吉思汗那样的人物。因此,他朝朝暮暮,不管酷暑还是严冬,不管刮风还是下雨,他总是准时把大孙子带到这片树林,习枪练武。有时他又为自己给孙子起的小名"罕子"击节叫好。是呀!罕者,稀少也。这孩子生下来脚心长着七颗痦子,塔昂开列放的那把火,没把他烧死,这不是罕见之事吗?再者,罕者,汗字同音也,女真语,谓之王也。做长辈的,谁不望子成龙呀!

近日,觉昌安发现努尔哈赤武艺有很大长进,心中暗喜。

今天一早,他就合计和大孙子真枪实刀地比试比试,看看努尔哈赤到底有多大本事,然后量体裁衣,再教他一些招法。

觉昌安烟抽完了,蓦地站起,把努尔哈赤叫到跟前说:"小罕子,古人说,'刀法在身,赛过黄金。'为了咱爱新觉罗家族的安全,为了你的未来,大孙子,爷爷今天与你比试比试,以便面教。"

"嗻!"小罕子机灵地应道。说罢,爷孙二人更衣整帽。只见,觉昌安身穿两侧开襟的青布短袍,腰束宽带,手执红缨扎枪,肖然屹立;小罕子头盘青丝,身穿粉红色缎袍,手握利剑,昂首挺胸,英武异常。

觉昌安见小罕子准备停当,就寿眉一扬,大喝一声:"起步!"

努尔哈赤应声轻步跃进草坪,一时行如风,剑似闪,步法稳健,动作轻盈,挥剑准确,姿态健美。或刺,或劈,或撩,或崩,异常分明。轻捷处,如云中飞燕;勇猛时,若凌空雄鹰;蹦跳间,像林间松鼠;劈杀时,似水中蛟龙……

努尔哈赤练完了四段一个套路的剑术之后,垂手直立,不喘不慌,只待祖父再下口令。

觉昌安运足了气,大喊一声:"看枪!"接着祖孙俩对刺起来。觉昌安先来一个弓步平刺,努尔哈赤迅速跃步上挑,只听"咔嚓"一声,扎枪被挑到半空;觉昌安随即又来了个虚步下扎,还没等枪头绕过来,努尔哈赤就猝然回身,长剑后撩,"咣当"一声,把扎枪拨到老远。

这时,只听周围看热闹的人连声叫好,声震山谷。

努尔哈赤觉得用剑过重,就慌忙上前,把踉踉跄跄的祖父扶住,然后立正,屈膝道:"孙儿失礼!孙儿失礼!"

觉昌安连连摆手,笑道:"比武场上,不分长幼尊卑。"

众人发疯似的喝彩,觉昌安十分得意,他连忙将努尔哈赤搂在怀里,自豪地说:"吾族能有尔等大将之才,愚公就放心长眠喽!"

一个小阿哈见觉昌安贝勒兴致极好,就拍手吆喝道:"请大阿哥再练几支箭,叫小奴们看看好不好?"

看热闹的过路人,也众声吆喝,拍手请邀。有个侍箭的老阿哈是个汉人,他平时爱开玩笑,为了逗弄老贝勒高兴、开心,就抱着满筒的箭,往地上一蹾,然后自己先抽一支,搭在弦上,举臂拉弓起射。可是,他脸儿憋得通红,皮弓子却连弯都没弯,箭头只弹出两步远,就落在草地上。惹得大伙捧腹大笑。

另一个侍箭的阿哈,从小就跟着觉昌安当听差,舞棒弄拳学过几手,他见同伙太丢丑,就弯腰捡起长弓,从箭袋里拔出一支箭,搭在弦上,弦弓子略微弯弯,箭出去仅有丈多远。

老阿哈连忙上前捡过弓子,挖苦地说:"咱们都是无能之辈,还是请大阿哥露一手吧。"

觉昌安为了使众人了解此弓,还特意介绍道:"这弓是明朝授我指挥使的,是上好的楠木弓。弓力甚强,无举千钧之力,就无奈他何!我爱新觉罗氏族只有两人能把它拉开。"

众人听觉昌安说得如此神乎其神,就连连叫好:"大阿哥快射,大阿哥快射!"

觉昌安把弓箭递到努尔哈赤手里,说道:"给你三支箭,叫众人高兴高兴。"

努尔哈赤不慌不忙,接过弓箭,脚跟站稳,运足底气,准备好上弦之箭,瞥了祖父一眼,犹言:发令吧!

觉昌安马上道:"三丈外,第二棵杨树顶最高的那片叶子。"

话音刚落,只听"嗖"的一声,三丈外杨树顶上的那片叶子,便飘飘悠悠地落了下来。

众人拍掌叫好。

觉昌安又道:"看我手落之物。"说罢,觉昌安将手中的一块木片扔进苏子河激流。

那桦木片刚刚落水,就被一支利箭射中,木片带着箭头,在水中急驰而去。

喝彩声惊起苇荡里的三只大雁。觉昌安马上唤道:"射头雁。"声落箭飞,那头雁应声落下。

这时叫好声更高。当天,"神箭手"努尔哈赤的名字,就传遍了苏子河上下。

努尔哈赤的家庭,本是一个显赫的家族,但到了他的童年,已经家道中落。他同阿玛塔克世住的三间泥草房,看上去已很寒酸:泥墙脱落,房草霉黑,前墙支着防倒的垛子,后墙裂开三寸宽的缝隙,用乌拉草堵着挡风。自打喜塔喇氏落水死后,塔克世又续娶了哈达贝勒的族女纳拉氏。此人又懒又馋,为人刻薄,本来败落的家庭,从此一蹶不振。

这样,努尔哈赤作为长子,就和阿玛共同挑起维持家庭生活的重担。每年三月至五月、七月至十月的采摘季节,他不得不邀伴结伙,进入长白山莽莽林海,每日起早贪黑,挖人参、采松子、捡榛子、打野兽。白天翻山越岭,晚上栖于草棚。当他劳累了数日,带着山货回到家里,继母不是拉着长脸指桑骂槐,就是摔碟子打碗,给努尔哈赤脸色看。有一次,努尔哈赤打来一只紫貂,剥好皮子,交到纳拉氏的手里,她接过油黑发亮的貂皮看了看,发现貂皮背上有个半寸大的窟窿,就绷着凹口脸,薄嘴唇吧嗒着说:"败家子!败家子!这么好的皮子,你为啥捅了这么大的口子?"

努尔哈赤毕恭毕敬地说:"那是箭射的口子,缝两针就好了!"

"什么?"纳拉氏眼珠子瞪得溜圆,发着脾气,"叫我缝两针?你真是站着说话不知腰疼。俺从小就没摸过针,进到你们这个穷家,还要受你这个毛孩子指使。"

努尔哈赤忍气吞声地退出屋外,纳拉氏吵吵嚷嚷地追出门口,非要他把貂皮窟窿用嘴舔平不可。这时,几个邻近的本族媳妇走过来,好说歹说,才算了事。

不久,努尔哈赤受不了继母的虐待,便半夜骑着一匹马,逃向抚顺。

第二章　离家出走　巧遇侠女

一

夏夜清爽，明月高悬。努尔哈赤骑在大青马上，顺着苏子河河谷，由东而西，策马飞驰。

马蹄嘚嘚，河水潺潺，他骑在马上，仰望星空，远眺群山，耳听阵阵蛙声，犹如鱼儿入水，鸟儿出笼。大青马越过古勒山，跨过萨尔浒，黎明时分，努尔哈赤便来到辽东边墙。

这几年，他常听爷爷讲，抚顺城是关外一座热闹的都城。

自明朝天顺八年（1464），抚顺城东三十里设马市后，这里每月初一至初五，十六至二十二，两次开市。每逢开市，成百上千的女真人，骑马驾车，携妻带子，带着人参、松子、榛子、蘑菇、木耳、蜂蜜、东珠、马匹、貂皮等到这里同汉人交换耕牛、铧子、木锨、布匹、铁锅、水靴、针线等生产工具和生活用品。同时在这几天，打地摊的，说书唱戏的，变戏法的，耍猴的，卖书卖药的，卖古玩的，算命卜卦的，从事各种买卖的小商小贩，也都云集于市场。还有女真人、汉人、蒙古人、高丽人穿着不同的服装，说着不同的语言，熙来攘往，热闹非凡。

都市的繁华，场面的热闹，一直吸引着好奇心特别强的努尔哈赤。所以当他下决心离家，独自谋生时，就毫不犹豫地奔向抚顺。

努尔哈赤身穿单袍，头戴凉帽，他来到边墙外，跳下马，把马拴在河边的一棵大柳树上,蹲到河边洗了把脸,觉得肚子叽里咕噜,才感觉有些饿了。他直起腰,刚好发现一个挑担的汉人进城,就跟他打起招呼来。说来也巧,原来这个头缠方巾、身穿宽衣大袖的汉人是个卖烧饼的老汉。努尔哈赤没有独自买过东西,他从马背上取下一张貂皮,望着老汉绛紫色的面庞,用汉语说道:"老伯,换两个火烧吧。"

那卖烧饼的老汉一惊,连忙摇头,笑着说:"两个烧饼,还值不了一张貂皮的腿,哪能收你的貂皮呀!"随之,从柳条筐里掏出两个烧饼,递到努尔哈赤的手里。

努尔哈赤接过烧饼,见卖烧饼的老汉不收貂皮,手里拿着烧饼,也不肯下口了。他迟疑了一阵儿,就把烧饼塞到老汉的筐子里。

卖烧饼的老汉见这少年如此懂事可爱,就又弯下腰捡出烧饼,边递边说:"好孩子,两个烧饼值几个钱?吃吧,吃吧。下回我再见到你,如果我累了,骑骑你的马,你还能跟我要钱吗?"

几句话,把努尔哈赤说乐了,他接过烧饼,就狼吞虎咽地吃起来。他吃过烧饼,又跑到河边,双手捧起清凉的河水,喝了个够。当他回身去找卖烧饼的老汉时,老汉已越过边墙,进了抚顺边界。

日升一丈,努尔哈赤来到抚顺马市。这时市场上已熙熙攘攘,人头攒动。他牵着大青马,站在一个高坡上,朝市场上看去。只见在一条南北大街两侧,席棚草屋鳞次栉比,户户相挨,形成东西两排铺面。东面是蛋禽、鱼肉、菜蔬、五谷杂粮,西面是布匹、毛皮、鞋帽、日用杂品。在大街的南头有个小小平场,平场里,柳荫中,一群群马、牛、羊、猪,都用草绳子拦着,自然形成行市。他暗想:这就是马市?其实,马市就是商市的通称。他回头再看眼下,只见饭铺、茶馆的烟囱冒着青烟,那一副副花花绿绿的罗圈幌子,在晨光的照耀下,耀人眼目。随着和煦的晨风,一阵阵炸鱼、烧肉、炒青椒的香味,迎面扑鼻。他咽着唾沫,又呆望了一会儿,就决定把马寄放在一家小院里,独自去逛逛闹市。

旭日东升,淡淡的红光涂在席棚上、幌子上,人们笑逐颜开地走来串去。努尔哈赤在这一片杂乱、喧嚣的气氛中,身着蓝布面马蹄袖长袍,脚蹬长靴,腰系装饰考究的腰刀,使他那浓眉大眼、彪悍的身躯,更显得英俊可爱。他东瞅瞅，西看看，只觉得五光十色、眼花缭乱。尤其是汉人的多彩的锦缎、造型别致的器皿、品种繁多的日杂用品，更引起他的浓厚兴趣。他看到那质地光洁、做工细致的瓷缸、瓷碗，就想：这东西是什么做的？为什么在光滑的瓷面上，能印上山水、花鸟、美人？那山水、花鸟、美人会不会褪色？他看见那耀眼的红绿缎子，又想：那细细的丝线是怎么纺的？那颜色是印的还是染的？为啥颜色那么漂亮？

他走到一个寿眉长髯的卖画民间艺人跟前，见老人挥笔作画的神态，一时怔住了。只见那老艺人，手握粗笔，东勾西抹，眨眼间，纸上出现秀丽的山川、繁茂的树木、幽雅的山村、垂钓的渔翁、推车的行人、穿林的飞鸟。他暗自叹道：天下竟有如此能人！

努尔哈赤十分喜爱，就从胳膊肘挎着的褡裢里，拎出一张貂皮，对那卖画的老人道："老先生，这张画换给我吧？"

卖画老人看了看他，接过貂皮，笑道："哎哟哟，山野之人，拙笔淡墨，陋画一幅，焉能值一张貂皮乎？"

努尔哈赤虽自小从汉人阿哈那里学了些汉语，但对这老人说的话却似懂非懂。他只好说："我们山里有的是这东西，一点也不金贵，您就收下吧。"

卖画老人推辞不下，只好收下貂皮，将画卷起来，双手送给努尔哈赤，连连抱歉地点头。

努尔哈赤接过画，小心翼翼地用手托着，直奔西南角搭着席棚的戏台走去。

他挤过人丛，来到庙宇似的戏台前，只见戏台上正演杂剧《拳打镇关西》。在紧锣密鼓声中，屠户镇关西仰仗权势，正拦劫民女金翠莲，百般调戏，要强娶那身穿罗裙、身姿婀娜的少女做小妾。

台上金翠莲呼天叫地，台下看戏的人骂声不止。不知哪来的一个汉子，从席地而坐的看戏人群里猛然站起，攥着拳头，一边奔戏台走去，一边喊叫道："打死这个仗势欺人的东西！"那好汉刚走到台下，忽然后台掀帘走出一个面圆耳大、鼻直口方、满脸络腮胡子、身穿黄靴战袍的提辖。那提辖豪爽好义，立刻上前阻止拦劫民女的镇关西。屠户骄横无比,哪里肯依?于是镇关西手操杀猪刀,嚎叫着要与提辖拼杀。提辖早已义愤填膺,他见屠户凶顽可憎地扑来,就顺手牵羊抓住屠户的左手,往他小肚子上猛踢一脚,那屠户便被踢出一丈多远。接着,提辖又追上去,右脚踏住屠户的胸脯,又朝屠户脸上猛击一拳,只见那屠户满脸鲜血,倒在地上,再也爬不起来了……

台下叫好声雷动,努尔哈赤也站在人丛里欢呼跳跃起来,身上好像增添了几分力量。他镇静下来,转脸问身边一个扎方巾的汉人:"那提辖叫什么?"

"鲁达。"

努尔哈赤的秀目一亮:"鲁提辖?"

二

努尔哈赤离开戏台,又绕到一片柳荫下。这时,树荫里摆地摊儿的卖唱艺人,正咿呀唱着,招来了一伙伙听唱的男人、女人、老人、小孩。他走近围得水泄不通的戏场,见难以钻进场里,就索性把那张国画卷成筒,塞到后裆裤里,噌噌爬上一棵碗口粗的老柳树,蹲在树杈上,瞪着大眼睛,好奇地听着看着。他仔细打量着那卖唱的,才发现是一男一女,那男的是个长须老头,头盘发结,穿身绛紫色的明服长袍,坐在一条方凳上,闭目弹着三弦。那女的,是个十四五岁的小姑娘,长得眉清目秀,大方自若。她一边敲着八角鼓,一边唱着。声似银铃,如泣如诉,婉转动听。努尔哈赤细听了几句唱词,方听出唱的是《赵氏孤儿》。当唱到奸臣屠岸贾残杀赵盾全家,又千方百计搜捕孤儿时,他想起继母的狡黠凶残;当唱到赵家门客程婴和公孙杵臼定计救出赵武,并由程婴抚育时,他想起家里对他很好的阿哈和清早相遇的卖烧饼的老人,更惦记着疼爱他的爷爷。句句唱词,都勾起了种种联想,使他激动得落下泪来。他把自己的命运和赵氏孤儿的命运,紧紧地联系在一起。他佩服程婴和公孙杵臼,痛恨奸臣屠岸贾。

父女二人正唱着,忽然从那柳林东边闯进两个身穿袍褂的女真汉子,那两汉子拨开众人,走进圈内,从腰里拔出腰刀,逼近那卖唱的女孩子,嬉皮笑脸地说:"恭喜!恭喜!我们二人奉命请你进山,快快收拾收拾吧,别当这要饭花子啦。"

那弹三弦的老人见势不妙,慌忙丢下三弦琴,上前施礼道:"官人莫急!官人莫急!俺父女本是贫寒之家,进不了高门贵府,望官人高抬贵手。"

那个虎背熊腰的汉子,见老头答话就把腰刀插进腰间,又龇牙笑着,对弹三弦的老人道:"莫客气!莫客气!我家祖宗,是苏子河建州有名的酋长,和李总兵有老交情,他最喜欢汉人小妞。只要你们父女愿意,尼堪外兰酋长贫富都不会嫌弃的。"

努尔哈赤一听尼堪外兰的名字,只觉得心在翻腾,血往上涌。他想起见义勇为的鲁提辖,也就顾不得通名报姓,"噌"的一声,像林间的飞鼠,猛然从树杈上跳到戏场,抡起拳头,朝着彪形大汉打去。他虽年少,却拳如重锤,并且边打边骂:"强盗!恶棍!光天化日之下竟敢抢人,真丢尽了女真人的脸!"

看戏的人眼看就要闹出人命,就"轰"的一声四处散开。人还没散出一竿子远,看热闹的人就像滚到海岸的浪头,重新又卷回来。一时小孩哭,大人叫,吵吵嚷嚷,噼里啪啦,闹得翻江倒海。不一会儿,这边的声响引起了镇守抚顺的游击李永芳的注意,他马上派兵丁过来查问。两个兵丁闯进戏场,见有抢人斗殴之事,马上以"扰乱马市""聚众斗殴"为名,把努尔哈赤和尼堪外兰的两个打手绳捆索绑起来。

卖唱父女见明官不分青红皂白,将人一律抓走,一时慌了手脚,特别是急坏了小姑娘。

这小姑娘,姓范,名梨花,是抚顺军士范鸿的孙女。嘉靖十四年(1535),辽东巡抚吕经对军士克扣军饷,并将给军队的牧马田勒令收回,改为租用田,压榨军士血汗,修城盖楼,引起广大军士的愤怒。他们冲进巡抚大院,砸烂城门,痛打吕经的爪牙,火烧私造的役册,并在广宁将吕经逮住,五花大绑,头上插标,环城游街。在此感召下,抚顺军士范鸿、王经等也将剥削军士的备御指挥刘雄抓住,将其搜刮的财物平分给兵卒,把刘雄关进班房。兵变之后,当局恐慌万分,以莫须有的罪名把范鸿一家老小发配到长白山。

嘉靖四十五年(1566)春天,范鸿的儿子、儿媳相继染病死去,只剩下他与小孙女范梨花,祖孙二人相依为命,开荒狩猎度日。去年秋天,范鸿带着十四岁的小孙女,偷偷地到天齐庙赶庙会,不料被一伙横冲直撞的明军官兵冲散,至今爷孙二人天各一方。范梨花丢失后,恰巧在抚顺城东门,遇到一位王老汉,这老汉是王经的本家,多年卖艺,闯荡江湖,就收留下范梨花并认为义女,带她学艺卖唱,流落辽东。

范梨花出身于军士名门,颇有些侠气。她见努尔哈赤被无辜抓走,就赶忙捡起努尔哈赤丢下的褡裢、画卷,又收拾好自带的卖艺之物,一路小跑,直奔抓人的兵马跑去。等梨花父女追赶到马市南一座大庙前时,李永芳已押着努尔哈赤一个人,骑着马,跑回抚顺城了。

三

李永芳是辽东总兵官李成梁的本家,叔侄过往甚密。他虽是抚顺城未入品的武官,但掌管抚顺边城的防守应援,一时财运亨通,到抚顺不几年,便成为一城的殷富之首。努尔哈赤在这里一连住了几日,天天吃白馍、盘菜,觉得生活十分舒心。一天,李永芳身着便服,带他到高尔山后边的荒郊打猎,有意想考考努尔哈赤的武艺箭法。

高尔山,南临浑河,三面接山,山势峻峭,拔地而起。此时,正值盛夏,山上草木繁茂,到处长满桑、槐、榆、柳,那一簇簇、一堆堆的荆条、榛树、丁香与过膝高的艾蒿、白茅、狗尾巴草杂混在一起,使人难以插足。这里,由于山高临水,狼獾鼠兔,野鸡大雁,结伙成群,欢跳不止,自然形成一个天然的好猎场。

李永芳、努尔哈赤一行三人,从东山坡慢慢爬上高尔山,他们穿过榛子林,绕过野葡萄藤子,走到一株槐花树下,放下刀枪、箭袋,刚想坐下歇脚,忽然六十多步远的一片丁香树丛里传来"咔嚓咔嚓"的声响。

努尔哈赤警觉地竖起耳朵,朝有声响的地方看去,只见草木丛中,隐约地露出毛色焦黄油亮的脑袋和两只竖起的耳朵。这时,他悄悄地从身上摘下鹿皮弓子,从箭袋里掏出一支雕翎箭,然后俯到李永芳耳边,压低声音说:"一只狍子。"

李永芳见机点头道:"射脑门。"

努尔哈赤会意地点了点头,接着大喝一声,正当狍子抬头拼命逃窜之际,努尔哈赤张弓搭箭,只听"嗖"的一声,那狍子便应声向前一蹿,一头栽到地上。

李永芳暗自为努尔哈赤的机灵和稳准娴熟的箭法叫好。

努尔哈赤和另一名兵士跑着、跳着,钻进树丛,不一会儿将那只猎获的狍子四腿捆好,用一根棍子抬到槐树下。他俩把大狍子斜放在平地上,努尔哈赤就把木棍从捆着狍子双脚的胯裆里抽出来,顺手扔向斜坡。那棍子刚落到一百多步远的草棵子里,突然惊起一群野猪,直奔槐树方向跑来。

这里的野猪眼尖耳灵,嗅觉灵敏,性情凶悍强暴,平时猎人捕获野猪要十分小心。特别是受伤的野猪,如果猎人略微一疏忽,它就会疯狂地朝猎人扑去,行动之迅速,往往使猎人处于险境。

也许刚才努尔哈赤扔的棍子无意打伤了哪只野猪,那群野猪尖叫着,在一头又高又大、有四五百斤重的大公猪的带领下,潮水似的涌到李永芳三人跟前。大公猪奔跑着,跳出草丛,抬起拱嘴,露出尖利的白色獠牙,竖着耳朵,凶恶的眼睛盯住穿着枣红色、宽领阔袖衫的李永芳。

紧跟在大公猪后边的一群小猪,也一个个尖叫着、奔跑着,拥拥挤挤,排山倒海般地袭来。

李永芳紧张地抓起护身剑,他虽手握剑柄,可手却在打战,几十只野猪一起涌来,挡哪个好?他心急促地跳着,心想完喽!堂堂辽东总兵的堂侄,没死在千军万马的厮杀战场,想不到今天却要被野猪咬死……

嗖!嗖!努尔哈赤连发两支雕翎箭,应着箭声,那只跑在前头的大公猪和紧跟在它后面的老母猪,都扑通扑通相继倒下。几十只小猪崽儿,一时群龙无首,都慌张地尖叫着,回头就跑,狼狈逃窜,不时传来猪群踩断树枝的咔嚓声……

李永芳蜡黄的脸上渐渐露出血色,他惊喜地跑向努尔哈赤,张开双臂紧紧地抱住他的双肩:"神箭!神箭!长大必是强将!从今以后,你就跟我当兵吧!"

努尔哈赤连连摇头,不信任地说:"跟你当兵?不行。"

"为啥?"李永芳蹙着一字眉问。

"我一不犯法,二不犯罪,把我活活抓来,你办事太不仗义!再说,我的大青马,还在马市上寄放着,你也不闻不问,为此……"

李永芳哈哈大笑,他拍着努尔哈赤的肩膀,说:"真调皮!好好好,大哥给你赔个不是。"说着李永芳拱手施礼,又道:"至于大青马,明天我派人骑回来,不就得了嘛!"

李永芳几句话,把努尔哈赤说得咧嘴直乐。笑了半天,努尔哈赤向李永芳还了个汉人礼,道:"如此关照,等我能领兵之日,一定不忘李游击的大恩。"二人正说笑着,忽听背后有人笑道:"哈,李游击,您从哪找来这么个漂亮的'山音阿哥'呀?"

李永芳回头,见三位商人打扮的伙计,各自牵着一匹马,从崎岖的山道上走来。起初,树荫挡住了人身子,他没看清说话的人是谁。等三人走近,李永芳连忙对打头的那位商人拱手寒暄道:"佟大哥,发财!发财!"

努尔哈赤见来人二十多岁,修长的身材,淡淡的眉毛,笑眯眯的细眼,长相十分面善,就转脸朝李永芳递个眼色。

李永芳马上会意地介绍道:"这位是抚顺城商贾富豪佟养性。"然后转身又对佟养性介绍道:"这是我的神箭手,女真人名叫——"这位习惯于戎马生活,而又不熟悉女真语的李游击,一时竟忘了努尔哈赤的名字,又不好问,就哼哈地打着糊涂语儿说:"佟大哥,你就叫他小家伙吧!"

佟养性见努尔哈赤长得膀阔腰圆,两眼有神,气宇非凡,心里十分喜爱。他把马拴在一棵老榆树上,笑着问道:"小兄弟,当今你们女真人有几大部?"

努尔哈赤眨眨眼睛,昂着头,回答道:"大部落有建州部、海西部、东海部、长白部。"

"每个部都住在啥地方呀?"

"建州部住在浑河、苏子河、佟佳江一带;海西部住在松花江以西,辽河以东;东海部,世居宁古塔以东,锡霍特山里;长白部,顾名思义,就住在长白山。"

佟养性见眼前这个小伙子,对答如流,更加喜悦。

佟养性笑笑说:"只要你说出喝哪条河的水,我就知道你是哪一族的?"

"真的?"

佟养性点点头。就听努尔哈赤说:"我家天天喝苏子河的水。"

佟养性哈哈笑道:"不用再说,我知道你是苏克素护河部,爱新觉罗的后代,住在烟筒山下。"

努尔哈赤眨着眼睛,不解地盯着佟养性,希望他能说出其中的奥妙。

佟养性凭着他买卖人出身,善于察言观色的本领,卖起了关子:"怎么样?小老弟,佟某能掐会算,能上算八百年,下算八百年,人称二诸葛。"

努尔哈赤跟佟养性几个人坐在树荫下歇息,佟养性借机给努尔哈赤讲了几段《三国》里三顾茅庐、三气周瑜的故事。佟养性正讲得两嘴冒白沫,忽然山北跑来一队人马,他们慌忙站起向山北看去,只见十多个穿着盔甲的明军士兵,正追赶一只二岁左右的小虎崽子。

努尔哈赤手疾眼快,他大叫一声,弯腰捡起一根一丈多长的木杆子,左抡右挥,把树丛草棵子搅得哗哗乱响。

小虎崽子跑到离努尔哈赤十多步远的地方,被这突然的嘈杂声惊呆了。这时,努尔哈赤趁虎崽子东张西望之际,纵身一跳,正好骑在虎背上,只见他右手抓住虎崽天灵盖,左手掐住虎脖子,把只小牛犊子似的虎崽子按倒在地。

明军策马赶来,一个个翻身下马,立刻把虎崽子捆上,装进马背上的笼子里。为首的一个赤红脸子、长着浅白麻子的军士转身拍着努尔哈赤的厚肩膀,嘿嘿笑道:"跟我走吧!"

"噢!马林老兄!"佟养性看见那麻子军士,赶忙走过来,拱手施礼,笑脸相迎。

马林军士点了点头,绷着脸儿,说:"佟老弟,马某军务在身,恕俺少陪!"马林手里握着马鞭子,招着手,道:"回去代俺禀报一下李游击,就说这位捉虎少年,总兵府有赏!"说罢,翻身上马。

努尔哈赤突然被两个汉子架上一匹大白马,随着明军的马队,信马由缰。努尔哈赤蹙着眉,一时不知是祸是福。

第三章　初奔广宁　遭人暗算

一

第二天,日落医巫闾山时,努尔哈赤骑在大白马上,跟随着马林,便来到广宁城东南的一座山丘上。他举目远眺暮霭中的古城,只见城墙高耸,角楼威严,那一道道垛口,立着一个个披甲执枪的明军,犹如庙宇里的罗汉,好不威风!

广宁城是辽东重镇,街市建筑自然比抚顺更阔气。努尔哈赤骑在马上,欣赏着青砖灰瓦、飞檐起拱的城楼,城内一字儿排开的店铺厅堂,出出进进的华服丽人、翩翩少年,顿觉繁华富丽。

走着,走着,忽听远处传来鼓瑟笙箫之音。他正直身远望,突然背后的一个明军高声叫道:"李府到!"

话音刚落,只见一座金碧辉煌、纱灯耀眼的阔绰府第出现在眼前。

此处,正是辽东总兵、赫赫有名的明将李成梁的官府。

李成梁,字汝契,铁岭人。此人英勇善战,才智过人,但因家贫,到了四十岁,还是不得重用的军士。后来巡按御史发现他有大将之才,让他做了铁岭卫指挥金事。以后在与女真人交战中,屡立战功,李成梁被晋升为辽东险山参将。隆庆二年(1568),在辽东永平之战中,赴援有功,又晋为辽阳副总兵。以后深得皇上宠爱,直至做了辽东总兵,驻守广宁。李成梁官运亨通,居功自傲,日益骄横,随之花天酒地,纸醉金迷,三妻四妾,连娶了五个小老婆。为了讨好妻妾,显示虎威,他特意在城西北修了个老虎圈子,养了几只东北猛虎,每年找来几个大力士,举行斗虎表演,拿人命讨妻妾欢心。为此,他专门组成以马林为首的捕虎队,四处捕虎,寻找斗虎的勇士。

鼓乐之声盈耳。努尔哈赤被眼前高门大院、雕梁画栋的建筑吸引住了。他走到大门口,看见两尊张嘴眯眼的石狮子,自己也乐得咧开憨厚的嘴唇,快跑了两步,走到大门右侧的石狮子旁,去抚摸那蹲伏着的石狮子的脊背,轻捋它脖子上的绒毛。

跨进高高的门槛,绕过影壁墙,只见前院梨花满枝,罂粟遍地,东西厢房门前,悬灯结彩,就连房脊上的石狮石虎也抿嘴直乐,弄得努尔哈赤一时眼花缭乱。此刻,李成梁五儿子的满月酒刚刚结束,亲朋好友陆续被送走。李成梁既高兴又疲倦。他刚回到正房,斜躺在斑竹椅上,吸了几口银制的水烟袋,喷出香雾。这时,家人进屋来报:"总兵大人,马大麻子从抚顺捕来一只虎崽子,还带来一个捉虎的少年!"

"快去叫来!"李成梁把水烟袋往桌上一蹾,连忙立身站起,整了整月白色的便服,端坐在太师椅上等候。

不一会儿,马林带着努尔哈赤走到李成梁跟前,撩起衣襟,跪拜道:"禀报总兵大人,卑职从高尔山弄来这个逮虎的小勇士!"

"免礼。"李成梁瞟了一眼马林身后的努尔哈赤,对马林和气地说。

马林迈着小碎步,凑到李成梁耳边悄悄地把怎样遇到猛虎,怎样率兵追撵虎崽子,怎样把努尔哈赤抬上马,急忙说了一遍。

李成梁听罢,脸上有些不悦地道:"李游击乃是我的近亲。只要我说声跟他要人,他不乖乖地给我把人送来?"说完,瞟了努尔哈赤一眼,道:"此次,让这位小'布特哈'受惊了!"

站在一旁的一位家仆,见努尔哈赤不懂大明的礼节,就对努尔哈赤挤了挤眼,小声道:"总兵大人都向你道歉了,还不快快还礼致谢?"

努尔哈赤双手垂立,眼望着眼前这位白净脸、立剑眉、杏核眼、神逸潇洒的总兵大人,连忙打千。他的右手刚伸到右腿一侧,又想起对明官应施汉人礼节,于是又屈膝跪在地上大拜。李成梁见了十分赏识地捋着额下三绺胡子笑了。

　　当晚,李府对努尔哈赤以勇士相待,视如宾客。以后一连数天也都酒肉招待。努尔哈赤住在李府,除了早晚练拳习棒,有时陪李成梁出游狩猎之外,无事可做。这样悠悠闲闲地过了些日子,不知不觉到了乞巧节。

　　乞巧节是汉人的民族节日,到了这一天,按照民俗,姑娘、媳妇们,都要整天忙着准备瓜果,到晚上摆在院子里供桌上,仰望着织女星,顶礼膜拜,乞求织女赐教,使自己能有一双巧手,织出如霞似锦的布匹,绣出世上最美的花朵。

　　这天,李成梁特别高兴,一则小儿子长得白胖可爱,二则克扣盐课又得巨款。尽管乞巧节是妇道人家的节日,他还是答应女儿、媳妇们,拜过织女星,请城里的名流艺人,进府唱唱小曲,全家在一起乐和乐和。

　　中午,李成梁用过饭后,就派李府总管韩老七到城里查访,看看城里是否又来歌伎丽人。韩老七凭借总管的权势,耳目甚多,他虽为李府用人,出门却也狐假虎威地骑上栗色高头大马,从东关串到西关,又从南关查到北关。他查遍了戏楼、戏院,都没访到合适的艺人。最后,韩总管在一条小巷里找来了卖艺的梨花。

二

　　梨花耳听总兵府邀她父女进府唱戏,心中暗喜。多少天来,不就是盼着能有此良机吗?梨花自从在抚顺城马市,被努尔哈赤见义勇为救了之后,她就一直想找到努尔哈赤道谢。当时,他们父女见努尔哈赤无辜被抓,心中十分焦急,连夜逢人便问,匆匆赶到抚顺城里,四处打听努尔哈赤的下落。等王老汉打听到努尔哈赤的消息时,努尔哈赤已被李成梁的人马驮回广宁。于是,他们又日夜兼程,顺着浑河向西走,经沈阳直奔广宁。所以,梨花一听进总兵府,能有机会见到曾经搭救过自己的小恩人,就赶忙收摊,装起锣鼓琴弦,准备赶往李府。

　　李总兵府坐落在城内十字街东头路北。梨花随着李府的一个小厮,绕过十字街口,不一会儿来到坐北朝南、门楼高耸、一进二出的总兵府大院。她抬头看去,只见清一色的砖瓦门楼、黑漆大门,显得十分威严。她刚踏近半尺高的门槛,黑漆大门就"吱扭"一声开了。小厮把她让进门里。绕过影壁墙,她举目仰望,顿觉天地开阔。她从前院走到后院,越过东院墙的月亮门,不一会儿,登上假山,步入小亭。

梨花把义父肩上的褡裢接下,放在亭子右侧的长凳上,拭了拭汗,站在这全城的最高处,环顾四野,顿觉心胸开阔。她俯视城南一家挨一家的店铺商号,遥望城北高耸的双塔寺,远眺西山的北镇古庙,便情不自禁地吟咏起先辈范仲淹的名句:"登斯楼也,则有心旷神怡……"

晚饭过后,李家的姑娘媳妇们,在院子里摆上高桌,供上瓜果,就赶忙来到假山花园,听梨花唱《天河配》。

琴弦铮铮,曲音回环。努尔哈赤傍晚陪李成梁在校场练了一阵女真弓法。吃过晚饭后,耳听后花园热闹非凡,就口唱小曲溜进去,站在回廊一处,听艺人唱戏。他远远朝戏台看去,觉得唱戏艺人似曾相识;再侧耳细听,吐字唱腔,格外耳熟。听声、见人,他暗问自己:她莫不就是抚顺马市上那个卖唱的?

戏场里纱灯高悬,明如白昼。正当努尔哈赤抓耳挠腮沉思默想之际,早被站在台上的梨花发现。她边唱,边借机向努尔哈赤瞟了两眼,可惜他一次也没发觉。

晚上散了戏,按照旧习,李家都要吃顿夜宵。可是,今晚韩总管叫丫鬟端着一碗荷包面,送给李成梁,李成梁没动碗筷,只是一边抽烟,一边对韩老七夸梨花长得俊,唱得好,并告诉韩老七打听清楚梨花的门第籍贯。韩总管一向是李成梁的心腹,已跟随他多年,他对主子的一切都了如指掌,李成梁的一举一动,他都能凭着善于察言观色的本事,猜透其中的奥秘。李成梁今晚在戏场超常规的举动,眼下关切周详的问语,他立刻明白:李成梁要讨梨花做小妾。

韩总管对主子的眼神,心领神会。于是,当晚把梨花父女安排在李府住下,以礼相待。梨花父女流落江湖几年,从没有哪家官府如此厚待,视为上宾,他们一时未免受宠若惊,惴惴不安。王老汉生怕福尽祸来,几次同义女商量,应早早离开李府,向府内提了几次,可李成梁都摇头不允,婉言劝留。

其实,李成梁也有难言之隐。他喜欢梨花,爱她的娇媚,爱她的绝艺,有心想留梨花为侍妾,天天在跟前侍奉自己。但转念一想,一则,梨花出身贫寒,门不当户不对,若成门亲事,恐怕叫人耻笑。二则,自己已白霜染鬓,与梨花相配,犹如爷爷与孙女,又怕妻室儿女不依。想来想去,纳梨花为妾,实难张口。

韩总管把这一切都看在眼里,于是就替主子暗生一计:以总兵大人好艺学唱为名,先收留梨花父女住下,然后再从长计议。这样,李成梁就可以天天与梨花在一起,跟她学学戏,唱唱曲,甚至学起弹三弦。朝夕相处,同室同坐,李成梁免不了对梨花动手动脚。

可是,梨花心灵眼快,从不上当。她知道,落到这样有权有势人家手里,很难逃出罗网。再说,来到李府虽多日,还未曾见到自己的小恩人,怎好施计脱身。于是她对李成梁的邪念,都泰然处之。只盼找个机会见到努尔哈赤,再作商议。

李成梁家的住室分前后两层院。走进大门后,圆圆的月亮门,把院子隔成前院、后院。前院东西厢房住的是衙役、仆人、护兵;后院住着李氏家族的妻儿老小。努尔哈赤住在前院,梨花被安排在后院左侧的一间耳房里。平时李家家法森严,没有主人之命,谁也不许越出院门一步。高高的院墙,把人隔得各自一方。

八月初一那天,李成梁带兵去沈阳处理军务,清早全府出动,欢送总兵官到东城门外。回府的路上,梨花借进店买行头的机会,离开李家妻室婢女,慢慢地跟在男差壮夫之后。她眼望着努尔哈赤的背影,既高兴,又焦急。高兴的是真真切切地见到了小恩人;焦急的是,两人都好不容易出来一次,应该趁机会叙谈叙谈。可是努尔哈赤只知道傻走,连头也不回。这样下去,如果人都跨进李府大门,岂不失去良机?

梨花边走边琢磨计策。当男差快要走进李府院门洞时,突然一条大黄狗从葡萄园里蹿出来,梨花见狗,急忙想出一计,猫腰捡起一个小石头子儿,朝黄狗打去,正巧石头子打在狗耳朵上,疼得它嗷嗷直叫。男差们听到狗的嚎叫,都回头查看。有狩猎经验的努尔哈赤不仅听狗叫,看狗跑,还四处搜寻狗跑的起因。他根据黄狗来去方向,从一棵大榆树后边,发现了隐藏在树后露出半张粉脸儿的梨花。

梨花朝努尔哈赤摆了摆手,于是努尔哈赤装系鞋带儿,落在众人之后。等大伙相继入院,他便悄悄地奔大榆树走来。

梨花机灵多智,她为掩人耳目,就轻轻地溜进葡萄园,找到一株枝繁叶茂的葡萄架,停下脚步。她怦怦乱跳的心,好不容易平静下来。努尔哈赤赶到了她跟前。梨花平时唱戏,人山人海都不怕,可此刻,在一个十四五岁的少年面前竟发起窘来,她红着脸,从袖筒里抽出一幅画卷儿,"哧拉"一声展开,然后鞠了一躬说:"多谢阿哥搭救之恩!"

努尔哈赤望着梨花的粉脸蛋儿,一时不好意思起来,连连摇头,憨笑着。

"小阿哥如此仗义,请问尊姓大名?"

"我叫……"努尔哈赤警觉地四处看了看,然后说,"我叫爱新觉罗·努尔哈赤。"

"噢,听哥哥的名字,一定是女真人喽!"

"是的,是的。"

"女真人是人,汉人也是人,怕他们干什么?"梨花把胸脯一挺,秀美的眉毛一挑,又说,"人活在世上,就应该堂堂正正地做人!"

"哥哥也是如此想法。"

"那你为啥不离开这害人坑,"梨花指了指李府,跺着脚道,"受那帮老爷差使?"

努尔哈赤怕梨花误解,就略把自己的家世,包括继母如何虐待、父亲如何粗暴、尼堪外兰如何欺负他家,都一五一十地讲述出来。

梨花听了既同情他的遭遇,又痛恨当今世道,她愤世嫉俗地骂道:"当今大明朝奸臣当道,腐败无能,民不聊生。想不到,世居深山的女真各族,也有恶狗败类!"

努尔哈赤被梨花凛然的正气感染了,他立刻想起这几天听汉人兄弟讲的花木兰、穆桂英以及《水浒》《三国》里的女中豪杰,眼前的梨花,不正是和那些可敬的巾帼英豪一样吗？想到这里,他便仔仔细细地盘问起梨花的身世及个人遭遇。努尔哈赤听了既感叹,又遗憾地说:"相见恨晚！我也想不到你有那么多不幸,你真是个刚强的女子！"

"当！当！当！"城北双塔寺的钟声响了。每当这钟声响起,李府里接来送往、迎亲待客就开始了。于是家仆、听差、衙役就开始了一天的忙碌活计。梨花、努尔哈赤听到了钟声,再不敢多留。梨花从左手指上摘下一枚翠玉戒指,放到努尔哈赤的手里,海誓山盟:"阿哥,等我们逃出虎口,小妹愿……"

努尔哈赤接过戒指,还想听梨花喃喃细语,可惜,收拾葡萄园的园丁,手拎着长把剪刀走进篱笆门,他们不得不恋恋不舍地分手,各自悄悄地溜回总兵府。

三

广宁城热得像座火炉,街道两旁的大叶杨纹丝不动,耷拉着叶子,路旁的小草蔫蔫巴巴,像遭受了一场严霜,躲在树荫下的小狗儿,热得趴在地上,伸长舌头急促地喘着气。中午,李成梁带着一伙人马从沈阳赶回广宁城,热得前胸后背的袍子都湿透了。他回府刚洗漱完毕,换上缎子面天蓝色圆领绸褂,坐在客厅里吸烟,忽听门口传来高声呼喊:"建州部图伦城主尼堪外兰求见大人！"

李成梁急忙放下水烟袋,再整衣装,迎到客厅门口。

这时,尼堪外兰一行十多人,已一一脚蹬着下马石下了鞍。李家仆人将十件大礼接过,抬进大门。李成梁透过两道月亮门,只见礼架礼盒后面,紧跟着一个倭瓜脸、耗子眼、五短身材、凉帽绸袍的胖汉子。李成梁越过小花池,忽然仆人送上一份礼单,红纸上工工整整写着:人参二袋、貂皮十张、鹿茸两架、野鸡十对、猴头五筐、大鲤鱼八条、活兔五对、活狍子二只、核桃二包、鲜山果两筐。如此厚礼,顿时乐坏了李成梁。李成梁从月亮门刚露出身影,尼堪外兰的高嗓门就放开了:"总兵大人,您好！很久以前就想来孝敬您老,可惜事多,总脱不开身。"

李成梁连连点头,打着哈哈,笑吟吟地将尼堪外兰迎进穿堂客厅。

李成梁与尼堪外兰寒暄了一阵子,这时酒宴已备齐。

李府的客厅分里外五间,西两间会见客人,东间一间专藏古玩书画,另一间是宴请客人的宴会厅。开宴时,中间放一张水曲柳八仙桌,四周摆着几案靠椅。家仆到西间与李成梁耳语了几句,李成梁就客气地对尼堪外兰说:"薄酒粗菜,请你这远道的客人吃个便饭。"

尼堪外兰步出门槛,只见对面八仙桌上,已摆好四个冷盘:白鸡、酱鸭、闽生果、无锡脆鳝;檀香木条几上,放着杏花村"竹叶青"酒。等尼堪外兰、李成梁与陪客分宾主坐好后,家人又马上端来一道道名菜:芙蓉蛋、白汁鲳鱼、茄汁虾仁、红焖牛肉、糖醋里脊、南煎猪肝、软熘肉片、宫保鸡丁。随着每一道菜上来,宴厅里不断飘散出味道各异的菜肴香味。侍女为宾主斟完了酒,大厅里顿时响起碰杯之声。美酒、佳肴令人贪杯。李成梁一口又一口"竹叶青"酒落肚,脸也红了,话也多了。他同尼堪外兰一连干了半两装的三瓷盅,禁不住吟咏起古人盛赞"竹叶青"的诗句:

三杯竹叶穿心过,
两朵桃花上脸来。

李成梁摇头晃脑吟罢,又讲起"竹叶青"酒上千年的历史。他从得天独厚的"古井亭",讲到清澈、幽雅、绵甜"三绝"的"竹叶青"酒。

尼堪外兰见主人如此兴奋、健谈,一时受宠若惊,连连起立致谢,说起一套套恭维话。李成梁越喝越高兴,最后命侍女将梨花找来陪酒。不一会儿,梨花翩翩走来,她一边斟酒,一边唱着小曲,使李成梁顿时飘飘若仙,自己仿佛成了仙人。于是他以居高临下的架势,向尼堪外兰问道:"尼堪外兰城主,此次远道而来,不知卑职能为你做点儿什么?"

李成梁的客气,更叫尼堪外兰坐立不安。于是他欠起屁股,摇着滚圆的脑袋说:"我建州女真,地域广大,如今已分左卫、右卫,各卫又设都指挥使,而战……"

"你又不笨不傻,怎么不从觉昌安、王杲之手夺回指挥使的敕书?"

"大人,您有所不知。如今王杲与觉昌安拧成一股绳,实难下手呀!十几年来,为掰开他们,我都弄成了满鬓白发,大人……"李成梁未等尼堪外兰说完,就理解了这位远方客人的来意。他想起正统七年(1442),女真人董山与凡察争夺建州左卫指挥使官职的历史,就笑着说:"好说,好说,有左、有右,还缺中吗?"

尼堪外兰似懂非懂,似笑非笑地说:"不过,觉昌安这东西,容不得我呀!"他自斟了一盅,一饮而尽,又说:"如今他又添了个百步穿杨的大孙子,听说这小子左脚心上生了七颗红痦子,恐怕将来……"

"什么?"李成梁霍地站起来,自语道,"我左脚心上生了三颗黑痦子,就当了总兵这么大个官儿。他生了七颗红痦子,恐怕将来要比我官大得多呀!"

"这正是小人来意之一。"尼堪外兰见李成梁上钩,就从中调唆说,"如果这小子一旦做官发迹,您这个总兵往哪儿摆呀?"

"以你之见呢?"李成梁忧心忡忡地问道。

尼堪外兰没有说话,只是咬着牙,用手做个砍头的手势。

"那么,生痦子的小子现在在哪里?"李成梁追问了一句。

"正在您府上。"

"是那个女真神箭手?"

尼堪外兰奸笑着,像啄木鸟似的点着头。

李成梁额上渗出汗珠,他惴惴不安地刚坐下,忽然辽东巡抚差人送来一道圣上密旨。他站起来毕恭毕敬地拆封速阅黄绢密旨。只见上面写道:"近日钦天监夜观天象,发现辽东地面升起真龙天子的祥云。朕为此夜不能寐,限镇守辽东文官武将七日内缉捕钦犯,押解进京。"

李成梁放下密旨,顿觉浑身发冷。天哪,偌大个辽东,关卫罗列,人海茫茫,何处去寻钦犯?七天,七天若拿住钦犯,当然可以官升三级,赐世袭王位,可逾期不获,岂不招来杀身之祸,满门抄斩?

屋外树上的知了焦躁地叫着。李成梁一时心烦意乱、六神无主地在客厅里倒背着双手,踱来踱去。

尼堪外兰见总兵大人如此惶惶不安,就好奇地偷看了一眼密旨,然后小眼睛快速地眨了眨,嘻嘻一笑:"总兵大人,莫发愁！小人知道那钦犯是谁。"

李成梁像老鹰抓住了兔子,一把提住尼堪外兰的胳膊,瞪大眼睛问:"谁?"

"就是那个脚踏七颗红痦子的,有帝王之命的小崽子。"

"努尔哈赤?"

尼堪外兰得意地奸笑着:"这不正如俗话所说,'踏破铁鞋无觅处,得来全不费工夫'嘛！"

"好!"李成梁高兴地指着八仙桌子,"传令快做囚车,明日将努尔哈赤押解进京,问罪斩首。图伦城主,以后卑职若封王晋爵,大帅定保你高升。来,干!"

随后,得意的碰杯声,疯狂的摔杯声,传出窗外。

第四章 荒滩遇险 死里逃生

一

李成梁一觉醒来,已是掌灯时分。他起身下榻,打了个哈欠,门外立刻走进一个小侍女,慌忙点着红蜡烛,放在墙角的烛台上。小侍女转身欲走,李成梁笑眯眯地摸了一把侍女的粉脸蛋儿,说:"翠儿,快叫韩总管把努尔哈赤找来!"

小侍女红着脸,作了个揖,赶忙退出总兵的卧室。不一会儿,努尔哈赤独自走进来。

努尔哈赤对这突如其来的召见,一时摸不着头脑。他低头走在灰砖地上,暗想:明天总兵是叫我去斗虎,还是进山捉虎?不,如果是这等差事,只需韩总管传令给我就是了,也许明天我陪他打猎?不,这样随叫随走的事,用不着召见。那到底为何找我呢?

"努尔哈赤到!"总兵官卧室门口的男仆,站在门口的一座风灯下喊道。

努尔哈赤一怔神,在门口停下脚步。

"进来!进来!"李总兵格外客气地在屋里招呼着。

努尔哈赤抬脚跨进门槛儿,只见李成梁正光脚坐在太师椅上,斜歪着身子,半眯着杏儿眼,哼着小曲儿。总兵看见努尔哈赤拘束地走来,就笑着说:"快去打盆洗脚水,帮我洗洗脚。"

努尔哈赤应诺退出,一时如坠入云雾。往日,李成梁洗脚都叫小丫鬟忙活,今天为什么突然叫起我来了?他走进水房,用铜盆打了多半盆温水,边走边觉得此事蹊跷。他回到李成梁卧室,给李成梁洗了一阵子脚,猛然在李成梁的脚心触摸到三颗肉乎乎的小疙瘩。他慢慢将李成梁左脚抬起,发现是三颗痦子,心里一惊,马上把李成梁的左脚放在盆里。

李成梁把这一切都看在眼里,他哈哈笑道:"我能享福主贵,当总兵,多亏这三颗痦子哟!"

努尔哈赤被李成梁的笑声感染,刚才的思虑和拘谨,都烟消云散了,他说:"大人,不瞒您说,我的脚心上也有痦子,比您多四颗!"

"真的?"

努尔哈赤擦了擦手,脱下布袜子,抬起左脚,在李成梁眼下一晃,说:"看,是真的吧?"

李成梁捂着鼻子,向前探着身子,强忍着他面前那只大脚板子散发出的臭味儿,仔细盯了几眼,发现努尔哈赤的脚心果然长着七颗痦子,这时他立刻身子往后一靠,长吁了一口气。

洗完脚,努尔哈赤退出总兵的卧室。李成梁赶忙又把韩总管叫到跟前,将圣上密旨简略地说了说,便吩咐道:"快连夜做辆囚车,给我备好马匹。明天一早我就动身把努尔哈赤押解进京。"

"大人,那小子可是个神箭手呀,将来在您手下,可能成为一员大将。"韩总管亦真亦假地挤着眼,蟹子脸仰望着坐在太师椅上的李成梁说。

"你懂个屁!"李成梁不耐烦地道,"我抓住个钦犯,圣上一定大悦。皇上高兴,我就能官升三级,这不比卖命打仗便宜得多?"

韩总管的小眼睛立刻眯成一条线,竖起大拇指,奉承道:"大人真乃当今的二诸葛呀!"

主仆两人说笑了一阵子,忽听窗外啪嗒一声,不知什么东西掉在外边。李成梁马上警觉地站起来,努努嘴巴小声儿说:"看看去。"

韩老七一个箭步,像猴子似的跳到门外,见一只黑猫正"吧嗒吧嗒"地舔着一只木碗里喂鸟的麸糠。他暗自笑了笑,就转身回到屋里,嘻嘻笑着说:"是只猫把喂鸟的食碗扒掉在地下啦。"

"这就好。"李成梁站起来,又嘱咐道,"这件事,谁也不许告诉。尤其不要惊动努尔哈赤,以免节外生枝。要知道,钦犯送进京,就要马上砍头的!"

"是!老爷!"韩老七规规矩矩地向李成梁行了个大礼,就转身跨出门槛儿。

蹲在窗外丁香树下的梨花,把李成梁同韩总管的对话听得一清二楚。当韩老七答应一声就转身的时候,她赶忙站起来,像小鸟儿似的,轻手轻脚地飞回自己住的耳房。她躺在软绵绵的木床上,对着红纱灯,发呆发愣,眼前不断浮现出善良、豪爽的努尔哈赤的面容。她想起抚顺马市巧遇的一幕,想起葡萄园里的幽会,他是多好的少年呀!将来能与这样的人结为夫妻,岂不终生自豪吗?想到这里,她更觉得李成梁抓努尔哈赤进京邀功毒计的可怕,身上阵阵发冷。怎么样才能救这位心上人呢?

夜渐渐黑下来,窗外响起蚊子的嗡嗡声。巡夜的梆子声,从前院传到后院。高高的院墙把她与努尔哈赤及义父隔开。此刻她多想穿过月亮门儿,把这一切告诉努尔哈赤呀!可是,除韩总管、更夫,谁敢越雷池一步!即使出了总兵府,又怎能闯过警戒森严的城门呢?她思来想去,心中暗生一计,便对镜梳妆,巧理云鬟,穿上薄纱舞裙,翩翩若仙地步出耳房,直奔总兵卧室。

此时,韩总管已退出总兵官的房门,屋里只剩下李成梁独自一人,坐在太师椅上,品尝着碧螺春清茶。李成梁正闭目养神,忽听房门"吱扭儿"一响,随着徐徐开动的房门,闪进一个唇红齿白、面若桃花、腰姿妩媚、舞裙拖地的丽人。他忽地眼睛一亮,慌忙欠身:"哟,好漂亮的仙女!梨花,我没看错是你吧?"

"大人向来眼尖耳灵,岂能认错下人?"

"天这么晚了,你怎么才想进来?"李成梁嗅着梨花身上的香粉,如同猫儿闻到鲜鱼之腥味,他好色地伸出长满寿斑的右手,轻轻抚摸了一下梨花的脸蛋儿。

梨花没有表示反抗,顺从地站在李成梁身边,莞尔一笑:"小人来给大人解酒来了!"

李成梁一时有些神魂颠倒。数日以来,他朝思暮想的,不正是如花似玉、美若天仙的妙龄少女来陪伴自己吗!今日难得她娇媚的一笑,更难得她夜深独自闯进卧室。他斜睨了一眼梨花,猛地像饿虎扑食一样,把梨花搂到怀里:"我朝思暮想的正是此时此刻!"

"大人,先不要这样。等您喝足了美酒……"梨花从李成梁的怀抱里挣脱,走到檀香木酒柜前,斟了满满一杯红葡萄酒,柔声劝道:"古人曰,'葡萄美酒夜光杯,欲饮琵琶马上催'。请大人喝个醉卧沙场吧。"

李成梁接过酒杯,一饮而尽:"美人儿,唐人的诗句未免太悲伤了,不知小心肝儿,你是否记得古人另两句诗,'醒掌天下权,醉枕美人膝'?"

梨花嗔笑着:"哼!小人今晚来陪酒,你偏吟那没出息的诗,你要枕什么美人的膝,就自去枕好了,恕小人告辞。"

李成梁慌忙抓住梨花的小手,赔笑道:"莫走,莫走,都是我的不是。好,我自罚三杯!"

李成梁连干三杯,略有醉意地说:"梨花,切莫见怪,多日来,我想的就是你,爱的就是你。若你肯嫁我,我宁肯丢下辽东总兵之职,独自带你进京做个小官,相依相伴,过过清闲的日子。"

"哼,像你这官居要职的人,说话多言而无信。"

"梨花,"李成梁瞪着殷红的醉眼起誓许愿地说,"本官若有半句是假,甘愿受罚!"

梨花从底柜捧出一坛储藏十年以上的"女儿酒",放到桌上,道:"大人如若一片赤心,请将这坛老酒饮下。小人日后愿侍候您一辈子!"

"女儿酒",按照旧习,将米酒储藏数年,待婚嫁之日,方开坛取酒以宴宾客。李成梁接过彩花瓷坛暗喜,心想:这不分明表白她是忠于我吗?好,这坛"女儿酒"我喝了!

李成梁双手捧过揭去盖的酒坛子,将唇放到坛边,仰起脖儿,咕咚咕咚,一会儿就喝光了。

这时,梨花轻舒长袖,翩翩起舞……

李成梁起初看着梨花轻盈的舞步,怡然自得,抚着短须,摇头晃脑。但随着"女儿酒"后返的酒劲,渐渐觉得头晕目眩,轻歌曼舞的梨花形影重叠,忽上忽下,忽左忽右,他恍恍惚惚,四肢已失去知觉,烂醉如泥地躺在椅子上。

梨花见他鼾声如雷,就赶忙从他腰间解下出城的令牌,反锁上房门,从窗口跳出。

她刚从窗口跳下,忽见一个人影朝她走来。

二

老更夫是个弯腰驼背的老光棍,他敲着木梆子走近总兵官的卧室,忽然发现玫瑰花丛里站着一个少女,于是他走近细看,才看清是梨花。梨花听见脚步声,呆立着盘算了一阵子,就抽抽搭搭地小声啜泣起来。老更夫见她哭得如此伤心,就小声问道:"姑娘,你哭啥?有什么伤心的事,跟老伯说说。"

梨花抬起头来,望着老更夫道:"大伯,我好些天没见我爹了,想得睡不着觉。"

"哎哟,王老汉就和我住在一间屋里,抽空你就悄悄去看看呗!"

"我想今晚就去看看他老人家,请大伯发发善心吧。"

梨花甜滋滋的话儿,把老更夫说得心软了。"不过,今晚难去呀。"于是他为难地对梨花说:"傍黑天,韩总管反复嘱咐,今晚没有老爷和他的准许,谁也不许越院儿门一步!"

"他们不都睡着了吗?再说,老爷今个儿喝那么多酒,一觉睡到大天亮,还能碰着谁呀?"

老更夫听梨花说得头头是道,就索性答应了,不过他再三嘱咐:"千万别叫韩总管看见。"

说罢,老更夫就梆梆地敲着梆子,从后院绕到中门,又从中门敲到前院,两道月门儿,既不关闭,又不上锁。老更夫走后,梨花轻手轻脚地溜出两道月门儿,直奔前院东厢房的一间耳房。

耳房门虚掩着,屋里闪着小油灯的光亮。王老汉正坐在炕头抽闷烟。他见梨花突然闯进来,一时莫名其妙,核桃似的面颊抽动着,半天才说出一句话:"深更半夜的,你怎么溜出来的?"他欠着屁股,身子挪到炕沿边,磕了磕烟袋,不安地说:"好姑娘,你快快给我回去,若是被老爷发现,要吃重棍的!"

"不!不!"梨花说着坐到炕沿上,抓着义父的手说,"女儿要跟您商量一件要事。"

王老汉见梨花如此认真严肃,就把两脚耷拉在炕沿上,听女儿述说。

梨花简明扼要地把尼堪外兰来访、李成梁借圣旨密谋明天要押解努尔哈赤进京的事,一五一十地说了一遍。王老汉听罢,顿时两腿发抖,结结巴巴地说:"这可是人命关天的事,一定想办法叫努尔哈赤今晚逃走!"

梨花眼含着泪水抓住王老汉的手,声音发颤地说:"您真是好爹爹!"

逃走就那么容易吗?此刻大门紧锁,后门紧闭,门房又有看守,大门怎么出?即使努尔哈赤飞出大门,如果被李府发现,怎逃得出骑马的追兵?爷俩商量来,商量去,决定从马圈里牵两匹快马,趁夜深人静的时候,梨花同努尔哈赤一道逃走。

爷俩主意已定,梨花心中的一块石头落了地。王老汉下了炕,弯腰拎起锡壶,给梨花倒了一碗凉开水。梨花接过水碗刚要喝,突然房门推开,随之有人唤道:"梨花,快回后院吧。"

梨花听声音是老更夫,就把刚刚吹灭的油灯又点着,凑到老更夫耳边说:"大伯,俺不走了。"

"为啥?"

王老汉把刚才商量好的计谋,跟他一五一十地说了一遍。

老更夫连连摇头:"使不得!使不得!"

"为什么?"梨花焦急地站起来问。

老更夫擦了擦眼角的眵目糊,两眼盯着王老汉说:"我可以豁出老命救你们。可是,门房里的兄弟,上有老,下有小,放走你们,他们难逃李总兵的手心呀！"

王老汉笑了笑，从枕头下掏出一个黄纸包，在手心里掂了掂，说："老兄，我是老跑江湖的，后事你不必担心，千斤的重担，由我承担。"

"你担得起吗？"老更夫苦笑着问。

"嗜，"王老汉凑到老更夫跟前，笑眯眯地说，"你知道这纸包里是什么吗？这叫蒙汗药。等我神不知、鬼不觉地把药送到门房，用热水一烫，几股白烟儿，就把他们几位熏过去了。等他们两个逃出广宁，即使李总兵发现了，你就说，半夜里来了神兵天将，把努尔哈赤搭救走了。"

老更夫听罢，嘿嘿笑道："你不愧是闯荡江湖的人，鬼点子真多！"

天到三更，王老汉悄悄地溜到努尔哈赤的房子里，借着月光，把尼堪外兰与李成梁如何设计加害他，又怎样连夜出逃的事跟他如实地说了一遍。努尔哈赤听了顿时火冒三丈，他当即跳下炕，从墙上摘下朴刀："他们如此阴险奸诈，俺今天就跟他们拼个鱼死网破！"

王老汉连忙从他手里夺下朴刀，劝道："深更半夜，房门紧闭，你咋能靠近他们？"

努尔哈赤觉得有理，强忍着心头怒火，忧心忡忡地说："我们怎能撇下您老人家，只顾自己？"

王老汉拍了拍他的肩膀，嘿嘿笑道："大伯有办法对付！快快收拾东西，准备走吧。"

一切收拾妥当，老更夫假装到门房送水的机会，把王老汉给他的蒙汗药塞到墙角，然后自己脱鞋坐到炕头。不一会儿，两个守门人和老更夫都一齐迷糊过去，他们或坐，或躺，或趴，像三个醉汉。

王老汉趁此机会，从马棚里牵出两匹青马，一人一匹交给努尔哈赤和梨花，然后嘱咐道："你们赶快逃命吧！大门已经打开。"

努尔哈赤接过一匹青马，缰绳刚刚握到手里，只听青马咴咴直叫。他听马叫声，立刻认出这匹马是自己从家里骑出来，尔后寄放在抚顺马市的那匹大青马。原来，这匹马被李永芳认领到自个家里后，为讨好李成梁，把这匹快马送到广宁。老马识主，大青马见到失散多日的小主人，怎能不撒欢呢！努尔哈赤和梨花刚把马牵到大门洞里，只听后院月亮门儿"吱扭"开了一道缝,随之有人问道:"马叫什么?"

这是总管韩老七的问话声。梨花顿时急出一头冷汗,浑身冰凉。努尔哈赤已顺手抽出腰刀。

正在这生死攸关千钧一发之际,王老汉在更房门口敲了两下梆子,手捏鼻子,学着老更夫的说话声应声道:"夜里饮马,韩总管放心好了!"

半夜风凉,韩老七披着单衫,打了两个寒战,就稀里糊涂地回到自己屋里,钻进被窝。

努尔哈赤和梨花趁机翻身上马,悄悄地溜出总兵府,混出东城门。

黎明前鸡叫了。韩总管醒来,穿上衣服,叫厨娘们为李总兵备饭,然后又推门走进努尔哈赤的房间。他进屋见空无人影,禁不住声嘶力竭地叫道:"努尔哈赤跑了!"

李成梁听到这意外的喊声,马上起床穿衣,派出护兵、军士、家仆,兵分三路去追:一路出东门,经东沙河,直奔沈阳;另一路出西门,搜索医巫闾山;再一路,出南门,过辽河,奔辽阳,逆太子河而上,直插烟筒山。

三

黎明时分,努尔哈赤和梨花各自骑着马,越过辽河,来到辽阳城北的一片荒草甸子。这里草深林密,十分僻静。

此时,已是人困马乏,两匹马驮着他们跑了半宿,又渴又饿,脊背上油亮的鬃毛,像水洗似的。它们看到脚下萋萋的芳草,蹄脚渐渐放慢,饿得直打响鼻。努尔哈赤看大青马累成这般模样,就心疼地跳下马。跟随在他身后的梨花,见努尔哈赤下马,也勒住马缰绳,跳下马来。努尔哈赤拭了拭额头上的汗,对梨花说:"你看会儿马,我去弄点儿吃的。"说罢,把大青马缰绳送到梨花手里,就奔大荒甸子深处走去。

大青马、二青马都累得喘息不止。梨花心疼地牵着两匹马,在一片沙地上遛来遛去。遛着遛着,大青马突然看见眼前一池清水,就拖着缰绳直奔水洼子。大青马、二青马都渴极了,前腿插在浅水里,伸长脖子咕咚咕咚地拼命喝起水来。

凉水进肚,马似乎安稳了,梨花把两匹马拴在一株柳树桩子上,就去帮努尔哈赤找吃的东西。

黎明前的大甸子寂静无声,只有蛐蛐、青蛙的叫声,不时传入耳际。眨眼工夫,天大亮了。

此刻,梨花如同出笼的小鸟,顿时眼前一片光明。她看见绿丛中紫色的绣球花,点头起舞;喇叭花儿,张着嘴儿向她微笑;百日红,引逗小蜜蜂上下翻飞,她的心也随着翩翩起伏。啊,大自然真美!她跑着、跳着,脚步声惊飞了草丛里一群群的水鸟儿,唧儿嘎儿地叫着,飞向远方。她快活地从地上拣起一块块小石子儿,使劲朝草丛扔去,只听几只大雁"啊啊"地叫着,抖动着翅膀,飞向蓝天。梨花仰望着那些又肥又大的野雁,心想:有雁就有蛋。于是,她踏着青草,朝大雁起飞的地方跑去。果然不出所料,草稞里,有像小拳头那么大的一堆雁蛋。她扒开草丛,猫腰一手一个从沙堆里捡起来,兜在衣襟里。拣完,她又往前走了几步,发现在一个沙窝里,又有几个青皮野鸭蛋。她欣喜地走过去,又拣起放在衣襟里。

二十多个鸭蛋和雁蛋把衣襟撑得鼓鼓囊囊,梨花再也不敢跑了,她一手提着衣襟,一手托着雁蛋、野鸭蛋,暗想:可不能再拣了,再拣就成了贪财的老王婆啦!念叨间,她脚下一滑,踩着一堆圆圆的东西,她低头一看,又是一堆野鸭蛋。她刚哈腰去拣,只听身边传来努尔哈赤哈哈的笑声:"小和尚,还想拣?"

梨花被这冷不防的说笑声吓了一跳。她抬头望了一眼努尔哈赤,莫名其妙地问:"哪来的小和尚呀?"

"哈哈哈……"努尔哈赤乐得前仰后合,指着梨花说,"我乐的就是你。你们汉人有句老话说'出家人爱财,越多越好'。你这么贪财,不像个出家和尚吗?"

从小学过才子佳人戏的梨花,见努尔哈赤如此可爱,就挑了挑眉梢,努努嘴,俏皮地说:"我要是女扮男装的小和尚,你不就是梁山伯了吗?"

一句话,把努尔哈赤羞得满脸通红。他笑着,一手拎着一只野鸭,一手拎着梨花拣来包好的野鸭蛋、雁蛋,朝大青马、二青马走去。

两人拎着猎物,回到大青马、二青马旁边,找了块干净的空地,就拢起篝火,支起火架。努尔哈赤从小跟爷爷打猎,习惯了野外生活。他挽起马蹄袖,把野鸭挂在火架上,把雁蛋、野鸭蛋放进火堆里,又烤又烧,不大工夫,蛋熟鸭熟,两个人高高兴兴在一起吃了一顿野餐。

多情的梨花,给努尔哈赤擦了擦嘴角的烟灰,就商量道:"快点儿赶路吧,要不李成梁万一发觉,派人追上来,就麻烦了。"

两人商量好,梨花收拾东西,努尔哈赤去牵大青马、二青马。可是,当努尔哈赤走到两匹马前,便愣住了。二青马躺在地上,死了。这下子可急坏了努尔哈赤,他掰着马嘴看了看,慌忙转身问道:"梨花,你喂二青马什么东西没有?"

梨花摇摇头,说:"没有,只是刚才在水池子里喝了些水。"

"哎呀!"努尔哈赤一拍大腿,道,"马跑长路,停下来不能马上饮冷水。"

"为啥?"

"一冷一热,会把肺子激坏的。"努尔哈赤后悔地说,"都怪我,没有多嘱咐你一句。"

"不,怨我!怨我!"梨花也后悔莫及,摸着两腮说。

两人互相自愧地揽过,忽见西北方向的土路上尘烟四起。梨花站到木桩上,跷脚看了看,喊道:"不好了,明军追来了!"

努尔哈赤回头一看,果然一队明军追来。他眉头一皱,二话没说,嗖地把梨花搁到大青马上,又把零碎东西搭到马背上,就噌地跃上马背,打马朝太子河跑去。

他们跑了一阵儿,来到太子河边,刚想回头察看追兵,突然大青马又一骨碌倒下,不一会儿,也蹬腿死去。

此刻,前有太子河拦路,后有明军追赶,真是"上天无路,入地无门"。眼看明军就要追到眼前,梨花突然把紧贴在她身边的努尔哈赤推开,瞪着圆圆的眼睛,说:"快,你快朝上跑,我朝下跑。只要今生不死,你我定能相见。"

努尔哈赤眼含热泪,收拾好褡裢,在梨花一再催促下,一步一回头,依依不舍地向太子河上游跑去。

追赶他们的明军马队来到太子河岸,见梨花飞也似的朝下游跑去,就拼命追去。他们追到一个山冈,见梨花站在一棵歪脖梨树下,朝他们怒目而视,都不敢靠近。带领他们追赶的尼堪外兰的心腹塔昂开列,见众人踯躅不前,就像恶狼似的嗷嗷吼叫道:"抓住她,就抓住努尔哈赤了。老爷说,谁抓住努尔哈赤给白银二十两。"

塔昂开列是个亡命之徒,他手执大刀,丢下马匹,第一个冲上山冈。这时,等塔昂开列离她还有十多步远,梨花以迅雷不及掩耳之势,用石块猛地朝塔昂开列砸去。塔昂开列躲闪不及,重重的石块正好砸在他的右臂上,他惨叫一声,像受惊的野狼,更加凶猛地扑向梨花。

十几个明军见梨花手无寸铁,又有塔昂开列壮胆,就像群狼似的扑向山冈。梨花自觉寡难敌众,就纵身一跃,跳进河里……

塔昂开列见梨花跳水自尽,就一阵狂笑,翻身上马,带领明军朝上游追去。追着,追着,忽见前边一片荒草甸子,草高过膝。塔昂开列勒马站下,听草甸子里沙沙作响,就哈哈笑道:"小罕子一定猫在这里!只要咱放把火,他就会从草甸子里爬出来,自投罗网!"

一群明军跳下马,拢起一堆篝火,然后又分头取火,在草甸子四面点起火来,于是一时烈焰冲天,荒草甸子顷刻变成一片火海。大火过后,焦土一片,黑草灰到处乱飞。

此时,努尔哈赤正躲在荒草甸子里,刚才他听见明军的呼喊,自觉大事不好,就猫在一堆浓密的青草里,仰天而卧。当烈火烧到他身边时,他连困加乏,迷迷糊糊被一股浓烟呛昏过去。

火熄了,野地上黑乎乎,烟灰乱滚。塔昂开列带着明军未见小罕子的影子,就奇怪地四处搜寻。

这时,努尔哈赤已经醒过来,躺在一个小泥坑里。他躺在泥水里,依稀地听见明军的叫喊。他暗想:糟了!大地空空一片,无躲藏栖身之处,万一明军搜到这里,岂不是束手待毙?不,只要有一线希望,就要……他刚想到这里,忽听明军已搜到近前。明军的脚步声、嬉笑声,用木棍子挑灰草的沙沙声,响在耳际。努尔哈赤颓丧地长叹了一口气:心想这回可完了!站起来逃跑,就要被活捉;躺在这里,等于送死……

正在这生死关口,忽然天空飞来一群黑老鸹,呱呱叫着,在他的身前身后黑压压落了一大片。他灵机一动,就势趴在地上,佯死不动。老鸹一只接一只跳到他身上,啄他的衣领,叼他的衣襟。

转眼间,明军搜来了。眼光尖利得像鹰眼似的塔昂开列,眼见老鸹堆里躺着个黑乎乎的人影,便骂骂咧咧地道:"真晦气!没搜到活人,倒看见个死尸!快撤!快撤!小心晦气扑到咱身上!"

几个明军便捂着鼻子,转身退去。塔昂开列见草甸子里未搜到努尔哈赤,就抽出梅针箭朝水泡子乱射了几箭,赶忙骑上马,带着那伙明军朝前追去。

努尔哈赤见明军走远,便坐起来,双膝跪下,向着黑老鸹飞去的方向祷告道:"老鸹神呀,老鸹神,今日你们救我脱险,凡夫永世不忘,他日若混出个人样,定报救命之恩!"

炎日照在身上,努尔哈赤神态已清。他回想起钻进草甸子,趴在浓密的草丛,放火前的一切又历历在目。于是,他喃喃自问道:"是谁把我从草堆里拖到泥坑里,使我免于一死的呢?"他站起来又四处看了看,发现一条黄狗躺在不远的泥水里。看到狗的毛色,脑门上的白色梅花斑,他马上自语道:"这不是一直守护着大青马,丢在抚顺马市的那条自己养的'梅花黄'吗?"

他跑过去,蹲到地下摸那条狗的脑门,才发现大黄狗已经死了。它那咧着牙齿的嘴,还紧紧地叼着自己裤脚的破布条子。他顺着地上的痕迹断定,自己是被大黄狗从草堆里拖到水泡子里的。这时,他伤心地落下泪来,抱起大黄狗,念叨着:"大黄狗呀,大黄狗,你从抚顺城,跟着大青马,跑到广宁,又随我来到这荒草甸子,救了我的命,我努尔哈赤一辈子忘不了你,我要叫我的子孙后代永远不忘记你,不许他们用狗皮,吃狗肉。"

祷告完毕,努尔哈赤想站起来,可是此时右腿已疼得厉害,他屈腿看了看,发现一支梅针箭插在后腿肚子上。

第五章　野岭度日　广交朋友

一

　　长白山西麓有座老秃顶子岭,这里奇峰深谷,泉水淙淙,林海莽莽。努尔哈赤离开荒草甸子,走了七天七夜,第八天黎明,便来到这里。

　　眼下虽是盛夏炎日,但走进老秃顶子岭,却是雾罩山头,寒气袭人。努尔哈赤衣衫褴褛地挂着一根木棍儿,肩上扛着褡裢,走到一处石碴子山口,顿觉又饥又渴,不时打着寒战。于是他在山口的斜坡上采了些山楂、野梨、山桃,匆匆地填饱了咕咕乱叫的肚子,又喝了些泉水,便坐在一块青石板上歇息。他屁股一挨青石板坐下,就连打了几个哈欠,昏昏欲睡。

　　他刚合上眼睛,一阵刺耳的狼嚎,骤然把他惊醒。他慌忙捡起木棍子,朝野狼嚎叫的方向扔去,狼惊叫一阵,就消失在密密的山林里。

　　野狼离去,他睡意又袭来了。为避免狼熊虎豹的伤害,就在山口找到一棵一抱多粗的老橡树,噌噌爬上树,在树杈间睡起来。

　　老秃顶子岭,山高林密,盛产人参。自打山里红谢花结果,就陆续进来三三两两的挖参人。这天傍晚,一伙从四面八方聚到一起的挖参人,下山回窝棚,路过山口,为首的一个肥头大耳、面黑如漆的汉子,忽然发现老橡树杈上趴着一个人,就惊叫道:"树上有人!"惊叫声在山谷回响。

　　腿脚灵快的名叫安费扬古的青年,三步并作两步,跑到老橡树下,抬头朝树上看去,见趴在树杈上的是个体格魁梧的小伙子,便朝树上高声唤道:"喂,小伙子,醒醒!"

努尔哈赤慢慢地醒来,他趴在树杈上擦了擦惺忪的睡眼,一怔神。"我们是挖参的。"安费扬古微笑着,指了指周围几个人,又说,"你看,树下还有五六个人。"他眨了眨机灵的眼睛,问道:"小兄弟,你……"

努尔哈赤坐起来,骑着树杈,说:"我也是上山的。""挖参吗?"努尔哈赤点了点头,便慢慢地滑下树来。安费扬古未等努尔哈赤站稳,就上前抓住努尔哈赤的手,亲热地说:"你就随我们一伙干吧。"努尔哈赤见树下是一伙女真少年,心中一阵暗喜。安费扬古能说会道,就笑哈哈对众人道:"看来,这小兄弟也是逼上长白山的,咱们就互相认识认识吧。"

女真人生就的豪爽性格,不会虚情假意,于是各自作了自我介绍。

众人山里相见,分外情真热闹。山雾散去,大伙把努尔哈赤接到窝棚。窝棚搭在向阳的山坡上。里边是十根红松交叉地搭成人字形支架,外边压着树枝干草,糊着草泥。窝棚里宽八尺、长近二丈。地面上除了铺着干草的地铺放着衣物外,就是猎获的食物以及采来晒干的人参。

晚上,柯什柯给努尔哈赤铺好了草铺,就约他到窝棚外的大核桃树下乘凉、聊天。

上弦月挂在西天,山谷晚风习习,空气像经水洗过似的,清新又凉爽,吸一口便可沁人心脾。努尔哈赤和柯什柯坐在大核桃树边的石头上,一边用桦树皮碗喝着泉水,一边唠起家常。

二

俗话说,东北三件宝:人参、貂皮、乌拉草。人参虽宝贵,可挖起来很难。努尔哈赤伤好以后,就跟大伙一起上山挖参。

初秋的一天,努尔哈赤一行五人,一个个头上紧紧地包着帕子,只露出两只眼睛和鼻子,以防被蛇和"小咬"叮伤,然后把腿绑捆结实,袖口扎紧,便背着猎刀、弓箭、快斧、鹿骨扦子,挂着榛柴做的"梭波罗棍子",进了山口。

他们一行五人,在山口拜过"五首神"之后,便一字儿排开,前后相隔四五十步鱼贯而行。安费扬古走在前头,观察地形,选择"参路",指挥五人的行动。他后边紧跟着劳萨当"贴棍",中间是额亦都和努尔哈赤,最后跟着的是图鲁什当"边棍"。

山里闷热,蚊子滚成团,直往脸上身上撞。不过,努尔哈赤根本不理会这些,他被眼前原始森林的景色迷住了。他挂着"梭波罗棍子",仰望天空,只见一团团、一片片、一丛丛、一簇簇的树叶子塞满了天空,连一条缝隙也难找到。绿油油的落叶松长着丝绸般的枝叶,古老的柞树片片红叶像个醉汉,黄菠萝挺着坚实笔直的躯干像威严的武士。他再朝左右看去,那云杉、紫杉、白桦、山榆密密麻麻,真是古木参天,浓荫蔽日,奇花异草无边无际。

绿色的原始森林摇晃着,发出呼呼的响声。他们五人穿行在灌木藤萝中,两眼直勾勾地在山坡上搜寻,可是没走多久,一个个眼睛发酸发疼,视觉模糊。

"扑哧哧",突然眼前飞起两只美丽的山鸡。努尔哈赤摘下弓箭,刚想弯弓搭箭,忽然额亦都惊叫道:"蛇!"

努尔哈赤回头看去,只见一条绿色的长蛇,昂着头,蠕动着身子朝额亦都爬去。于是他紧跑了两步,冲上前去,一脚踩住长蛇的脖子,这时长蛇甩打起身子和尾巴,拼命挣扎。努尔哈赤未等长蛇缠住他的腿,就顺手攥住长蛇的尾巴,在半空中一抡,顺手扔到小溪里。

额亦都惊慌地站在一棵歪脖子山榆下,呆呆地看着努尔哈赤捉蛇。可是,当他顺着努尔哈赤的手势伸起头看甩蛇时,禁不住又惊呼道:"树上,榆树上也有蛇!"

努尔哈赤一个箭步蹿过来,抬头朝树上看去,见一条更粗更大的蛇,盘在歪脖子榆树杈上,扁扁的头朝下垂着,吐出火红色的舌头。他跳起来,扬起榛柴棍子,凌空抡去,眨眼间那蛇身首分家,肉乎乎、血淋淋的蛇头像羊肚子似的悬在半空。

这时,赶上来的图鲁什拍着巴掌,连声叫好。接着,他嘱咐道:"伙计们,要留神呀,蛇兽越多的地方,越藏'棒槌'呀!"

他话音刚落,突然安费扬古在前边的山沟沟里,用棍子敲打着石头,"叫山"了。

劳萨、额亦都、图鲁什和努尔哈赤四人,发疯似的跑过去,立刻把安费扬古和参苗围了起来。

"六品叶!"劳萨俯下身子,数了数参叶,异常高兴地叫道。

这棵参,伸着油绿油绿的六片叶子,像六片巴掌,结着高粱粒大的红彤彤的参果,长在一丛万年蒿旁的鲇鱼草丛中。

安费扬古蹲下身子,从褡裢里摸出一支米黄色用鹿腿骨做的"棒槌竿子",又从狍皮套子里抽出快斧子,然后用斧子砍了根柞树干,一头削尖了,做成木橛头,挖开参苗周围的土。他动作熟练,下橛又稳又准。土越挖越深,多年积压的烂树叶子,一挖出来,就散发着霉味,躲在烂土里的斑螯在翻出的黑土里爬来爬去。

安费扬古一边挖,一边说:"人参爱长在半干湿的阴阳土里。哪里有鲇鱼草、四叶草,哪里就可能有人参。"

图鲁什站在一旁见安费扬古拿着鹿骨扦子,一针一针像绣花似的挖,就着急地拔出匕首,蹲下去要替安费扬古挖土。安费扬古急忙夺过匕首,道:"挖参禁用铁器,你又忘了!"

图鲁什吐了吐舌头,站起来,又当他的"边棍",拿着匕首,东走西逛,观察着四周的动静,保护着挖参人。

娇嫩的、细得像白线似的茎根露出来了,山林里顿时散发出淡淡的清香。安费扬古挖了约莫吃顿饭工夫,终于把一株五寸多长的"跨海"挖出来了。

这时,众人又围过来,欣赏着这株有膀有腿、肩宽额窄、白里泛黄、闪闪发光,活像个玉人似的上等参。

劳萨把用鲜桦皮卷成圆筒的"棒槌"包递给安费扬古,叫他快点把参包好。可是,当安费扬古刚往桦皮筒里撒过土,把参放进去,准备捆绑之时,突然十几只大灰狼嗥叫着,从山坡下奔跑上来。

"狼群!"额亦都惊慌地叫道。

这时,图鲁什、劳萨都弯弓挥刀,准备与狼群拼搏。

努尔哈赤听到狼群激怒的叫声,暗想:恶狼为啥如此暴怒呢?他机警地朝四周看了看,发现身后五丈多远的山崖下,有个土洞,洞口横七竖八地丢了一堆兽骨,两只小狼崽子正在兽骨上跳上跳下。

狼群越来越近,图鲁什瞪着眼珠子,拉着架势,准备与狼群搏斗。努尔哈赤赶忙朝图鲁什喊道:"咱们硬拼是斗不过这群狼的!你赶快停下,看我的!"

正当狼群离他们仅有十多丈远时,努尔哈赤突然蹿到洞口,猫腰抓起那两只狼崽子,一只胳膊夹着一个,跑向狼群。跑在最前面的一只母狼,纵身向努尔哈赤扑来时,他猛地把夹在胳骨上的狼崽子甩出去,扔进狼群。狼为了护崽子,立刻转身扑向狼崽子,它捉住其中的一只,蓦地叼住脖子,朝坡下跑去。狼群见母狼下山,便都转身朝山下跑去了。

就这样,他们五人避免了一场即将与狼群的生死搏斗。

图鲁什跑过去,紧抱着努尔哈赤的肩膀,称赞道:"好样的,有勇有谋!我看,今后你就当咱老秃顶子岭上的小首领吧!"

安费扬古带头拍着巴掌,表示赞成。努尔哈赤头摇得像拨浪鼓似的连声说:"不!不!"

三

山林里下起雨来。一时秋雨绵绵,云雾蒙蒙,挖参人被困在窝棚里,不得进山。再加山高气闷,一个个在窝棚里昏昏欲睡,没入睡的就眯着眼,一边吧嗒吧嗒抽烟,一边寻思起家里的老婆孩子、爷爷奶奶。

雨下着。忽然山谷里传来一阵风声,接着就是一阵吼叫。手快耳灵的安费扬古,听到声音,马上坐起来,走到窝棚门口,扒开门缝一瞧,顿时惊叫道:"山神爷来了!"

这时,大伙不约而同地拥到窝棚门口,朝外看去,只见一头肥壮的花斑虎,蹲在窝棚外面,瞪着两只像玻璃球似的眼珠子,直盯着门口。

女真人信奉萨满教,认为万物有灵,天地日月、山川草木,都由神来主宰。而山林之主就是老虎,把它尊为"山神爷"。平时进山打猎,如果遇到"山神爷",就按照见神的规矩,先摘下帽子,轮流扔帽子。如果谁的帽子被老虎叼走,谁就要跟着老虎走。

大伙隔着门缝,心惊胆战地看了一阵子,岁数最大的柯什柯,无可奈何地摘下帽子说:"山神爷找咱们来了,咱们还是按老规矩办吧。"

众人摘下帽子,一个个正要举手往外扔。忽然被推为首领的努尔哈赤瞪着大眼睛,说:"你们家里都有妻子儿女,拉家带口不容易,就让我跟山神爷走吧。"

大伙哪里肯依,一个个都争抢着要出去。最后柯什柯说:"还是听从天意,按岁数大小,依次扔帽子吧。"他第一个摘下帽子,扔到老虎跟前,老虎眼皮眨也没眨,理也不理;接着第二个人又扔出去,老虎依然闻也不闻;第三个再扔时,老虎索性闭上了眼睛。当轮到努尔哈赤时,老虎一看落在地上的帽子,就站起身叼起来,慢腾腾地走了。

努尔哈赤见老虎叼走了自己的帽子,就毅然推开木栅门,告别了众人跟在老虎后面走去。他翻过一道山梁,云开雨停,老虎在前面走,他跟在后边行。山里静得出奇,时不时从远处传来黑熊的呜呜声、山猫的喵喵声、野羊的咩咩声。他听见山脚下,有一条母狼在嚎叫,另一条公狼随声应和;他又听见在南山坡,有一群野猪似乎在聚会,那公猪的尖叫声,母猪的哼哼声,小野猪崽子的撒欢声……听起来是那样清晰。他还听见在近处的草丛里,一只狐狸放开尖细的声音在嚎叫。此刻他从狐狸带着啸音的叫声里,立刻判断出嚎叫的狐狸一定是遇到什么险情,才会发出这种特殊的叫声。他凭着跟爷爷进山打猎的经验,依据不同的叫声,能准确地判断出獾、貉、狍、兔、猫、貂、鼠,并从叫声的高低、强弱、长短中,准确地判断出各种野兽的行动和情感。

听到各种野兽的吼叫,他暗自想:为什么别的野兽都可以捕猎,唯独老虎不能动?山里有成千上万种野兽,为什么唯独它能成神?他开始对"山神爷"产生了怀疑。随之,想起他在李成梁家听老更夫讲的"武松打虎"的故事,想起在高尔山捉虎崽子的一幕。他心里合计:既然武松能打虎立功,受人尊敬,为啥女真人见到老虎就要听天由命,束手等死?

想来想去,努尔哈赤横下一条心:不能白白送死,只要老虎肯回头对他张嘴,他就决心从腿上拔出匕首,与老虎争个高低。

努尔哈赤刚刚翻过第三道山梁,就听远处传来小虎崽子嗷嗷的叫声。这时他警觉起来,心里闪过一个念头:这里可能是个虎窝。他眼盯着离自己只有五六丈远的花斑虎,心里骂道:休想叫我喂你的小崽子!

正在他寻思的片刻,花斑虎猛然回头,张着血盆大口,吼声如雷,一对大眼珠子直瞪着努尔哈赤。

说时迟,那时快,当老虎腾空跃起,从半空向努尔哈赤扑来时,他已从腿上拔出匕首,趁老虎重重的身躯落地的一瞬,将一尺长的匕首,刺进老虎的咽喉,同时手腕用力绞了绞,迅速拔出匕首。就在这一刹那间,一股热血势如喷泉,直溅到他身上、草地上。接着那凶猛的老虎,像一头被栏杆儿绊倒的大叫驴,吼叫着,从半空中大头朝下,栽到地上,无力地摇动着尾巴喘息着。努尔哈赤急忙抱起一块大石头,一个箭步蹿上去,猛地朝老虎天灵盖砸去。须臾,那只不可一世的"山神爷"便从嘴和鼻子里喷出血来,再也不能动了。

那只像山猫似的小虎崽子,见老虎已死就夹着尾巴溜进山洞。

打死老虎,努尔哈赤又在山泉里洗了洗血手和血衣,擦净了匕首,吃了一串山葡萄,就又返回老秃顶子岭的窝棚里。他走在半路上,边走边寻思:触犯"山神爷"是犯罪的,打虎之事,万万不能与众兄弟露一个字。

努尔哈赤回到窝棚时,已是后半夜了。他轻手轻脚地走到窝棚门口,就听里边不断传出哭泣声。他轻轻地敲了敲门,小声呼唤着,门里人哭得更厉害了。他听见柯什柯边哭,边念叨:"觉昌安老爷的心肝呀,你死得好屈呀!我知道这是你的魂灵在叫门,你快回去吧,明天大伙一块给你烧点纸呀!"

努尔哈赤听了心里也很难受,就拍着巴掌高声说:"柯什柯,我没死,快开门吧。"

安费扬古侧耳听听,果然是努尔哈赤的声音,就噌地拉开门栓,推开门,一看果真是努尔哈赤。大伙一时高兴得把他抬起来,抛了起来。当晚大伙各自送给他一些食物。吃罢东西,劳萨说:"努尔哈赤命大有福,山神爷不留他,日后必成大器。"于是他提议结拜为生死兄弟。大伙一致赞成,插草为香,对月起誓。

　　山盟海誓之后,各自回窝棚歇息。正当大伙睡得正甜时,忽听又有敲门声,众人不禁一惊,连忙操起斧头和镰刀。

第六章　重逢山林　依恋分手

一

努尔哈赤胆大心细,他听见有节奏的敲门声,就推测是进山的人迷了路,或者半路歇脚,找点儿吃喝的。在众人忙乱之中,他趴在门缝往外仔细一瞧,果然是个白须白发的老人。他拉开门栓,推门出去,只听老人"哎哟"一声,"扑通"躺下,昏了过去。

这时,劳萨慌忙挤过去,摸了摸老人的额头,又切切脉,连忙说:"他是饿昏的。"

有几个怕"山神爷"再来的兄弟,听说是个老人,都争先恐后地挤出门来,把饿昏的老人抬进窝棚。这时柯什柯也急急忙忙跑出窝棚,拢起火,边烧水,边热饭热狍子肉。

努尔哈赤把柯什柯热好的小米粥端回窝棚,一口一口地喂进老人的嘴里。不一会儿,老人就渐渐苏醒过来,慢慢坐了起来。

努尔哈赤详细一打听,老人才说出自己姓范,名鸿,是个进山挖参的汉人。众人见他孤苦伶仃,就挽留他与大伙一起上山挖参。范鸿见他们一个个都是朴实厚道的女真人,也就不好推辞,便拱手致谢,从此留下来,与众人一起起早贪黑地挖起人参来了。

日出日落,日复一日,大伙越发觉得范鸿与众人不同。这老人见多识广,能言善辩,而且刀枪剑戟样样精通。他每天进山挖参,采果最多。

晚上他不是讲天文地理，就是把惊堂木一拍，讲起《三国演义》《水浒传》，个个听得入神。于是"桃园结义"、"煮酒论英雄"、"千里走单骑"、"三顾茅庐"、"舌战群儒"、"火烧赤壁"、"空城计"、"借东风"等故事，诸葛亮、刘备、关公、曹操、周瑜等人物，就成了兄弟几人一天生活中不可缺少的内容了，以至《水浒传》里每人的外号，也被学来，由幽默的叶克书，送给每个人一个雅号。

努尔哈赤记忆力惊人，他听了故事，不仅能照着讲下来，而且还能琢磨出诸葛亮的巧妙用兵的道理。更使努尔哈赤感兴趣的是明朝开国太祖朱元璋起家的故事。他有时就想：朱元璋能从一个乞丐、和尚，当上一朝开国皇帝，我们为什么就不能？想到这里，他就脱去鞋袜，对着自己脚心上的七颗红痦子发呆。暗想：别人都说，我脚心上的痦子主贵，有帝王之命，难道我将来真的会有福分？有一天，他就问范鸿，道："老伯，朱元璋为啥能当皇帝？"

范老汉捻着银须，笑了笑说："关键在于他有兵马，善于用人。"范老汉见他认真的样子，就开玩笑地说："人非圣贤，有一天你有了兵马，敢跟大明朝比试比试，也可以改朝换代嘛！"

说者无意，听者有心。当晚努尔哈赤就做了一个梦，他梦见和一帮儿时的孩子在一起，自己戴着一顶桦树皮做的平天冠，腰里扎着青草编的玉带，身上披着金光闪闪的蟒袍，手执朝笏，坐在龙墩上，"嗯特"一声，一长溜孩子马上自成一排，向他三拜九叩，齐喊万岁。第二天他坐在窝棚门口把梦一五一十地向范鸿细讲一遍，把范鸿逗得直抹眼泪。

范鸿虽把努尔哈赤的梦当成笑话，但心里，却暗自为这样有心计的少年高兴。他想到当今明朝皇上的腐败，也深为眼下如此有抱负的少年而庆幸。于是他开导道："朱元璋放牛娃出身，当了开国皇帝，曾替百姓办了点儿好事。可是经过二百多年，当今的皇帝，却都像当年的隋炀帝一样，强占民地，建立皇庄，搜刮民财，荒淫无道，吃喝玩乐。听说，皇宫宫女每年的胭脂费，就得白银四十万两。这样的皇帝不除，百姓岂能得好？"

"对！"努尔哈赤一击掌，表示赞成，说，"《水浒传》上说官逼民反，豹狼当道就得拿起刀枪！可是……"他说着说着迟疑了一下,活像一个踌躇满志的人一样,刚想迈步,又不知如何起步,便喃喃道:"一个平民百姓,怎么能成大气候?"

范鸿哈哈笑道:"人不可貌相,海水不可斗量。当年汉高祖刘邦,本是个小小的亭长,凭着胆识谋略,东拼西杀,终于创出百年功业。而那西楚霸王项羽,虽说是将门之后,簪缨之族,威威赫赫,可到头来还是让人撵得狼奔鼠窜,兵败垓下,自刎乌江。朱元璋能当皇帝,还不多亏有了个领兵元帅的老丈人?"

"这么说,明太祖像棵喇叭花,先扎根在树底墙角,然后攀上大树高墙,才成了气候?"

范鸿十分欣赏努尔哈赤的聪明,笑得前仰后合地说:"妙！妙！你这比方太好了！'寄人篱下'不为丑,关键是能不能顺着篱笆高攀,闹出个'一枝红杏出墙来'。小伙子,如果有一天你能攀上一棵大树,就可能是个将才！"

"真的?"努尔哈赤拍着屁股蹦得有一尺多高,笑了起来,在山谷里高呼起来:"我要找一棵大树！"

一声呼出,千山回应。"我——要——找——一——棵——大——树——"回音响彻大秃顶子岭。

与君一席话,胜读十年书。范鸿老人的话,像盏明灯,照亮了努尔哈赤的心灵,使他开阔了眼界,增长了知识。于是一老一少成了忘年交,形影不离。

春去秋来,花开花落。大秃顶子岭上的八兄弟与范鸿相处得十分融洽,他们白天一起上山打猎采参,晚上说书讲古,不知不觉到了万历三年(1575)春天。

一天傍晚,大伙一起吃完了晚饭,坐在窝棚前的平坦草坪上,正习枪练武,忽见两个挖参打扮的人,从山脚下向窝棚走来。他们走到窝棚门口,安费扬古上前一打听,才知道原来是建州右卫王杲手下的兵士。努尔哈赤在窝棚内听说是建州人,赶忙钻出窝棚,上前问道:"王杲身体可好?"

两人没有直接回答,都眨眨眼睛。高个子反问道:"王杲是你什么人?"

"是亲连亲的外祖父。"

"那,你就是失踪的努尔哈赤吧?"高个子试探着说。

"他老人家被哈达部的王台抓住,送交明廷,被杀害了。"

努尔哈赤从小受王杲宠爱,为此十分想念他老人家。听到这不幸的消息,顿时号啕大哭。哭了一阵子,他擦去眼泪,从地下抓起一把刀,对众兄弟施礼道:"长兄、少弟、老前辈,这口气我咽不下去,不宰了王台的狗头,我难见父老。"说罢,转身欲走,被范鸿一把抓住,道:"上山的哪个没仇?你单枪匹马,能杀死王台吗?"

年纪最小的额亦都,也抽泣着说:"三年前,家父、家母被人所害,我一气之下杀死了仇人。可是,今天我还是四处躲藏,上山避难,有家难归啊!"

范鸿夺过努尔哈赤手中的腰刀,解劝道:"中国自古有句老话,'君子报仇,十年不晚'。当年在大宋朝,逼上梁山的英雄,哪个没仇?哪个没冤?后来他们从四面八方聚到一起,打出'替天行道'的杏黄旗,几百条汉子,攥成一个拳头,不是一个个都报了仇、雪了恨,使皇上也怕他们三分吗?"

安费扬古把一条圆木墩推到努尔哈赤身后,按着他双肩,让他坐下,说:"范老伯说得对,圈一条狼还得十个八个人呢,何况去杀哈达部最强的王台?如今你没有千儿八百人,恐怕连王台的山寨都进不去。"

"大阿哥,你先忍耐几日吧,等咱们自己有了兵马,所有的仇,都要报!"额亦都依然抽泣着说,"大阿哥,眼下你切莫意气用事。"

憋了半天,两眼冒火的图鲁什,突然对着高高的大秃顶子岭跪下,念念有词地发誓道:"老天在上,大山作证,我图鲁什豁出命,也要替努尔哈赤兄弟报仇!"

众人见图鲁什如此坚贞、直率,也都跪向青山,一一发誓,要替努尔哈赤报仇。范鸿虽非女真人,没有与八兄弟磕头拜把子,但也被这伙有志气的女真男儿的行为感动了,并自愿做他们的军师。自此,八兄弟挖了参,打了猎不再去清河、抚顺马市换吃换喝,而是换马匹、换兵器、屯粮草,决心像梁山英雄那样,闹他个天翻地覆。

窝棚里晒干的人参越积越多,貂皮、獾皮、狍子皮,挂满窝棚。努尔哈赤心里整天像团火在燃烧,他除了进山挖参、打猎,还忙着做饭,帮大伙洗衣服。早起晚睡,累得筋疲力尽。有一天,他坐在碧绿的山泉边洗着衣服,不知不觉地靠着一棵桃树睡着了。

泉水淙淙,桃花瓣儿轻轻地落在他肩上,和煦的阳光照在他脸上,渐渐进入梦境:山花遍野,春日融融,范梨花像一阵旋风,带着一身桃花的幽香,缓缓地向他走来;当梨花张开双臂向他扑来的时候,突然一只大黑熊从花丛里站起来,竖起前掌,朝梨花扑去,范梨花转身就跑;那大黑熊也呼哧呼哧地喘着粗气,挪动着笨重的躯体,紧跟在她身后;她快跑,黑熊也快跑;最后大黑熊把梨花撵到一个死胡同,立起前爪,猛扑过去……努尔哈赤一惊,猛然惊醒。他蒙蒙眬眬地从地上拣起一块石头,站起来,准备抛向前去时,突然看清是一个眉清目秀汉人装束的青年,站在他的面前。

二

"罕子哥!"

那青年呼唤着努尔哈赤的小名,猝然丢下肩上的包裹,朝努尔哈赤奔了过来。

努尔哈赤一看来人好面熟,可一时又叫不出来,暗自思忖:难道她就是梦中的梨花? 不,不,眼前分明是个男子汉嘛! 他失望地摇了摇头。正在他猜测之际,眼前这个小伙子蓦地摘下帽子,一条又粗又黑的长辫子,刷地从头顶拖到草梢儿。这时,未等对方开口,努尔哈赤就惊讶地喊道:"梨花! 你真是梨花? 这不是做梦吧?"

梨花"咯咯"地笑了起来,一边笑,一边努了努嘴儿逗趣地说:"要是梦,你还能睁着眼睛吗?"

努尔哈赤眨了眨眼睛,憨厚地笑了,笑得十分甜蜜。努尔哈赤越高兴,梨花越难过。她想起了分离后那难熬的日日夜夜。三年了,她想了多少事,琢磨了多少话,要和心爱的人说呀!可是见了面,千言万语,又不知从何说起。她眯着丹凤眼,瞅着努尔哈赤,心里默念着:他个子长高了,人也壮实了,脸晒得黑红黑红的,说话声音更洪亮,更有男子气了!此刻她不想马上把别后的遭遇讲给他听,只想和他一起共享这意外重逢的快乐。可是努尔哈赤沉默了一会儿,却先发问了:"这三年,你是咋熬过来的?"

梨花转过脸去,没有马上回答。她手扶着那棵桃树,眼望着太子河、广宁的方向,泪水禁不住落在衣襟上。努尔哈赤见她默然不语,心里焦急起来,他猛地跳过去,痴立在梨花跟前,看着她那忧郁的眼睛,恳切地问:"他们是不是抓住了你,你快说呀?"

梨花咬咬嘴唇,擦去泪水,就一字一句地讲述起离别后的风风雨雨,种种遭遇。

那天,当他们跑到太子河边的老鸹滩,梨花有意引走追兵,自己跳崖落水之后,浪涛马上把她卷走,约莫在水里上下浮沉了一袋烟工夫,就被一位打鱼的老翁救了。老渔翁刚把她救上岸,明军就骑马赶到,便把她用马驮回广宁城。当天,李成梁暴跳如雷,把梨花全身衣服剥光,用马鞭子抽昏,扔进土牢。梨花身上的鞭伤未愈,李成梁就强逼她为妾,梨花死活不依,就一直在牢里关了三年。今年端午节,趁李成梁一家老小到医巫闾山游山玩水之机,老更夫才偷偷地把她从牢里放出来,女扮男装,闯出广宁,沿太子河,走上长白山。

努尔哈赤被梨花坚贞不屈的精神所感动,此刻虽说男儿有泪不轻弹,但年方十八的努尔哈赤的眼圈也红了,泪珠落下。他一时怒火满腔,恨不得当即抓住李成梁,把他碎尸万段,剁成肉酱,方解心头之恨。不过努尔哈赤也不是三年前的那个见火就着的人了,他变得稳重了,他没有更多地安慰梨花,只是抓住梨花的手,关切地问:"王大伯怎样了?"

梨花哽咽着,半天才说:"他老人家被李成梁刺死了!"

"为啥?"努尔哈赤猛地紧握一下梨花的手追问着。

梨花本能地抽回疼痛难忍的手,说:"我们逃走那天,王老爹偷偷地溜出广宁城,逃往医巫闾山。可是当他刚走到大庙身后,就被李成梁派的追兵抓回去了。

"第二天,李成梁就叫他斗虎。王老爹饿了一天一宿,身子骨又虚,哪能斗过猛虎?可是他心生一计,便用暗器杀了猛虎,算解了心头之恨。"

梨花抽泣着,用手帕擦了擦泪水,接着说:"谁知蛇蝎心肠的李成梁,坐在老虎圈子外头见猛虎死掉,就霍地站起来,等王老爹从虎圈里出来,冷不防用剑刺死了他老人家!"

梨花呜呜地哭起来。努尔哈赤恨得一把撅断握着的桃树枝,骂道:"魔王!魔王!杀人不眨眼的魔王!"

"罕子哥,这两年你有所不知,"梨花继续说,"光去年一年,李成梁就杀了你们建州一千多人。广宁城的四门,到处悬挂着女真人的人头!"

"命要还!仇要报!"努尔哈赤又走近梨花身边,重又抓住她的手,说:"梨花,这回你别走了,咱们留下一块做梁山好汉,杀尽人间的吃人魔王吧?"

"俺忍饥挨饿,跋山涉水,正是为了这个!"梨花止住眼泪,脸上泛起桃花似的红润,她笑着问道,"俺送你的那只翠玉戒指,还在吗?"

努尔哈赤憨笑着说:"就是丢命,也不能把它丢了!"

努尔哈赤刚要去拥抱梨花,突然山坡上响起脚步声。

下山挑水的范鸿,肩挑着桦皮水桶,满枝的桃花遮住了视线。等他绕过桃树,突然发现一对男女,正含情脉脉地说说笑笑,一时惊呆了。他躲闪不及,只好装着没看见,挑桶躲向泉边。

梨花眼尖手快,当她身边突然出现人影时,就闪电般地将搭在努尔哈赤肩上的手缩回来,用眼角轻瞟了一下来人。她发现来人十分面熟,就仔细端详起来。她惊疑地眨了眨眼,便飞也似的跑向范鸿,哽咽着喊道:"爷——爷——"

努尔哈赤听到喊声,顿时愣住了。范鸿也惊疑地打了个冷战,回头凝视。

这时,范梨花赶上前去,抓住范鸿的双手,泪如雨下,抽泣着说:"我是梨花!"

范鸿赶紧扯了扯梨花的衣领,摸了摸后脊梁上的一颗小红痦子,情不自禁,连连说道:"是我的孙女梨花!是我的孙女梨花!"

两人一个叫爷爷,一个叫孙女,弄得努尔哈赤目瞪口呆。

梨花见努尔哈赤痴呆的样子,就手指范鸿,道:"这就是我跟你讲过的爷爷,你认识他吗?"

努尔哈赤已和老人在一起生活三年,哪能不认识。不过,两人彼此谁也没提起过梨花,当眼前突然出现这样场面,努尔哈赤焉能不吃惊!他嗫嚅着反问梨花:"你不说爷爷的名字是鸿鹄的鸿吗?"

"那是爷爷的字。"梨花笑着说,"江字和鸟字合在一起是什么?"

努尔哈赤听罢,轻捶着脑门子,自愧地说:"我真糊涂!"

邂逅,把范鸿、范梨花、努尔哈赤的关系拉得更近了,感情更深了。

当晚,大伙听说范家爷孙二人意外团聚,梨花与努尔哈赤患难与共,意外重逢,都喜出望外。一个个为范老伯庆贺,用最好的吃喝招待新来的客人范梨花。

晚饭后,大伙七手八脚,伐木的伐木,搭架的搭架,铺草的铺草,扎门的扎门。不大工夫,就在窝棚后边,为范家爷孙二人搭起新窝棚。

明月高悬,夜风习习。众人入睡后,梨花与努尔哈赤坐在新窝棚后面的美人松下,倾心畅谈,对着明月叙说着衷情……

三

傍晚,范鸿点着野猪油小灯,放在窝棚后边的土台上,数着"计日杆"上的枫树叶,嘴里叨咕着:"一、二、三、四、五……"他一直数到用鹿皮筋串在一起的第十五个叶子,高兴地自语道:"明天是正月十五,元宵节。"于是他情不自禁地捻着长须吟咏起一首古诗:

玉漏铜壶且莫催,
铁关金锁彻明开。

谁家见月能闲坐,

何处闻灯不看来?

恰在这时,努尔哈赤掀帘进棚,他复述着"谁家见月能闲坐,何处闻灯不看来"的诗句,坐到范鸿的身边,笑着问道:"范爷爷,元宵佳节,为啥家家挂灯呢?"

范鸿对努尔哈赤有问必答。他点着一袋烟,吧嗒吧嗒抽着,说:"元宵挂灯,自古有之。相传很古很古的时候,天上有一只神鹅降到人间,在一座湖边落下,不巧,被一个猎人发现,一箭将它射伤。此事被玉皇大帝得知,便大发雷霆,降旨在正月十五这天派天兵天将到人间放火,把人间牲畜、财产全部烧光,替神鹅报仇。天宫有个善良的仙女,她十分同情人间百姓,便冒险下凡,把这不幸的音讯告诉人们。湖边的人们得到消息终于商量出一个办法来,就是在正月十五前后三天,家家户户门前挂上红灯,同时放火花、火炮,叫玉皇大帝误认为人间已经起了大火。到了这天,人间家家挂灯,户户放火花。此招果然见效,玉皇大帝就不派天兵天将了,所以才保住了人间的平安。以后每到正月十五,年年如此,习以为常。"范鸿讲毕,问道:"努尔哈赤,你喜欢看灯吗?"

"当然喜欢!"努尔哈赤笑着答道,"不仅喜欢,我还愿当报信的仙女呢!"

"什么,你想当仙女?"梨花咯咯笑着,突然出现在窝棚门口,惊奇地问。

"这个……"努尔哈赤红着脸,嗫嚅着。

范鸿见孙女走来,便捋着银须,叫孙女与努尔哈赤坐在一起说:"努尔哈赤想看看元宵花灯,爷爷陪你们去清河看看咋样?"

梨花点头答应。

当晚商定,明日带些皮毛、人参、药材,同爷爷一起去清河,赶马市,看花灯。

第二天清早,梨花把要进城交换的皮毛、人参、药材收拾妥当,分别搭在三匹马背上,等太阳刚冒红,三个人就各骑一匹,辞别众人,走出大秃顶子岭峡谷,顺着太子河的一条支流,直奔清河城。

清河城是辽东的五大边城之一,这里马市异常兴隆。梨花一路上碰上女真人携妻带子进城,便触景生情,怀春之意油然而生。她一路走,一路与努尔哈赤并驾攀谈,心情特别兴奋。进了马市后,范老汉借故看马,特意让努尔哈赤与梨花一起带着山货去换取所需之物。

努尔哈赤与梨花都像出笼的小鸟,哪还顾得上公平交易,买卖盈亏。他们匆匆地拿山货换了些谷米、油盐之后,就兴高采烈地到热闹场所,尽情地游玩。当梨花听到寒风中击鼓卖唱的小姑娘的声音时,几年前她在抚顺马市被人凌辱,努尔哈赤见义勇为的情景,又浮现在眼前,心里更觉得努尔哈赤人格高尚,品德可嘉,愈加爱他。吃中午饭的时候,梨花买了一个芝麻烧饼,一掰两半儿,给努尔哈赤一大半儿,自己留了一小半儿,坐在朝阳的土墙跟儿下,香甜地吃起来。如果在平时,努尔哈赤抓过半块烧饼,两口就能吞掉,可是今天,他却像小孩子嚼糖似的,张着大口,咬一小口,细细地嚼,慢慢地咽,仿佛烧饼上沾着最甜的蜜。是啊,经过苦难磨炼的人,最懂得心情舒畅的生活是多么甜蜜可贵。

日落西山了,范老汉又躲进一家大车店去歇息。掌灯时分,三个人聚到车店,范老汉催促着梨花:"快陪努尔哈赤逛逛元宵灯火吧!"

元宵节真不愧是灯节。努尔哈赤和梨花走出店房,迎面即见城楼纱灯高悬,把个城门楼照得明如白昼。穿过城门,更令人眼花缭乱。一家家门前红灯绿纱,锦幌彩带,把条条大街装饰得五彩缤纷,像神话中的仙境。

他们穿过一条东西大街,来到了十字路口,只听鼓乐喧天、华灯万盏,观灯的人流,络绎不绝。在沿街的一家家门口,各色花灯精细别致,各不相同。"嫦娥奔月""西施采莲""刘海戏蟾"争丽斗艳;荷花、栀子、葡萄、牡丹,千姿百态;鹤、凤、鹊、猴、鹿、马、鱼、虾,奇巧逗人。特别令人惊异的是"金鱼吐珠""画舫藏娇"的走马灯,看了更叫人赞叹不已,美不胜收。

梨花从小在爷爷的熏陶下,眼界很宽。她一边走,一边向努尔哈赤介绍道:"元宵挂灯的习俗,始于西汉,盛于唐朝。相传在唐朝时,每逢元宵佳节,宫廷里都要搭二十五座高大的灯楼。唐玄宗先天二年(713),在长安安福门外,由能工巧匠扎制了一个高十丈的巨灯,锦绣流苏,五彩斑斓。四周悬挂万盏花灯,千姿百态,火树银花,十分壮观。所以唐朝诗人有诗曰,'花萼楼前雨露新,长安城里太平人。龙衔火树千灯艳,鸡踏莲花万岁春。帝宫三五戏春台,行雨流风莫妒来。西域灯轮千影合,东华金阙万重开。'大阿哥,你不向往那太平盛世吗?"

努尔哈赤边走边听,他从梨花的谈吐中,不仅知道盛唐,而且加深了对梨花的了解。他崇拜得五体投地,仿佛和自己一起逛景的梨花,就是当年那些风流女才子。他激动了,在摩肩接踵的人群中,他偷偷地捏了一下梨花的手,身子靠得更近了。

走着,走着,迎面走来一队踩高跷的。一对又圆又大的纱灯引路,紧接着是华服丽帽、各式打扮的踩高跷的人:猪八戒、孙悟空,逗人发笑;关公、赵云,令人起敬;青蛇、白蛇,神姿仙态;吕布戏貂蝉更引来阵阵笑声。努尔哈赤一时看得双眼发直,两腿发酸。在紧锣密鼓中,一对古人装束的男女,手执彩球,又引来一对龙腾虎跃的狮子。那狮子耍得活灵活现,逼真异常。它时而搔痒舔足,时而打滚抖毛。文静时,憨然可爱;愤怒时,翻腾若龙。努尔哈赤看得出神,仿佛自己就是耍狮的青年武士。他不知不觉地抓住梨花的胳膊,似乎这只软乎乎的胳膊,就是那彩球的短柄。当狮子忽地腾空而立时,努尔哈赤竟把梨花的胳膊攥得疼不可忍,梨花不由得惊叫起来。

正在看耍狮子的人群中,忽听有人高喊:"那不是努尔哈赤吗?抓住他!"

耍狮子的武士听到叫喊,突然收住手中的彩球,鼓息锣停,全场肃然。众人朝呼叫者看去,只见那人身穿鹿皮长袍,头戴貂皮帽,横眉立目,在人群中挤来挤去。

第七章 梨花跳崖 草房成婚

一

塔克世站在人丛中,四方脸被近处的走马灯照得时红时绿。他手里握着绳子,山羊胡一抖一抖,隔着耍狮子的场地,不断呼喊着努尔哈赤的名字。小孩子看见他那青面獠牙的样子,顿时吓哭了。

场上人山人海,人们挤来挤去。塔克世十分焦急。自从努尔哈赤离家逃走,觉昌安无时无刻不在骂他,捎带着指桑骂槐地敲打着纳拉氏。塔克世心里十分憋气,只好点头答应派人去找努尔哈赤。可是事情偏偏蹊跷,他刚听说努尔哈赤被李永芳抓去,派人去找,抚顺卫所的人又说,努尔哈赤又被李成梁招去。当他再次急速派人去广宁时,努尔哈赤已骑马逃走,不知下落。李成梁不仅不说明真相,反而限塔克世一个月内交出努尔哈赤活人或尸首,如不遵命,还要罚塔克世五十张貂皮。塔克世一时像出油的豆饼,上挤下压,烦闷交集,得了一场大病。一个多月前,赫图阿拉进清河马市的人,突然听说大秃顶子岭八兄弟的音讯,就马上带着两个阿哈住进清河城的春来小店,天天到马市上去等下山进城买米买盐的努尔哈赤。

今日中午,塔克世在北门城楼下的一家小酒馆坐等山里人时,突然发现了努尔哈赤三人。可是塔克世没有认出他,一则努尔哈赤年已十九岁,身高体壮,胡髭挂唇,相貌已与几年前大不相同;二则努尔哈赤有梨花陪同,他想没有娶妻成家的光棍儿,哪能跟女人骑马并行？但是,做父亲的,从努尔哈赤的眉眼耳鼻的五官中,又猜定骑马的青年是自己的儿子。为了不认错人,他就悄悄地跟在努尔哈赤三人的身后。当日落西山时,由于马市上惊马骚乱,跟踪一下子被打乱。于是塔克世立即采取分兵把口的办法,派一个阿哈去堵清河城北门,自己带一个阿哈四处查找。

事有凑巧,当塔克世站在一家院门口的上马石上看耍狮子时,一眼瞥见了站在人群中的人,似乎是努尔哈赤。他急忙从上马石上跳下,挤进人群,细细地观察着努尔哈赤的一举一动。他从努尔哈赤浓重的眉毛、俊美的凤眼、挺直的鼻子、宽厚的耳轮中,认出站在人群中看热闹的青年,确是努尔哈赤。于是他再也控制不住自己的情感,就大声喊叫起来。

努尔哈赤听见有人叫他的名字,起初一愣,接着是刹那间的恐惧。他担心李成梁可能正派人搜寻自己和梨花。自己受些磨难倒不在话下,万一梨花被李成梁派的人抓回,那就要大难临头了。他下意识地转身欲跑,就在他手拉梨花胳膊的一瞬间,只见一个壮实高大的中年女真汉子正站在他面前,他抬头一看,竟是过去跟着爷爷的阿哈,心才平静下来。等塔克世挤到他眼前,叫了声他的小名,他才恍然大悟,明白是阿玛带人找他来了。于是,狰狞的继母、和善的爷爷、跛扈的塔昂开列、阴险的李成梁、可憎的尼堪外兰一连串的形象,迅即从他脑际闪过。他一时悲喜交加,流下泪来,便哽咽着,轻唤了一声:"阿玛!"

塔克世刚才还攥着拳头,准备见到努尔哈赤时,一句话也不说,先狠打一顿,然后绳捆索绑,用马驮回老家。可是,当他听到努尔哈赤温顺得像小羊羔似的流着泪叫了声"阿玛"时,他的心"咯噔"一下,随之拳头松开,竟情不自禁地也落下泪来。他自愧地低下头,心中暗自合计:这一切都怪心狠的纳拉氏和野心勃勃的尼堪外兰。没有这两个人,十四五岁的孩子,能离家这么多年,遭这么多罪吗？

努尔哈赤见阿玛落泪,心也软了。他喃喃着:"阿玛,我出来,不该不告诉您老人家一声。"

"孩子,别说了!"塔克世哽咽着,说,"都怪阿玛偏听偏信,使你这些年流落他乡。"

父子说着话走出人群,来到一家大门楼前的红纱灯下。

梨花虽非大家闺秀,但知情达理。她站在努尔哈赤身后,听他对挤过来的人施礼,叫"阿玛",就悄悄地溜回爷爷的住处,

当塔克世向努尔哈赤问起同来的一老一少时,努尔哈赤干咳了两声,不好意思地回答道:"是在山里一起采参的!"

塔克世听了毫不介意,就劝努尔哈赤回家,可是努尔哈赤只是摇头。最后,塔克世说出爷爷想他都想得饭食难下,瘦得十分厉害后,努尔哈赤才点头答应。当晚努尔哈赤向范家爷孙二人说清阿玛找他的来意,就回到塔克世的住处,准备第二天一早,就动身回赫图阿拉。

清河城离赫图阿拉一百多里山路,努尔哈赤跟着阿玛,骑着马,半天就回到家里。觉昌安见孙子回来,又惊又喜,当天就邀亲朋好友设宴庆贺。

席宴上,众人见努尔哈赤已长得一表人才,就争抢着为努尔哈赤说亲。

女真人婚俗简单。按老规矩,说亲从不用媒人,父母如果看谁家的女孩子才貌可心,就带着如意或玉玩、手串,直接到女方家求婚。如果女方家同意,也馈赠同样的礼物,作为定亲的标记。酒席过后,纳拉氏一反常态,突然关心起努尔哈赤的婚事来。一则她想淡化在众人心目中对儿子的过失,二则想找个能管束努尔哈赤的儿媳妇。所以,第二天就操办了一枚玲珑剔透的灵芝形的如意,催着塔克世到附近的佟家大户,求其长女为努尔哈赤做"萨尔甘"。

佟家满口答应,当即回赠如意,并商定了结婚的日期。塔克世及纳拉氏回到家里,向努尔哈赤把定亲的事一说,努尔哈赤顿觉脑袋"嗡"的一声,血往上涌,不一会儿身冷手凉,"扑通"一声倒在地上。意料不到的场面,吓坏了觉昌安,他连忙把塔克世夫妇打发走,把努尔哈赤抬到自己的住处,请汉医大夫为他诊脉治病。大夫看过,并没用药,只是让努尔哈赤安静地躺在炕上,头搭在炕沿上,脚下垫了两床被子,喂了半碗糖水,静静入睡。

到了晚上亥时,努尔哈赤才渐渐苏醒过来。他神志清醒后第一句话,就是轻轻地呼唤"梨花"的名字。

坐在他身边的觉昌安看见他嘴动,根据他呼喊的声音,以为他在说"布达"。于是叫贴身阿哈,从厨房端来备好的饭菜,叫他吃。可是努尔哈赤摇摇头,连一滴水也没喝。

觉昌安十分焦急,一再劝他吃些东西。努尔哈赤怕爷爷上火,才勉强吃了一块饽饽,喝了碗鸡汤,安慰爷爷几句,就又蒙头睡去。

天过寅时,窗外微明。努尔哈赤悄悄地起来,用木炭在桦树皮上写了"爷爷我走了"五个字,压在爷爷的烟壶下,溜出房门,牵着一匹马,偷偷返回老秃顶子岭。

二

长白山里的冬天是寒冷的。茫茫积雪,一片银白。努尔哈赤骑着一匹枣红马,行走在山路上,穿过原始大森林,心里豁然开朗。他眼望着远处起伏的山峦,想念起梨花。他喜欢她美好的心灵、爽朗的性格和渊博的才学。她在仇人面前,像一把不弯的钢刀;她在亲人面前,像春天的暖风。一个有志于戎马生涯,想干一番事业的人,有这样的人做伴,岂不终生幸福!马在雪原上奔驰,努尔哈赤观赏着悬崖上的挺拔青松,又想起范老伯。他敬佩老人的人品、博古通今的才学,他确有诸葛亮的智慧、关云长的武艺,范老伯应该为神州大地出力,可惜大明朝当今皇上昏庸,豺狼当道,人才被埋没。

冰凌花迎风怒放,一朵朵开遍山崖,卧在洁白的冰雪中。望着它,努尔哈赤想起老秃顶子岭上的七个兄弟,他为他们这些阿哈的命运惋惜,为他们主持正义而当了囚犯鸣不平。苍天呀!莫以为他们真是杀人犯、穷命鬼,他们像冰凌花一样洁白,老秃顶子岭上的八个兄弟,是世上最好的人。

快马加鞭,风驰电掣,不知不觉来到老秃顶子岭山口。他马还没进桃花泉,叶克书就站在大窝棚前发现了努尔哈赤,他跳起来大叫一声:

"山寨王回来了!"

山寨王是大伙听了范老伯讲瓦岗寨之后,给努尔哈赤起的绰号。众人得知努尔哈赤归来,一个个钻出窝棚相迎。大伙在一起唠扯了一阵,只见额亦都接过努尔哈赤的马缰绳,直掉眼泪。

急性子图鲁什看见额亦都泪水满面,马上凑过去,扯扯他的马蹄袖,小声道:"你一点儿也耐不住性子!"

声音虽小,但努尔哈赤却一字一句都听清了。他不解地问图鲁什:"你们叽咕些什么?"

不问倒罢,一问,图鲁什也禁不住"哇"的一声哭起来了。

努尔哈赤见此情景,便焦急地问道:"你们哭什么?山里发生什么事啦?"

办事稳当的安费扬古见努尔哈赤急得两眼通红,就故意缓慢地把他先拉进窝棚,慢慢地讲述起大伙悲恸的原因。

原来元宵节那天,努尔哈赤与范鸿爷孙二人分手后,当晚就被清河城游击马林发现。事前,李成梁曾有言在先,对梨花逃跑可能去的地方,都跟驻守明军一一打过招呼,将梨花的年龄、长相书函各地,并密令:如捉住此人,将赏白银五百两。所以,当梨花逛马市时,就引起马林的注意,不过他离开广宁已几年,记不起梨花的长相,只好派人跟踪。

事情偏偏凑巧,第二天尼堪外兰派到清河城给马林送礼的塔昂开列来到城里。在酒席上塔昂开列讲起夜追努尔哈赤,带兵搜寻落水的梨花时,马林突然眼睛一亮。第三天就邀塔昂开列上山,随着跟踪的明军士兵,一步一步追到老秃顶子岭,找到了范家爷孙二人的住处。

那天,因八兄弟进山围猎,家里只剩下范家爷孙二人。塔昂开烈闯进窝棚,见梨花正披发梳妆,他一眼就认出了梨花。塔昂开列一声吼叫,明军像一群狼似的蜂拥而上。范鸿凭着他一身武艺,与明军搏斗了一个时辰。但明军人多势众,猛虎架不住群狼,再加年高气短,争斗不久,终被明军捉住,绑在松树上。

范梨花见势不妙,就冲出窝棚,直奔西山。此刻,她知道,被明军捉去没好,躲藏又来不及。于是她跑到断头崖上,纵身一跳,落进大山涧……

努尔哈赤听了没有落泪。当他站起来的时候,身旁条筐里的十个野鸭蛋竟被捏得粉碎。仇,满胸满腹,如火灼人。

他强压怒火,到范鸿的住处,安慰安慰老人。范鸿性情刚烈,哪受过这种气?他见努尔哈赤回来看他,一时老泪横流,他紧紧抓住努尔哈赤的手,说:"孩子,我恐怕不行了。日后要记住,人不抱团儿,就要受欺。一个部落、一个民族四分五裂,就不可能兴旺。"说完呼地吐出一口鲜血,不一会儿就断了气。

军师暴死,八兄弟十分痛心。翌日,大伙以女真人的礼节,戴着孝带子,一一领受了一点军师赐予的"克食",把范鸿埋葬在离窝棚不远的松林里。

冰雪融化,草木发青,转眼间到了清明节。这天,八兄弟为军师扫完了墓,刚刚回到窝棚,只听山谷传来嘚嘚的马蹄声。众人钻出窝棚朝山口看去,只见一老一少骑马奔上山来。

努尔哈赤望着老者的身影,一惊:"这不是爷爷吗?"他掸了掸马蹄袖,刚要上前去接,可觉昌安却突然跳下马来,气喘吁吁地面山而跪,叩咕道:"山神河神,我觉昌安从未做过亏心事,请您好好管教管教我的孙子,让他改邪归正。如若他再不跟我回家,我就一头撞死在老秃顶子岭!"

安费扬古见老人亲自上山,言辞恳切,觉得此事非同寻常,就慌忙上前,将老人扶起,道:"大人,请放心,我们一定劝努尔哈赤回家安居。"

"不,我要他亲自点头。"觉昌安一指努尔哈赤说。

努尔哈赤见爷爷出马登山,早已感激得鼻酸泪涌。说实在的,凭爷爷的骨肉之情,他愿意回家,可是一想到会见到继母,就觉得在家难住半天。如今自己心上的人、亲近的人已被逼得死的死、亡的亡,不报此仇,心亦不安。与其深山隐居,不如早日出山,闯荡闯荡,扫尽天下的不平。于是他含泪应道:"爷爷请起,孙儿听从。"

觉昌安捻须站起,就在众人陪伴下,进了窝棚。当他掀帘进去,看到卧榻养病的柯什柯时,心中十分难过,他本来想对这个逃跑的阿哈狠狠地教训一顿,可是见他有病在身,卧榻不起,就劝慰道:"明天跟我们回去吧,老夫也有过失。"

"哪里,哪里。"柯什柯感动地欠身坐起,披上袍子,连忙向老家主请安。

三

六月初六傍晚,鸡鸣山下,努尔哈赤新盖的三间草房,热闹异常。房里房外贴满大红喜字,院子里接亲贺喜的女真人,一个个穿戴一新,等候喜轿的到来。

长庚星在西天闪烁,屯子里的鸡鸭刚入圈上架。这时就听山后紧锣密鼓,细乐盈耳,吹吹打打地从山冈传来。

"喜轿来了!喜轿来了!"看热闹的孩子们呼喊着从村口跑向山冈。

"点火!"

"掌灯!"

新房里外更加热闹。随着快乐的叫喊声,院里院外的松树明子一起点着,炕上生起了火盆,红烛火光照得四处一片红。鼓乐声越来越近,鞭炮声响彻山谷。

"喜轿到!"随着司仪的呼喊,四人抬的小轿进了栅门,在铜钱扬撒满地的叮咚声中,迎亲的司仪手执达子香做前导,把轿从炭火盆上抬过,取其兴旺。

轿在院中落平,这时喜房外间已经摆好天地神马桌,桌上放着弓箭和用红纸裹着的新秤杆儿。努尔哈赤身着崭新的袍褂,在女司仪的引导下,把一弓一箭交到他手里,说:"向轿门连射三箭!"

努尔哈赤刚要弯弓搭箭,女司仪赶忙小声嘱咐道:"别慌!别慌!箭朝轿底射,不要伤着新娘子!"

三射箭完,就有人打开轿帘,从轿中搀出一个红布罩甶、红袍红裤的新人。

新娘子走下轿,踏着红地毡,由两名儿女双全的"全福太太"搀扶新娘进洞房,先跨过门槛上的马鞍子,然后进屋与新郎并坐在炕上,放下幔帐"坐帐"。

努尔哈赤与未见过面的新人并坐在一起。这时,他想起才貌双全的梨花,想起她那羞花的面容,明亮动人的杏儿眼……他轻叹了一声,暗想:此刻,若是她该多好呀!

"揭盖头!"女司仪把秤杆儿交给努尔哈赤。他犹豫一下怅然地将新娘的盖头挑下,见新娘圆圆的脸蛋,大大的眼睛,弯弯的眉毛,红红的嘴唇,不丑不俗,不胖不瘦,才略得自慰。但当他在炕上盘腿对坐,喝交杯酒时,吃"阿什不乌密"、"子孙饽饽"时,当他在入睡前,吃"长寿面"时,眼前总浮现出梨花的影子。

努尔哈赤娶了佟甲氏为妻,过了数日,他情绪才略有好转。

佟甲氏,名哈哈纳札青,她为人厚道,性情温顺,体贴人,知书达理。她经常劝说努尔哈赤,渐渐成为努尔哈赤的知音体己人。

一天晚饭后,努尔哈赤夫妇回到自己的房舍,点上酥油灯,坐在炕头歇息。努尔哈赤背靠着东墙,手把着长杆烟袋吸烟。他吧嗒吧嗒一连吸了四五袋,一句话没说。佟甲氏坐在他对面,一面纳着鞋底儿,一面瞅着他,最后小声问道:"我看你这两天心情不好,有啥事也不能老闷在心里呀?憋出毛病来,可咋办呀!"

努尔哈赤见她如此体贴,就叹了一声道:"我现在像笼子里的小鸟,自打十岁那年生母去世,我心里就无着无落。后来尼堪外兰、李成梁之辈又加害我,弄得我颠沛流离,无家可归。今天好不容易有个家,可又觉得大丈夫不能老做房檐下的家雀,应该像苍鹰那样,到广阔的天地里去翱翔,干一番大事业,才不致空活百岁!"

佟甲氏听了极受感动,她放下手中的针线,又拨亮了油灯,劝说道:"你说得极是。男子汉应该有男人的志气。人生在世,不能枉度岁月。为妻很佩服女真的英豪阿骨打、海陵王、金世宗。他们能征善战,统一部族,创制文字,颁布法典,开疆扩土,不愧一代天骄!"

"那你愿不愿我也做一代天骄?"努尔哈赤丢下烟袋,凑近妻子,抓住她的手问。

佟甲氏脸儿红了红,娇媚地说:"当妻子的,谁不望夫成龙,有哪个愿丈夫当个大狗熊?"说着,佟甲氏轻轻地拍打着努尔哈赤的脊背,轻轻摇了几下。

努尔哈赤见妻子如此通情达理,就猛地站起来,慷慨激昂地说:"那我明天就招兵买马,轰轰烈烈干他一场,重振大金的宏业,你当我的大福晋,不知你意下如何?"

"哎呀!你还想搞三宫六院,娶七十二个小老婆?"佟甲氏鼓着娇美的小嘴,怫然而视,右手狠狠地掐了一下努尔哈赤的小腿。

努尔哈赤"哎哟"一声,欢欣地向坐在炕头上的佟甲氏扑去。

正当他扑倒在爱妻的怀里,忽听窗外"哗啦"一声,他俩都惊愕地朝高丽纸糊的窗外看去。

原来,继母纳拉氏趴在窗下,正偷听努尔哈赤小两口的私房话,一不小心把窗台上喂鸡的破碗碰到地下,摔在石头上。她慌忙转身向自己房里走去。

纳拉氏回到屋里,十分恼火。她原打算为努尔哈赤娶个管家婆来管束他,成为自己的心腹,没料到结婚不几天,两个人就这么情投意合,夫唱妇随,恩恩爱爱,纳拉氏失望了。她正气急败坏地翻腾着衣物,塔克世突然闯进屋来。

纳拉氏正憋着一肚子火没处发,猛然间丈夫站在眼前,于是心中之火,似火山的岩浆一下子冲了出来,便大哭大叫道:"分家!分家!"

塔克世对妻子突如其来的号叫,一时茫然,他左躲右闪,和又抓又挠的妻子在屋里打起转来,不解地问:"全家好好的,分什么家呀?"

"哼!都是你养个好儿子,娶个好媳妇。"纳拉氏吵吵嚷嚷,编造着儿女的不是,说,"小两口见我都不打千问安,还卷着袖,难道你们爱新觉罗家里一点儿老规矩也不讲?"

"噢!"塔克世恍然大悟,规劝道,"原来是这么点的小事。也许天热,他们卷起袖子,一时忘了。对自己的儿女何必动这么大的肝火?"

"哟,这还是小事!做小辈的,目无尊长,今天不行礼,明天就敢砍你的头!"

"也不能拿根针,当顶门杠呀!"

"噢!你们可真是亲爷们儿,一个鼻孔出气,在你的家里,只有我是外人,那好吧。"纳拉氏一边翻箱倒柜,一边号叫,"明天不分家,我再不进你家门。"说着拎起包裹,就要去马棚牵马,准备当晚回娘家。

努尔哈赤两口子忙出来赔罪,可越劝说纳拉氏越跳脚,后来好说歹说,纳拉氏才算安静下来。

第三天,塔克世向觉昌安说了要分家的事。觉昌安一听就火了。他跳着骂道:"孩子成家几天,就闹着分家,你们不怕人家笑话?"

塔克世只好唯唯诺诺地点头,不敢多说一句。但家不分,跟纳拉氏就无法交代。又过了两天,觉昌安也被儿媳妇搅得无可奈何,只好答应把努尔哈赤分出去。当晚,觉昌安把塔克世父子叫到一起,以长辈的身份各自嘱咐了一遍,最后对努尔哈赤说:"这次分家,你阿玛同意给你五匹马,两个阿哈。男子汉志在四方,山里有的是人参、貂皮,荒地任你开垦。往后你能不能有出息,就看你自己的了。"

努尔哈赤赶忙向祖父、阿玛、继母施礼致谢。三天后,他用分得的几匹马驮着所有的家当,迁居到赫图阿拉东四十里苏子河北岸的山沟里。不久在坡地上,盖了三间土墙草顶的新房。

努尔哈赤在山沟沟定居后,每日早起上山挖参、打猎,晚上回家习兵练武。三五个月到抚顺马市跑一趟,将采来的山货换给汉人,带回些衣食用品。间或,有下山的"七兄弟"前来拜访,日子还算过得如意。婚后第二年,佟甲氏生了个女孩,取名东果格格。

女孩满月那天,觉昌安骑马前来看望重孙女。当他在努尔哈赤新居的山口刚跳下马,忽然从道旁树林子里走出一个女子,那女子问道:"请问大人,努尔哈赤家住何处?"

觉昌安捋着马鞭子,惊疑地问:"你找他干什么?我是他爷爷,你说吧。"

梨花立刻跪下,将自己跟努尔哈赤几年来的交往,简约地说了一遍。

原来,一年多以前,梨花在老秃顶子岭上被明军逼得跳山涧后,身子受伤挂在悬崖的孤松上,傍晚被一个姓万的猎户老人救下。

觉昌安听梨花说完,说:"努尔哈赤已另娶了妻子。"说着,他掏出几块银子放到梨花手心,"孩子,你离开这儿吧!"

梨花没要银子,擦干了泪水,转身就走。

第八章　投军入伍　发誓起兵

一

夏日的傍晚,几只喜鹊从这枝儿跳到那枝儿,在草房后的大杨树上"喳喳"叫着。

努尔哈赤站在杨树底下,手握一张招兵告示,走来走去。他站下自语:"李成梁招兵,去不去呢?"这时他暗自合计:自从下山回家,整日老婆孩子、柴米油盐,困得寸步难行,即使每日早晨习兵练武,也终归是纸上谈兵!这样下去,焉能成将才!更不能报仇雪恨!如果在疆场驰骋几年,真枪实刀地干他一番,不就可以练就一身真本事吗?万一能带兵打仗,弄他个一官半职,统率千军万马,不就可以垫个底儿,由小至大,由弱变强,与尼堪外兰之辈争个雌雄,再杀李成梁个回马枪吗?

想到这里,努尔哈赤下意识地又摇了摇头,叹息道:"不成,不成,万一李成梁认出我是五年前他要邀功的钦犯,那时怎么办?"

"成!成!"努尔哈赤话刚落音,忽听身后传来爷爷觉昌安的声音。

努尔哈赤回头,见爷爷也拿着一张招兵告示,笑嘻嘻地走来,连忙打千问安。觉昌安见努尔哈赤手里也捏着告示,便说:"看来,咱爷孙二人想到一起了!你不必担心李成梁会找你麻烦。一则,你可以改名换姓,混进军队,千军万马,李成梁很难发现;二则,即使有人发现,向李成梁告密,他也不会当场把真相说破,因为五年前,他已向北京钦天监报了功,已火烧'混世龙',在皇上那里领了重赏。如若他把'混世龙'努尔哈赤未死的消息透露出去,那就要治他欺君之罪。"

努尔哈赤惊喜地点着头。

"至于……"觉昌安把花白的长长的辫子盘到头上,又说道,"至于李成梁不重用异族人,这不必担心。女真人和汉人长相一样,风习接近,都穿上军服盔甲,难分难认,只要作战英勇,自有出头之日。"

三天后,觉昌安就以建州左卫都指挥使的名义,给李成梁写了封信,从本卫挑选了十九名身强体壮的女真小伙子,由努尔哈赤带领,投奔李成梁。信上写道:

总兵大人台鉴:

兹选派本卫二十名男丁,投您帐下,以孝敬大人。望大人多多栽培。

建州左卫都指挥使觉昌安叩首

努尔哈赤到广宁后,很顺利地以佟大郎的名字,编进明军。不久,婆猪江建州卫王兀堂起兵,发兵数万,攻占明境边城,烧杀淫掠。王兀堂采用稳扎稳打的办法,攻一地占一地。王兀堂很快攻至鸦儿河岸,然后踞山守城,凭借天险河谷,安营扎寨,休养生息,以待再战。

王兀堂的起兵,引起万历皇帝的震惊,马上令李成梁率兵前去镇压。李成梁接令,立即带兵连夜赶到鸦儿河。可是,他脚跟还未站稳,就立即遭到王部的猛烈反击,一时箭如飞蝗,使明军寸步难行。当晚,李成梁坐在临时军帐中,召集各路军马领兵议事。军帐里烛光荧荧,鸦雀无声,一个个蹙眉叹息。李成梁见众人神情沮丧,马上问道:"诸位领兵,为何愁眉不展?"

心直口快的右翼大将霍地站起道:"夷人凭借河水天险,踞守一地。眼下,吾军既无兵船,又无水兵,怎能过河?河水难跨,何谈攻城?"

"言之有理!言之有理!"六路领兵齐声附和,帐内又是一阵沉默。

"啪!"李成梁猛然从腰中抽出皇上赐给的宝剑,往桌上一摔,立着眉毛喝道:"有个屁理!难道大明朝的十多万兵马,就攻不下几万夷民的乌合之众?鸦儿河不破,我这个新封的宁远伯怎么向皇上交代!"

一个白胖子谋士见总兵盛怒,上前禀道:"小人尚有一计,不知可说不可说?"

"说!"李成梁的大手啪啪拍着桌子说。

"大人向来主张对夷人以夷治夷,今日何不从夷人兵卒中,挑些有智有谋者,前来献策?"

李成梁蹙了蹙剑眉,思虑片刻道:"所言极是。"

当下,从六路军营中挑选了一些女真、蒙古族兵卒,连夜进帐,听候总兵吩咐。李成梁见进帐者一个个惊恐不安,就连忙叫人给每人端来一杯热茶,热情招待。等一个个仰脖喝光,李成梁马上满脸堆笑地说:"今日本帅与诸位有一事相商。"

接着一位随军女仆递上水烟袋。他边抽边道:"眼下我大明朝的军队与逆贼隔河相望,他们凭借一河之险,拒我于大河之西。如今我军既无军船,又无训练有素的水兵,很难渡河歼敌。为此,请诸位进帐献策。"

起初,空气很沉闷,十几个人一言不发。后来一个长着两撇唇髭的大个子耐不住性子,先开腔:"明军与王贼以十对一,渡河强攻便可以完全取胜。"

李成梁摇了摇头道:"不妥,那样我军损失太大!胜负难说。"

"大人,"又一个矮墩墩的中年兵卒拱手道,"老话讲,三十六计,走为上计,我们为啥不能逆河而上,从河道最狭的地方冲过去,然后回头冲向王兀堂所占之地,杀他个措手不及?"

李成梁捻了捻短须,不动声色地说:"此为下策。据探兵报,能抢渡的地方,离这有四五百里,再加之途中翻山越岭,来回要走上千里的路程,那样会把队伍拖得兵疲马乏。再说,皇上下谕,要我们速战速决。因此,此为下策。"

站在众人之后的努尔哈赤,本不想进帐,因为他不想看见自己的仇人。当传令兵把他推进帐内,他又故意躲在众人身后,找了个不显眼的犄角,佯装疲乏的样子,低头沉思。但当李成梁装腔作势地说兵论法时,他又不知不觉地抬起头来,瞥一眼李成梁那表面和蔼,实则狡黠的面孔。他马上想起梨花及自己九死一生的遭遇。他恨不得立即抽出长剑,刺穿这个冠冕堂皇的人面禽兽。然而,可惜进帐时兵器早被帐外的兵卒扣下。想到这里,他下意识地摇了摇头,又强忍心头怒火,自我劝慰着:小不忍则乱大谋,要想砍倒眼前这棵大树,还得先靠这棵大树。接着,他又想起范鸿的忠告、爷爷的寄托、大秃顶子岭上诸兄弟的期望。于是他慢慢挤出人群,向前施礼道:"小人倒有一计。"

李成梁一连听了七八个人的献策,觉得都不可取,他无精打采地坐在垫着东北虎虎皮的太师椅上,连连打着哈欠。当努尔哈赤站到他面前时,他半眯着眼睛,应付地说:"说吧。"

努尔哈赤马上平身直立道:"兵法讲,知己知彼,百战不殆。以小人之见,此战应以己之长,攻他人之短。吾军人多势众,只要攻之城下,便宣告对手兵败。"

"哗众取宠!"李成梁晃动着身子,不耐烦地说。不过,他琢磨了一阵儿,又觉得面前青年的话有理,就又瞥了一眼身披盔甲的努尔哈赤道:"我想听你说怎么过河?"

努尔哈赤见李成梁不可一世的神态,本不想再说下去,但转念一想,机不可失,于是便慷慨陈词:"当年诸葛亮能草船借箭,大破曹军,我们就不能先收箭,后攻城吗?"

"什么?"李成梁蓦地站起来,仔细问道,"你说什么?"

"先收箭,后攻城。"努尔哈赤不卑不亢地回答着。

"箭,怎么收法?城,怎么攻法?"李成梁颇有兴趣地凑到努尔哈赤面前忙问。

努尔哈赤依然笔直如松,侃侃而谈:"我们攻城不得要领的原因,并非水深浪急,而是敌军飞箭如蝗。如果我们能使对方箭尽弓废,岂不就可以瓮中捉鳖吗?"

为了保守军事机密,努尔哈赤便伏到李成梁耳边,一一陈述了收箭的想法。

李成梁听罢,拍着努尔哈赤宽厚的肩膀,哈哈笑着,连连点头。于是李总兵下令,当夜各路兵马,披星戴月,进山割草,各扎二百个草人。拂晓前,各路大军总共扎了一千二百个草人,及时送到河岸。寅时未过,一千多兵卒举着草人,趴在河岸,齐声呐喊,鼓声震天,摆成佯攻的阵势。

王兀堂听到呐喊之声,真以为明军过河攻城,忙命令弓箭手万箭齐发。东方刚露曙光,明将马上命令手持草人的兵士退下,然后把刚宰过的三百只羊的血洒到河岸和水里。天亮时,王兀堂远眺河岸,见对岸血流成河,暗自欣喜。当天就杀猪宰羊,犒劳弓箭手。

李成梁见用草人眨眼之间弄来敌军六七万支雉尾箭,高兴得在军帐里跳了起来。这样连续佯攻了三天,使敌军丧失了二十多万支雉尾箭。第三天黎明又收起草人,仍将箭头取下,各路军马进营歇息去了。李成梁忙叫人把努尔哈赤找来问道:"佯攻何时结束?"

"今日。"

"为什么?"

"据小人到永奠马市暗查,王兀堂近年到那里共买了万把斤生铁。每个箭头照一两生铁计算,他总共不过十六七万支箭。眼下他已失去二十多万支,就是说连平日积攒的箭头都用上了。大人如若把敌军射来的雉尾箭,细细察看,就会发现,今天射来的箭尾之雉毛已经变色,略可闻到霉味。据此可推测,敌军今天已经翻库倒箱,接近箭尽的境地。今天晚上,如果我们再佯攻片刻,便可乘胜过河,连夜攻城。"

努尔哈赤的精细、智谋,颇得李成梁的赞赏。李成梁听罢,连忙双手拍着他的肩膀,夸奖道:"佟大郎,好好干,将来我拨给你三千精兵,做我的先行官。"

当晚,月色朦胧,李成梁集合十万重兵,分三路进军。中路派兵二万,举火把,执草人,在河岸摆开阵势,击鼓呐喊,时攻时退。其他两路,各派兵四万,各自在中路附近搭浮桥偷渡。

站在对岸城头的王兀堂,这时朝明军营中观望,他眼见火光冲天,鼓声震耳,立刻调动全城兵马出西门直奔中路堵截。两军在河水里、河岸边交战半个时辰。明军佯装大败,纷纷逃回军营。正当王兀堂收兵进城、狂笑不止时,忽听城南门杀声震天,几万明军潮水般地涌进城里,这时他才如梦方醒,哀叹了一声:"哎呀!我中了调虎离山之计了!"

厮杀声、马叫声、狗吠声交替从城内传出城外。王兀堂骑在马上自觉大势已去,难抵明军十万大军,于是赶忙跳下马来,化装成平民百姓,弃城而逃。

鸦儿河之战结束,李成梁立刻把化名"佟大郎"的努尔哈赤召进内帐,留他充当谋士。

二

一弯新月挂在蓝色的夜空上,满天星斗眨着眼睛。

李成梁为庆贺连日大捷,喝得酩酊大醉。他仰面朝天地躺在军帐里的花毯子上,睡得像头肥猪,不停地打着鼾声。

努尔哈赤为他擦好了剑,装进剑鞘,就坐在帐里红纱灯下,背靠着帐柱,守护着总兵大人。

夜,静得出奇。整个军营,除了守夜巡逻的梆子声,就是蛙声和蛐蛐的低鸣声。努尔哈赤连打了几个哈欠,从腰间解下烟荷包,刚想抽袋烟,突然一失手荷包掉在地上,一个绿色的东西从荷包里滚出来,在地上打着转儿。他慌忙拣起,见是翠玉戒指,马上戴在小手指上,抬起手,用嘴吻了吻那戒指。

这是九年前,梨花在广宁城葡萄园里送给他的礼物。此刻,他见物生情,想起梨花,忆起抚顺马市相遇;广宁城葡萄园里的幽会;夜半骑马出逃;老秃顶子岭上的知心话;清河城元宵逛花灯……想起往事,酸甜苦辣顿时涌上心头。他叹息了一声:"她死得好惨!"

怒火在他胸中燃烧,他陡然站起来,走到挂着宝剑的帐柱前,抽出长剑,悄悄地走向熟睡的李成梁。这时,帐外传来脚步声。

"佟大郎!"帐外来人喊道。

努尔哈赤赶忙把剑收起来,放回鞘内,走到帐门口。

"副总兵有请!"

努尔哈赤轻轻地应了一声,便低着头,离开了李总兵的大帐。

翌日，日升东南，李成梁正坐在大帐里对将士论功行赏，忽然一个探卒跑进帐内来报："总兵大人，苏克苏浒河部图伦城主尼堪外兰前来祝贺！"

"请！"李成梁欠欠屁股，打了个手势，得意地抿了抿唇髭，又重新端坐。

不一会儿，一队抬猪牵羊的人马，在尼堪外兰率领下，吹吹打打，来到军帐前。

李成梁坐在太师椅上，隔着白纱帐帘，见尼堪外兰笑吟吟地进帐，待他施礼之后，便站起来，客客气气地说道："城主请坐！城主请坐！"

尼堪外兰依照汉人的礼节，坐在右侧的宾客席上，兴致勃勃地观看军帐中的奖赏仪式。

尼堪外兰施礼入座，忽然瞥见书案上对联的艳诗亵词，便两眼眯成一条线，奸笑道："总兵大人，听说古勒城主有个盖世无双的漂亮小女子，小人本打算当个红娘，收到大人门下，可是城主阿太这混账东西，矢口不从，反诬大人是……"

"是什么？"李成梁瞪着眼珠子，追问道。

"小人不敢直言！"尼堪外兰故意装作十分敬重的样子，挑拨道。

"说！与你无关。"李成梁掸着袖子上的纸屑说。

尼堪外兰装出不好意思的样子，道："他说李大人是关外有名的老色鬼、刮财虎，谁家有好闺女，也不会往广宁火坑里送。"

"大胆！"李成梁恼羞成怒，气得抓起白玉镇纸往青砖地上一摔，伴着玉石的粉碎声，吼道，"小小城主，竟敢污辱当朝总兵！"

"还有更恶毒的话！"尼堪外兰火上加油地说，"他还说，一旦他，或者爱新觉罗一家掌了兵权，就先杀专会搜刮民财的李总兵！"

"住口！"李成梁听了，像一头发怒的狮子，仿佛眼前的尼堪外兰，就是古勒城主阿太，大声呵斥道。

尼堪外兰吓得身子一哆嗦，端起的茶滴滴答答洒了一地。他舔了舔嘴唇，见时机成熟，就站起来，凑到李成梁身边，说："万历年初，您领兵火攻了王杲的山寨，杀死了他的父亲，使全寨人畜几尽。我想，阿太对此灭门之举,杀父之仇,不会忘记的。所以,以小人之见,先下手为强,除去这条祸根。"

李成梁觉得言之有理,于是下令次日发兵围攻古勒城。古勒城离广宁四五百里路,李成梁带着三千人马浩浩荡荡地出兵了。一路上晓行夜宿,穿过辽河,绕过沈阳,逆浑河而上。他们越过辽东边墙,在萨尔浒略作停歇,就直奔古勒城。

古勒城主阿太的妻子,是觉昌安的孙女。觉昌安听说李成梁率领大军,要围攻古勒城,心里十分焦急。一日他带着儿子塔克世,率领一队轻骑前往古勒城助战。

觉昌安父子被阿太迎进城里,刚刚关上城门,李成梁的三千人马就开到城下。明军略作歇息,就列阵攻城。一时战鼓齐鸣,杀声震天。一个个披甲的明军,手执盾牌,握着大刀,架起云梯,蜂拥而上。

古勒城据山依险,防守很严。全城老幼在阿太的指挥下,万箭齐发,矢如飞蝗,很快打退了明军的初次进攻。

守城、攻城持续了一天,双方互有伤亡。黄昏时分,觉昌安登上城楼朝四外一看,只见明军营帐点点,遍地炊烟。他心里十分焦急。他走下城楼,见了阿太,连忙说:"外面明军攻城很紧,我看晚上我带孙女先走一步,免得发生意外。"

阿太笑笑说:"我的城墙坚如磐石,料明军难以攻破,眷属用不着出城。"

觉昌安急得在屋里乱转,最后恳求道:"好孩子,万一城被攻破,后悔就来不及了。"可是,任凭觉昌安说破嘴皮子,阿太就是不同意。

阿太骁勇善战,他多次亲自出兵,绕城冲杀,明兵伤亡很重。李成梁眼见数日攻城无效,心里十分恼火。一天晚上,他坐在军帐里,差人找到尼堪外兰,当场训斥道:"我军围城数日,死尸成山,损兵折将,都是你拨弄所致。如两天之内再拿不下古勒城,就拿你问罪!"

尼堪外兰连忙跪下,哀求道:"小人愿假装进城招抚,此计不成,我甘愿拿人头见您。"接着,他站起来,跟李成梁耳语一番,就退出军帐。

第二天清晨,尼堪外兰单枪匹马来到古勒城南门外,他坐在马上向城上大声喊道:"我要见建州左卫都指挥使觉昌安大人。"巡城人员马上回来禀报,觉昌安随即登上城楼,向下俯视,见是尼堪外兰,心里顿时生疑,便暗自合计:"他怎么知道我到古勒城的?此刻,大兵压境,他来干什么?"

正在觉昌安犹豫之际,尼堪外兰又高声唤道:"小人求见都指挥使大人,替明军议和。"

觉昌安听是来议和,见他身后无兵无卒,为了全城老少的安全,就不计旧仇,命兵卒开了城门,把尼堪外兰迎进大堂。

众人坐定,尼堪外兰依然起身多次抱膝请安。觉昌安见尼堪外兰如此虔诚,就单刀直入地问:"汝从何来?"

尼堪外兰连忙答道:"刚从明军军帐里出来。总兵大人说,他不知都指挥使与古勒城主有亲戚关系,所以发兵冒犯。今闻您远道施救,方知你们两家有翁婿之亲。今小人在总兵面前替您说情,李总兵才答应议和退兵。"

"此话当真?"觉昌安迫不及待地追问道。

"小人不敢说谎!"尼堪外兰又站起施礼道,"不过,我想大人若能令阿太城主,向大明朝每年按时进贡,李总兵一高兴,定会向皇上替您邀功封爵,以统领整个建州。"

觉昌安听了尼堪外兰的甜言蜜语虽然半信半疑,但总觉得舒舒服服,就连忙追问道:"你说的话,是何人之意?"

"如若总兵大人不点头,小人怎敢胡说八道?"尼堪外兰嘴里喷着唾沫星子,又添油加醋地说,"小人曾在总兵大人那里,见到皇上新赐的'龙虎将军'印,还有什么建州卫都督敕书。如若不信,请大人明天就去李总兵府上过目。"

觉昌安信以为真,当日就设宴款待尼堪外兰。

次日,城下明军各路军马,果然一齐退下。阿太见敌军尽退,心里十分高兴,连忙备办盛宴,烹羊宰猪,一则拜谢觉昌安父子救援之恩,二则想趁机使赫图阿拉与图伦两城言归于好。开席之后,众人开怀畅饮,喝得酩酊大醉。

城内百姓见尼堪外兰神通广大,使两军休兵,都十分感激,一个个前来敬酒。其间,尼堪外兰认识了一位过去在马市上相识的更夫。待酒席散后,他借着"净手"的机会,在阿太的院子里对更夫说:"小兄弟,李总兵有言在先,他说谁能杀掉阿太,就叫谁当古勒城主。"

更夫听罢,连连摇头:"不敢,不敢。"

"那有什么不敢的!"尼堪外兰引诱着说,"你当一辈子更夫,受半辈子苦,娶不上一个媳妇。如果你当了城主,大老婆、小老婆的,还不是成车地拉。"说着尼堪外兰诡秘地瞅了瞅更夫腰间的一串串钥匙,说:"其实,也不是叫你去砍阿太的头。只要你在半夜里打开城门,就算你立了功。至于当城主的事,一切都包在我身上。如不按老兄的意思行事,明日你在城外的老母,可就要命归西天喽!"

更夫一听要加害自己的老母,连忙跪下求救道:"只要您不杀老母,叫我干啥,我干啥。"

尼堪外兰弯腰搀起更夫,拍了拍他的头顶,笑道:"这才是聪明人呀!"

夜半,疲惫的城民家家户户大门关得紧紧的,居家老小都想睡个安稳觉。街巷里静悄悄,只有更夫敲梆的巡夜声。当更夫走近城南大门时,尼堪外兰已在城内僻静的小树林里等他。

更夫没见过两军对杀的场面,他看见尼堪外兰像看见幽灵,只觉得两腿发软,再也走不动了。尼堪外兰见更夫踯躅不前,以为他要变卦,于是跳出树林,走近更夫,从腰间拔出腰刀,对着他前胸一连刺了三刀,然后夺下更夫的钥匙,把更夫的尸体拖进树林,就直奔南城门。

两个站在城楼守卫的兵卒,由于连日没合眼,此刻都背靠城垛昏昏入睡。尼堪外兰进了城门洞,打开了三斤重的铁锁,拉开一丈长的门闩,撤下两根碗口粗的顶门杠,拉开城门吹了一声预谋好的口哨。接着,埋伏在城外的明军,像潮水似的涌进城门。

刹那间,杀声震天,哭叫声盈耳,冲天的大火,在山城四周燃起。酣睡中的城民,从梦中惊醒。有的人迷迷糊糊地下了炕,还未来得及穿衣,就被冲进屋里的明军砍去了头,断去了臂。

觉昌安躺在阿太正房西间的南炕上,耳听城内杀声震天,慌忙叫着北炕上的塔克世:"老四,尼堪外兰哪去了?"

塔克世坐起来,披上棉袍子,打着哈欠,说:"昨晚叫人请去喝酒去了!"

"不好!"觉昌安赶忙推开窗子,只见城内火光冲天,哭叫声、厮杀声,从远处传来。他自觉大事不好,赶忙穿衣下地,拉着塔克世走出房门。

觉昌安父子刚跑出后院前门口,忽见一群披甲的明军破门而入。领头的一个明军见后院门口有两个人影,以为城主阿太要溜,就大声喊道:"阿太在那儿!快追!"

手执刀斧的明军号叫着,冲向觉昌安父子。

觉昌安顺手操起顶门杠,挥舞抵抗,对塔克世叫道:"你快去看看你那侄女!"

塔克世翻墙而走。觉昌安抡起顶门杠一连打倒三四个明军,冷不防背后挨了一刀,一个趔趄倒在地下,躺在血泊中……

越墙而走的塔克世刚到东院,院墙四周已燃起大火。他跑到侄女的屋门口,一脚踹开门,抱起侄女一个八岁、一个十岁两个孩子,带着惊慌失措的侄女跑到门楼下,突然被大火烧断塌下的房梁砸倒。转眼间,塔克世和两个孩子压在房梁下,不一会儿,一大两小,就被熊熊大火包围……

三

细雨夹着雪,飘洒在广宁城。努尔哈赤用一只狍子喂完了老虎,背靠着老虎圈子的铁栏杆儿,望着李成梁带兵出征的方向,蹙眉沉思:此次,李成梁带着三千精兵,发兵何处?为啥自开原大捷之后,不再跟我谈兵习武,而给我喂虎、抄书两件闲差来干?为啥这次出征,没向我透露半点音信?难道李成梁把我像身后的这只虎一样困起来?那么这又是为啥?

西北风吹进他的领口,他打了个寒战,轻叹了一声,就一头挑着筐,一头挑着水桶,跟一个总兵府的小仆人,走向喂虎房。

喂虎房在老虎圈东,是座单间土房。努尔哈赤走到半路上,雨雪吹打在他发木的脸上。他走着走着,突然一个披甲的同乡,慌慌张张地朝他跑来,结结巴巴地对他说:"大阿哥,大事不好了!你……你阿玛、爷爷在明军洗劫古勒城时,一块死了!"

"此话当真?"努尔哈赤拍着扁担,竖着眉毛吼道。

"小弟亲眼所见,没有半句谎话。"

努尔哈赤听罢,顿觉天旋地转,骨鲠在喉。他无力地丢下扁担,身子一歪,便昏倒在地。

那个同乡立刻把他扶起来,搀进小房,让他躺在炕上。过了一阵儿,努尔哈赤慢慢醒来,他霍地起身,又追问道:"李成梁为啥要杀害我的亲人?为啥要血洗古勒城?"

"也许……也许因为李成梁知道了你就是当年被他追拿的钦犯,才……"

努尔哈赤噌地跳下地,头也没回,直奔总兵府。

恰好,李成梁坐着八抬大轿在总兵府门前下轿。他见努尔哈赤怒气冲天地走来,暗自合计:这小子可能知道古勒城的消息了。于是,他一咬嘴唇来个先发制人:"佟大郎!努——尔——哈——赤!你把虎喂得怎么样?"

努尔哈赤没有理茬,冷笑道:"吾家父、祖何罪之有,竟死于你的手下?"

李成梁自知真相大白,在大庭广众之下,只好支支吾吾地说:"吾与你二老,并无私仇,何须同室操戈?你父、祖二人死于非命,实属误杀。"

"不!"努尔哈赤道,"是谋害!你无故兴兵,残害女真,竟将皇上敕封的建州左卫都指挥使暗害,难道这也算误杀?"

李成梁身为辽东总兵,在努尔哈赤义正词严的追问下,也无言以对。他干咳了两声,就笑眯眯地对努尔哈赤说:"壮士息怒,有话请进府去说。"

努尔哈赤随着李成梁进了书房。李成梁亲自为他倒了一碗热茶，说："努尔哈赤，你为啥不早说你是觉昌安的孙子呀？其实，我本来无意出兵，只是听信了尼堪外兰的挑拨，才误杀了你的祖父和父亲。事已至此，我愿让你将父、祖的遗体接回安葬，另奏请朝廷，赐你敕书三十道，战马十匹，并袭任你祖父之职，你看如何？"

努尔哈赤没有马上回答。次日，努尔哈赤催马出城，两天后回到新居。从此，他日夜盘算如何为父、祖报仇，决心积聚力量，寻找时机，同尼堪外兰决一雌雄。

一天，老秃顶子岭上的"七兄弟"来探望。活张飞似的图鲁什，两眼喷火，进院就找马和箭袋，他如疯似癫地道："尼堪外兰欺人太甚！"然后牵过马，对众兄弟，像汉人似的一抱拳道："诸位兄弟，今晚我不拿来尼堪外兰的首级誓不为人。"

沉稳的博尔晋连忙上前，夺过缰绳，劝阻道："眼下还不知尼堪外兰躲在哪个窝里，你上哪儿杀他？再说，你单枪匹马，能抵挡住他数百人吗？"

安费扬古上前抢下箭袋，深沉地说："此举非同寻常，需要从长计议。"

"对！咱们兄弟需要好好地合计合计！"岁数最小的额亦都表示赞同。

好开玩笑的叶克书，出言幽默，他拍了拍图鲁什宽厚的肩膀，笑道："老兄，你要万一出事，大嫂找我们要丈夫怎么办？"

图鲁什一咧嘴，张开他蒲扇似的大手，冷不防把叶克书推得一屁股坐到地上。不偏不倚，正好将一只在地下叼草籽儿的芦花鸡压在屁股下。叶克书一手支着身子，一手拎着断气的大公鸡，说："如果攻打图伦时，我就像抓住这只小鸡似的，不费吹灰之力，把尼堪外兰垫在屁股底下，一屁崩死该多好。"

老大劳萨上前把叶克书拉起，瓮声瓮气地说："别说玄话了，进屋好好商议商议吧。"说罢，众人相继走进屋里。

努尔哈赤因父、祖去世未过百天,就简单地操办了些酒菜,戴孝招待众兄弟。饮酒时,努尔哈赤把在广宁进见李成梁的经过一五一十地说了一遍。

"现在不知道李成梁葫芦里卖的什么药?"劳萨接过努尔哈赤的话茬儿说。

图鲁什道:"哪个总兵不心毒手狠?他想扶持尼堪外兰,就是想用女真人的刀,杀女真人!"

"要我说呀,"一喝酒就脸红到脖子根儿的叶克书,用筷子敲着桌角道,"一定是尼堪外兰拿厚礼把他买通了,许了愿。"

努尔哈赤摇了摇头,不赞成地说:"不那么简单!尼堪外兰所居之城,不过十里,人不足千,扶植这样的人有什么用?明朝向来对我女真实行以夷制夷、分而治之策,他们宁愿看各部族内部互相争斗,彼此抵消力量,坐收渔翁之利,也不会插手各部纷争。所以,依我之见,李成梁支持尼堪外兰是假,实则是用来压我这个新接任的建州左卫首领!"

"对!这话说到点子上了!"一直喝着闷酒,低头琢磨点子的博尔晋,赞佩道,"听说李成梁镇守辽东数十年,大肆搜刮,冒领军饷,甚至掩败邀功,杀良民以晋级,皇上对他已不那么器重。在这等局势下,李成梁绝不会重用一个酒囊饭袋的。"

"那就先把尼堪外兰这条臊狐狸宰了!"等得不耐烦的图鲁什猛地站了起来,在炕上转了一圈,像一只关在笼子里的老虎抢先说。

说话间,忽然一个阿哈进屋禀报道:"萨尔浒城主诺密纳前来拜会。"

努尔哈赤连忙道:"请!"

萨尔浒城与赫图阿拉同属苏克素护河部,一个月前,因听信尼堪外兰的坏话,诺密纳受到明军镇守抚顺所属官员申斥。对此,诺密纳怀恨在心。所以,他听说努尔哈赤接任祖父的官职以后,马上想跟赫图阿拉靠近,共同对抗尼堪外兰,今天特意打听到努尔哈赤的新居,前来求见。

努尔哈赤见到诺密纳,十分欣喜。他把自己的把兄弟,一一作了介绍之后,说:"尼堪外兰是我的仇人,也是众兄弟的仇人,建州各部的仇人,这条祸根不除,我女真难得安宁!"

诺密纳听后十分感动,发誓与努尔哈赤同舟共济,矢志不渝。于是当天,诺密纳会同附近几个部族首领噶哈善等与努尔哈赤杀牛祭天,海誓山盟,并商定五月初一那天,集结各部兵马,共讨图伦。

光阴荏苒,转眼到了五月初一。努尔哈赤一大早与六兄弟吃过早饭,就披挂整齐,整装出发。可是他们从早晨等到中午,也不见诺密纳的一兵一卒。努尔哈赤急得浑身冒火,图鲁什更是等得不耐烦,不停地叫骂道:"诺密纳不守盟约,实在不是好东西。"他一会儿踏蹬上马,一会儿又跳下来,暴躁地吼着:"外人靠不住,还是咱们自己干吧!"

"不行,不行!"老大劳萨阻止道,"眼前兵不足一百,仅有觉昌安大人留下的十三副铠甲,怎能起兵?"

面对孤立无援的局面,努尔哈赤没有灰心,没有后退,复仇的怒火仍在胸膛燃烧。他沉思了一会儿,猛地跃上战马,拔出战刀,大吼一声:"长白山作证,我攻不下图伦绝不生还!"于是他把爷爷留下的龙虎纹宝剑一挥,众兄弟及爱新觉罗氏家的近百名骑手,一个个翻身上马,冲出赫图阿拉山城。

图伦城位于苏子河下游,赫图阿拉城位于上游,沿苏子河两岸,是起伏的山峦。努尔哈赤带着一支人马,沿着苏子河,翻过马尔墩岭,来到一堵陡峭悬崖前,忽然发现迎面跑来一匹白马,马上坐着一个浓眉大眼的少年,跑得满头大汗。这少年是努尔哈赤的堂叔龙敦的贴身阿哈鞁斯哈,他见打头的是努尔哈赤,就急忙勒缰停马,翻身下鞍,深深打千道:"禀报都督,诺密纳变卦了!"

第九章 追杀仇人 夜遇刺客

一

"诺密纳现在萨尔浒城!"鞍斯哈说着把马拴在身边的白桦树上,擦了擦汗,讲述了诺密纳变卦的经过。

努尔哈赤的堂叔龙敦是他三祖父的儿子,此人住在赫图阿拉西面的一座小城。平时他很忌妒努尔哈赤的才能,自努尔哈赤被大明赐予建州左卫都指挥使之职,忌恨尤甚。三天前,他听说努尔哈赤与诺密纳海誓山盟,凭十三副铠甲要起兵攻打尼堪外兰,于是就偷偷地跑到萨尔浒城。

瘦得皮包骨的诺密纳见努尔哈赤的堂叔到来,赶忙更衣远迎,当即设宴,为龙敦洗尘。诺密纳以为龙敦是来和他商议攻打尼堪外兰的计划,可是说来说去,龙敦却说:"诺密纳兄弟,老朽有一忠言相告,千万别跟努尔哈赤瞎胡闹。大明朝在辽东屯兵数十万,而小小的努尔哈赤仅有十三副铠甲。既然大明朝暗助尼堪外兰,筑城甲版,想叫他当建州左卫的首领,你们攻打尼堪外兰,李成梁能袖手旁观吗?所以依我之见,切莫轻举妄动!"

诺密纳不知真相,他听了龙敦的挑拨,决定背弃盟约,不再发兵协助努尔哈赤,却悄悄地对其弟说:"老弟,现在看来,尼堪外兰靠李成梁这棵大树,是动不得的。如果我们帮助努尔哈赤,定会得罪李总兵,那对我们更不利。再说,努尔哈赤一旦强大起来,岂不等于在我们面前又树了个强敌吗?"

诺密纳的弟弟听了连连称是,决定倒向尼堪外兰一边。第二天,诺密纳就悄悄派人用马车拉了十盆达子香,到图伦城,向尼堪外兰告密。

努尔哈赤背靠着一棵桦树,不解地插话问道:"拉十盆花,有何目的?"

靰斯哈道:"那是掩人耳目。他怕半路上碰见外人,或者遇上您布置的暗探,所以就以送花或卖花为名,暗地里通风报信,这样就能神不知、鬼不觉地干完这勾当。"

"咳!"努尔哈赤听罢,气得拔出长剑,大吼一声将身边的一棵碗口粗的白桦树"咔嚓"一下砍断,以解心头之恨,然后道:"这老东西想坐山观虎斗,等我杀了尼堪外兰,非杀了他不可!"

"无信无义,当杀。"跟随在努尔哈赤身后的嘉木瑚寨主噶哈善也义愤填膺地骂道,"杀牛祭天那阵子,他话说得比谁都大,誓发得比谁都坚定,可是到关键时候,就耍狗熊!"

当时参加盟约的两个城主,急忙从马上跳下来,又细细地盘问靰斯哈,然后对努尔哈赤道:"都督大人,依小人之见,一不做,二不休!缺个诺密纳,咱照样可以取胜!"

说话间,安费扬古、额亦都也相继下马,来到努尔哈赤跟前,同声说道:"请都督放心,有我们在,不攻下图伦,死不瞑目!"

盟友、兄弟的赤诚,像团火温暖着努尔哈赤冰凉的心。是啊,人逢困境,能得到友人及时热诚的援助,这不比什么都可贵吗?努尔哈赤感动地流着泪,手握长剑,马不停蹄,人不下鞍,直奔图伦城。

图伦虽称之为城,实则是一座屯堡,土城土墙,高不过一丈,方圆仅有三里。城内除尼堪外兰住的是灰砖瓦房,其余多是土墙茅屋,窝棚地穴。

平日尼堪外兰在城内为非作歹,强占耕地,劫掠猎物,霸占阿哈,积怨甚重。所以当努尔哈赤率兵逼近城下,各家各户都像过河的牛,各顾各。只有尼堪外兰的几个家族亲信,紧闭城门,趴在城头,胡乱射箭抵挡。

额亦都为人刚直义气,他替努尔哈赤报仇心切,踏着搭起的人梯,第一个翻过城墙,攻进城内,然后连忙找来一根铜盆粗的房梁,十几个兵士一块抬起来直往墙上撞,"咣当咣当"几下,就把城墙捅出个大豁口。接着一匹匹战马,嘶叫着,旋风般地冲进城内。

尼堪外兰的亲兵,见黑压压的骑兵冲进城内,一个个丢盔弃甲,龟缩到自家的小院里,大门紧闭,负隅顽抗。

安费扬古陪着努尔哈赤冲到尼堪外兰的府邸,一连砍倒了几个顽抗的卫士,破门攻入院内,见上屋下房没个人影,连忙叹道:"来迟了!"

安费扬古赶忙下马,找到一个守院的老阿哈,问道:"城主哪去了?"

老阿哈眨巴着红赤赤的烂眼睛说道:"一大早来了几个送花的,城主同他们嘀咕了一阵子,就叫家里人收拾行装、备马,不大会儿就带着老婆、孩子骑马走了。"

努尔哈赤接着问道:"他们去哪了?"

老阿哈连忙施礼道:"奴才不知!奴才不知!"

恰在这时,额亦都押着一个诺密纳派来送花的车老板。这个车老板一时贪恋女色,闯进城西一家猎户,正同女房主调情,被额亦都当场抓获。

努尔哈赤问明缘由,厉声问道:"诺密纳派你们来干什么?"

"派……派……"车老板见十多把大刀长剑,明晃晃在身前脑后闪光,一时吓得结结巴巴,说不出话来。

"说!"围在车老板四周的攻城兵士,齐声责问。

胖得像个猪似的车老板,面对挥刀舞剑的人群,吓得点头作揖,一会儿趴在地上,一会儿又神色慌张地站起来,结结巴巴地说:"诺密纳城主……不,诺密纳这个老浑蛋,派……派我们给尼堪外兰大人,不,尼堪外兰该死的,送……送信。说努酋……"

"浑蛋!"攻城兵士听到车老板不敬首领努尔哈赤,异口同声地斥责。

车老板受到斥骂,吓得脸儿蜡黄。他为了争取宽恕,又手脚颤抖地说:"诺密纳叫我们告诉他,就说努尔哈赤大都督,眼下就要攻打图伦城了,叫他快快躲避躲避。"

图鲁什一听是眼前的这个车老板有意放走了尼堪外兰,就一把抓住他的脖领子,推到一处空地,举刀就要砍。努尔哈赤赶忙挡住:"他已说了实话,就免他一死。留下他给你背箭牧马吧!"

车老板连忙施礼谢恩。

整个攻城不足一顿饭工夫,就把尼堪外兰留下的全部武装歼灭,并缴获了全城的弓箭、兵器、战马。接着,努尔哈赤下令把俘获的马匹、牛、羊、衣物、器具、阿哈,全部查点清楚,然后按军功大小分配。

分毕,努尔哈赤提议:"额亦都已二十二岁,至今未能成家,这次就把俘获的一少妇,赐给他。"当晚,在城中央,点起篝火。大伙围着篝火跳起空齐舞,庆贺首战的胜利。

跳着,跳着,车老板蓦地钻进人堆里,带着五个俘获的阿哈,跪到努尔哈赤跟前:"禀告大人,我们几个,愿引您去活捉尼堪外兰!"

努尔哈赤慌忙将他们一一扶起,说:"山音!山音!"

二

尼堪外兰独自骑着一匹大灰马,他的两个老婆分别骑着两头小毛驴儿,顺着浑河跑了一天,到了傍晚便来到浑河北岸的甲版城。

甲版城紧靠抚顺古城,是女真与明朝的边界地。尼堪外兰带着老婆孩子,在一座古庙前下了马,匆匆吃了些带来的熟羊肉,就留在庙前的石台阶上,暗自合计:下一步怎么办?住甲版,还是走?

日落西山,尼堪外兰的小老婆马蜂腰如丧家之犬,在尼堪外兰面前耍着性子:"整天做梦当建州的都督,这下可好,叫人家一个二十五岁的小伙子撵得无家可归。今晚住哪?我说你这老东西,快拿个主意呀!"

"莫急!莫急!"尼堪外兰哄着小老婆,用长着老斑的手,摸着她那满脸雀斑的脸蛋,安慰着,"此地靠近大明的边城,上马便到。万一努尔哈赤追到此处,可恳求明军的庇护。另外,李成梁曾扬言,帮助我在甲版筑城,准备提升我为建州左卫的首领。看来,在甲版安营扎寨,无论从天时还是地利上讲,都是最合适的地方。如若我一旦升官,你不就是全城的城主夫人了吗?"马蜂腰撒着娇,笑了。当晚,尼堪外兰用二十张貂皮,换了两间汉人住的房子,安歇下来。其他后来的部族老小,也都临时搭起窝棚住下。

过了几天,尼堪外兰觉得诺密纳的大恩难忘,就派人到萨尔浒,将诺密纳专程请来,设宴招待。席间,尼堪外兰感激涕零,道:"老朽大难不死,多亏您关照。"

"哪里,哪里。"诺密纳极力奉承道,"那也是您的造化,福大命大。不过,对努尔哈赤还要严加提防才是。"

提起努尔哈赤,尼堪外兰涨红的脸,顿时由红变紫、变黄、变白。他哆嗦着乱蓬蓬的胡子,道:"早知今日如此,悔不该二十多年前,没有把这条混世龙碎尸万段!咳,都怪我心慈手软呀!"

"哟,别说那么多好听的啦!"坐在一旁陪酒的小老婆,扭动着马蜂腰,插话说,"你几次用计,都没有把他害死,还说那么多宽心话!"

是啊,为弄死努尔哈赤,曾串通他的继母纳拉氏,可惜未能得手;十年前,在李成梁家里,努尔哈赤本来已是网中之鱼,可惜让他轻松溜掉;辽阳老鸹滩放火烧荒,想不到他竟死里逃生……咳!这一切,是努尔哈赤的命大,还是该我尼堪外兰倒霉呀!

正当尼堪外兰心烦意乱的时候,塔昂开列端着大碗参汤进来,可巧地下有只黑猫,他一不小心踩在猫身上,黑猫吱哇乱叫一声,吓得塔昂开列慌忙抬起脚,脚起脚落,双手一滑,一碗滚热的参汤"吧"的一声掉在地上,碗碎汤洒,把个黑猫烫得满屋乱窜。猫甩着尾巴,竟把湿漉漉的参汤甩在客人的袍子上。

尼堪外兰正一肚子火没处撒,就势火冒三丈,骂道:"浑蛋!浑蛋!我白养活你二十多年!白吃我的饭,连个毛孩子都抓不住,弄得我如今背井离乡!"尼堪外兰挽起马蹄袖,大叫:"来人,拉出去,给我打五十大棍。"

话音刚落,跑进来两个阿哈,把塔昂开列架出去,不一会儿,传来噼噼啪啪的棍棒声和撕裂人心的惨叫声。

尼堪外兰听到沉重的木棍声、刺耳的哀叫声,咧着嘴冲着诺密纳嘿嘿乐了。

诺密纳听了却十分扫兴,他呷了一盅酒,连忙劝道:"他是您贴身的阿哈,何必动这么大的肝火?城主,汉人有句话说,地利不如人和,现在正是需要人的时候,你打死一个,岂不少一个?"

尼堪外兰觉得诺密纳言之有理,于是就趁客人解劝,借坡下驴,对门外道:"停下,架进来。"

仆人一一传话,不一会儿,塔昂开列被打得一瘸一拐地走进来,低头站在地当中,咬牙忍痛,俯首待命。

尼堪外兰瞥了塔昂开列一眼,眯着小眼睛,说:"客人为你说情,免你三十大棍。还不赶快谢谢诺密纳城主!"

塔昂开列撅着屁股、弓着腰,艰难地打了个千,道:"多谢城主宽容。"

诺密纳连连摆手道:"莫谢!莫谢!这都是你们城主奖惩严明。不这样,大明朝的总兵怎么能夸口让你们城主当建州左卫的首领呀!"

尼堪外兰听了诺密纳借题发挥的奉承话,心里爽快了许多。他嘿嘿一乐,道:"斟酒!斟酒!"

一个汉人女仆端着菜进来,见宾主酒兴正浓,就笑着对尼堪外兰说:"城主,听说城里有个唱小曲儿的女艺人,唱得十分动听,您何不把她找来,助助酒兴?"

尼堪外兰连忙打着手势:"你快去把她找来!"

酒过三巡,女仆带着身着素色服装,头挽发髻,二十四五岁,手握八角鼓的女艺人进来。尼堪外兰上下打量了一下,只见她身材匀称,举止大方,丰满而白净的面容,像雪中的蜡梅,颇为动人。

此人,正是梨花。五年前,她去找努尔哈赤,被觉昌安巧言哄走之后,她就改名万梨花,流落在辽东边墙里外,靠卖唱为生。她走街串巷,赶庙上市,四海为家,积攒了几个钱,想资助努尔哈赤的事业。几年来,她惦记着努尔哈赤,夜里梦见努尔哈赤。因为她不想再去打搅他,给他带去痛苦、麻烦、危险。她也不想总是高兴而去,败兴而归。近日,她听说努尔哈赤的父、祖被害,与尼堪外兰结下冤仇,决心起兵,誓与尼堪外兰决一雌雄。她就暗地里注视着努尔哈赤的行动,打听心上人的消息。图伦之战,她听说尼堪外兰潜逃,就心急火燎地四处打听,搜寻着尼堪外兰的踪迹。昨天她在抚顺马市,巧遇二爷范江鹄,打听到尼堪外兰的下落,就当日由二爷陪着,来到了甲版。

此刻,她站在尼堪外兰的屋里,目睹尼堪外兰的五短身材,倭瓜似的胖脸,胡椒粒似的耗子眼,觉得一阵恶心。正是眼前这个恶魔唆使爪牙闯入马市,对她威逼胁迫,企图抢人;就是他,要阴谋,设圈套,谋害她敬佩的人。

"小娘子,唱一段吧,城主有的是钱!"诺密纳不怀好意地笑着说。

梨花瞥了诺密纳一眼,理了理额前的发帘,敲起八角鼓,分别用汉语和女真语唱了两段小曲。

尼堪外兰眉开眼笑地咧着嘴龇着大黄牙,给梨花一串铜钱:"小娘子,今晚就留在我家里吧?"

"哼!跑江湖的,向来卖艺不卖身,重义不重命。城主!"

梨花把接过的铜钱往桌上一摔,转身就走。梨花回到破庙,放下八角鼓,找到二爷,说:"二爷,俺有件急事,想请您去一趟烟筒山。"

三

天空乌云滚动,蛤蟆在泥淖中焦躁地鼓噪,远处时不时传来沉闷的雷声。

努尔哈赤站在河岸,赤着脚,拉上最后一网鱼,清了网,呼叫着同伙,正准备回家,忽然河谷北甸的斜坡上,探马领着一个六十多岁的老人走来。

来人越走越近,努尔哈赤看着老人绛紫色的脸膛儿、扫帚眉、大眼睛和下巴上的一块伤疤,禁不住一怔;这不是当年在辽东边墙给我烧饼吃的那个好心的老汉吗?是他,是他,丝毫没错!

探马领着老人走到努尔哈赤跟前,打千禀报:"这位老人找你!"然后转身对老人说:"他就是我们建州左卫的都指挥使——爱新觉罗·努尔哈赤!"

努尔哈赤慌忙走上前,"扑通"一声跪下:"老人家,您还认得俺吗?"

老汉过意不去地扶起努尔哈赤,紧皱双眉望着努尔哈赤,追忆着往事。

"老伯,您忘了,十多年前,一天清早在辽东边墙,一个骑着青马的少年,饿得饥肠辘辘,用貂皮换您的烧饼,您给了我两个烧饼,不肯留貂皮……"

老人马上笑道:"对喽!对喽!当时俺说两个烧饼值不了几个钱,又说下回我再见到你时,如果我累了,骑骑你的马,你还跟我要钱吗?哈……"

在场的人都笑了。

"老伯,俺还不知道您尊姓大名?"努尔哈赤遗憾地说。

"姓范!"老人刚说出姓氏,又改口道,"姓万。"因"范"、"万"两字语音相近,他巧妙地打了一个马虎眼,接着笑着掩饰道,"名江鹄!"

"噢!万老伯!"努尔哈赤感激地行汉人礼,再次表示欢迎。

这老人本叫范江鹄,因离开甲版时,梨花再三嘱咐,一不要提梨花,二不要说出真名实姓。所以,只好逢场作戏,改名万江鹄。

范江鹄从腰里掏出一件四岁孩子穿的"法克列"说:"都督,这是尼堪外兰小孩子穿的小裤子,他正躲在甲版。听说此人凶残无比,谋杀了你父亲和祖父。往日在马市俺曾与你祖父多次交往,十分佩服他的为人,为此前来报信,望火速追拿仇人!"

努尔哈赤再次拜谢。当晚,努尔哈赤率领百名骑士,冒雨奔向甲版城。

努尔哈赤起兵三个月,攻破图伦城,智取萨尔浒,又接连攻取不少山寨,势力渐渐发展起来。他所住的新居,每天都有人来投军,兵马渐渐增多,操练之声,震撼山谷。于是人们就把他的住地起了个名字叫新兵堡。努尔哈赤的强大,引起邻近部族和部落的惊恐。他的堂叔龙敦与同族兄弟理岱，尤为忌妒。一天，龙敦与理岱，纠合哈达部数十人，将努尔哈赤所属的瑚济寨攻破，劫掠了大批牛马粮食和阿哈。

努尔哈赤得到消息，马上派安费扬古，领兵士追赶，追到苏子河边，只见龙敦与理岱正忙着在树荫下均分人畜。

安费扬古急速赶到，横刀立马，大吼一声，就抡起大刀向龙敦一伙乌合之众直冲上去，杀得对方措手不及。他们东拼西杀，眨眼间理岱统率的四十多人均变成刀下鬼，顿时血流成河，尸体遍野。

理岱与龙敦见势不妙，马上丢盔弃甲，先后骑上马，狼狈逃窜。

安费扬古带领骑士，收拾好被掠之物，集中起被劫的阿哈，胜利地返回新兵堡。

理岱在半路遇到龙敦，便邀他到自己的城堡——兆佳。他们回到城内，理岱把龙敦请到家里，坐在炕头上，一边为龙敦敬烟，一边调唆道："额赤客，努尔哈赤起兵才三个月，对您做长辈的就如此无理，将来岂不是个祸根？"

小脑袋龙敦气急败坏，磕着烟袋锅，骂道："这小子，没出生就与众不同。人家都是十月怀胎，他十三个月才生下。生下来，脚下还有七颗红痦子，李成梁说他是混世龙，抓了他几回，都没弄死他。将来他要翅膀一硬，谁还治得了他？"

"古人讲，先下手为强。"理岱凑近龙敦身边，挤眉弄眼地道，"额赤客，现在就要趁努尔哈赤翅膀没硬先弄死他！"

龙敦听罢一愣，随之嘿嘿笑了笑，放低声音问道："他有兵马过百，依山据险，怎么能弄死他？"

理岱又挤了挤眼，从炕头柜子里掏出一把明亮的匕首，道："就用这个。"

"谁去？"

"我自有办法。"

理岱怕隔墙有耳，就伏到龙敦的肩上，耳语了一阵儿，两人都得意地仰天大笑。

初秋的傍晚,尖嘴猴腮的理岱把大个子阿哈桑额叫到身边,先把十两白银放到他手心,然后交给他一把匕首,小声道:"努尔哈赤是我的仇人,我们虽是同族兄弟,但不共戴天。今晚午夜,你若把他杀死,回来我就再加白银十两,从此不再叫你当阿哈。"

说罢,理岱亲自到马棚给桑额挑选了一匹黑色的快马,牵出马棚,送到城外,又再三嘱咐道:"只许成功,不许失败!"

桑额谢过主人,然后翻身上马。约莫三更天,桑额到了新兵堡西南。他下了马,把马拴在榆树林里,然后越过围栏,悄悄地跳进努尔哈赤住的宅院。

当晚,天无月光,四处漆黑。桑额偷偷地潜入努尔哈赤住的上房,他轻手轻脚走到窗下,听到炕头有鼾声,心中暗喜道:理岱城主曾再三嘱咐,夜晚努尔哈赤好打鼾声。只要听见鼾声,下手就没错。他慢慢摸到炕沿、枕头、软软的发辫,然后从腰里掏出匕首,隔着被子就照鼾睡的人心口扎去。只听"哎哟"一声,鼾声停了。桑额摸黑在被头上擦了擦黏糊糊的血手,然后悄声跨出房门。由于一时惊慌,门槛绊住右脚,他扑通摔在地上,又将门前的一条扁担撞倒,倒下的扁担又打在水缸上,一阵稀里哗啦的声响,惊动了看夜的家犬。接着一阵狗叫,惊动了满院里的人。

其实,今夜努尔哈赤并没在自己的住处歇宿。因为褚英和代善两儿子都出天花,就住在东厢房陪着妻子一起看护孩子。努尔哈赤被狗叫惊醒,他自觉情况不妙,就马上把一个孩子从炕上抱到墙角,手持尖刀,走出房门大声喝道:"谁?"

桑额听见喊声,一惊,立刻掉头返回上房,用脚踹开后窗,惊慌逃走。

这时家人已点燃火把,分头去追。努尔哈赤从院子跑到上房,点着油灯往炕头一看,不禁惊叫起来:"刺客!刺客!"

努尔哈赤举着灯,走近窗下,揭开血污的被子一看,被刺死的原来是守卫他的包衣帕海。

第二天清晨,住在对面山上的安费扬古等诸兄弟听说后,马上进院问候。正当众人猜测刺客是何人时,追赶刺客的一个阿哈,进屋禀报道:"刺客跑回兆佳城。这是刺客丢下的匕首。"

努尔哈赤接过匕首一看,只见上面用蒙古文刻着理岱的名字。他暗吃一惊,愤然道:"看来,理岱要置我于死地喽!"

他把匕首往地上一掼,道:"家贼不除,外祸难免。"他当即决定加紧操练兵马,伺机攻打兆佳城。

第一〇章 兵堡兴旺 刀砍世仇

一

不久,攻下兆佳城,新兵堡暂时平静。

新兵堡山沟里的草房渐渐多起来,一家挨一家,一院接一院,鳞次栉比,盖满了平地山坡。

努尔哈赤随着财物增多,子女成群,也盖起了东西厢房,砌起青石院墙,搭起门楼,养起鸡鸭牛羊。

初秋的一个早晨,努尔哈赤穿着新袍褂,登上家院后山的高坡,鸟瞰新兵堡寨,望着家家户户烟囱里冒着的袅袅炊烟,顿时喜上眉梢。

牛羊在街巷里撒欢,孩子们在大道上快活地玩着竹竿儿马。努尔哈赤看着看着,蓦地瞥见图鲁什骑着一匹大马,手执长剑在街上狂奔。战马踏起烟尘,惊跑了牛羊,吓得孩子们躲到墙角。图鲁什狂笑着,得意地挥着鞭子,从堡子东头,又跑到西头……

努尔哈赤站在马棚前,正给一匹大白马梳着雪白的毛,忽听探马报道:"禀报都督,尼堪外兰有下落了。"

他眉毛一扬:"他在哪儿?"

"住在鄂勒珲城!"

"好!几个月来,你没有白侦察!"他夸奖着探马,放下马梳子,立即派人去找安费扬古、额亦都等人议事。

努尔哈赤与众人经过周密安排，兵分三路，日夜兼程，去围攻鄂勒珲城。

鄂勒珲位于抚顺关东北，与女真人交界的一个山区小城。几年前因寨内失火，变成了废墟，早无人居住。当努尔哈赤攻破甲版，尼堪外兰就携妻带女，将亲属安顿到这里，重新修筑寨堡城墙。三年来，他苦心经营，修了明堡暗沟，层层设防，以防万一。

黎明时分，努尔哈赤率领的一百五十名骑兵，来到鄂勒珲城外。他勒缰住马，命全军稍息，就带着几个亲兵，到阵前侦察。他们距城尚有十丈远的时候，突然眼前飞箭如蝗，为首的几名亲兵应声倒下。他镇静地朝土城墙上看去，只见土墙，不见人影，他感到十分奇怪。

飞箭时射、时停，努尔哈赤躲在一棵大树后边，仔细观察，才发现，飞箭来自一个个坟堆儿似的暗堡。表面看去，像坟堆、柴垛，实则一个个都被榛丛柳条覆盖，不易发现。起兵几年，哪遇到过这等战法？努尔哈赤当即命额亦都亲率十多个机灵的兵士，携带短小武器，从右侧洼地里绕过去，匍匐前进，然后接近暗堡，消灭弓箭手。

暗堡建筑得十分坚固，石垒的墙壁，只留一排碗口大的箭孔。额亦都靠近暗堡感到奇怪："人从哪儿进去的呢？"

暗箭仍在飞射，阵地上伤亡很重。额亦都特别焦急，他脑海里盘算着对付办法。用石头堵上箭孔？不行，眼前连一片碎石都没有。挖土塞上？更不行，手无锹铲，用何取土。最后他想起一招儿，用火熏。于是他叫几个兵士，就地捡了些干柴碎草，然后打着随身携带的火镰，燃起干柴碎草，一把把投进箭孔。

不一会儿箭停了，一阵阵咳嗽声从箭孔里传出。

骑兵在前进，可是领头的几匹马刚到城下，连连惊叫跌伤，把人甩得老远。几匹未倒下的马，惊叫着，发疯似的往回跑。

努尔哈赤从小骑马、牧马，一眼便看出机关。原来尼堪外兰利用这里鼠多，有意在城墙下铺撒些杂草、碎粮，把鼠引到关键的城口，使城下烂草里，遍布密密麻麻的鼠洞。平时马最怕踏上鼠洞，只要蹄踏鼠洞，前蹄立刻悬空抬起，身子竖立，骑马的人会突然被甩到马下摔伤，或被马踏死。努尔哈赤明白其中的奥秘,他骑在马上对尼堪外兰黔驴技穷的伎俩,又骂了一句:"真损!"

马嘶人叫,城内射出阵阵飞箭。努尔哈赤马上命攻城的兵士撤到小树林,他在一棵槐树下站了许久,最后又叫刚撤回来的额亦都,把泉水引进鼠洞区,把老鼠灌出来。

山泉绕城而过,额亦都带着几个手握腰刀的兵士,用刀挖出一道短短的沟渠,泉水就淙淙地流过来,灌进鼠洞,一只只亡命的老鼠,在墙下乱窜,不一会儿都隐藏到僻静的土沟里。

扫除了障碍,接着攻城。这里城墙并不太高,骑兵们跑到城下,只要一直腰就可以攀墙入城。

卓罗从小在山里采猴头蘑,练出一身攀树爬高的本领。他骑着马,找到一处敌人守卫不严的地方,翻墙而入。他贴着墙根,接连砍倒十几个尼堪外兰的亲兵老将,就打开了城门。

骑兵如潮水涌进城内。可是还未等兵马跑进城,一群粗壮肥大的狼狗,狂吠着猛扑了上来,它们咬马的脖子,撕马的腿。开路的十几匹马被咬得乱蹦乱跳,一队人马堵在门洞里。

乱了片刻,额亦都骑在马上用刀尖猛地刺了一下自己骑的红鬃马后屁股,这匹烈性马顿时疼得蹦跳不止,尥着蹶子,把一只只冲上来的狼狗,踢得嗷嗷直叫,夹着尾巴四处逃窜。

狼狗群被冲散了,努尔哈赤率领的一百多骑兵,攻进城内,与守城的残敌拼杀了一阵儿,敌军便溃散而逃。努尔哈赤进城搜索一番,四处不见尼堪外兰的踪影,一时心急如焚,暗想:尼堪外兰在图伦、甲版已两次漏网,今日若再捉拿不住,何日雪恨?

正在众军高兴庆贺之际,努尔哈赤蓦地发现城墙根下,一个身材高大、虎背熊腰、头戴圆边毡帽、身披锁子甲的人,鬼鬼祟祟,顺着墙根要溜。他见那人十分眼熟,就策马跑去。马蹄如飞,片刻之间跑到墙根下,他发现那人正是塔昂开列,几十年旧恨新仇,顿时涌上心头。他刚举刀要砍,又急忙放下佩刀,摇摇头,思忖着:尼堪外兰还没杀死,不能把这条狗当即除掉。想到这里,他大吼一声:"塔昂开列,抬起头来!"

塔昂开列猝然吓得一哆嗦，随即一屁股坐在地上。他战战兢兢抬起头，瞥了一眼努尔哈赤，又一哆嗦，当即躺在地上。

　　努尔哈赤翻身下马，等塔昂开列苏醒后，细细一盘问，才知道，尼堪外兰只身逃向抚顺城，请求明军庇护去了，家里只留塔昂开列等人守卫。

　　努尔哈赤听罢，立刻翻身上马，带领骑兵，朝抚顺城方向追去。

二

　　鄂勒珲城离抚顺东边城门只有几十里路，努尔哈赤一行不到一个时辰，就赶到城东五里处一座山脚下，安下营寨，并派安费扬古五人，前往抚顺官衙交涉，要求立即交出尼堪外兰。

　　恰好，抚顺游击李永芳正在边界巡视。此时他虽名为巡视，实则应付差事。他已近中年，在抚顺做官十余载，他虽是李成梁的本家，但因政局动荡，加之他玩世不恭，至今未能升迁。近两年，心有不快，时常发牢骚。不过，他的身体一直保养得很好，富富态态，唇红面白。李永芳身着官服，来到边门里侧的一间卫士房，找到几个心腹，喝着茶水，谈天说地。一个守门的胡子军士向他诉苦道："自打内阁首辅张居正死后，边疆大事无人过问，军饷逐年减少，这差事该咋当呀？"

　　另一个姓李的本家弟弟塌鼻子，压低声音道："这都是咱那位总兵大人搞的鬼，他借口坚壁清野，以待敌兵，实际上是拥兵观望，以杀良民向皇上报功。他只知搜刮民财，克扣军饷，哪顾咱弟兄的难处？我说李游击呀，咱们都是铁岭人，是李总兵的本家，有话要直说，你看这兵当的，还有啥劲儿呀？"

　　"咳！"李永芳双手揉着面颊，十分同情地长吁一声，然后无可奈何地道："还是莫谈国事吧。听说皇上多年不理朝政，只顾皇子、后妃的册封，哪有心想到你这个平民百姓！我们都是本家兄弟，说说出口气算了。不过，对外人不要谈冒犯皇上的话，不然会招来横祸。"

　　"不过，"胡子军士又说，"近几年努尔哈赤起兵发展很快，他攻城略地，招兵买马，兵精将勇，已能跟咱们较量一番。此人若强大起来，大明朝还不得走宋朝的老路？"

"咳！睁只眼、闭只眼算啦！谁坐天下，还能夺咱的饭碗？"李永芳装出无所谓的样子，说着玩世不恭的话。

正当三人窃窃私语之际，忽然城外的一个兵士跑进来禀报道："禀报游击大人，努尔哈赤派人向我们要尼堪外兰。"

"叫他进来！"李永芳不紧不慢地答道。

安费扬古被领进卫士房，李永芳郑重其事地坐在太师椅上，左右由两个执枪的军士陪同。安费扬古按礼节行过礼之后，彬彬有礼地说："小人受建州左卫都指挥使努尔哈赤的派遣，前来索取尼堪外兰。此人是我女真人不共戴天的仇敌，望游击大人成全此事！赶快交出这个败类。"

李永芳问左右军士："可有此事？"

胡子军士忙答道："有此事。尼堪外兰正躲在一个熟人家里，要求我们庇护。"

"那就请交给我们吧。"安费扬古语气强硬地说。

"什么？"李永芳有些气恼，他正想拒绝，忽然塌鼻子军士把他拉到一旁，附到他耳边嘀咕道："如今努尔哈赤士气正旺，小看不得。再说尼堪外兰已成了孤家寡人，势孤力薄，留着他还有何用？不如交出卖个人情。不然事态扩大，闹出边陲大事，到时候吃亏受罪的还是咱们！"

李永芳觉得塌鼻子说得有理，就本着不得罪人的态度，对安费扬古说："尼堪外兰是你们女真同胞，他是自己跑到我们这里的，又不是我们请的，我们怎好把他交出？你是建州左卫的差使，你知道，大明朝对女真各族，历来一视同仁，怎好过问生杀之事！"

"那我们就要自己动手啦。"安费扬古见机行事，步步紧逼。

"努尔哈赤与尼堪外兰是女真族的事，要抓要杀由你们处理吧。"李永芳顺水推舟地说。

"此话当真？"安费扬古追问道。

"镇守抚顺边城的带兵游击，怎能与你开玩笑？你如若不信，明天可派兵来嘛！"李永芳装出异常坦率的样子。

当天，安费扬古打马回营，与努尔哈赤一一作了禀报。努尔哈赤当机立断,选派了几十个能征善战的骑士,还由安费扬古率领,直奔抚顺城。

清晨,安费扬古带着努尔哈赤的信件,找到李永芳,就进行具体交涉。

可是,正在交涉的时候,尼堪外兰听到努尔哈赤追捕他的消息。他如惊弓之鸟,马上就从朋友家里溜出来,顺着城墙一阵小跑,企图越墙而走。他跑到一座哨楼下,顺着梯子爬到顶上,躲藏起来。

尼堪外兰一时放心地坐下,倭瓜脸紧贴着砖墙,透过瞭望孔,朝城内观望。他从腰里掏出烟袋,装上一袋烟,刚想打火吸烟,突然墙脚下闪过一个女人的影子。她跑到哨楼下,气喘吁吁地扳倒了梯子,然后隐藏到一簇玫瑰花丛中了。

这女子是谁呢?此人正是梨花。自打努尔哈赤攻打甲版,尼堪外兰漏网之后,她就一直盯着尼堪外兰的行踪。昨天,她认识的一个从鄂勒珲城跑到抚顺城的汉人,告诉她尼堪外兰已溜到抚顺城一家杂货铺子躲藏起来,她就当即在那家杂货铺子对面的酒家,以卖唱为掩护,暗中盯着尼堪外兰。所以,这天尼堪外兰溜出杂货铺子,她就紧跟在他身后。直到尼堪外兰偷偷地爬上哨楼,她才从一面破墙后面,快步跑过来,迅速地抽掉梯子,以防尼堪外兰逃走。

抚顺城的城墙高二丈。尼堪外兰见抽掉梯子,急得在哨楼上转来转去,六神无主。他有心跳墙,可那等于自杀;不跳吧,坐在哨楼,成了瓮中之鳖,只好束手待毙。一时真是上天无梯,入地无门。他陷入绝境,恨起那个抽梯子的女人。

但他转念又一想:我与这女子素不相识,又无冤仇,俺跟她美言几句,或许能再竖起梯子,寻条活路。

尼堪外兰把装好的旱烟倒掉,把烟袋插进腰带,就悄悄走到哨楼门口,朝玫瑰花丛打着求救的手势。

梨花起初没有理他。她有心爬上哨楼,与仇人拼个死活,但可惜手无寸铁,若是叫他白白溜掉,岂不悔之晚矣!所以她置之不理。当她看见努尔哈赤派的追兵,已从城内追来时,她才理了理头发,精神抖擞地闪出花丛,走近哨楼。

尼堪外兰见梨花走来,立刻点头作揖道:"墙下的大姐,劳您大驾,请您把梯子竖上,俺定将重礼答谢。"

"竖梯子做什么? 您坐在哨楼上多逍遥自在!"梨花挖苦着。

"不! 不! 俺有公务在身,哪能在此取乐?"

"尼堪外兰城主,您这辈子公务怕该办完了吧?"

尼堪外兰听哨楼下的女子话中有话,就着急地问道:"你是谁? 怎么认识我?"

"我叫梨花! 就是李成梁追捕多年的梨花!"

尼堪外兰听到梨花的名字,立即想起努尔哈赤。于是头"嗡"的一声,顿时眼冒金花,绝望地瘫软在地上,好像一头缚腿待宰的肥猪,口吐白沫,哼哼不止。

不一会儿,安费扬古在明军引导下带兵赶到,他追到城墙下,竖起梯子,将尼堪外兰一把抓起来,就地一刀砍死,取下首级,走下木梯。

梨花躲在玫瑰花丛里,望着安费扬古雄赳赳的样子,流着热泪,又悄悄地离开了⋯⋯

第一一章　称王纳贡　进京告状

一

六月二十四日,苏子河两岸的女真人,迎来了盛大的节日。这天,费阿拉山城落成,努尔哈赤将称王,制定国政,共庆建州的统一。

费阿拉山城位于烟筒山下,嘉哈河与硕里加河之间的南山冈。这里东南西三面环为崖壁,自成屏障;北面嘉哈河、硕里加河交叉融汇,河清见底,北入苏子河。城分内城、外城。城墙用石头、泥土垒成,高一丈多,宽四五尺,城墙上设有敌楼、候望室。外城周围不过一里,远远望去,是一片新住宅,构成不同的风格,形成三层不同的建筑群。

城外是泥坯土房,茅顶草盖,黄乎乎一片,住着四百多户兵士及其家眷。城墙内是石砌木房,住着努尔哈赤的部将及他们的亲族。内城房屋成套成院,住着努尔哈赤的亲族。在内城,有木栅栏围筑的城垣,栅城内有神殿、鼓楼、客厅、阁台、楼宇。内城中央,耸立着一座青砖瓦营造的飞檐式三层楼宇,上盖丹青鸳鸯瓦,墙涂石灰,壁绘人物,柱椽画彩,巍巍然,十分壮观,这里就是努尔哈赤居住兼理事的议政楼。

全城八百多户人家,一千多人口。这天中午,艳阳当空,全城男女老幼穿红戴绿,兵士将校披甲戴盔,齐集于内城。

努尔哈赤头戴凉帽,身穿龙纹新袍,腰系金丝带,佩帨巾、刀子、砺石、獐角,足蹬鹿皮小靴,端坐在居中的议政楼上,左右各站着三名卫士,盔甲整洁,神情怡然。几大牛录额真分坐长几两侧,一个个威武雄壮。城楼下,两排披甲卫士,持枪背弓,威风凛凛,从楼门直至栅门,分站在楼门两侧,形成一条长廊。

午时整,鼓乐齐鸣,弓箭手弯弓搭箭,对天连发十箭,嗖嗖之声,雕翎箭满天齐飞,一派威严之气,令人肃然起敬。

乐毕,论功行赏,各牛录额真,各自分到一座城池,据为己有。其他兵丁,按军功大小,各自分得财物、战俘。

赏毕,努尔哈赤站起,表彰了有功之臣,然后道:"吾建州为女真宝地,今日能统一,来之不易。我们爱新觉罗的后辈,要想求得平安,创业建国,必须民族团结,齐心协力。吾女真民族虽然弱小,但要有志气,有恒心。当年成吉思汗、忽必烈能驰骋中原,开疆扩界,难道我们就不能吗?"

众人为之欢呼,声震群山。

接着努尔哈赤又道:"为振兴民族,发愤图强,治理建州,现拟政三条,立为法规:

一、凡建州境内,禁止阿哈犯上作乱,不许诸申、阿哈对贝勒作乱,不准阿哈对家主作乱。

二、凡建州境内,阿哈必须对家主忠顺,诸申遵守贝勒指令,不许借口对抗,拖延不动。

三、禁止盗窃,犯罪严惩。

望诸申、阿哈遵照执行。吾建州各地,只要法纪严明,便可取胜。吾女真民族,将以辉煌的业绩,光照人间。"

众人又一阵欢呼。接着,三十名乐手,敲起台鼓,奏起察齐。一对对青年男女,华装艳服,跳起欢乐的空齐舞。

鼓声、乐音、欢呼声,从午时一直响到日影西斜。

天近黄昏,努尔哈赤从议政楼上走下来,他刚下楼梯,突然楼洞口跑来一个守城卫士,笑吟吟地打千报道:"禀报都督,苏完部老酋长索尔果率本部五百户女真人来投!"

"好!快请。"努尔哈赤眉开眼笑地打着手势,转身朝城外走去。

苏完部在叶赫部北,是松花江右岸的一个女真部族。多年来,时常受到叶赫部及左邻乌拉部的侵扰,有些村寨被叶赫部侵占,有些被乌拉部吞食。五百多户人家,过着惶惶不可终日的日子。本部酋长索尔果耳闻建州部努尔哈赤起兵不凡,节节告捷、民富族旺,就同部族诸酋长、城主商议投奔建州,以图兴旺。酋长、城主一个个欣然同意,于是索尔果就率领部族男女老少,翻山越岭,投奔费阿拉山城来了。

努尔哈赤整理衣冠,走出外城时,索尔果率领的五百户苏完部族人,已来到嘉哈河岸。他抬头看去,只见车马如龙,人列长队,弯弯曲曲,排了四五里路,长长的队列,从河边延伸到苏子河大木桥上。

长髯棕发的索尔果率领各城城主,来到费阿拉山城石头城墙下,刚刚下马,就见努尔哈赤出了城北门,前来迎接。索尔果施礼拜见,然后仔细地打量着眼前这位威震三江的英雄,只见他面阔鼻直,身强体壮,面色微黑,憨厚、质朴、坦率的外表中,透出几分豪气。索尔果暗自为努尔哈赤的英武神色叹服。努尔哈赤还礼后,声若洪钟道:"久闻兄长大名,今日能来寒舍屈驾小居,实乃不胜荣幸之至。"

努尔哈赤把索尔果及众头目迎进内城,安顿在自己的客厅,然后又命令安费扬古将五百户人分散安排在外城各户歇息。日落西山,努尔哈赤亲自安排杀猪十头,宰牛八头,一一犒劳来投的五百户男女老幼。

傍晚,努尔哈赤陪着索尔果步入宽敞的客厅,厅内遍铺苇席,席上又铺红毡,毡上设圆桌四张。努尔哈赤进屋时,他邀请的本部长老、部将及亲族要员,以及苏完部各城主,早已在厅内恭候。爱新觉罗氏族兄弟姻亲,在东壁;安费扬古、额亦都、图鲁什、叶克书、劳萨、博尔晋等在北壁;索尔果及爱新觉罗氏女族在西壁;努尔哈赤兄弟妻及诸将妻立于南壁炕下;努尔哈赤则于南墙东隅地上,面向西北坐在黑漆椅子上,有些侍从皆立于努尔哈赤背后。入席后,厅外鼓乐齐鸣,厅内琵琶阵阵,洞箫袅袅,八名女歌手,拍手唱曲,以助酒兴。

努尔哈赤平时不爱喝酒,今天因心情格外兴奋,一连干了数杯,面颊格外红润。酒过三巡,长相漂亮的索尔果的侍女离座翩翩起舞。努尔哈赤也因兴致所至,踏着节拍,离开座椅,弹起琵琶,独自为索尔果之妻伴奏,高超的舞技,动听的琵琶,不断引起一阵阵掌声和欢快的哨声。

众人酒兴正浓之时,索尔果的贴身阿哈带着一位英俊青年进厅,他走到索尔果跟前耳语了几句。索尔果赶忙站起,向努尔哈赤介绍道:"都督大人,这是不才的长子费英东,今后望多加关照。"

费英东向前跨了一步,打千致意。努尔哈赤急忙站起,上下打量,看、浓眉大眼、身材适中的费英东,笑着问:"小侄年方多少?"

费英东毕恭毕敬地点头道:"晚辈年方二十有五。"

努尔哈赤对费英东颇有好感,就步出座位,走到费英东跟前,拍着费英东的肩膀道:"如此一表人才,是女真人的骄傲,他日定能成才!"

"过奖!过奖!"索尔果暗自得意地捻着上髭,自谦地说。

"不,不,"努尔哈赤连连摇头,"当年女真人能有阿骨打、完颜亮,支撑半壁江山,今天为啥不能出新的阿骨打、新的完颜亮?为女真民族争光?"

"大人说得极是,"索尔果忧心忡忡地说,"只是女真民族至今四分五裂,焉能成大事。"

"不,"费英东血气方刚,他见父亲疑虑甚多,就慷慨陈词道,"事在人为。当年都督起兵只有十三副铠甲,事经五年,如今已有五六百骑。今日我部五百多户,每户再抽一兵丁,组成千军,其势也不可小看呀!老话讲,女真不满万,满万不可敌。只要有血气的女真人拧成一股绳,不愁重振不了大金的伟业!"

努尔哈赤为费英东侃侃数语激动不已,他端起一两装的白瓷酒杯,邀众人举杯,高兴地说:"我们女真人要多几个这样有抱负有志气的青年人,不愁女真不统一。现在我提议,为费阿拉能有费英东这样的人才,痛饮三杯!"

欢呼声、碰杯声,声震大厅。三杯下肚,努尔哈赤更加兴奋。他举杯来到图鲁什跟前,刚想说点什么,直性子的图鲁什却抢先提议道:"大人,您对费英东如此器重,就叫他做新牛录的额真吧。"

努尔哈赤听了,起初笑容满面,当转身面对费英东时,却连连摇头,小声对图鲁什道:"选将派帅,可不能以我个人的好恶来定哟!费阿拉城虽然挂着我爱新觉罗的旗帜,可是这事业,可代表十多个部族哟!"

"大人,那么依您之见呢?"坐在努尔哈赤左侧的安费扬古侧脸问道。

"还是按老规矩!"努尔哈赤把酒杯往桌上一蹾道。

"我看还是免了吧!"图鲁什讲情说。

"不行。"努尔哈赤绷着脸,斩钉截铁地说。

选将本来是件好事,他们为何争执?"老规矩"又是什么呢?原来,近两年由于打仗的需要,起兵时那种临时选派牛录额真的办法已不利于战争。因为,每一仗都有不同的打法,有时要攻,有时要守,有时要硬拼,有时要智取。这就要求带兵的人,既要能舞枪弄剑,又要头脑灵活,随机应变,临阵指挥。所以带兵的头领,都要经过认真考核,集体选定。眼下,努尔哈赤虽然偏爱费英东胸有大志,善于辞令,但对费英东棍棒的功夫如何,心里没底儿,因此不好草率点头应允。

二

万历十八年(1590)一个初春的早晨,三十二岁的努尔哈赤穿着单衣单裤猛然从炕上跳下来,对着镜子把漆黑的胡子修剪得整整齐齐,然后从门外吆喝进来一个阿哈,道:"你快去把劳萨找来,有急事。"

阿哈跑出内城,不一会儿把劳萨找来。努尔哈赤到门口把劳萨接到屋里,让他坐下,亲自给他装了一袋烟,打火给劳萨点着,沉思了片刻,说:"劳萨,你想办法把我脚心的七颗痦子刮去。"

劳萨比努尔哈赤大十一岁,眼下他鬓角已有几根白发,显得老练沉着。他捻着稀疏的山羊胡凝思片刻,问道:"刮它干什么?那可是您主贵之处呀!"

努尔哈赤笑笑说:"主贵不主贵,也不在几颗痦子上。"接着他述说了自己准备去北京朝贡,借机奏本,告李成梁欺君之罪的种种想法。劳萨听了反问道:"你手里有李成梁的把柄吗?"

"这,你放心,"努尔哈赤说,"去年图鲁什抓住一个李成梁密探为我捎来不少李成梁的真赃实据,只要随便挑几件事,满可以把李成梁弹劾掉。"

"那就好。"劳萨赞成道,"只要搬掉李成梁这块绊脚石,我保险把你脚心的瘊子修得痕迹不露。"

当天,劳萨用民间偏方医术,除去了努尔哈赤脚心的七颗瘊子。七天以后,努尔哈赤的脚心果然平平滑滑,没有一点儿长瘊子的痕迹。接着,努尔哈赤叫安费扬古专门操办进京朝贡礼品,准备选个吉日起程。

四月九日,是所谓"三六九,往外走"的吉日。努尔哈赤就在这天清早,备好八十匹清一色的栗色骏马,十辆大轱辘车,一百零八人,赶着挂着黄绫的朝贡马车,浩浩荡荡由费阿拉城出发。

北京是辽、金、元、明四朝的古都,是北方政治、经济、文化中心。努尔哈赤早就听祖父讲述过这座历史名城的历史,进京已是他多年的夙愿。今日此行,他既有政治目的,又怀着访古之情,踏上千里驿道,晓行夜宿,催马赶路。

一路上,他们辞别了山花正浓的长白山余脉的起伏山岭,顺着澄清的浑河西行,穿过逶迤的辽东边墙,遥望抚顺关高大的城楼,涉过辽河的浅水沙滩,漫步在碧绿的辽西走廊,在春风杨柳中,度过了山海关,仰望古长城,不知不觉步入燕山脚下,望见高耸的广渠门灰色的门楼。

经过十多天的行军,除了几个过去跟随觉昌安进过京的老者之外,都觉得身轻神爽,东观西望,大开眼界。同行的柯什柯,前些年曾进过京,他既熟悉路,又了解进京朝贡的规矩,所以望见城楼之后,他赶着贡车,就比比画画地向大伙介绍道:"北京城分内城、外城、宫城。内城是皇城,宫城也叫紫禁城。外城有七门,内城有九门。九门是最讲究的,各门通什么车,都有死规矩。"

"老兄,都有啥死规矩呀?"跟在柯什柯贡车后的额亦都,骑在马背上,剑眉一挑问道。

柯什柯拢起拴着红缨的鹿皮鞭子,回头道:"正门叫正阳门,专走皇轿宫车;东门叫朝阳门,专走粮车;东直门走木材车;西边的阜成门,走煤车;西直门走水车;北边的德胜门走兵车;安定门走粪车……"

"什么？还有专走粪车的门？"额亦都听了觉得十分新鲜，就笑着反问道。

"嘻！那还有假？"柯什柯一抱膀子，咧着嘴，道，"安定门，因为靠地坛，东、南、北三面有许多粪场，晒干后卖给种地的，所以多走粪车。"

"噢！原来如此。"二十九岁的额亦都听了茅塞顿开。他习惯地抹了抹后脖颈儿，又问道："那我们走哪个门呢？"

"当然要走正门喽！"一个努尔哈赤的本家、年轻兵士抢着答道，"我们是给皇上进贡的车嘛！"

"不行！不行！"柯什柯的头摇得像拨浪鼓似的说，"正门前有下马碑，平常文官到要下轿，武官到要下马，我们怎么能赶着马车，带着马粪味儿，闯进皇宫呢！"

"哟！那到底要走哪个门呀？"柯什柯前后的兵士着急地追问着。

柯什柯掸了掸身上的尘土，接着道："大明朝管我们女真人叫夷人。按规矩，要从东便门进。车停下后，要到礼部禀报，然后由衙门里出来的人，把我们领进内城，抬着贡盒，进献给皇上。然后领赏赴宴。"

"那皇上能不能召见我们呢？"一个小兵士好奇地问。

"那要看皇上高兴不高兴啦！"柯什柯俨然以教师爷的口气说。

说话间，不知不觉来到东便门。熟悉门路的柯什柯把车马带到离东便门半里多路的一家客店，安顿好车马，吃过早饭，努尔哈赤就派安费扬古带着两名兵士，到礼部去禀报。

努尔哈赤吃过早饭，吸了袋旱烟，总觉得客店的四合院太窄小，憋闷。于是，就独自走出客店，顺着一条南北大街，优哉游哉地闲逛。他走到一家卖烟具的店铺门口，被眼前奇形怪状、光彩夺目的鼻烟壶吸引住了。他正隔着橱窗，眯着凤眼欣赏着鼻烟壶儿，突然铺门"吱扭"一声打开，走出一个身材修长、面善如佛的中年汉子，拱手道："请问大人，您是不是建州左卫的都指挥使爱新觉罗·努尔哈赤阁下？"

努尔哈赤一愣，眨着凤眼，一时想不起眼前这汉子是何人。那人见努尔哈赤疑惑的样子，就自荐道："小民是抚顺东关商贾佟养性，十多年前曾在高尔山见过一面，不知道您是否还记得？"

努尔哈赤听对方说出自己的名字,就马上想起在高尔山陪李永芳打猎时的一幕。于是,就顺水推舟地问道:"那时我们都还年少,您怎么一见面就认出我来?"

佟养性从小经商,闯荡江湖,练得口齿伶俐,就笑着说:"大人红颜凤目,身材魁伟,仪表堂堂,叫人过目难忘,所以就……"话语未尽就大笑起来。从此,两人一见如故,佟养性就把努尔哈赤请进隔壁一家茶馆,在墙角找到两个座位,叫了一壶西湖龙井茶,边喝边谈。

原来,一个月前佟养性到广宁卖貂皮,被李成梁的三儿子无理扣留。佟养性与他据理相争,被李的三儿子带着兵马驱赶出城。为了出这口气,佟养性通过边官进京的机会已告到张御史那里,状子递上以后,他正等候消息,遛遛大街,看看铺面的行情。佟养性叙说了自己进京的经过,就又笑着道:"想不到,能在京城见到您,这真是有缘千里来相会呀!"

努尔哈赤听了心中有了底,就笑了笑道:"你胆子可不小呀,竟敢进京告辽东总兵?"

"嘻!"佟养性转着眼珠子,四处看了看,就又压低声音说,"做买卖要观察行情,进官场就要看门户、气候。大人您有所不知,李成梁在辽东二十多年,据守重镇,兵权在握,就连他的四五个儿子也都加官晋爵,在军内窃据要职。您想就没有人眼红吗?"

"这么说也有人反对李成梁?"

"对,对。"佟养性像遇到了知音,连连点头,道,"宫内御史张鹤鸣就反对他。都督大人,您好歹也是建州卫的一个都督,如果您能把李成梁谋害您的前前后后向张御史禀告,准够他喝一壶的!"

努尔哈赤边听边问,弄清了这张御史早与李成梁有隙,只因张御史没能弄到李成梁贪赃枉法的确凿证据,没得下手。于是,努尔哈赤就试探地问道:"佟财主,您和张御史的交情咋样?"

"没说的,没说的。"佟养性嘻嘻哈哈地说,"后天,张御史请我到他府上喝酒。都督大人,如果您能抽出工夫,咱们一起到府上,我可向他举荐举荐,他也一定会欢迎的。大人,您看如何?"

努尔哈赤点头赞许。第二天,努尔哈赤带着礼盒,率领十人,在礼部官员引导下,进皇城进贡献礼。努尔哈赤本来合计进紫禁城能朝见万历皇上,可没想到,当他带着十个随从,步入承天门后,只在一间耳房里,有司礼监代皇上收下贡品,并将皇上赏给的绫罗绸缎、瓷器玉雕等物带出皇宫。虽然礼部侍郎曾出面设宴,但总觉得万历皇上对女真人太冷淡了。

努尔哈赤回到客店,仰面朝天地躺在木板床上,追忆进贡入紫禁城的每个细节,不禁自语起来:"难道天朝的皇上,也跟李成梁一个样儿?"

三

黄昏,整个京城沐浴于在金色的霞光之中。

努尔哈赤脸色阴沉地骑在黄骠马上,陪着佟养性离开客店,沿着城墙根儿往南走,去张御史府邸,拜访御史大人。

张御史住在崇文门前一座灰砖瓦的四合院里。努尔哈赤、佟养性二人各骑着一匹马,绕过东便门门楼,往西走了不大工夫,便来到张府门前。

张府是一座很阔绰的府第。灰砖灰瓦,门楼高耸,院墙整齐,正房和东西厢房屋顶上的狮虎、獬鹿瓦饰,栩栩如生,为整个建筑增添了不少威严的气氛。

他们二人走到院前的大槐树下,相继在下马石处勒马下鞍。在门卫引导下,走进黑漆大门洞。这时只听张府总管手提灯笼,唤道:"客人到!"

不一会儿,张御史在几个丫鬟的簇拥下,走出正房门槛。努尔哈赤抬头看去,只见一个白白胖胖、个头适中、满面春风、年约四十的中年人,拱手向他施礼,他连忙还礼。说说笑笑中,众人步入客厅。佟养性首先向张御史荐举了努尔哈赤,然后张御史忙令开宴。于是客厅里明灯高悬,酒香扑鼻,一道道山珍海味、京味佳肴满满摆了一桌子。

在今晚的宴席上,张御史既没邀近友,也没找陪客,只有努尔哈赤、佟养性两人。一主二宾,推心置腹,甚惬人意。酒过三巡,张御史喝得面红耳赤,话语如潮。他谈天说地,讲经论史,说来说去,讲到眼前万历皇帝及皇宫秘事逸闻,努尔哈赤听了,眼界顿开,连连点头称是。特别是有关万历皇帝的正传野史,他听得尤其入迷。

张御史说:"万历皇帝十岁登基,十几年来,虽有张居正首辅内阁,但他只知吃喝玩乐,沉湎于酒色,深居宫中,多年不问朝政,不拜郊庙,不批章疏,中外缺官也不任命补缺。朝廷上下,只有宦官当权。这些阉党,视金玉为命脉,贪赃枉法,贿赂公行。宦官与朝臣之间,朝臣与朝臣之间,攀缘结伙,互相倾轧,乱作一团,攻讦不休,长此下去,大明的江山岂不毁于一旦!"

张御史如泣如诉,边喝边讲,不知不觉已醉狂若癫,说话更不顾忌。他见自己的小儿子前来为客人敬酒,马上又想起最近东西宫立太子"争国本"的丑事,接着就又讲起来。他说:"万历好色成癖,前些年在太后宫里糟践了一个王氏宫女,生了男孩,取名常洛。可是他平日最宠爱郑贵妃,犹如唐明皇宠爱杨贵妃,不久郑贵妃也生了男孩,取名常洵。按照大明朝的规矩,应立长子为皇太子,可是郑贵妃屁股后头有一伙宦官,支持她要挟万历皇上,要立常洵为皇太子。最近闹得六宫上下,朝阁内外人心惶惶,鸡犬不宁。"讲着讲着,他又哭泣起来。他自斟自酌连喝三杯,然后肃立,遥望南天,祷告道:"太祖呀,您如若在天有灵,就惩治惩治这些昏君奸臣吧!不然,您开创的江山就要完蛋了!"

努尔哈赤见此情景,十分感慨。一则,他敬佩张御史的忠贞;二则,他又觉得张鹤鸣过于迂腐,而为之叹息。但从中他领会到朝内的种种矛盾,这正应该加以利用,从而弃恶扬善,完成改朝换代的重任。他暗想:大明朝如此腐败,不推翻它,很难天晴气朗。正如种庄稼,种过几茬之后的土地,如不深翻,把旧土翻个个儿,就很难再长出好庄稼,出现苗壮叶茂的景象。想到这里,他自然联系到自己的事业、民族的兴亡,顺藤摸瓜地把话题引到李成梁身上。

提到李成梁,张御史冷不丁想到今天盛宴邀请佟养性、努尔哈赤的用意。近几年,他常看到皇上转给他弹劾李成梁的奏章,说李地位益隆、兵权过重,子弟奴仆都加官晋爵,这些人仰仗权势盘剥兵士,鱼肉百姓,恳请皇上治罪于他。但可惜其证多虚,事实甚少。近日,他听说好友荐举佟养性,要与自己禀报秘事,就想到打听李成梁在辽东的所作所为。于是三天前,就定下来今天宴请佟养性长谈闲叙。想到正经事,张御史醉意减去大半,清醒了许多。他为二位客人亲自斟了酒,就开门见山地问道:"佟老弟,您递上的状子我看了,证据可在啊?"

佟养性听御史称自己为老弟,一时受宠若惊。他噌地站起来,从怀里掏出用一张黄表纸写的十个人诉状,双手递给张御史,道:"御史大人,这是广宁府十个铺子里的老板联名签字画押的字据,他们亲眼看见李成梁的三儿子带着五个打手,无理扣留我的一百张貂皮,实际是明抢。他们为了替我出这口气,还联合捐资,为我拿了进京的盘缠。大人……"

张御史见佟养性神情恳切,过于激动,就朝佟养性一摆手,让他坐下慢慢说。佟养性一五一十地细说了一遍,然后又诚恳地望了一眼努尔哈赤,道:"御史大人,如果我说的有虚,您就听听建州卫的都指挥使说说李成梁父子的所作所为吧。"

张御史早就听说女真族出了个英雄名叫努尔哈赤,今天一见果然谈吐不凡。

他听佟养性荐举,就顺水推舟地道:"请都督也谈谈在辽东的所见所闻吧。"

努尔哈赤没有马上滔滔不绝地陈述李成梁父子的罪状,而是慢条斯理地从长袖里掏出一本账折,递给张御史,道:"这是我熟悉的一位游击,要我捎给您的军饷账折。李氏父子,制造假折,一次就克扣白银千两。"

张御史一听,如获至宝,就霍地站起来,一把抓过饷折,"哧"的一声展开,一个栏目一个栏目细瞅细查。当他看讨一个个军士兵丁的名字,军饷数目,弄虚作假签字画押的手印,就双手发颤道:"吸血鬼,吸血鬼。一千多两白银,一口吞掉了。"

接着,努尔哈赤又把孙贵给他收集到的有关李成梁在广宁强占土地,霸占民宅,其子强抢民女的状文,一一递给张御史。

佟养性见努尔哈赤办事件件有据,心中十分佩服。他眼盯着张御史把状文看完,未等御史开口,就迫不及待地说:"大人,这只是努尔哈赤替广宁的百姓兵丁带的状文。至于指挥使他本人的遭遇,也足以证实李氏父子罪恶如山。"接着,他一口气,把李成梁如何勾结尼堪外兰,滥杀女真平民,谋害努尔哈赤父、祖,如何逼死谋算范家一家,如何欺骗钦天监,逼得努尔哈赤逃避于深山……讲了一遍。

张御史听了十分同情,但他却二话未说,竟唤来两个仆从,指着努尔哈赤的脚,命将其鞋袜脱掉。

张御史站起来,走到努尔哈赤跟前,道:"抬起脚,我看看你脚上的痦子。"努尔哈赤一一遵命,抬起右脚,又抬起左脚。张御史见努尔哈赤脚心并无痦子,就气愤地道:"欺君!欺君!就这一条,也可以治他欺君之罪!"

夜半,三人正唠得投合,忽听门外喊道:"深更半夜院外拴着什么人的马?"

张御史听了猛地一愣,马上派府内总管去院外查看。

总管提着灯笼到院外一看,原来是巡夜的更卒仇四来到门口。近几年由于朝廷内部派系斗争加剧,时常有密探四处窥视。这仇四是张御史的老乡,平日交情甚深。他巡夜来到御史家门,见大门旁边拴着女真人特制鞍座的高头大马,暗想:这要叫作对的狗官密探发现,岂不又招来是非?于是,他有意真不真、假不假地吆喝一声,以提醒张御史的注意。

张府的总管走出门外,见是熟人,就招呼仇四进屋。仇四提着灯笼,摆了摆手,指着门外的两匹马小声说道:"快把马牵进院里!免得叫人说私通外夷!"

仇四说毕,便扬长而去。

总管把两匹马牵进院里喂上草料,回到上房向张御史禀报了仇四路过的情景,就低头退下。张御史听了对佟养性、努尔哈赤笑道:"一朝的京都到了这种草木皆兵、互相戒备的地步,就是不祥之兆呀!"

佟养性接着说:"孔老夫子早就说过'远人不服而不能来也,邦分崩离析而不能守也'。我看大明朝分崩离析的局面,太令人痛心呀!"

"所以,作为朝廷的御史,我不能袖手旁观,而应除恶扬善,把奸臣贪官除掉呀!"

接着,张御史又向佟养性、努尔哈赤透露了朝廷上下对李成梁的看法。最后,他陡然起立,一拍桌子道:"不除掉李成梁,天地难容!"

当晚,三人拱手告别。

第一二章 引领钦差 识破迷雾

一

悯忠寺香火很盛,朝拜进香者络绎不绝,寺里寺外,热热闹闹。因此,盛传"悯忠高阁,去天一握"之说。

小满这天,努尔哈赤觉得住在客栈太寂寞,就邀佟养性一起去逛悯忠寺。此寺为北京城两大名寺之一,位于城西南宣武门外,是唐太宗时为纪念出征阵亡的将士修的庙宇。武后万岁通天元年(696),赐名"悯忠寺"。金朝迁都这里后,曾做过考场,考试过女真进士。当年宋金征战,金兵打到北宋都城汴京,曾把宋朝皇帝宋徽宗、宋钦宗掳到中都北京,当时宋钦宗就被扣押在这座寺庙里,住了很长时间。

努尔哈赤和佟养性走到寺前,步入山门,只见在苍松翠柏掩映下,左右两侧的钟鼓二楼巍然屹立,正面天王殿、大雄宝殿、观音殿、净业堂、大悲坛、藏经阁一座比一座辉煌,一座比一座雄伟。

佟养性在山门右侧花钱买了三炷香,随着朝拜进香的人流,先后在天王殿、大雄宝殿、观音殿进了香,瞻仰了大雄、观音和十八罗汉的尊容,然后同努尔哈赤一起步出殿堂,在寺内一片柏树下歇息。

佟养性趁机到茅厕解手,努尔哈赤一人盘坐在青石凳上,不知不觉困意袭来,只觉得两眼发涩,慢慢打起盹儿来。

恰在这时,一群进寺拜佛的宫娥三五成群地路过这里,为首的正是范梨花。

此时,梨花身着藕荷色缎子绣花长裙,头饰银簪玉器,翩翩若仙,在方砖地上迈着碎步,大大方方地走着。当她走到柏树林边,猛然发现坐在石凳上的穿着女真人服饰的努尔哈赤,不禁一愣,暗想:他莫不就是努尔哈赤?

梨花多么想见见自己的心上人呀!梨花主意已定,就放慢了脚步,朝柏树林走去。

梨花何时进的京呢?原来,四年前她在抚顺城跟踪尼堪外兰,在哨楼边抽掉梯子,尼堪外兰被努尔哈赤派的兵马活捉杀掉后,次日她回清河城时,被马林发现。那几天,恰逢皇帝下谕为皇后四处选舞女名优,于是,马林背着李成梁,偷偷地把梨花捉住,送进京城,在皇宫专门唱塞外小曲,为皇后消愁解闷。在寂寞的宫廷里,她朝朝暮暮想念着努尔哈赤,时常为他的安全、事业祈祷。

此刻,她身不由己地朝努尔哈赤鼾睡的地方悄悄走去,心头闪现着广宁城葡萄园的幽会、大秃顶子岭上的邂逅、元宵节逛清河城的欢声笑语……想着往事,她像一阵旋风似的飘到石凳前。当她甩起长袖朝努尔哈赤的肩上轻轻抚去时,忽然皇后派来找她的一个宫娥来到她身后,一把拉住她的衣袖,扯着就走。

即将来到眼前的幸福相会,眨眼间又成泡影。梨花恋恋不舍地低着头,默念着努尔哈赤的名字,无可奈何地离开了心上人。

努尔哈赤醒来,揉着蒙眬的睡眼,朝几个宫娥瞥了几眼,连打了几个哈欠。恰在这时,佟养性回来。他望着努尔哈赤痴呆的样子,又看了看梨花的背影,笑着无意地说道:"大贝勒,您是不是又想起您那个梨花?"

努尔哈赤叹息道:"她要是活着,该多好呀!"

两人开了一阵玩笑,就又谈起庙里的观感。

努尔哈赤是第一次进佛殿,并不了解佛教的宗旨。他坐在青石凳上,问道:"佟老兄,那观音是什么神呀?"

佟养性经商多年,跑遍关里关外,拜过不少名山佛殿,阅历非浅。他见努尔哈赤发问,就不假思索地答道:"观音是佛教中的菩萨,是无上尊佛阿弥陀佛的左胁侍,阿弥陀佛的右胁侍是大势至,这三位神是西方极乐世界,也就是通常说的西天的三大菩萨。据佛经说,观音专救苦难众生,谁要遇难,只要老念叨她的名字,她就循声去救。"

努尔哈赤摇了摇头,疑惑地问道:"据说当年宋钦宗皇上被俘曾押在这里,那么观音菩萨为啥不救他呢?"

"这个嘛……"努尔哈赤问得佟养性一时张口结舌。不过佟养性文思敏捷,机灵的眼珠转了转,随口答道:"皇上不同凡人,是天赋神授的官,菩萨难救呀……"

"皇上不也算众生吗?"努尔哈赤反问道,"既然皇上至高无上,神圣不可侵犯,为啥宋钦宗、宋徽宗在观音大殿当了阶下囚呢?"

佟养性见问题不好回答,就自我解嘲地说:"唉!信神,信神。不信,也就没神呗!"

"这倒是个理。"努尔哈赤略有所悟地说,"从宋朝两位皇上的下场看,皇上并不是不可侵犯,也是可以抓、可以关、可以杀的,而该杀的时候,什么神也救不了他。"

"佩服,佩服!"佟养性想不到努尔哈赤会悟出这么多的道理,连声称赞,由此联想到明朝的历代皇帝,眼前的万历皇帝,就有意地小声反问道,"叫你说,这万历皇帝可不可以……"

佟养性出身商贾,时常说话说一半、藏一半,把藏起来的话,让对方去说,弄得声色不露,又通过对方之口,表达了自己的心声。

努尔哈赤从小是山野之人,心直口快,就接着佟养性的话茬儿说:"万历皇帝不好,也可以反,可以杀!"

杀字一出口,可把佟养性吓了一跳。他神经质地向四周瞧瞧,见他人离之甚远,就松了一口气。接着马上把努尔哈赤一把拽起,左顾右盼地离开悯忠寺。

正巧,中午他们刚回店,张御史就派人来接他们到张府。佟养性和努尔哈赤进张府尚未坐定,张御史就说,昨晚万历皇帝得了疑心病。

原来,三天前他们在张府分手后,第二天张御史就向万历皇帝写了奏章,把李家父子在关外的所作所为——做了陈述,并提醒皇上,应接受五代十国后周的教训,以防"陈桥兵变",异姓改朝。他明知故问地问皇上:"唐末以来,几十年间皇帝就换了八个姓,战乱不息,原因何在?"

万历皇帝虽很少问朝事,但对历史还是略知一二的,他坐在龙座上,叹息道:"争战不息。国家不安的原因,在于将领权力太重,君权反而弱小。要长治久安,就必须削夺他们的权力,控制他们私占的钱粮,拆散他们的亲兵。"

平日万历皇上十分信任张御史,对他的奏章、言谈也很重视,因此对李成梁"地位益隆、兵权过重"格外留心。当晚他在建极殿,孤身对灯坐在龙书案前,面对众多弹劾李成梁的奏章,踌躇不安。思忖道:李成梁身为总兵;其弟李成材荣任参将;李成梁的大儿子,统兵镇守宣府;二儿子和四儿子也身在军中;三儿子和五儿子又守在李成梁身边,统兵镇边,掌握军权。李氏一门数将,确是兵权太重了。想到这里,他不禁打了个寒战,自言自语道:"李氏父子,若有二心,其后果将不堪设想呀!"他不安地站起身,在花毡上踱着步子,反复思考着:自从隆庆元年(1567),李成梁出任辽东副总兵以来,二十多年曾多次讨伐夷寇,屡立战功,若将李氏父子下狱问罪,谁人去镇守边陲?

烦恼、忧虑、恐惧,一阵阵向万历皇帝袭来。当他百思而不得其解时,忽然一个老年太监挑灯进来,伏身跪道:"皇上,天过二更,请皇上回宫安歇!"

万历皇帝闷闷不乐,瘦削的面颊,更显疲惫,他神情忧郁地走出大殿。老太监提灯在前引路,二人一前一后,默默地向乾清宫走去。

浮云掠过夜空,月光时隐时现。路两旁的石狮、石兽、花丛、树影,也随着月光变幻,或明或暗,时大时小,清幽的宫院顿时产生一种神秘莫测、光怪陆离的景象。再加上夜风习习,树叶飒飒,更增添了几分恐怖的气氛。

"踢踏!踢踏!"朝靴声在宫院回响;"窸窣!窸窣!"竹叶在甬道两侧摇动;"咯吱!咯吱!"宫内的老鼠在嚼花根……万历皇帝走着走着,蓦地想起"陈桥兵变"的刀光剑影仿佛就在眼前,他感到十分恐惧,好像身后有人跟随。他下意识地回头看了看,心情十分紧张。

"踢踏，踢踏"，"窸窣，窸窣"，"咯吱，咯吱"，声音如故。万历皇帝越走越感到紧张，两腿有些发颤，慌恐起来，他勉强振作精神，小声喝问："后面何人保驾？"

"二弟云长在此！"

万历皇帝一惊，又问："三弟何在？"

"翼德现在镇守辽东！"

万历皇帝一时慌了，他疑神疑鬼地喃喃着："是谁在身后回话？"说着刚想转身问话，在前面引路的老太监似乎听见皇上喃喃自语，但他一句话也没听清，就忙回过头，举着灯笼，问道："皇上有什么吩咐？"

"这……"万历皇帝还未来得及答话，乾清宫里当值的宫娥，已经三五成群地迎了过来。

宫灯照耀如同白昼，香炉里香烟袅袅。万历皇帝恍惚中倒在御榻。他迷迷糊糊，似睡非睡，突然眼前关云长、张翼德、李成梁、赵匡胤的名字和面容不时迭现在脑际，出现在殿前、宫门上、房檐上、床下、香炉上……他几次惊醒，轻唤这些人的姓名。最使他惊慌的是李成梁变成了赵匡胤，最叫他害怕的是快到黎明时分，他梦见李成梁手举利剑，从房梁上跳下，直刺他前胸……他惊叫着，醒了，再也不能入睡。

今天一大早，万历皇帝用膳之后，就差人把张御史叫来，进殿议事。

万历皇帝的这次召见有些不寻常，他既不在皇极殿，也不在中极殿和建极殿，而是在交泰殿一间书房里。张御史进殿跪拜后，皇上就把他让到一把藤椅上，讲述了昨晚上的一切。然后提起张御史上呈的奏章，道："爱卿的奏章，朕已钦阅，甚合吾意。只是，如今辽东不稳，如果对李氏父子的惩办操之过急，恐怕会狗急跳墙，引火烧身。所以，以朕之见……"

这时，一个宫女用瓷盘端来一壶两碗，轻轻地放在皇上的桌上。万历皇上还未等宫女斟茶，就霍地抓起一只茶碗，往地下一摔，咔嚓一声，细瓷茶碗顿时粉碎。他笑着道："就要这样！先抓到手里，然后……"

张御史领会了皇上的意图。等宫女退出大殿，万历皇帝又说："朕先派你到辽东一行，前去抚慰将军，犒赏三军，并以朕之命，调李总兵回京。"

"臣遵旨!"张御史俯首领旨,决定三天后离京,出使辽东。

佟养性和努尔哈赤听了喜出望外。三人谈毕,举杯相庆,并商定努尔哈赤和佟养性装扮成御史的随从,跟御史同行。

二

初夏,碧空千里,麦海金黄。张御史穿着蟒袍,带着皇上的圣旨,车轿成行,骏马列队,一行百人,威风凛凛,浩浩荡荡,穿行在麦海金涛的草原中,出了山海关,直奔辽东。

俗话说,狡兔三窟。李成梁为人历来狡黠、多疑。多年来,他身为总兵,镇守辽东,平日生怕身居边陲,难晓朝中动静,早就在京城安下了耳目。这里,张御史刚一出京,那边,消息早已传到广宁。

这天,李成梁正在广宁城东北角的虎圈喂虎。他坐在深坑似的虎圈东边的太师椅上,手扶木栏杆,用手抓起一斤成块的马肉,往虎圈里扔食。那花斑东北虎见肉块从天而降,就撒着欢,大吼一声,竖起后腿,立起身子,去叼美味。这花斑虎训练有素,一大块肉,不偏不倚,正好落在嘴里。李成梁每当睁大眼睛,看见虎叼食的雄姿,都禁不住用左手抿着胡须,哈哈大笑,怡然自得地敲起木栏杆,哼起塞外小曲。

可是,在他兴致正浓,又一次伸出右手,到肉盆里抓肉时,忽然府内总管送来一封京城传来的密信,他手抓肉块,示意总管把信打开。李成梁急忙一目十行地看到第二页,声闻皇上已派出钦差要调他回京的消息时,禁不住额头渗出冷汗,四肢发凉,身子发软,昏昏然脑袋下垂,身子前倾。若不是总管眼疾手快扶他一把,非摔到虎圈里不可。

李成梁为何如此恐惧?有道是"文官怕宣,武将怕调"。武将一调,不是祸将灭门,就是撤销兵权。等李成梁清醒过来,府内总管马上唤来轿夫,把李总兵抬回府内。

李总兵回到府内,坐卧不宁,茶饭不进。留在他身边参与军机的三儿子李如桢,及在外任军职、回家省亲的二儿子李如柏,听说后十分焦急,不一会儿就都来到李成梁身边。

李如桢长得小鼻子小眼,招风耳,丑陋瘦小,为人愚笨、怯懦,平日又仰仗老子的权势,欺压部下,抢掠百姓。他听钦差即将到来,心里也十分害怕。他一时没有主见,急得只在父亲身边转来转去。

五月的天气,室内又闷又热,加之屋内群蝇不断,嗡嗡乱飞,闹得李成梁十分心烦。他见三儿子像苍蝇似的转来转去,就骂道:"都是你们这些不肖之子,给我招惹是非,弄得我有话说不出口!"他霍地从软榻上坐起,操起檀香木拐棍儿,连声吼道:"滚!滚!"

坐在椅子上相貌酷似其父的李如柏,见三弟被父亲训斥赶走,就暗生一计,安慰老父,道:"老爹爹,何必为此事不安?孩儿有个主意,不知该说不该说?"

"说!"李成梁拄着拐杖,支撑着年已六十五岁臃肿的身子,迫不及待地答道。

李如柏不慌不忙地站起来,到李成梁耳边,如此这般地说了一番。

李成梁听罢,沉思片刻,摇着头道:"不妥,不妥!万一叫皇上知道,可要犯欺君大罪呀!"

李如柏见父亲不解其意,就又申诉道:"如今皇上已被人蒙蔽,置我父子多年的军功而不顾,吹毛求疵,想置您于死地。爹爹,眼下已火烧眉毛,您就别发愚了吧!"

李成梁坐下来又思索了半天,最后一扬拐杖,听天由命道:"事到如今,就由你一手去操办吧!"

十天以后,钦差张御史一行来到广宁城。车马黄轿刚到南城门,只见随行仪仗,鸣锣开道,车喧马叫,好不威风!

仪仗步入城门,走近大佛寺西路口,仍不见李府派人迎接。张御史坐在轿里,掀帘朝外看了看,心中十分纳闷。

车马拐过十字街向东,不一会儿来到总兵府门口。这时才见李如柏、李如桢两兄弟身披重孝,满面愁容地迎了出来。他二人一见气宇轩昂的钦差,慌忙鞠躬施礼,恭敬地说:"吾兄弟二人有父孝在身,钦差驾到,有失远迎!望大人海涵。"

张御史听了觉得十分意外,忙下轿问道:"怎么,李总兵已经作古了吗?"说着,随着李氏兄弟,来到总兵府客厅。

落座见礼后,张御史问道:"总兵大人年轻时一向以身强力壮著称,不知身患何病,与故友乡亲长辞而别?"

李如桢一边给张御史敬烟,一边答道:"父帅是偶感风寒……"

"风寒?"张御史眨眨眼睛,疑惑地问道。

"这个……"坐在张御史身边的李如柏未等李如桢再回话,就慌忙向其弟递了个眼色,恭敬地解释道:"是风寒引起的宿疾,百医无效,竟于昨日作古!"

张御史为人机警,他见李如柏给李如桢递眼色,举止拘谨,就心中生疑,接着问道:"李总兵倘有宿疾卧病不起,怎么京城连点动静都未曾听到呢?"

李如柏身不由己地站起,弯着腰,脸色不自然地说:"家父唯恐军心有变,不许我们外传!"

说话间,李府总管进来,禀报道:"禀少帅,诸事准备停当,灵柩就要发引了!"

李氏兄弟二人连忙向张御史施礼,道:"大人,我兄弟俩有事要料理,请驿馆安歇。有关事宜,容过日细禀!"

张御史连忙站起,惋惜地说:"平民百姓凡遇丧事,尚需停丧数七,广做法事,怎么总兵大人发丧,却如此匆忙?"

"遵父遗命!"李如桢挺着胸脯答道。

张御史点头赞许,伤心地道:"总兵与吾同殿称臣,理当一祭!"

接着张御史脱去蟒袍,换上素装,由李氏兄弟二人陪着,向灵棚走去。

灵棚在后院,新搭的草席棚下,并排放着同一式样的五口红松木棺椁。供桌上烧香设供,供桌下纸钱串串。张御史以礼拈香致奠,挥泪致哀,李家亲朋叩首还礼。吊唁完毕,张御史一行就到驿馆歇息。

张御史回到驿馆十分纳闷,他衣冠未脱,就把努尔哈赤找来,问道:"都督,你往日曾在总兵府内充任幕僚,可曾知李总兵有什么老病没有？"

努尔哈赤摇摇头,笑着说:"往日巡抚大人跟总兵开玩笑,说他壮得像匹马儿,未听说他有什么宿疾。"

张御史更加生疑。他跟努尔哈赤说出自己的疑虑,希望他探出真情。

烈日西斜,广宁城中鼓乐喧天。接着,总兵府内涌出百十名亲兵将校,沿街列队站立。三声礼炮过后,一行卫队做前导,三十二名士兵抬着黑漆棺椁,井然有序,直奔广宁城南迎恩门。过了片刻,又在卫队的引导下,又以同样的仪式,连续抬出四口黑漆棺椁,分别奔向东南的太安门、正东的永安门、正西的拱镇门和正北的靖远门。顷刻之间,五门同时出殡,吹吹打打,好不热闹。广宁城内的大街小巷,站满了看热闹的人群。一个个交头接耳,议论纷纷。五门出殡一时成为男女老少谈论的话题。

三

傍晚,火烧云堆在西天。张御史吃过晚饭,半斜在躺椅上,手摇团扇纳凉,忽然努尔哈赤步入驿馆,走进张御史的房间,见过礼,就念了一段顺口溜:

奇怪奇怪真奇怪,
老子入土儿不埋。
五门出殡摆八卦,
钦差到城晒起来。

张御史听罢连忙站起,问道:"这歌谣何处而来？"

"是城内百姓所唱。"

张御史在屋里踱着步子,琢磨了半天,问道:"这'老子入土儿不埋'是什么意思？"

努尔哈赤解释道:"我曾跟着送丧的人群,仔细察看过动静。一路上两位少帅都没流过一滴泪。总兵的二儿子出南门送灵柩不远,没有参加安葬就回府了。这不就是'老子入土儿不埋'吗?"

"那么这'晒起来'怎么讲呢?"张御史又问。

"这是句土话,就是说,钦差大人来了,总兵府没有人理睬,给撇在驿馆里,遭到冷遇。"

张御史听了气得唇上的两撇胡子乱抖。

接着,努尔哈赤又禀报了打听到的消息。他凑近张御史身边,不卑不亢地说:"据街坊说,李总兵近日没生病。昨天还有人看见他骑马到北山打猎呢,怎么人不知、鬼不觉地死了呢?"

张御史听了感到十分奇怪,就又追问道:"你看这里是否有诈?"

"我看……"努尔哈赤向窗外望了望,压低声音说,"据我亲眼所见,从东西南北四个城门送出的棺椁,分量都不重,只有从东南门出去的,显得有点分量。其中好像三少帅李如桢也夹杂在人群里跟着走……这是不是在演什么戏?"

张御史十分佩服努尔哈赤的精细观察,就面露喜色地说:"你快骑上一匹快马,追上去弄个水落石出!"

说罢,努尔哈赤从驿馆牵过一匹灰马,扶鞍坐定,策马驰去。张御史又赶忙吩咐随从去总兵府探明虚实。

努尔哈赤趁着月色,飞马追赶送殡的人群。他追了三四里路,远远望见前边有几束火把,就勒缰下马,把灰马拴在一片小松树林里,然后暗地里紧跟在后面。三更过后,送殡的人来到一处丘陵起伏之地,隐没于一片黑黝黝的树林里,不一会儿,火把、人影全不见了。努尔哈赤感到十分奇怪,就紧跟了几步,靠近树林一看,原来树林一侧早搭了十几座军帐。他悄悄地靠近帐幕,透过缝隙再仔细观察,发现人们正在帐里喝酒用餐、说说笑笑,好不热闹。更奇怪的是,李成梁和三儿子李如桢,还在帐中与送殡的亲朋猜拳行令……努尔哈赤看到这里,急忙转身离开,从丘陵上一气跑到拴马的小松树林,找到灰马,快马加鞭,黎明前便回到驿馆。努尔哈赤入馆把自己的所见所闻向张御史一五一十地讲了一遍。张御史听后又惊又气、又喜又得意,当即决定,晚上去会李成梁,去捉活尸。

　　夜色已深。这时张御史、努尔哈赤换了百姓便装，又挑了八个精明的小伙子，趁人不备，悄悄地骑马溜出太安门，直奔丘陵军帐。

　　时近三更，张御史一行来到丘陵地黑树林，他们刚靠近林边，值哨的军士马上拦住了他们，盘查起来。张御史笑了笑，道："我是总兵的故交，有要事奉告，还盘问什么！"

　　军哨见张御史装束平常，和颜悦色，再没细盘问，就放他朝前走去。张御史下马叫努尔哈赤等几个人留下看马，自己独探军帐。不一会儿，李成梁的几个兵丁把张御史推进军帐。

　　这两天，李成梁、李如桢父子一直担心自己的行动被钦差识破，弄巧成拙，降罪于身。所以张御史的突然出现，把李成梁吓得瞠目结舌，半天不语。可张御史进帐后，却一见如故，谈笑风生。李如桢粗鲁无知，惊恐万状，他见张御史笑着进来，就回身操起宝剑，冲向张御史。李成梁一时吓得面如白纸，慌忙喝道："不得无礼！"挥手让他退出。

　　李成梁把张御史让到上座，一时窘得不知说什么好。还是张御史见多识广，先开了口："李总兵，下官奉圣命出京，前来抚慰三军将士，并宣召将军，你怎么……"张御史见李总兵面红耳赤，便以缓和的口气道，"难道是将在外，君命有所不受？"

　　"哪里，哪里！"李成梁支吾搪塞，双手有些发抖。正在这时，忽然帐外战鼓咚咚，不一会儿跑进一个小校，进帐报警："总兵大人，夷人听说大人病故，广宁城五门出殡，就乘虚而入，扑向广宁城。"

　　李总兵一时惊慌失措，马上命令击鼓准备回广宁应战。

　　第二天天刚亮，李总兵带人回到广宁。人马刚进太安门，李如柏飞马来报："父帅，女真兵数千，已被孩儿击溃，赶出广宁城。"接着总兵府设宴庆功。筵席上，张御史又提起五门出殡之事，李如柏抢先禀报："钦差大人，这叫瞒天过海，引蛇出洞，今日才获得歼敌大胜。"

　　张御史不明真相，当场举杯相庆，大加称赞。宴毕，张御史回到驿馆，努尔哈赤上前禀报道："大人，李总兵号称歼敌数千，我特意到城北看了看，战场上不见尸体、血迹。这胜仗打得岂不怪哉？"

"真有此事?"张御史发现又一次被人蒙蔽,更加气愤。

努尔哈赤拿出一支箭头,又道:"小人只在一个假扮的女真兵身上,发现一个明军的箭头。"

张御史勃然大怒,骂道:"好一个李成梁,你诈死欺君,又来个假胜邀功,等我奏你一本,有你好瞧的!"又对努尔哈赤道:"快去取笔墨纸砚,我马上写弹劾李成梁的奏章,速报皇上。"

努尔哈赤响亮地答应一声,腾腾腾地跑出钦差大臣的客房。

第一三章　山城欢庆　出兵叶赫

一

夏日的清晨,李成梁被罢官的消息传到费阿拉山城,全城顿时一片欢呼,沸腾起来了。

努尔哈赤在鼓楼上闻讯赶到楼下,立刻命令吹起海螺,召集全城城民,举行盛大的庆祝活动,欢庆同李成梁斗争的胜利。

庆祝场地设在苏子河南岸一片绿草地上。中午时分,全城男女老幼,穿红戴绿,各牛录舞旗列队,像过节一样热热闹闹地来到河边。努尔哈赤眉开眼笑,同本旗长老、老秃顶子岭的七兄弟、各牛录额真,分左右两排坐在河岸临时搭起的席棚里。

日影西斜,努尔哈赤见城民先后到齐,就从席棚里高木凳上站起来,放开洪亮的嗓子,大声宣布:"女真同胞们,现在我宣布一个喜讯,欺压、屠杀咱们女真人多年的恶魔、辽东总兵李成梁,被解职罢官了!"

话音刚落,顿时欢声雷动,鞭炮齐鸣,鼓乐大作。欢笑的女真人,跳着,唱着,彼此拥抱着,尽情表达着欢快的心情。

努尔哈赤本想再说几句话,但在上千人欢歌笑语的海洋里,他的声音被欢笑的浪潮所吞没。年轻的小伙子,已三五成群,开始了传统的摔跤、骑马、射箭、射柳等比赛。努尔哈赤兴奋得脸色红润,眉飞色舞。他步出席棚,扎紧腰带直奔射柳场,挤进人群,跟同胞们一起分享胜利的欢乐。

射柳,是女真族传统的游艺活动。这项活动,就是把半人来高削去一块皮的柳枝,插在地上,参加比赛的人,骑着马,用平头箭射削去皮的柳枝白色处,然后在柳枝刚刚断落的一刹那,飞马捡起断枝者为胜。

努尔哈赤挤进围得里三层、外三层的射柳场地,只见河边一棵老柳树上,插满了为比赛者专备的平头箭,密密麻麻,活像个刺猬。比赛由图鲁什主持,他虽年过四十,但性格依然像个孩子,在场内跑来跑去张罗,咧着大嘴指挥着。

比赛开始,瘦小的"神箭手"鄂尔果尼第一个出场。他背上弓箭,跃上菊花青马,连射三箭,都射断了柳枝,但可惜他年近三十,动作已迟钝,未能捡起断枝。接着卓罗、费英东的小弟弟和额亦都的儿子都先后登场,均未取胜。

在众人叹息声中,努尔哈赤十岁的二儿子代善,身穿湖蓝色袍子,步出赛场,接过鹿筋宝雕弓,从老柳树上拔下三支平头箭,一跃滚身上马,连抽三鞭,那枣红马一声长嘶,撒开四蹄,飞跑起来,一阵风似的向东跑去。代善在马背上,边跑边试了试弓,接着掉转马头,回身跑来,约莫马离柳枝一百步远时,他"嗖、嗖、嗖"连发三箭,那箭不偏不倚,正中三枝柳条的白色处。断枝相继倒下,正值柳叶刚刚沾着地皮,代善飞马赶到,他歪着身子,脚尖挂在马镫上,如飞燕点水,一把将三根断枝抓起……

赛场上喝彩声如雷贯耳,一个个伸出大拇指,狂呼道:"巴图鲁!巴图鲁!"

代善还没下马,大伙儿就一拥而上,把他抬起来,抛到半空。正当努尔哈赤双手扦着 盘烤得喷香的奶猪,为射柳优胖者发赏时,突然一个阿哈跑来禀报:"叶赫部信使求见!"

努尔哈赤马上离开赛场,赶回内城。他回到客厅,以礼接待使臣。他坐在太师椅上,拆开叶赫部大贝勒纳林布录的来函,只见上面写道:"叶赫部大贝勒纳林布录致建州都督努尔哈赤麾下,尔处建州,我处扈伦,言语相通,势同一国,今所有国土,尔多我寡,割地与我,何如?"

努尔哈赤看到这里,义愤填膺,涨红着脸,将信撕得粉碎,一把扔向来使,道:"我建州疆土寸土寸金,即使拿你们大贝勒的头来换,我也不能答应!"说罢,命左右侍从,将来使驱逐。

叶赫部是建州北面的一个女真大部族。它与哈达、辉发、乌拉三部毗邻,又称扈伦部,或叫海西卫。叶赫部在开原以东,明朝边墙之外,其部长被明朝封为都督,在女真各部中,历来势力最强。当时明朝就利用它兵强马壮,赠金赐帛,以防卫塞外。自纳林布录承袭都督一职之后,努尔哈赤所管辖的建州,也日益强大。这就引起纳林布录的妒忌。一年前,他曾向李成梁表示,想趁努尔哈赤羽毛未丰之机,伺机剪除,只是无故不好发兵。最近他听说努尔哈赤进京备受欢迎,随之辽东总兵李成梁被罢官,他心里愈加惶恐不安。于是他就与其弟布寨密谋,决定先下书恐吓努尔哈赤,然后借机发兵。

叶赫部的使臣一回到叶赫城,就匆匆跑进贝勒的府邸,将努尔哈赤的一言一行作了绘声绘色的禀报。四十多岁的纳林布录坐在堂屋鹿皮椅上,听了禀报,刀条脸气得顿时铁青,他跳起来,像关在笼子里的狐狸,从东墙根踱到西墙根,又从西墙根踱到东墙根,细眉一竖,勃然大怒道:"小小努尔哈赤敢出此狂言,看我明日就发兵去摘下他的心肝,削平建州!"

使臣道:"大贝勒切莫感情用事。要知努尔哈赤足智多谋,部下又多勇夫,削平建州谈何容易呀!"

"住口!"纳林布录的厚嘴唇抖动着,气急败坏地道,"你休长他人志气,灭自己威风!明日老爷不踏平建州,誓不为人。"纳林布录把使臣训斥了一顿,当即将其赶出堂屋。

纳林布录历来心黑手狠,为吞并建州,早日剪除努尔哈赤,多日奔走于哈达、辉发、乌拉之间,策划于幕后,战争的乌云笼罩在长白山西麓。

万历二十一年(1593)六月二十五日,正是努尔哈赤第八子皇太极满八个月的日子。

这天,轻风拂柳,万里无云。努尔哈赤一大早就身穿着黄缎暗龙袍,外罩紫色马褂,头戴珠顶夏帽,脚蹬尖头缎靴,笑容满面地迎接前来祝贺的亲朋近友、部下士卒,以最隆重的民族习俗招待客人。

此刻,内城客厅前,早已搭好二十多丈长的席棚,棚内铺芦席,席上又铺红毡,毡上摆着一个个紫色、粉红色、翠绿色的布坐垫儿。

来贺的客人有被邀请来的,有不邀自来的,也有途中路过的外地人。客人进棚后,八九个人盘腿坐在垫上,围成一圈。坐定后,包衣阿哈端着圆铜盘,盘里盛着不加盐酱煮的十斤重的方块猪肉,放在众人中间。接着再端上一只大铜碗,碗里盛满煮肉的肉汤,汤里放着一只大铜勺。同时每人面前摆好一只小铜盘。开宴后,侍者又端来一个大瓷碗,碗里倒上成坛的高粱酒,客人们接着先轮流捧碗呷一口酒,然后就各自用小刀割肉,自片自食,边吃边片。

此风俗按照女真人的规矩,食肉大典时主人并不坐下陪客,而是在各围坐者之间巡视,指挥侍者添酒加肉。至于来客,随到随入席。来者入门先向主人半跪道喜,然后转身入座,吃罢就走,不许道谢,不许擦嘴。据说这是享受神之"馂余",所以不谢,不擦嘴。

如此隆重的仪式,是努尔哈赤为纪念儿子未足周岁的"生日",颇得其妻叶赫那拉氏孟古的欢心。她怀抱着白胖的皇太极,穿行在上百人的席间,受众人祝贺,忙得满头大汗。

孟古是叶赫部部长杨吉砮的女儿,她长得仪容端重,聪明贤惠。万历十六年(1588)秋天,她十四岁时,因其父被李成梁所杀,就由其兄纳林布录陪着,送到费阿拉城,做努尔哈赤的妻子。平日她待人和气,又通情达理,颇受努尔哈赤的宠爱。

日斜过午,席棚里依然肉山酒海,笑语声喧。努尔哈赤和孟古刚回到后院前楼,想歇息片刻,忽听前院鼓楼鼓乐大作,不一会儿,一个阿哈进屋禀报:"大人,叶赫部部长纳林布录大贝勒前来贺喜。"

孟古听兄长来贺,马上一骨碌坐起,放下正奶着的孩子,就催着努尔哈赤快到城门口去接纳林布录。

努尔哈赤坐在炕桌边,倚着炕柜,不动声色,只是吧嗒吧嗒地抽烟。此刻他思绪万千,一则,纳林布录来得太突然;二则,前几个月纳林布录派人要他割让领地,气还没消;三则,纳林布录奔走于哈达、辉发、乌拉之间,他要削平建州的狂言,已传入努尔哈赤的耳中。所以努尔哈赤反复盘算：纳林布录突然到来，到底为了什么？

他正前思后想，拿不定主意，忽然图鲁什醉得面红耳赤地闯进屋里，他一手卡腰，一手拎着腰刀，站在地下，放开嗓门道："都督，纳林布录突然到来，一定不怀好意。请大人把他交给我，给他一刀算啦！"

"不妥！不妥！"努尔哈赤赶忙跳下炕来，从图鲁什手里夺下腰刀，劝阻道，"俗话说，来者不善，善者不来。你贸然行事，岂不为他人制造口实？"

孟古向来不干预丈夫的事，她听到这里，就心烦意乱地回到里屋，关上门，给孩子喂奶去了。

图鲁什见孟古进屋，便涨红着脸儿，无所顾忌地说："都督大人，您也不要太软弱了，纳林布录虽是您的兄长，可是他处处不顾亲戚之情，下书要地，动兵恐吓，伺机入侵，难道您就忍受他人骑在您头上吗？"

努尔哈赤笑笑说："我何尝不厌恶其人？然而，对外交往，历来先礼后兵。我们礼到了，再动兵也不迟呀！何况眼下还没弄清他来此何干，怎好刀枪相迎？"

图鲁什无可奈何，只好忍让地说："好吧，我听您的，不过我还要带刀在身上，以防万一，要知道大意失荆州呀！"说罢，很自信地舞了舞腰刀，屋里顿时带来一阵寒光。

二

"贵客到！"

随着喊声，纳林布录不迎自来，已闯进楼道门口，他眯着细眼，启齿露出大板牙，刚想说句贺词，忽见黑汉子图鲁什凶神恶煞的样子，顿时吓得后退了两步。他个子太高，身子还没直起，后脑壳便"嘣"的一声撞在门框上，一时疼得他龇牙咧嘴，双手紧捂着后脑勺。

努尔哈赤赶忙迎上去，解释道："小弟正在试刀，有失远迎，望多多包涵！"

纳林布录缓过脸色，虚情假意地说："哪里，哪里！外甥满月本应来贺,可惜琐事缠身,来迟一步,甚望海涵。"说着拿出一副银锁项链和几件玉器首饰,递给刚刚走出里屋的孟古,点着头道:"愚兄带点儿薄礼,贤妹切莫见笑。"

孟古接过银锁和几件玉器首饰,连连点头致谢。

当日下午,努尔哈赤就把纳林布录接到客厅,摆酒设宴。

座席中并无外姓,只有爱新觉罗家族的长辈及努尔哈赤和舒尔哈齐。席间,纳林布录显得十分高兴,他那像大虾似的后背,前后晃着,一盅一盅地喝着老酒,时不时地同努尔哈赤兄弟碰杯,谈笑自若。他斜着醉眼望着努尔哈赤,竖着大拇指道:"老弟可谓女真人的奇才,可与金太祖、金太宗、金熙宗媲美。自兴兵以来,旗开得胜,拓土开疆,事事如意。久后,必定平定天下,做一代天子。"

纳林布录说到"天子"二字,马上站起来行礼,对努尔哈赤表示尽忠。

努尔哈赤并不愿听他如此肉麻的吹捧。但基于礼貌,只得敷衍应酬道:"老兄过奖,过奖!小弟只是个从小挖参的凡人,哪比得上有马万匹的叶赫河岸土默特氏族的您呀?"

纳林布录听了飘飘然十分得意,就借机自吹自擂起来:"当年吾祖可谓蒙古强汗,灭纳拉部,占叶赫河以后,先祖曾受封于明朝,为都督金事,吾父杨吉砮与其兄清佳砮,是叶赫城名门大贝勒,号称不可战胜的二砮……"

纳林布录还要说下去,努尔哈赤趁敬酒之机,问道:"老兄,你还记得你家祖宗褚孔格,你父杨吉砮,你伯父清佳砮,为谁所害吗?"

趾高气扬的纳林布录,一时像瘪了的皮球,不再言语。其原因何在?原来,万历八年(1580),褚孔格由于明朝暗中调唆,被哈达部所杀。其父及其伯父,也被李成梁设计谋害于开原汉寿亭侯庙。

酒席间静了片刻,努尔哈赤振振有词地道:"老兄,你岁数比我长,见多识广,可千万不要忘掉你的仇人大明朝的李成梁和哈达氏族!"

说到这里,站在一旁侍酒的孟古忍不住哭泣起来。她想起待她最好的亡父杨吉砮、疼爱她的伯父清佳砮,她想起几个月前其兄纳林布录写给努尔哈赤的信。于是她破例地张了口,向纳林布录劝慰道:"阿哥,人亲莫过骨肉,大丈夫应该记住世仇。我们叶赫家族与李成梁之辈,历来有深仇大恨,你怎好置世仇于不顾,反而下书于我们,要兵戎相见,掠人夺土呢?"

"住口!"纳林布录见胞妹不顾情面,当面教训起自己,一时脸上火辣辣地难受,随之拍着桌子,发疯地道,"女人家不许过问家长之事,这是女真族的族规,今天你为何如此放肆?"

"我这也是为了叶赫、建州两家和好呀!"孟古十分委屈地表白。

"嫂嫂!"半天不言语的舒尔哈齐想从中调解,就想出一个办法,道,"你和家人们都退下吧。我们在酒桌上是不会动拳头的。"

几个侍酒的女阿哈及纳林布录随侍的一个女仆都一起退出客厅,随着孟古到鼓楼下的一间放古玩的房子歇脚去了。

孟古走后,努尔哈赤就单刀直入地对纳林布录说:"老兄多年不到我处,见面本不该提往事。可是,为了女真人的兴旺、繁荣,我想还是把话说清楚为好。"

"对!对!"舒尔哈齐接过话茬说,"群羊遇到恶虎,还蜂拥而上自卫,我们为何自伤?咱们女真人世代流离,眼看这些年定居安稳了些,可不能再动刀动枪地争来争去啦。"

纳林布录是有名的花狐狸,狡猾异常。他见众人求和心切,就满脸堆笑地说:"历来和为贵。其实,愚兄也没有跟赫图阿拉、费阿拉有仇杀的意思,只不过写封信,开开玩笑,看两位老弟是否对我依然如故!"

"这个玩笑,可开得不小。"舒尔哈齐信以为真,哈哈笑着,偌大的耳环在耳垂下摇晃着,说,"我想叶赫的后辈,不会是不仁不义的人。"说着他举起酒盅,提议道:"为建州与叶赫永归于好,干!"

"等等!"纳林布录霍地站起来,咬破自己的左手中指,鲜血滴在一个大蓝花瓷碗里,对天起誓道,"为世世代代的友好,咱们今天在座的,对天喝血酒,盟誓。"

舒尔哈齐第一个响应,也咬破左手中指,把血滴在蓝花瓷碗里。其他人依次如此。当轮到努尔哈赤时,忽然一个男阿哈闯进来,走近努尔哈赤的身边,附在他耳边叨咕几句,努尔哈赤就随着阿哈走出客厅,直奔鼓楼走去。

努尔哈赤刚迈进门槛儿,妻子孟古就"扑通"一声向他跪下,道:"为妻有一事相告,不过您千万别伤害我的兄长。"

努尔哈赤一时莫名其妙,就绷着脸望着妻子。经孟古一细说,他才明白,纳林布录今天拜贺,原来是用了笑里藏刀之计。三天前,他已与扈伦四部密谋好,今晚要劫建州北面的户布察寨,然后伺机直取赫图阿拉。纳林布录为了麻痹努尔哈赤,特意登门拜访,掩盖自己的行动。他想以突然袭击的方式,直捣建州大本营。

"此话当真?"努尔哈赤听完脸色铁青地反问道。

孟古马上向纳林布录带来的侍女打个手势,道:"这都是她亲口对我说的。"

努尔哈赤当即表示谢意,赐予侍女一副玉石手镯,他把手镯放到侍女手里,就迅速地退出鼓楼。可他回到客厅已不见纳林布录的踪影。他慌忙问舒尔哈齐,舒尔哈齐醉醺醺地摇晃着身子,舌头发硬地说:"你……你前脚走,他……他后脚就跟出去了。这……这血酒……还……还没喝,他……他不会走!"

"哼!"努尔哈赤气得双手发颤,抓起蓝花瓷碗,猛地摔在砖地上。

舒尔哈齐的醉意被努尔哈赤意外的举动吓跑了。他眨着眼睛,不解地问道:"发生什么事啦?"

努尔哈赤扼要地说明情况,舒尔哈齐就吼道:"追!"

努尔哈赤连忙抓住舒尔哈齐的胳膊,摇着头说:"晚了!"

三

九月九日,鸡鸣山松柏青青,红叶如丹,山野里一片片黄色山菊花,散出扑鼻的幽香。这天中午,努尔哈赤同老秃顶子岭上的众兄弟正在山上席地而坐,喝菊花酒庆贺他被天朝加封龙虎将军。突然一个派往叶赫的密探,风尘仆仆地跑上山来,禀报道:"将军,近日叶赫与哈达两部首领密谋,联合左右九部,发兵三万,将分兵三路向建州进犯!"

努尔哈赤见密探脸色蜡黄,就笑道:"此事,我早有所料,但想不到他们动作这么快。"密探退下,努尔哈赤又派卓罗带着十多个探马,马上出动,密切注视敌人的动静。

探马走后,努尔哈赤立即下山,召集各路部将到厅议事。部将们都住在外城,离内城只有一二里路,不一会儿,额亦都、安费扬古、图鲁什、叶克书、费英东、舒尔哈齐相继进了大厅,先后在木椅上坐好。努尔哈赤镇静地把九部联军来犯的消息向大家作了介绍。

舒尔哈齐还没弄明白敌军将从何方而来,就脸色发白地惊叫道:"三万大军,铺天盖地而来,我们万把人,咋能抵御得了呀!"他本来在南炕盘腿而坐,说着说着,屁股就蹭到炕沿,偷偷地穿上鞋,走到门口,摆出随时要逃走的架势。

努尔哈赤见其亲弟惊慌失措的样子,心中不禁暗笑,随之安抚道:"莫慌! 莫慌!"

好开玩笑的叶克书见此情景,按捺不住自己的情绪,就含蓄而诙谐地笑道:"二贝勒的魂,今天好像落在家里了!"

安费扬古给叶克书使了个眼色,就插了句:"三万大军也并不可怕。当年诸葛亮用空城计,还大败司马懿的二十万大军呢!"

"对!"图鲁什也噌地站起来道,"事在人为。俗话说,软的怕硬的,硬的怕愣的,愣的还怕不要命的呢! 咱们给他个愣拼,没个打不赢。"

安费扬古摇摇头道:"猛虎架不住群狼。硬拼也不为上策。"

"那依你呢?"舒尔哈齐后背靠在门框上,迫不及待地追问。

"莫急! 莫急!"努尔哈赤耐着性子,安慰道,"这不是大家在一起商量对策嘛。"

"商量什么?"舒尔哈齐不耐烦地道,"这都怨你一个人!"

他几步凑近努尔哈赤,嗓门提高了一倍道:"当初纳林布录差人向你要两个寨子,你把人家轰走! 后来人家亲自上山来朝拜你这土皇上,你又说人家施的是笑里藏刀毒计。这回可好,人家引来三万大军,来讨你的命啦,看你还逞能不!"

舒尔哈齐的奚落挖苦,把努尔哈赤激怒了,他霍地站起来,顶天立地,像根铁柱子,放开洪钟般的嗓子道:"维护女真人的团结,反对分裂,重振大金的事业,是每个布库里雍顺后代之责,这叫什么逞能?为了女真族的子孙再不受人欺凌,别说是死,就是刀山我们也要爬上去!"

"好,好!"舒尔哈齐又气又急,腿发起抖来,他边说边退,走到门口,双脚站在门槛上,又道,"这个仗,你有本事你打,我……"他话没说完,就迈出门槛,溜了。

舒尔哈齐走后,众人劝了劝努尔哈赤,等他消了气,大伙又议起打仗的事。有的主张这次以攻为守,有的主张死守硬拼,有的主张调虎离山……一时众说纷纭,莫衷一是。努尔哈赤集中了各方的意见,然后说道:"眼下,敌军超过我三倍。但兵贵精,不在多。叶赫、哈达两部屡遭明军围歼,能征善战者大部分死于战场,剩下的多是老兵少卒,当年叶赫称雄的元气已大伤,再加之九部人马是七拼八凑的乌合之众,尽管头目甚多,真正能带兵的只有叶赫大贝勒布寨一个人。为此,只要我们立险扼守,以逸待劳,诱敌入瓮,伤其主将,集中兵力,奋勇合击,先斩蛇头,后扫千军,此战必胜!"

图鲁什没有完全弄明白努尔哈赤讲的战法,不解地道:"不管怎么个打法,可敌方三万人不会减少呀!"

努尔哈赤笑道:"兵不在多而在精。图鲁什,你还记得前些日子的六月之战吧。"

"那还能忘吗?"图鲁什憨厚地舔着嘴唇说。

努尔哈赤又继续说:"当孟格布录落马摔伤,哈达兵退到哈达河岸,一小股叶赫的巡逻哨探遇上我们时,为啥叶赫兵一见就逃呢?"

图鲁什瞪着圆眼珠子,率直地道:"孟格布录又不是叶赫部的主子,谁肯为外姓人卖命呢?"

努尔哈赤笑道:"你这话就说对了!"接着他又解释道:"古人打仗,要求领兵的将帅要通晓九变,九变也就是随着不同的阵势,采用不同的战法。"说罢,他铺开一张自画的建州山川地势图,放在南炕上,部署起"古勒山之战"来。

清晨,九月的旷野,白霜片片,寒气袭人。细高挑的纳林布录弓着腰骑在枣红马上,身子差不多贴到马背上。紧跟在他身后的布寨,膀阔腰圆、粗手大脚、黑脸膛、大眼睛,却敞胸露怀,焦躁地抡着鞭子。他们二人率领叶赫兵,经过半夜的急行军,来到札喀城北的一道山梁。纳林布录兄弟俩站在山顶最高处,向札喀城看去,只见城内炊烟袅袅,平静异常。一杆写着"建州"字样的镶边杏黄旗,悬挂于城西门楼上,飘飘悠悠,好像漂在湖面的一只安详的小船。纳林布录拭去脑壳上的汗,抖了抖身上的锁子甲,冷笑道:"札喀城如此安静,料城内没有察觉。等我军一到,这座山城就属于我们叶赫的了!嘿、嘿、嘿……"

"老兄所言极是。"布寨奉承道。

"兵书上讲,兵贵神速。"纳林布录抿着唇上翘起的两撇胡髭,目空一切地道,"等我们的天兵飞到,来他个奇袭札喀。"纳林布录下令布寨,又道:"等打进山城,我首先为老弟抢个建州美人儿……哈哈哈……"说罢,手中的腰刀一挥道:"马不停蹄,血洗札喀城!"

这时第一批兵刚刚爬上山梁。一个个穿甲的兵士,累得两腿发软,张着大口喘气。领队的一位小首领一听说"马不停蹄",就跑到纳林布录跟前,哀求道:"大贝勒,兵士们累得腿酸心悸,歇口气再下山吧?"

纳林布录二话没说,弯腰上前打了小首领一个大嘴巴,骂道:"我是统兵大帅,用得着你多嘴!"

小首领被打得一个趔趄,未等脚跟站稳,身子已倒向山涧,只听山涧里传来一声惨叫,一切又恢复平静。

纳林布录哼着鼻子道:"谁不服军令,这就是下场!"

于是,从纳林布录眼前走过的步兵,一个个都如同老鼠见猫,屏住呼吸,一阵小跑而过。

天近巳时,脚上打泡的叶赫兵,一拐一瘸地来到札喀城下。

札喀城离费阿拉只有六十余里。纳林布录踏上山梁时,额亦都率领的一队轻骑早已抢先进城,把城里的男女老少悄悄转移到起伏的深山。等叶赫兵一到,额亦都早已爬上城堞,布置好守城的兵士,安排好诱敌的路线。

此刻,额亦都蹲在堞口,眼望着城下黑压压的叶赫兵,剑眉一挑,惊叹道:"叶赫兵,果然不少!"

站在额亦都身边的一个肿眼泡兵士,担心地问道:"叶赫兵如此之多,此战必胜有把握吗?"

"不必担心。"额亦都信心十足地说,"将军一向用兵谨慎,万无一失。只要我们照他的计谋阵法去打,管保能取胜。"

言毕,城下叶赫兵敲起攻城的战鼓。一时鼓声震耳,杀声震天,如蚁似蝗的叶赫兵,执刀舞剑,涌上前来。额亦都遵照努尔哈赤的嘱咐,率领兵士,齐心协力,先对拥上来的敌兵发箭还击。

一时翎箭嗖嗖,弓声嗡嗡。一排排快箭发出,眼前就倒下一排排敌兵。那鸭嘴哨箭,发出去虽然杀伤力不强,但嗷嗷的叫声,也令敌兵听之胆寒,却步不前。

纳林布录站在高处督战,眼看兵士一排排倒下的尸体,叠成人墙,一时心急如焚。他发动三次强攻,均未得逞,就采用第二套战法,命令登城士兵,用战车盾牌掩护,竖云梯,再次攻城。

这一招似乎很灵。一丈多高的木盾,挡住了如蝗的飞箭,强攻的人马,不一会儿就逼近城下,三十多架云梯先后在札喀西城墙根竖起。

札喀城是座三面平地,一面背山的山城。额亦都率领兵士与登上城头的叶赫兵,刀对刀、枪对枪地战了几个回合,就下令拔旗撤兵,口中大声喊道:"快撤!快撤!保护好将军!保护好将军!"

额亦都边喊边撤,等他跳下城墙,马上命令守城兵士骑上早已备好的快马,飞快地跑出城门,顺着一条山间小道,直奔黑济格城退去。

站在山冈大青石上的纳林布录,听说城里的人掩护着努尔哈赤逃走,心中暗喜,他唇髭一翘,下令停止攻城,快追逃走的建州兵,手挥佩刀吼道:"追上建州兵,活捉努尔哈赤!"

纳林布录求战心切,为了及早捉住努尔哈赤,就打乱了原来的阵势,自己带着几员大将,一马当先,快马加鞭,跑在最前头,接着后边是骑兵,骑兵后边是步兵。

起初,步兵还能跟上队伍,可是跑了一个时辰,步兵一累,队伍就乱了。

札喀城离黑济格城数十里路。纳林布录眼看额亦都率领的一队人马,扛着龙虎将军努尔哈赤的旗帜,顺着蜿蜒的山路奔跑,他为不能生擒对手,又急又气。速胜心理,促使纳林布录不顾一切地追赶。

黑济格城遥遥在望。等纳林布录率领的一队快骑追到城下,额亦都率领的人马早已进城。纳林布录立马回首,不见大队人马,一时心慌意乱,马上下令后退三里,安营扎寨。

夜半,等纳林布录的兵马全部来到兵营,刚刚点火做饭,安费扬古率领的兵马,已将兵营包围,四处骚扰,好几座牛皮帐篷起了火。一夜之间,士兵们不得安睡,人心惶惶。

第二天微明,额亦都又悄悄出城,摆出与叶赫兵决战的架势,直奔叶赫兵营。

纳林布录听说建州兵来攻,心中暗喜。立即命令迅速集合,与建州兵在黑济格决一死战。

额亦都与纳林布录交战一阵,杀敌数骑,安费扬古就冲出来接应。混战了一阵,安费扬古马上佯装败阵,鸣金收兵。

纳林布录见对方败阵,精神倍增,决定与布寨兵分两路,一路追赶额亦都,一路直逼安费扬古的营地。

黑济格城位于古勒山下。此刻,努尔哈赤听到安费扬古鸣金收兵的声音,马上集结所有兵马,进入埋伏地点。

不到一个时辰,布寨率领的兵马,尾随在额亦都兵马之后,涌上山来。两方人马翻过一座山梁,进入一条狭长的山谷。等布寨的兵马全部进入山口,只听山野杀声四起,努尔哈赤率领的打伏击的将士,一个个如猛虎下山,杀向敌军。

布寨仰望满山遍野的建州兵马,一时心慌胆怯起来。他手挥腰刀,眼见几千兵马被分割包围,一个个被利箭射死、大刀砍死,仿佛自己的脖子上也被死神的绳子套住。正当布寨懊悔、恐惧之时,突然马触到木,身不由己地跌下马来。

这时,冲上前来的卓罗,眼疾手快,手起刀落,眨眼间将布寨身首分家。

叶赫兵见挂帅首领被杀,一个个心惊肉跳,丢下兵器,哭喊着逃命。一时兵败如山倒,人挤马踏,几千人死伤大半。

打扫战场却不见纳林布录,后来听说被吓死了。

孟格布录、噶盖被押到大厅,经过一番审问,孟格布录低头认罪。噶盖因谋反不举也与孟格布录一起,被绑赴鸡鸣山,杀头示众,一命呜呼。

第一四章 纳贤献策 志在满洲

一

努尔哈赤是个一不做、二不休的人,他率领兵马连克数城。不久,建州一带出现稳定安静的局面。

秋日的烟筒山、鸡鸣山红枫如丹。山坡上雪白的羊群,如朵朵白云,在山腰飘来荡去。苏子河边熟透了的红高粱、黄谷子,以及长得水灵灵、绿油油的秋菜,一片接一片。

时过中午,努尔哈赤正在外城校场挑选战马,忽然城门卫士跑来报道:"禀报将军,大明秀才范文寀前来拜见!"

"请!"努尔哈赤翻身下马,用袍襟擦着额上的汗水,快活地走向城门。

努尔哈赤视人才为宝,当日在内城小楼宴请范文寀。席间谈及征服朱舍里部、讷殷部的战斗,回顾了炼铁的不悦局面,以及多壁城之战、柯什柯之死时,范文寀十分感慨地说:"这都怪没有文字,吃了亏!如果女真人有了文字,柯什柯就可以用书信传递军情,不必亲自跑进跑出,以致最后丧了性命。"

努尔哈赤表示赞同。范文寀又道:"一个民族,没有文字,就如同生活在荒漠,人难团结,心难统一,大业难成。"

努尔哈赤边点头、边思索。建州女真虽有自己的语言,但无通行的文字,有的记事多用蒙古文字,使用时还得翻译成女真语,因此使用不便。起兵以来,努尔哈赤身受没有文字之苦,导致贻误战机,造成误会甚多。想到这些,努尔哈赤非常恳切地请教道:"以先生之见,吾女真文字如何创造?"

范文寀沉思片刻,道:"当年金太祖时,完颜希尹曾参考契丹文、汉字,造了女真文字。因为那时女真诸部熟悉契丹文、汉人的语言及生活。而今,建州及白山黑水之女真,多习蒙古字。所以,依在下之见,当以蒙古文字谐女真之语音,连属为句,因文以见义可矣。"

"妙,妙!"努尔哈赤连声称好。当即把精通蒙汉文的额尔德尼找来,请他参考蒙古字的字形、结构,编写出适应本民族需要的文字来。

额尔德尼,世居都英额,姓纳拉氏,他从小聪明过人,精通蒙古文和汉文。他投奔建州后,跟随努尔哈赤征讨蒙古一些部族时,善用蒙古习俗、语言、文字传宣汗谕,招贤纳士,贡献甚大。努尔哈赤曾赐号"巴克什"(学者、博士)与他。此人,其貌不扬,中等个儿,圆脸盘,高颧骨,小眼睛,但举止文雅,为人厚道。

额尔德尼气喘吁吁爬上楼来,听说都督叫他创制新文字,便摇着头推辞道:"小人才疏学浅,创制文字,恐难胜任。"

努尔哈赤笑道:"天下无难事,就怕有心人。既然有汉字、蒙古字,创制女真字,又有何难?比如汉字所讲的父亲,女真人称阿玛,此音不就是蒙古文的阿音和玛音相拼而成的吗?"

"对!对!"坐在一旁的范文寀深为努尔哈赤的聪明所倾倒,连连称赞,补充道:"只要参照蒙古文字母,谐女真语音,拼凑成句,不就是新的义字嘛!"

额尔德尼在努尔哈赤、范文寀的启发下,充满信心地说:"为了女真的统一,我一定创制出新的女真文字!"说完就退下了。

努尔哈赤目送额尔德尼走下楼梯,又转身对范文寀道:"范秀才,你是博古通今的人,你看我的军队今后该怎样统领为好?"

范文寀沉思了片刻,说:"自将军起兵以来,已征战五六年,这些年随着疆土的扩大,管辖部民的增多,此军虽分为环刀军、铁锤军、盾牌军和能射军,有时临时组成牛录,但长此下去,于征战不利,于统辖不利,要改编。"

"依您之见,如何改编?"

范文寀用几案上的火石摆了四堆,然后道:"未来的军制,当顺应征战之需,立即取消按氏族部落临时组织牛录、选派牛录、选派牛录额真的办法,代之以统一的新旗制。每旗应设五甲喇,每甲喇设五牛录,每牛录三百人。同时每牛录设牛录额真一人,每甲喇设甲喇额真一人,每旗设固山额真一人,左右梅勒额真二人。此旗制并非单纯的军事组织,而是军政合一、兵民合一的特殊组织。其中既有兵士,又有各种工匠及其家属、奴仆。他们平时耕作为民,战时披甲从征为兵,整个建州卫的军政用费,分派四旗各牛录承担,其他诸如筑城、修路、运送粮盐等官役公差,都向各牛录摊派。这样,就把建州境内和归顺臣服的其他部族城寨,以及散居的女真人,用正式的、长期的官方组织形式统一起来了。"

努尔哈赤听了连声称:"好,好,正合吾意。"次日,就拟定了分旗的草案。

一日清晨,为庆贺新旗的诞生,努尔哈赤特意传令各旗新额真到城内大厅,共议旗帜徽标。吃过早饭,额亦都、费英东、安费扬古、何和礼、扈尔汉先后骑马来到。努尔哈赤高高兴兴地把他们迎到大厅,亲自为他们端上新摘的葡萄,款待这些战功卓越的将领。

大伙围坐在炕上,你一言、他一语地议论起旗纛。此刻,迟到的图鲁什手握纸卷往炕头一扔,道:"我看这一旗一色,黄者为先吧!"

"为什么?"额亦都笑着问道。

"咳!这还用问。"图鲁什一手脱鞋,一手抓葡萄,转身上炕,笑道:"老话说'黄衣当王'吗!"

"呵!想不到,这位粗大哥,心还挺细呢。"努尔哈赤异常兴奋地笑道,"说出话来,有根有据。真叫师出有名呀!"

"咳,历来黄者为先,黄者为贵。"图鲁什卖着关子,道,"黄袍是帝王之服,黄榜为皇帝文告,黄金为贵物之首……"

图鲁什还要历数黄字之贵,额亦都马上接过话茬儿道:"那就依你的！不过,你却忘记了根本的一条,那就是'黄旗紫盖'。"

"'黄旗紫盖'什么意思?"图鲁什瞪着眼不解地问道。

"这就怪你看三国不到家喽!"额亦都笑道,"《三国志》有话说:'黄旗紫盖见于东南,终有天下者,荆、扬之君乎?'"

"什么之乎者也,我不懂,干脆你说个明白吧。"图鲁什着急地耍着性子。

"历来传说,天空出现黄旗紫盖状的云气,乃出皇帝之兆。"额亦都解释着,又抓起一嘟噜葡萄,刚要往嘴里填,被图鲁什一把夺过去。图鲁什接着道,"好!就依你的解释,拉钩吧?"

大厅里议论热烈,一个个喜上眉梢,于是,众人在说笑声中,初定了黄、红、蓝、白的顺序,并规定各旗大小为六尺见方,上绣金云龙,旗杆长一丈五尺五。接着议论各旗之主及各牛录额真人选。

图鲁什异常活跃,他一会儿上炕大发议论,一会儿又下地为众人倒水。正当他拎着条筐出门去摘葡萄时,范文寀送贺礼来到。此刻,努尔哈赤已不把范文寀当外人,而视为谋士。努尔哈赤站起把范文寀让到一处坐下,又议起汉人入旗事,范文寀建议道:"汉人与女真有隙始于金。由于金宋其政不明,滥杀无辜,使汉人视女真为洪水猛兽。故依鄙人之见,更名易称为好,使当今女真有别于完颜亮之辈。"

"先生言之有理,我们应该以一个新的姿态出现在白山黑水。"努尔哈赤马上赞成。他又思索了片刻,犹豫了一下,又道:"改何称呼为妙?"

范文寀呷了两口茶,历数女真族在历代的称呼,道:"据历史所载,女真在西周时称肃慎,汉代时称挹娄,南北朝时更名为勿吉,隋唐时又称靺鞨。我想,女真族几易其名,无非为了使自己更加受汉族的欢迎。"范文寀接过努尔哈赤递过来的一串葡萄,先嚼了一口,接着又说:"据我查阅史书,女真之称,来之肃慎之变音。那么女真的别称挹娄之名,可否取其变音呢?"

半天没说话的安费扬古马上接过话,道:"这倒是条妙法。"他寻思了一阵儿,就依范文寀的思路,说:"'挹娄'可与汉字'慢殊'二字相近呀!"

"'慢'字不好!"大字不识的图鲁什,摇头道:"慢腾腾地有啥可取!"

一句话逗得众人哄堂大笑。图鲁什并不理解众人为何发笑,他也随大溜地乐得两眼流泪。

笑罢,安费扬古道:"满殊师利,是菩萨的佛号,若用'满殊'之音,也很吉祥。如果我们取'满殊'第一字,取'建州'之'州'字,岂不可称满州吗?另外,满洲之字音,在女真语中,就是吉祥幸福之意,此意之字上哪去找?再者,传说都督的先祖爱新觉罗·布库里雍顺当初为王之地,就叫满洲之名呀!"

"妙哉!妙哉!"范文寀连声称赞,然后又补充道:"满字偏旁为水,若州字再加上水字偏旁,就是洲字,这样满字洲字含有水意,岂不与朱氏明朝之朱的含火之意相克,以水灭火,正是兴满洲大业呀!"

众人赞不绝口。努尔哈赤站起来道:"满洲之族称,先叫开再说。只要有利于民族的兴旺,此称自然会流传下去,后辈也会承认。再说,额尔德尼创制的新文字,也应有个新叫法,所以,满洲族之称,满洲文字的叫法,势在必行。"

不久,满文、满族之称风传关外。

二

满洲的名字,像团火,燃烧在苏子河岸,照耀着白山黑水。努尔哈赤像一块大磁石吸引着各地成批的女真人,争相来投。费阿拉山城的人口猛增,一时城里城外,山上山下,到处搭起临时窝棚,住满了满洲新人。因此,万历三十一年(1603)正月初,努尔哈赤不得不扩大城域,将都指挥使府迁往老城赫图阿拉。

满洲与大明边界的暂时安定,使东北各地的女真视赫图阿拉为圣地,归附者日益增多。一天,努尔哈赤把牛满河一带的萨哈连部的几十个慕名而来的女真小首领接到城里,安顿好之后,范文寀恰好从"魁星楼"下来。范文寀望着一个个兴致极高的萨哈连人,对努尔哈赤笑道:"老话说,树大分权,人多分支。如今赫图阿拉城里城外人近十万,四个旗焉能容得下?"

"那么依你之见呢?"努尔哈赤颇感兴趣地反问道。

范文寀道:"十多年前,您曾借鉴先世金朝猛安谋克制,创建四旗,规定每三百人编为一牛录,每牛录设牛录额真一人,管理该牛录的一切事务。如今看来,此制以旗统兵,军政合一,出则可战,入则务农,好处甚多。依卑职之见,旗制既然适合时局,不妨将四旗扩为八旗,并将五牛录合为一甲喇,五甲喇为一固山,这样,固山额真可统领步骑兵七千五百名,称为旗主。如此建制,您的六万兵马,正好是八旗。"

"好主意!好主意!"努尔哈赤连声赞道,"你真不愧将门之后,真是我的好参谋。"

不久,努尔哈赤采纳了范文寀的建议,除保留原来的黄、白、红、蓝四旗外,又增设了镶黄、镶白、镶红、镶蓝四旗。并规定黄、白、蓝三旗之标均镶红边,红旗则镶白边,共合为八旗。经各牛录协议,命代善统领两红旗,皇太极统领正白旗,努尔哈赤第五子莽古尔泰统领正蓝旗,努尔哈赤长孙杜度统领镶白旗,舒尔哈齐的儿子阿敏统领镶蓝旗,其余两黄旗由努尔哈赤亲自统领。

与此同时,还设了议政五大臣,与八旗主一同参与议政。努尔哈赤亲自点名额亦都、费英东、何和礼、安费扬古、扈尔汉为五大臣,众人无不欢欣鼓舞。嘉勉各将领、大臣的当天,赫图阿拉的城民齐聚于城内,由图鲁什、叶克书领着一伙年轻人跳"庆隆舞"。此舞由八个青年扮成骑士猎手,手握扎着马头、马尾的竹竿儿,另有一人身穿染成黑色的兽皮,扮成黑熊。当站在一旁的手持红油簸箕的乐手,用木筷子刮着簸箕,引吭高歌时,众人齐舞。野兽张牙舞爪,骑士弯弓而射。随着乐器的节奏快慢、声音大小的变化,野兽和骑士要表演出不同的姿势和神态。最后当领头的骑士一箭射出,野兽应声倒下,狼狈地喘着粗气时,众人无不放声大笑。努尔哈赤坐在看台上,笑得前仰后合。

三

北征窝集,西插界标,近破乌苏,给满洲带来了安定。冬末的一天,努尔哈赤正在"魁星楼"里的火盆旁边闭目遐思,忽然,养子扈尔汉端着一个大沙盘,笑吟吟地进来,打千道:"阿玛,俺请您看一样东西。"说罢,把沙盘放在木桌上,站立一旁。

努尔哈赤慢慢站起,走到桌旁,搭眼一溜,不禁喜上眉梢,道:"唉哟哟,这东西真好!"说着他俯下身子,抿着胡子,边看边念叨:"长白山,嘀,这山上的雪真白!鸭绿江,这水也清!辽河、大兴安岭、使犬部、锡霍特山……这中间是赫图阿拉山城……好,好,这正是我心中想的一个大地盘。"

"阿玛真是心胸宽阔无比呀!"扈尔汉咯咯笑道,"想不到您心里竟能装下千山万壑!"

"我刚才做梦,正插上翅膀像老鹰一样,在天空中翱翔呢!"

"吉利!吉利!大鹏展翅,前程无量!阿玛,新满洲族将像前朝的大金一样,又出现在白山黑水!"扈尔汉高兴地跳着空齐舞步,猛然抱住努尔哈赤的肩头,祝贺道,"有一天,您就是大汗喽!"

努尔哈赤点了点头,道:"这几天,我正在思虑此事。眼下从东海至辽东边墙,从蒙古草原到鸭绿江,诸部渐渐合而为一。女真人分裂、割据、动乱局面即将结束。我想,苍天授我之命,即将完成。如明人不再犯我,我满洲之众,将安居乐业。如明人再犯我,我必犯人!"

"阿玛,老话讲,胜者为王。您也应该名正言顺地当个满洲的国君呀!"

"皇上与民一样,我并不稀罕。不过,鸟无头不飞,为了满洲社稷,这个头,我也得带。"

"那,何日登基坐殿?"

"金銮殿还没有呢,上哪儿去登基?"说着,努尔哈赤哈哈大笑。

"那就现盖嘛!"扈尔汉胸有成竹地道,"我部下有个汉人,心灵手巧,酷爱土木之事,他曾参加修缮过北京的皇宫,我想,他一定会有办法的。"

"他叫什么名字?"

"邓公池。"

"此人我怎么不知道?"

"因为他是个汉人,我没敢叫他出头露面。"

"不妥!不妥!"努尔哈赤摇着头道,"人皆可以为尧舜,满人、汉人都一样嘛!"停片刻,又问:"此人眼下在何处?"

"正在我府。这沙盘就是他昨晚上做的。"

"啪!"努尔哈赤一巴掌拍在扈尔汉的肩上,呵呵笑道,"如此巧匠,焉能埋没!"努尔哈赤当即派人把邓公池找来。

邓公池时已近中年,此人博古通今,才智过人。他懂天文,识地理,对古今建筑研究颇深。三年前,在大明皇宫修缮交泰殿,因冒犯监工的太监,被发配到清河服苦役。前不久,从苦营里逃出,被扈尔汉巡边时发现,收在帐下为丁。此刻,邓公池正在研制新枪,当专差通报说努尔哈赤亲自找他时,他十分感动,连忙整衣束发,随专差进内城,走上"魁星楼"。

努尔哈赤初会邓公池,见他方面大耳、豹子眼、狮子鼻、谈吐不俗,举止不凡,心中十分欣喜,就开门见山地向他交代了修盖一座"尊号台"的设想,然后说道:"丙辰之年,乃是龙年。一年之首,乃为正月初一。"

邓公池未等努尔哈赤说完,就拱手道:"小人明白大人的意思。龙兴,龙兴,辰龙之年,是帝王即位的最佳日子。"

随之又吟道:"周以龙兴,秦以虎视。飞龙在天,大人造也。"

努尔哈赤随之也吟了两句古诗道:"吾兄既凤翔,王子亦龙飞。"然后大笑道:"依先生之见,称号何日为好?"

"当然正月初一为妙!此日,历来称作'岁之元,月之元,时之元'。在'三元'之日,'爆竹声中一岁除,总把新桃换旧符'。岂不美哉?"

努尔哈赤听邓公池出口成章,对答如流,更加兴致勃勃。于是他干脆把修建"尊号台"的全部重任交给他,只待到时交验。

邓公池领受建殿之任后,立即勘地选宅。第二天就在内城西北一处高坡钉桩打夯,运石备料,把全城的瓦匠、木匠、铁匠全部调来,破土动工。

时进腊月,天寒地冻,建殿工期仅有一个月。然而,邓公池运筹自如,指挥有方。地冻,他架火烤,灰凝,他用被蒙;上数千斤的大梁,他既不用搭架,也不用人抬,只用九对木轮,就把五根大梁吊到三丈多高的殿顶。匠工们无不为之叹服。

上梁那天,努尔哈赤亲自到场巡视。他身披豹皮长裘,头戴豹皮暖帽,足蹬鹿皮长靴,坐在长椅上。不一会儿,大臣安费扬古一声令下,顿时鞭炮齐鸣,锣鼓震天。五根大梁在铿锵有力的号子声中,缓缓上升,徐徐落下。鞭炮已毕,只听从房墙处传来一阵清脆悦耳的歌声:

冰凌花开呀斗风寒,
满族儿女建家园。
千家万户一条心呀,
九霄天堂落人间。

歌声袅袅,回荡在城垣。努尔哈赤抬头看去,见是一个眉清目秀的女子,正指挥木匠搭斗扣拱,架檩铺椽。飒爽英姿,独立在寒风之中,面红齿白,犹如傲立山崖的冰凌花。不一会儿,歌尽风平,梁稳柱实,瓦工们开始铺瓦。努尔哈赤被那女子洒脱的指挥才能惊呆了。他揉了揉发酸的眼睛,指着那女子,扭头对站立身旁的安费扬古问:"那女子叫什么名字?我怎么没见过?"

安费扬古眯着眼,细瞅了瞅那女子,摇头道:"我也没见过。"

此时,恰巧牛录额真图鲁什走来,他连忙答道:"她呀,她是虎尔哈部的女罕,名叫多罗甘珠。属我牛录,归我管辖!"

"她什么时候进的赫图阿拉?"努尔哈赤关切地问。

"三年前从虎尔哈随她丈夫归顺而来,"图鲁什比比画画地回答着,"这个女人可不寻常,总旗主您看她穿的那双木底鞋吧,就与众不同。"

努尔哈赤仔细看去,见多罗甘珠脚穿一双四寸高、形如马蹄的高底木鞋,也甚觉奇怪。

图鲁什见努尔哈赤疑惑不解,就将高底木鞋的来历说了一遍。原来多罗甘珠是虎尔哈部酋长的女儿。她十八岁那年,临近的一个女真部族酋长见她有些姿色,就想霸占她。一天突然发兵攻占了虎尔哈城,杀死了多罗甘珠之父。多罗甘珠带领乡里逃进深山。为报父仇,收回家园,她在一个夏日的夜晚,带领外逃的难民,穿上特制的像白鹤腿似的高底木鞋,踏过人难迈步的塔头甸子,神不知、鬼不觉地赶回虎尔哈城,当夜杀死了仇人,重获安宁。虎尔哈的女儿们为纪念这个报仇雪恨的日子,从此就都穿起马蹄形的高底木鞋。

"豪杰!豪杰!女中的豪杰!"努尔哈赤听罢连声赞叹。

接着又埋怨道:"图鲁什,你为啥不早对我讲?"

"嘿嘿!"图鲁什不以为然地笑道,"一个女流之辈,何足挂齿?"

"不妥!不妥!"努尔哈赤摇头道:"自古女中豪杰有之。花木兰、武则天、蔡文姬皆为世人称道。切莫小看她们发长脚小。"

图鲁什不服地反驳道:"女人既然那么有能耐,那你为啥还把大福晋关起来?"

努尔哈赤指了指远处的高山道:"山有阴面,也有阳处。阳面的地方草木繁盛,百花盛开;背阴处,却灰暗阴冷,长满黑苔。女人之中,有鲜花,也有黑苔。怎好鱼目混珠,同日而语?"

图鲁什听罢,傻咧着嘴,再也没词了,只是嘿嘿笑道:"我服了!我服了!"

殿梁上完,努尔哈赤马上召集各旗旗主,五大臣,到"魁星楼"议事。众人坐定,努尔哈赤异常感慨地道:"近些天,我心里特别高兴!其因何在?在于我无意中发现了邓公池、多罗甘珠这样的人才。眼下看来,只要眼界放开,三步之内就有芳草。诸大臣,诸旗主,以后不必到我这里叫苦无能人。以后谁再说我手下无贤才,我就说你是第一个笨蛋!"

众人大笑。努尔哈赤也得意地抿着两撇唇髭,道:"从今以后不许埋没人才。凡有才德,一技之长者,就要重用。不必讲究贫贱、尊卑、种族。"

努尔哈赤下令各旗牛录,在本地认真察访贤能之士。对有治国之才者,用以辅政;有军事本领者,委以军帅;知天文者,鉴天;识地理者统管土木。即使只会唱歌的人,也要选上来,在喜庆之日,宴欢之时,献歌献艺,以悦他人。

不久,从全城十万人中,挑选出各级军事额真、理事大臣、能工巧匠数千人。从此,开始设置官吏。凡民间有争讼,先由理事官"札尔固齐"十人审问,再由五大臣复审,最后由努尔哈赤总裁决。并规定每五日集朝一次,协议国政、军机大事。

"尊号台"不断升高,粉刷一新。五里内城城墙也加紧修缮,八旗衙门青砖四合院也相继落成,到处是一派大兴土木、繁荣昌盛的景象。

第一五章　定都称汗　深入虎穴

一

万历四十四年(1616)除夕,赫图阿拉山城焕然一新,内城外城到处张灯结彩,人山人海,熙熙攘攘,分外热闹。在家家户户的门口,各旗人家都贴上本族的彩色旗,红蓝黄白,鲜艳夺目。特别是那一面面旗上的金龙、焰火,更增添了吉祥、火爆、向上的气氛。

入夜,爆竹不断,声震川谷,整个山城沉浸于热烈的节日气氛中。正月初一这天,东方天际刚刚发白,城外的士农工商一个个穿着节日的艳丽服装,涌进内城,齐集于"尊号台"前,等待努尔哈赤正式升座称汗。

尊号台者,金銮殿也。宽敞的青砖台基上,耸立着双檐歇山式殿楼。殿顶黄瓦闪烁,殿内雕梁画栋,极其富丽堂皇。

天过卯时,旭日东升,尊号台抹上一层淡红的颜色,显得更加瑰丽。

"哐!哐!"外城大槐树上的钟声响了。随着钟声,鼓乐大作,八面彩旗在尊号台两侧徐徐升起,伴随节奏鲜明的鼓乐,努尔哈赤的儿孙们,及八旗贝勒率领群臣,按照八旗顺序,肃立尊号台前两侧。

乐毕,五十八岁的努尔哈赤神色自若地登上大殿,面向群臣,坐在豹皮高椅上。这时,八大臣手捧劝进表,率群臣跪下。

立在努尔哈赤左右的侍卫阿敦和额尔德尼,急忙从两侧迎去,接过八大臣跪呈的表章,捧到努尔哈赤面前的桌子上。然后,额尔德尼跪下,高声诵读表文,上尊号为:"抚育诸部的英明汗"。

须臾,诸臣站起。努尔哈赤也站起来,离开宝座,亲自拈香向天祷告道:"上天赐吾为汗,为百姓造福。汗与民如同鱼水,我愿对天发誓,生为庶民,死为庶民,为民而战。愿满洲民族永远昌盛,百姓安康。"

接着,对天叩首。礼毕,努尔哈赤又回到宝座,分别接受各旗大臣的贺礼。从此,努尔哈赤为汗的后金国,独立自治,定年号为"天命"。

登基典礼毕,努尔哈赤设大宴招待功臣。席间,新推举的礼乐额真多罗甘珠,组织百名少女跳起自编的"喜起舞",为功臣们祝贺。

中午,努尔哈赤正与五大臣在客厅畅饮,忽然范文寀策马进城,他下马后不顾鞍马劳顿,就连忙叫两个随从从马鞍上卸下一个三尺高的木架和一只木箱。他在楼下拆开木箱,捧出一面圆镜,装在三尺高的檀香木木架上,挂上一丈多长的红绫,然后抬到楼上,见到努尔哈赤,慌忙施礼,道:"恭贺将军称汗!卑职特意从沈阳置备大礼,前来祝贺!"

两位侍从连忙将镜架朝前抬了一步。范文寀掀去红绫,道:"此镜名叫阴阳镜,也叫水火镜。阴面刻有浪花翻卷,阳面镌有大火弥天。平时阳面朝上,用时只需一碰,即可翻转。"

细心的安费扬古听罢,连忙问道:"范秀才,此镜装置奇特,寓意颇深,请问其意何在?"

范文寀看了众人一眼,然后道:"今日人所共知,明之为火,满洲者为水。以水灭火,乃旗人夙愿,汉民所盼。今置此镜,送给英明之汗,就是盼望满洲民族兴起,推翻腐败之明朝,统一长城内外,大江南北!"

努尔哈赤被范文寀精彩的言辞感动了,他站起来,亲自斟了两杯酒,道:"文寀真不愧名门之后,聪明过人。来,来,来,我敬你一杯。你的一片心意,我永志不忘。"

两人碰杯,一饮而尽。随之,安费扬古问道:"范先生博闻强识,消息灵通,就请您叙谈叙谈明朝时局吧。"

范文寀落座,摘下帽子,爽快地道:"每况愈下!眼下,大明朝政治紊乱,宦官当政,民不聊生,国库虚空。华夏之大,犹如一堆干柴,只要点一把火,即可倾覆!"

"那我就拎一支火把进去嘛!"努尔哈赤特邀的开国之勋图鲁什兴致勃勃地道。

安费扬古笑道:"他们屯兵数万,你能说进就进吗?"

"嗜,"范文寀笑道,"驻守辽东明军虽名义上说有八万,实则能打仗上阵者不过万人。数年来,他们不修兵具,朽戟钝戈,实为乌合之众。"范文寀又饮了一口酒接着道:"传说明军杀牲祭旗,三刀才能将牛刺死。"

"哈哈哈哈……"图鲁什笑得仰翻在地。安费扬古慌忙上前将他扶起,开玩笑地问道:"这样的无能兵将,你一刀能捅几个?"

图鲁什比画着说:"一刀不捅他十个八个,我脑袋朝下,倒着给你走二里地。"

众人捧腹大笑。

笑毕,努尔哈赤把范文寀拉到自己跟前,亲近地道:"先生所言极是,颇合吾意。不灭大明,白山黑水难以一统。为开创一代贤达社稷,为后人造福,汗愿戎马一生,肝脑涂地,在所不辞!"

众人起立,连声赞道:"大汗英明!大汗英明!"

接着宴乐大作,歌声盈耳。复金伐明的呼声回荡在赫图阿拉上空,苏子河两岸。

二

达奇被抓,多罗甘珠进抚顺要人的消息,传到努尔哈赤那里,当时已是夜深人静时分。此刻,努尔哈赤正坐在"尊号台"与八旗部将、五大臣商讨如何对付叶赫勾结开原总兵,伺机劫掠哈达城的战事。

扈尔汉推门进殿,略作陈说之后,图鲁什首先站起,向努尔哈赤施礼请战,道:"汗王,派我带三牛录兵马,闯进抚顺,把他们救回来吧?"

"坐下,坐下。"紧靠着图鲁什落座的费英东,拽着图鲁什的衣襟,道,"此事非同小可,不是攻打哪个女真人的山寨,而是边疆干戈大事,要三思而行。"

"我们的亲人,被明朝官府扣押,在那里受灾受难,生命难保,难道你就不动心?"图鲁什瞪着眼珠子,愤然争辩。

"老兄其心可善,其言可嘉。不过,"安费扬古立刻调解道,"欲速则不达。我想,如今的大金国已是大明朝的眼中钉、肉中刺,怎会让你领兵闯进他的边城?"

"再说,"皇太极马上接过话茬儿道,"叶赫如卧山之虎,正张着大口,想吞噬我疆土,我们切忌两面受敌呀!"

接着各大臣、部将均陈述了自己对时局的看法。最后,努尔哈赤坐在虎皮椅上道:"诸臣、诸将所言,各有其理。以汗之见,与叶赫决一雌雄,势在必行。不过,如不挫败辽东的明军,叶赫这座碉堡,就很难攻破。所以兴师伐明,应是当务之急。"

"那我们就抓住明军越境,制造事端,拘我人质之事,向明军发出檄文,趁热打铁嘛!"大贝勒代善兴奋地插话道。

"也不能操之过急。"努尔哈赤胸有成竹地道,"若想伐明,当务之急应是储备粮草,修造兵器,招兵买马,训练士卒。如此,才能有备无患,确保战之必胜。"

努尔哈赤说罢,图鲁什又焦急地问道:"那多罗甘珠、达奇咋办?"

"我们手里有李维翰的外甥,我想那新都堂不敢把他们如何。再说多罗甘珠能言善辩,她和达奇也不会轻易束手待毙的。此事,我另作计议,请诸将放心。"努尔哈赤说罢,图鲁什满意地咧着大嘴笑了。

第二天,诸贝勒、大臣分头征召军队,整顿兵器铠甲,同时派出七百人上山伐木,制造攻城的盾车、云梯。一时赫图阿拉城里城外,山上山下到处是一派备战的气氛。

花开花落,随着岁月流逝,一架架战车造成,一副副云梯扶起。马棚里马肥了,兵库里枪箭多了,赫图阿拉山城驻屯着十万兵马。经过两年多的备战,到了天命三年(1618)四月十三日,努尔哈赤按照计划,立即召集文臣武将到"尊号台"内殿议事。

吃过早饭,五大臣、八旗将领相继登台进殿。众人分旗在四面四隅八处落座后,努尔哈赤缓步登上宝座,抿了一把胡髭,道:"吾赫图阿拉后金国,经过两年多的备战,已兵众粮足,决定马上伐明!"

努尔哈赤洪钟般的声音刚落,全殿立即轰动,众臣诸将立即起立,施礼道:"汗王深谋远虑,正合臣民之望!"

努尔哈赤打着手势让众人落座后,道:"吾本不想打这一仗,但万历皇帝的大明朝欺人太甚,令人难以忍受!"说着,他历数了大明朝的官吏如下罪过:无辜杀害他的父、祖;多次发兵越界,挑起事端;袒护叶赫,助纣为虐;骚扰边民,驱逐农人收割;薄我厚他,援助哈达;抓我平民,抵押人质;等等。努尔哈赤将这些归纳成"七大恨"。众人听此,愤怒异常,纷纷站起,大声疾呼道:"如此欺压我们,不反,天理难容!"努尔哈赤猛然手一挥,道:"要先发制人,今日出兵,兴师伐明!"

众人一阵欢呼。最激动的要数图鲁什,他赶忙站起,拍着手,连跑带颠地跑到努尔哈赤跟前,抱住努尔哈赤的脖颈,硬胡楂儿扎在努尔哈赤的脸上,道:"咱们兄弟出头之日就要到了!满洲鞑子的腰杆就要挺直了!"

"唉!"努尔哈赤笑道,"打仗并不单单为了我们兄弟几个人,而是为了满洲人、汉人的千秋大业。"他转脸对身旁的文馆主持范文寀道:"范先生,你说是不?"

范文寀摸了摸亮脑门,道:"汗王宽宏大度,不会贪图个人安乐。"满朝文武大臣一致同意兴师伐明。于是,努尔哈赤一面委派范文寀将"七大恨"写成檄文,一面部署各旗召集兵马,准备出师。

一日,八旗兵将披甲列阵,云集于烟筒山与鸡鸣山之间的堂子庙前。众将到齐,努尔哈赤马上命司礼官,燃烛焚香,鸣鼓奏乐,拜祖祭天,然后宣读"七大恨"檄文。两万多名将士,立即沸腾起来。

香尽鼓息,努尔哈赤率先翻身上马,鹿皮鞭一指,浩浩荡荡的伐明大军开始向西进发。八旗兵张旗奏乐,出城后绕过烟筒山,穿过兆甲、巴尔达、萨尔浒,第二天傍晚,兵至抚顺城东二十八里瓦浑鄂漠,安营扎寨。

野炊过后,阴云蔽月,四野寂静,蛤蟆咕呱咕呱地叫个不停。不一会儿,一片漆黑,接着淅淅沥沥地下起小雨。努尔哈赤坐在军帐里,隔着门帘望着暗夜的雨丝,不禁紧蹙眉头,自言自语起来:"连绵细雨,如何进兵?"

"阿玛,您说什么?"恰在这时,大贝勒代善掀帘进帐,不解地问。随后又将身后一位明秀才装束的青年人,荐举给努尔哈赤道:"此乃大明秀才范文程,前来求见。"

努尔哈赤连忙起身,笑道:"噢!文寀的胞弟!久闻大名,想不到竟在这荒野相会。"

范文程抱拳行礼,道:"久仰汗王声威。我早从长兄文寀那里听说您的才能、为人,所以今日来投!"

侍从为范文程倒了一杯热茶,范文程端起来呷了一口,润了润嗓子,就讲起夜半谒见的缘由。

范文程年方二十一岁,长得浓眉大眼,仪表堂堂。两年前,他曾去过抚顺游击李永芳府上,偶然见到在押为奴的多罗甘珠,两人一见钟情。后来经过范文寀撮合,定下终身大事。

但多罗甘珠提出:"何日取得抚顺,何日结发为妻。"范文程自然喜不自禁,他朝思暮想,有朝一日浑河两岸雾散天晴,除掉昏君,盼来救星,使得范家后代重获新生。

三天前,多罗甘珠突然接到努尔哈赤的密札,经过多罗甘珠与范文程密商,决定由范文程亲自出城,禀报城内军情。

努尔哈赤早就从范文寀那里听说范文程聪明伶俐,今日一见,果然不凡,心中十分高兴。范文程当即向努尔哈赤禀报了明军厌战、人心浮动的军情,接着建议道:"以力服人,不如以法服人。治天下在得民心,自古未有嗜杀而得天下者。依吾之见,统一华夏,应先安定百姓。"

努尔哈赤听了范文程的宏论,更加欣喜。他边为范文程斟茶,边问道:"抚顺一战,何为良策?"

范文程答道:"李永芳本是李成梁本家。近些年,李氏家族在朝内已经失宠,再加之天朝宦官当道,百姓涂炭,民心背离,已无心为朱氏王朝卖命。只要向他申明大义,晓之以理,李永芳会弃暗投明的。"

"此策甚好。"努尔哈赤赞成道,"但不知李永芳眼下动向如何?"

"据我所知,只要您能保全全城百姓的性命,他会权衡利弊的。"范文程说罢,眨了眨眼睛,踌躇了片刻,道,"不过,他也不会轻易相信他人……"

"难道他对你也不相信？"

"我毕竟是我。房椽不能代替大梁！"

努尔哈赤在军帐里踱着步子，低头沉思。进帐为他整理床铺的贴身侍从，见汗王如此劳神，有些焦虑，就站在一旁，凝视不语。

"啪！"努尔哈赤突然猛击腰间的刀柄，笑道，"有了，不入虎穴，焉得虎子？我要亲自去一趟。"

"汗王，"贴身侍从马上跪下，哀求道，"去不得！去不得！"

"为何？"努尔哈赤俯下身子笑吟吟地问道。

"小心他们暗害！"

努尔哈赤哈哈笑道："为了满洲千秋大业，不冒点儿风险，能行吗？"

"请汗王放心，"范文程胸脯一挺，道，"我和多罗甘珠已作了应急的安排，保您无事。"

努尔哈赤满意地拍了拍范文程的肩膀，立即召集部将，巧作安排。当晚，努尔哈赤就装扮成商人，由范文程陪同，催马加鞭直奔抚顺。

三

黎明时分，范文程来到抚顺城下，他叫开南城门的小便门，就带领着努尔哈赤直奔李永芳游击府。此时，李永芳刚刚洗漱完毕，正手提小壶在院子里浇花。范文程近前，请安之后，就转身介绍道："游击大人，这位是满洲的汗王……"

范文程话未说完，李永芳已双手抖颤，身不由己地失手丢下花壶，青铜壶重重地打在刚从朝鲜弄来的一盆金达莱上，顿时枝折花落。李永芳摇了摇头，强打精神，把努尔哈赤让进客厅。

不一会儿，仆人端来叶赫进贡的奶茶，倒满三杯，边喝边寒暄，刚说了几句话，忽然探马进门，气喘吁吁禀报："游击大人，长白山努尔哈赤率领几万大军，已到了城东小房前！"

"知道了！"李永芳故作镇静地回答，然后挥手示意，令探马退下，转脸向努尔哈赤问道："汗王何故发兵？"

努尔哈赤连忙从腰间掏出用满、汉两种文字书写的兴师伐明的檄文,递给李永芳,安然落座。李永芳仔细地读了一遍檄文,然后道:"汗王,您知道我是明朝的将官,今日您发兵犯境,我想,您是知道我该如何处置的。"

努尔哈赤猛然站起,双手朝后一背,笑道:"那就请你把我绑上,送到北京,邀功请赏吧。"

李永芳慌忙站起,道:"岂敢!岂敢!"他连忙把努尔哈赤让到座位上,又道:"卑职久闻汗王大名,心中万分佩服。今日,贵军如能撤军,我将保全大王性命。"

努尔哈赤哈哈大笑道:"我若贪生怕死,何必到你府上自投罗网!"

"那……那……大王的意思呢?"李永芳显得六神无主的样子,忙问。

"如今,我数万大军已兵临城下。对你来讲,只有两条路:或战或和。战者,我三个打你一个……"

"那和呢?"

"若和,可以不动一枪一刀。一者,可以保全全城老百姓性命;二者,可以保你全家团聚;三者,你官职不变,等待提升。"

说话间,陡然闯进三名军士,前来向李永芳请战。有一个名叫哈达哈的,是塔昂开列的本族弟弟,早就认识努尔哈赤,初时一惊,继而大叫道:"努尔哈赤!"

其他两位军士嗖地拔出宝剑,直逼努尔哈赤。哈达哈刚刚举起宝剑,突然"嗖嗖嗖"连声,从房上射下三支箭来,哈达哈同另两名军士应声倒下。接着,房梁上噌噌跳下一男一女两个人,马上将努尔哈赤护卫起来。

努尔哈赤抬头看去,禁不住小声惊叹道:"多罗甘珠!"

李永芳见此情景,被逼无奈,只好伏案提笔,写下"唯命是听"四个大字,递给努尔哈赤。

这时,代善率领的两万大军已开进南城门下,站在护城河边,列阵攻城。

守卫南城门的备御朱方良,是皇室的族亲。此人年方二十,长得身材修长,白白净净,虽身披盔甲,实则像个文弱书生。年初官升备御,到抚顺为将,凭着他门第高贵,备受游击李永芳的器重。他赴任那天,天降大雪,李永芳不畏严寒,亲自迎出城外,继而设大宴为他洗尘,席间,朱方良拍胸发誓:"生为朱氏王朝,死为朱家江山!"

此刻,朱方良站在城楼上,看着城下黑压压的满洲大军,暗想:南城仅有兵士一千,怎敌得了这么多夷军? 如万一城门失守,第一个当斩的不就是我姓朱的吗? 想到这里,当初他拍胸发誓的劲头儿,一点儿也没了。不过,他又想,只要刀不放在脖子上,我就要像个皇上嫡亲的样子!

朱方良挺着胸脯,右手扶着腰间的鲨鱼皮剑柄,再次向城下看去,只见满洲军已推盾车、架云梯、越城池、涉水进逼城下。

"发箭!"朱方良见军情吃紧,下了第一道军令。

一时雕翎箭如同密雨飞蝗,从城楼、堞口直射向满洲军。满洲军前有牛皮盾车掩护,依然秩序井然,步步朝城下逼近。盾车推到城下,云梯竖起。满洲兵士个个手握盾牌,相继爬上云梯,攻上城墙。朱方良亲自督阵,奋力阻击。两军交战,刀枪撞击,杀声震天。

满洲军与明军在城南门城墙上,厮杀了一阵,双方各有伤亡。怎奈明军势众,代善率领的第一批攻城兵士,很快被明军吃掉。

朱方良初获小胜,怡然自得。恰在此时,只见李永芳削发来到南城门,亲自将城门打开。代善见城门敞开,立即一马当先,率军入城。朱方良见游击已被俘,便脱下盔甲,换上便装,溜出城门,逃之夭夭。

不一会儿,全城平静,偌大个抚顺边城,很快落入满洲人之手。

红日东升,抚顺城四门城楼,飘起满洲大旗。吃过早饭,努尔哈赤又亲率八旗大军,迅速攻占了抚顺城周围大小城堡十余处,小村落四千多个。傍晚,就地宿营,努尔哈赤立即传令道:"此次兴师,已获大胜。凡俘获之人,不许剥衣服,不许奸淫,勿使夫妻离散,更不许妄加杀害。此布,各军必须严加遵守。违者,必惩!"

当晚,努尔哈赤回到抚顺城,将俘虏的三十万人,编为千户。同时,将来自山东、山西、河南、苏州、杭州的一批商人找来,设宴款待,然后赠给路费,让他们带着已写好的"七大恨",潜回关内,广为宣传。

第三天,努尔哈赤命兵士拆毁抚顺城墙,填上城外护城壕,就带领大军离开抚顺城,来到嘉班城,与攻占了的东州、玛根丹城的兵将会合,论功行赏。

次日,努尔哈赤率军凯旋。当大军行至距辽东边墙二十里的谢李甸时,忽然哨探策马来报:"广宁明军的巡逻队追来了!"

第一六章　争雄天下　初战告捷

一

日落医巫闾山,驿馆内外,立刻点上风灯。

辽东巡抚李维翰刚在驿馆用过晚餐,回到卧室腆着大肚子,仰卧在黑漆晃椅上,眯着两眼用象牙签剔牙缝儿。忽然一个衙役匆匆跑来禀报:"大人,辽东总兵张承荫请您到府上玩麻将!"

"更衣!"李维翰转身道。

话音刚落,从门外立刻走进两个穿戴艳丽的女仆,忙着更衣换靴。不一会儿,李维翰脱去官服,换上便服,步出驿馆,摇摆着肥胖的身子,一踱一踱地钻进大轿。

巡抚大轿是台三十二个轿夫抬的官轿,轿身分内外两室,外加一座小客厅。轿内摆设排场,轿外红漆绿纱十分显赫。平日他出府巡视,或串亲出京,除了轿内有两个美女侍奉外,轿后还要跟着一队时髦的乌铳手护卫,其排场之阔绰,气势之烜赫,令人目眩。

月明星稀,李维翰的大轿尚未到总兵府,五十三岁的干巴老头张承荫早已迈出府外,在路旁静候。

总兵府是当年李成梁的官邸。李维翰步出大轿,在张总兵及妻妾的前呼后拥下,鱼贯进入府内。步入中堂客厅,八仙桌上的象牙骨麻将早已摆好。

客厅里香气袭人，大厅棚顶吊着八根蜡烛插在一起的吊灯。李维翰由张总兵的小妾相陪，坐在张承荫的对面。李维翰打着牌，不时与张总兵小妾眉来眼去。李巡抚有时借抓牌之机，摸一把小妾的手。有时那小妾为讨好巡抚，故意撇着樱桃小嘴，或者在桌子底下用脚踩巡抚大人的靴子，暗示对方缺啥牌、要啥牌，然后她有意出牌，让对方快赢。

李巡抚坐下，连赢三把，禁不住喜上眉梢，他抓过一把把赢得的银子，大方地分给点烟倒茶的仆人。这样，他一连玩了三圈，兴致甚浓，手气甚好。他手里捏着一张六条，小眼睛乜斜着对家小姨太太，轻轻地踩了踩她的桃红绣花鞋，猛地朝桌案中心一拍，随之娴熟地把面前的一长溜骨牌一推，哈哈笑道："满贯！"

三人捧场，哈哈一笑，当李维翰收过赢得的"万历通宝"飘然若仙之时，忽然哨探推门来报："禀报巡抚大人，满洲兵攻下抚顺、东州、玛根丹三城，以及大小村寨五百余处！"

"什么？"李维翰猛然站起，"重说！"

哨探又重说了一遍。李维翰惊慌站起，随后又坐到椅子上。他仰着脸，头靠在椅背上，用手轻拍着光滑的脑门，叹息道："看来，努尔哈赤又要闹事了！"

"这都怪李成梁这个老东西！是他贪赃枉法，留下后患。"张承荫抱怨道。

"是呀，善有善终，恶有恶报。李成梁那老东西一命呜呼，升天享福去了。如今留下你们这些人担惊受怕。唉！"张承荫的大姨太太啰啰唆唆地叨咕起来，"说不定哪天努酋攻进城来，举着明晃晃的大刀，闯进屋里……"

"啊呀！"张承荫的小姨太太听到这里，一声尖叫，仿佛努尔哈赤正举刀向她劈去，随之钻进条几下……

"哗！"李维翰暴躁地把桌案上的麻将朝地下一划拉，吼道："你们胡诌八扯些啥呀？"

头脑灵活的张承荫马上肃然站立，双拳一抱，请求道："如今努酋兵乱边陲，卑职愿披甲迎敌！"

"好!"李维翰粗大的手一拍案角,道,"该我露一手啦!"于是,当晚李维翰火速通报辽阳副将皮廷相,海州参将蒲世芳,发兵万人,星夜赶赴抚顺城。三路军马各自走了两天一宿,来到高尔山下聚齐,沿着浑河北岸,直逼满洲兵的营地。

夕阳落山,张承荫、皮廷相、蒲世芳率领的一万大军,分三处宿营。入夜不久,只见张承荫、蒲世芳的营地炊烟袅袅,篝火遍地,唯有辽阳副将皮廷相的营地漆黑一片,鸦雀无声。

张承荫从营帐走出来,遥望皮廷相的兵营如此冷清,暗自思忖:历来兵家主张昼战多旌旗,夜战多火鼓,以兵势之威震慑敌军。皮廷相从军多年,难道这点兵法常识也不懂吗?不能。张承荫想到这里,下意识地摇了摇头,自言自语地道:"难道皮副将存有二心?"

"人心隔肚皮,难说呀!"跟随张承荫多年的一位老参将走出营帐,接着张承荫的话茬儿道。

张承荫一愣,回头瞥了老参将一眼,借着灯火,反问道:"何以见得?"

老参将叹道:"当今朝内党派林立,各自有主呀!"

一句话提醒了张承荫,原来皮廷相曾追随御史张鹤鸣多年,此人出任辽阳副将,也是张鹤鸣在朝内斡旋。因张鹤鸣与张承荫有隙,皮廷相当然要站在御史一边,不会对张承荫言听计从。想到此处,张承荫叹息道:"朝内一盘沙,外卒自然捏不到一起喽!唉!长此下去,大明的江山,岂不毁于一旦?"

"总兵大人,皇上都不问朝政,您忧国忧民,又有何用?"老参将无可奈何地道。

张承荫又叹息一声,转身回营。

此刻,皮廷相正坐在地毯上,与三名心腹饮酒清谈。他粗手大脚,身着白色的单衫,手端着酒盅,时不时地"吱儿""咋儿"喝着,慢条斯理地道:"张承荫这老东西,一心想升官发财,总想在皇上面前露一手。可惜呀,他心比天高,命比纸薄。当今哪个人能敌得了努尔哈赤!"

"对!对!"一个短粗胖马上接着道,"努尔哈赤胆大心细,武艺超群,说不上,他就是第二个金太祖阿骨打!"

"人不可貌相,海水不可斗量。"另一个细眯眼,神乎其神地道,"说不上努尔哈赤能成为新的成吉思汗呢!"

皮廷相咳了一声,把酒盅往毯子上一蹾,不耐烦地道:"我下辈子再不当兵打仗啦,挨刀受累的都是咱这些扛刀骑马的,享福清静的都是那些穿朝靴的!今天,想叫我白送死,办不到!"说着,他身不由己地站起来,撩开帐幔,想透透风,散散气。当黄幔撩起时,他突然发现帐外有几点火光,就对帐外的卫士道:"哪来的火光?"

卫士马上答道:"是几个兵士在偷偷地抽烟!"

"去,去,把他们叫来!"皮廷相严厉地发着号令。

卫士马上把两个兵卒叫来,送进帐内。皮廷相瞥了一眼两个三十多岁的烟鬼,迅速地抽出腰刀,嚓嚓两刀,两个人头便滚到地毯上。随之,皮廷相吼道:"你们回去传我的命令,谁再弄出半点火星,这就是他们的下场!"

陪酒的几个心腹,马上弓腰低头,低声称是,快步退出军帐。

二

更深人静,苍穹上点点星光,眨着眼睛,像窃窃私语着人间的人情冷暖、悲欢离合。

努尔哈赤由阿敏等旗主陪同站在牛皮大帐门口,遥望着数里之外的明营灯火,正筹划着天亮时如何御敌。忽然范文程同几个部将从容走来,努尔哈赤陡然问道:"范秀才,张承荫是何等人?"

范文程答道:"此人从军多年,是员勇将!"

"管他勇将不勇将,"镶蓝旗旗主、舒尔哈齐之子阿敏,接着道,"只要我大军一到,他会立刻化勇为熊!"

努尔哈赤摇头道:"不可轻敌,莫忘骄兵必败之理。"

"事实胜过雄辩,尼堪外兰之死,纳林布录之亡,布占泰的下场,哪个不是熊?"阿敏侃侃而谈。

努尔哈赤讪笑道:"熊也好,虎也好,关键在于拥有雄厚的兵力,加上置敌于死地的阵法战术!无此都是纸上谈兵!"

阿敏还要争辩,正白旗总管扈尔汉马上接过话茬儿,道:"眼下大敌当前,不是清谈功过沉湎于过五关斩六将的时候,还是琢磨琢磨明日如何出兵的事吧?"

"对,对。"皇太极一面应和,一面关切地仰望着灰暗的夜空,道,"这两天一直刮南风,到了白天风沙弥漫,叫人睁不开眼,天时于我不利呀!"

"是呀!"图鲁什接着说,"明军偏居东南,我军出阵西北,顶风打仗可是军家的大忌呀!"

"那就过几天再出兵迎敌呗!"代善道。

"不行,不行。"努尔哈赤道,"眼下明军长途跋涉,正是人困马乏的时候,趁他们喘息未定,突然袭击,定会取胜。"

图鲁什又担心道:"天时于我不利,取胜很难呀!"

"能够取胜。"站在一旁半天不语的范文程道。众人立刻把目光转向范文程,期待他能说出取胜的理由。正为天气而苦恼的努尔哈赤,见范文程胸有成竹的样子,马上欣喜地双手拍着范文程的肩膀,把他推进帐内。众人坐定之后,范文程盯着图鲁什,问道:"老额真,您听说过诸葛亮借东风的故事吗?"

图鲁什眨着眼睛,兴致勃勃地答道:"听过,听过!诸葛亮真可称为能掐会算的活神仙!"范文程听了咯咯笑了一阵儿,不以为然道:"诸葛亮并非仙人,也跟你一样,长着一个鼻子,俩眼睛。只不过他识天文,懂地理罢了!"说到这里,图鲁什特意为范文程倒了一碗葡萄酒,递给他。范文程一饮而尽,又接着说:"虽说天有不测风云,可是风云也得顺从季节。诸葛亮之所以准时借到东风,就是因为他掌握了'冬至一阳生'的道理,明白冬尽就是春天开始的规律,因此他根据当时冬至的时令,判断出刮三天西北风之后,过了冬至必然能起东风。"

"这么说咱们这些钻山沟的人,也可以当诸葛亮喽!"图鲁什恍然大悟,接着一阵大笑。皇太极马上捂住图鲁什的嘴,道:"你这个鲁莽汉子,听范秀才说完再笑呀!"

图鲁什憋了一口气,长吁一声,脸红着,急不可待地道:"范秀才,你就说说咱怎么个借东风吧?"说着他又给范文程倒了一碗酒,双手捧着,亲自灌到范文程嘴里,恨不得一碗酒能从对方嘴里灌出一套借东风的锦囊妙计。

范文程喝罢,不慌不忙地把碗递给图鲁什,反问道:"今天刮的什么风?"

"南风呀!"

"刮几天啦?"

"三天。"图鲁什一问一答,沉不住气了,马上加上一句,"秀才,你快说呀!你这读书人,真是斯文得叫人坐不住啊!"

皇太极马上按住要站起的图鲁什,向范文程使了个眼色,叫他快说。范文程仍然慢条斯理地双眼盯着图鲁什,道:"老话说,北风不受南风欺。我看今晚风平浪静,预兆着明天掉转风向。北风过后,定然会刮起西北风,而且风势会很大。"

"那敢情好喽!"图鲁什情不自禁地站起来,嘴里模仿着刮风声音,身子东倒西歪,仿佛置身于狂风飞沙之中的明军兵士。他那副狼狈相,逗得众人放声大笑起来。

努尔哈赤趁众将说说笑笑之际,溜出军帐,仰望着钻出云层的圆月,以及月亮四周灰白的光圈,蓦然想起"月晕而风"的谚语,高兴得一拍大腿,转身回到帐内,声音低沉而果决地道:"明天吃过早饭,出兵迎敌!"

"那风,能借来吗?"代善怀疑地问道。

努尔哈赤把手往帐外一指,道:"月晕而风,板上钉钉。"

众人跑出大帐,仰望着月晕,不禁叹服地把范文程抬起来,抛向夜空。

月亮钻进云层,众将回到帐里,对各旗兵马作了统一部署之后,就各自回营歇息。

图鲁什回到营帐,翻来覆去睡不着。他躺在铺着秋秸的草铺上,心想:汗王叫我当先锋官,我该咋样出奇制胜?第一招就要把敌人镇住,像秋风扫落叶那样,真正做个开路先锋!他想起火烧赤壁的故事,也想来个火攻,但仔细想想,又摇着头自语起来:不行。当年火烧赤壁是在平如明镜的江南,今天是攻明军占的山头,更何况穷山秃岭,到哪里弄柴点火?想到这里,他觉得山穷水尽。于是折身坐起,披上衣服,从枕边抓起烟袋,打开布包装上一袋烟,打着火石,抽起来。

一口烟吸进肚里,就连声咳嗽起来,接着双眼流泪,随之没完没了地打起喷嚏来。他暴躁地骂天骂地,可是接连不断的咳嗽、喷嚏,也听不清他在喊什么、骂什么。

守护在帐外的兵士听到他的骂声,就钻进帐里,想弄个明白。但卫士进屋不久,也咳嗽不止,接二连三地打着喷嚏。

卫士打着火石,一手捂着鼻子,一手举火点着小油灯,才发现图鲁什枕边的布包里装的全是辣椒面。卫士看了图鲁什一眼,开玩笑地道:"怎么,老牛录又来瘾了?"

图鲁什自嘲地笑了笑。原来图鲁什向来喜欢辣味,每餐必有辣椒。平时他觉得只有最辣的东西,才能跟他的火暴性子相配。所以,不管打仗还是行军,平时身上总带着两包鼓鼓囊囊的东西。一包是老旱烟,一包是高丽辣椒面,刚才由于摸黑,错把辣椒面装进烟袋,才闹出这场笑话。

卫士掀开帐帘,想把烟放走,图鲁什马上光着脚,跳到门口,把帘子放下。然后转身索性把一包辣椒面倒在地上,加火点着。卫士受不了那辣味,呛得跑到帐外。图鲁什独自在帐内边咳嗽,边叫:"好!好!好!"

卫士不解其意,又钻进帐内。见图鲁什蹲在地上,一边呛得闭着双眼,一边笼火。

火熄了,图鲁什马上叫卫士把自己管辖的五牛录的额真找来,在帐外交代道:"古人打仗有水战、火战、雪战、风战,这回咱们给他个辣椒战!"

众额真不解其中奥妙,一个个沉默不语。图鲁什见此,马上把上半夜努尔哈赤的部署,交代了一遍,就急忙把五名额真领进帐内。不一会儿,众额真一个接一个打起喷嚏,咳嗽不止,才真正领教了辣椒战的厉害。

当晚,图鲁什掏出努尔哈赤在抚顺赏给他的五十两白银,每牛录拿去十两,连夜到附近村寨,买来五百斤辣椒,装进军营库房。

翌日黎明,图鲁什一骨碌爬起来,揉了揉惺忪的睡眼,掀帘朝帐外看去,只见近处地面蒙着一层白霜,远处雾气正浓。

他焦急地念叨起来:"下这么大的雾,能刮什么大风?上当了,上当了!"说着,他顾不得穿上衣,只穿着夹背心,光着膀子,走出帐外,想去找努尔哈赤。

可巧,努尔哈赤带着几位部将打这里路过,他上前劈头问道:"汗王,咱上当了!"

"上什么当?"努尔哈赤莫名其妙,反问道。

图鲁什挥着双臂,道:"大秀才说今天能刮西北风,现在树叶一动不动,还会有个屁风?"

"是啊!"站在努尔哈赤身旁的二贝勒阿敏附和道,"老话说,十雾九晴,青天白日,难有大风呀!"

努尔哈赤对天文没有琢磨过,只好硬着头皮说:"听范秀才的话没错,他是有学问的人!"

"咳!"图鲁什唉声叹气,说,"我那五百斤红辣椒算白准备喽!"

说话间,范文程从对面走来。他接过图鲁什的话题问道:"准备辣椒干啥?"

"来场辣椒战!"图鲁什回答。

范文程是见微知著、一点就破的人,他听了哈哈大笑道:"图鲁什老将可真有心计呀!今日之战,定会添彩。"

"添啥彩?"图鲁什依然懊丧地道。

范文程脱下身披的夹衣,披到图鲁什身上,安慰道:"老将军,俗语说'雾吃霜,大风狂'。今天这西北风,定会刮得天昏地暗。"范文程拍着他的肩,又笑道:"你这'辣椒战'算叫张承荫尝着滋味喽!"

图鲁什咧着大嘴笑了。众人见到他那憨直的笑模样,也都乐了。

早饭过后,树枝果然摇动,一缕缕未熄的炊烟烟柱,由垂直逐渐甩向东南。图鲁什高兴地咧着大嘴,跑东跑西地集合着五大牛录的兵马,等大队出动,他便亲自护送驮着辣椒的马队,悄悄地走在队列中间。

三

清晨,四十七岁的皮廷相吃过早饭,坐在军帐门口的马鞍子上,背靠着帐篷,一边晒太阳,一边抽着水烟袋,悠悠然,颇有些闲情逸致,似乎周围并非军营,而是自个家的后花园。他抽完了一袋,刚装上第二袋烟,忽然张承荫派来的传令兵急驰而至,翻身下马道:"皮副将,张总兵传令让您整军待命!"

"谁先迎敌?"

"当然是您率领的左翼大军喽!"

"那么右翼蒲世芳呢?"

"随您之后。"

传令兵说完又翻身上马,拨马疾驰而去。皮廷相望着传令兵的背影,哼着鼻子,不满地道:"哼!先拿我当靶子,做垫背!休想!"他烦躁不安,索性将水烟袋往地下一掼,转身钻进帐篷,仰面朝天地躺在地毯上,一对牛眼睛死盯着棚顶,呆呆地出神。

过了抽袋烟工夫,卫士见副将不传令,就着急地闯进帐内,道:"副将大人,您赶快传令吧!若不,贻误军机,张总兵不会饶过你的!"

皮廷相仍然不动,苦笑道:"我宁肯死在努尔哈赤刀下,也不愿替总兵去卖命!"

卫士好说歹说,见皮廷相不听,就沮丧着脸,钻出帐外。

传令兵回到营帐半个时辰之后,张承荫站在山顶,翘首遥望皮廷相按兵不动,心中十分焦急。日出东南,忽然西北角方向烟尘四起,他不禁一愣,随之惊叹道:"努酋要先发制人了!"

站在他身边的右翼参将蒲世芳惊慌道:"努酋历来出师神速,恐怕此战不妙。唉!皮廷相偃旗息鼓,真想把咱们出卖了呀?"

"他有几个脑袋?"张承荫愤然摸了一下剑柄,说,"再过半个时辰不到,我就下令斩首示众!"

说话间,忽然探马来报:"禀报总兵大人,努尔哈赤率军四万,正向军营靠近!"

"哎呀!四对一。"站在张承荫身后的老参将惊呼起来,"我们仅有兵马一万!兵力相差太悬殊喽!"

"可恨,皮廷相的三千人马还不知是哪边的人呢?"蒲世芳怨恨地道。

"好了!好了!"张承荫烦躁地说,"现在大敌当前,不是怨天尤人的时候。蒲参将,赶快回去准备带兵下山吧!"

传令兵立刻传令各路兵马,击鼓出战。

"嘟嘟"的号角声响彻山谷,明军列队下山。他们刚刚移到山下,忽然平地卷起一阵旋风,为首的几面大旗连杆带旗,被卷到半空。接着尘烟四起,飞沙扑面,刹那间天昏地暗,一个个被狂风吹得头重脚轻,犹如醉汉。

两军越靠越近。走在满洲军最前头的图鲁什,顺风出征,犹如离弦之箭,心中喜不自禁。他眼见明军离近,便翻身下马,命令五牛录兵马立刻停下,将驮来的干草、辣椒堆成五堆,然后点起大火,待命出击。

张承荫率领大军走在前面,初见大火并不介意,暗想:山下天地甚广,又非赤壁连舟,几堆野火,又奈吾何?他眼见满洲军近在眼前,便身先士卒,冲向满洲阵列。他抽剑舞起,准备厮杀,猛然一股浓烟热浪滚来,顿觉鼻痒眼酸,随之咳嗽不止,热泪横流。不一会儿,整个明军阵列中,咳声如雷,喷嚏震耳。

图鲁什眼见明军一个个可笑的狼狈相,甚是得意。

浓烟和着呛人辣味,翻滚着,铺天盖地地冲向敌阵,明军不战自乱,溃不成军。图鲁什抓住有利战机,挥着长矛,吼叫着冲向敌阵。明军惊马嘶鸣,败军如同江水涌向峡谷,顿时横尸遍野。

张承荫站在乱军之中杀卒督战,图鲁什趁机从他右侧靠近。当张承荫举着血淋淋的青铜宝剑劈向一个老兵时,图鲁什手起刀落,结果了这个不可一世的明将的性命。

树倒猢狲散,明军眼见带兵的总兵阵亡,一个个丢盔弃甲,连滚带爬,逃向抚顺。努尔哈赤率领八旗兵将,追杀四十余里,斩明将官五十多人,俘获战马九千匹,铠甲七千副,兵器无数。傍晚,努尔哈赤率领大军凯旋,回到寨里安营歇息。

夜深了,图鲁什清点完了五牛录的人马,不见其子巴什泰回来,心里十分焦急。他几次走出军帐,遥望通往抚顺的大道,却不见巴什泰,心里更加不安。明月西移,他再也等不下去,就回到帐里,和衣而卧。蒙眬中,他耳边听到呼唤阿玛的声音,忙折身坐起,见是巴什泰和两个兵士站在身边。

巴什泰二十多岁,矮矮的个子,扁圆脸上,抹着横一撇、竖一撇的黑灰道子。图鲁什看见他那样子,十分疼爱地让他坐下。可是巴什泰不光不坐,竟然嘴一撇,"哇"的一声哭起来。

图鲁什想问个水落石出,可是越问,越哭得厉害。最后还是同来的兵士,才说明白巴什泰痛哭的原因。

黄昏时分,巴什泰率领本牛录的三十个兵士,在抚顺城东的二道房搜捕逃窜的明军时,在河套里发现两只兔子,他搭弓嗖嗖两箭,那两只兔子应声倒下。巴什泰眼见猎物,顿时饥肠辘辘。于是,笼起篝火,在河套烤起兔子肉。

残阳如血,肉香扑鼻。巴什泰和几个兵士用匕首将兔肉切开,一人一块地吃起来。他们吃完兔肉,又喝了些泉水,就骑马跑进村里。他们进村搜捕时,一位老翁告诉他们,刚才辽阳副将皮廷相在村口讨了些饭,吃完已经逃走。他们拨马要追,老翁摇摇头,道:"他骑着快马,恐怕已跑出二十里开外,就是你们变成老鹰,恐怕也难追上喽!"所以,他们扫兴而归。

图鲁什听罢,立刻胡子翘起,对着儿子吼道:"巴什泰,你给我跪下!"说着,举杖就要打,幸亏兵士们眼快,才将图鲁什拦住,夺下木杖。

图鲁什气得喘着粗气,骂道:"你这个贪吃的东西,光顾嘴馋,放走了一条大鱼。你根本不配当牛录额真!"

"我错了!我错了!"巴什泰痛心疾首,捶着前胸。

"别跟我装熊,走!咱们去见汗王,撤你的职!军法论处!"图鲁什发着脾气,蹦高骂道。他骂着,一把将跪在地下的巴什泰抓起。恰在此时,努尔哈赤忽然出现在帐门口。

图鲁什连忙跪下,向努尔哈赤恳求道:"汗王,我子不肖,触犯军法,望您立即按军法论处,惩一儆百,以严军纪。"

努尔哈赤把图鲁什扶起来,走进帐内,又细听了图鲁什的陈述,决定依照军法,撤去巴什泰的牛录额真的军职,贬为兵士,并没收分得的全部财产。

夜半,图鲁什把努尔哈赤送到帐门口,努尔哈赤抓住图鲁什的大手,说:"明军此次兵败,绝不会善罢甘休,夜里要多加提防!"

图鲁什会意地点了点头,习惯地摸着腰间的佩刀,眼望着努尔哈赤走进另一座军帐。

第一七章　连克数城　惊动天朝

一

九月的紫禁城,秋高气爽,黄菊怒放,香气袭人。

五十六岁的万历皇帝,用过早膳,就身着紧袖黄袍,腰悬宝刀,在一群太监、宫娥的簇拥下,穿过皇城西门,直奔御花园西苑。

西苑,建于元朝,这里有秀丽的琼华岛,碧波闪闪的太液池,玉宇琼阁般的仪天殿。天顺年间,又扩土改建,修筑了金鳌玉蝀的大石桥,把太液池截为北海、中海。每逢初夏至秋,在这里登上琼华岛,映入眼帘的宝塔、石桥、绿林、碧水和参差的楼台,看上去像是一幅幅赏心悦目的风景画,如临蓬莱仙境,令人心旷神怡。

万历皇帝从小喜欢在此游玩,自他登基以来,几十年的时光,多数消磨在这里。他六岁时被立为皇太子,时常在皇宫骑马。十岁那年,穆宗驾崩,他继皇位登基。起初,朝内大事皆由内阁首辅大臣张居正料理,进入成年以后,依然身居内宫,只知吃喝玩乐,荒淫无度,不理朝政。然而,从二十一岁开始,他用八百万两巨款,就在北京西北的天寿山下,亲自带领文武官员、术士、钦天监选定陵址,动用三万多人,为自己修筑寿宫。多年来,皇帝浑浑噩噩,大臣们敷衍塞责,整个朝廷从上到下犹如一部生锈的机器,无法运转。再加之许多官吏忙于争权夺利的党争,整个官场明争暗斗,贿赂公行,贪污成风,门户之祸不断发生。他厌倦宫廷生活,不理朝政,凡朝内必办之事,多由秉笔太监去办。他唯一有兴趣的是吃喝玩乐,为他一人,周围养了两万多名太监,三千多名宫女,专门照护他的生活。为贪女色,他一天竟册封九嫔,荒淫无度。

平日他最爱跟宫女在翠花楼玩银钱,每次都是他自己做主家,宫女们把银钱投向地上画出的圆形圈地,如得中者可以取得加倍或三倍的偿还,不中者其银钱即被没收。

这天,万历皇帝来到西苑,登上翠花楼,又找了七八个最漂亮的宫女,玩起掷银钱。宫女中,有个十七岁叫小莲的宫女,长得秀美端庄,深得万历帝欢心,她坐在红毡铺地的楼板上,连掷了三次,次次都中,连赢三把。万历帝欢喜地把她搂到怀里,狂吻了她的樱桃小嘴。

小莲在姐妹们面前,甚觉面子上过不去,就撒泼挣脱,有意朝皇帝跟前唾了一口。万历帝马上龙颜大怒,说她不敬天子,罪该斩首。皇上一声令下,楼下立即上来两个卫士,将小莲抓住,就要推出斩首。

卫士押着小莲刚下楼梯,万历帝又传谕:"此女深得朕欢心,免她一死。削发示众,以发代首。"

宫女们执剪给小莲剪去一绺辫子,演了一场斩首的闹剧。

万历帝重又抓起银钱,忽然一个贴身太监,匆匆爬上楼来,附到皇上耳边报告了辽东数城失守的消息。皇上听完,脸唰地白了,他捻了捻胡须,立即下楼,传令文武大臣速到金銮殿,商讨对策。

金銮殿内气氛紧张,万历帝坐在龙墩上,望着满殿文武大臣,有气无力地说:"关外告急,朕忧虑万分。几十年前,钦天监曾言辽东将有'混世龙'出现,看来是应验了。为治理边陲,特请文武百官入朝,献计献策。"

白胖的大学士方从哲见皇上闭目倾听,就连忙站起,叩拜后道:"努酋敢犯我天朝,不可等闲视之。此人如不迅速剪除,其后果将不堪设想。"他扫视了一下殿内的文武大臣,以居高临下的姿态又道:"依臣之见,请皇上颁布圣谕,征集军队,选派得力大将讨伐,以振国威!"

方从哲极具煽动力的言辞,博得许多大臣喝彩,纷纷附议,力主出兵。只有御史张鹤鸣坐在文官一侧,默然无声。这时,张鹤鸣想起二十八年前努尔哈赤进京朝贡的一幕。努尔哈赤与自己夜半谈话的慷慨陈词,以及他机警地识破李成梁五门出殡的花招……在张鹤鸣的心目中,努尔哈赤是个有胆有识,雄才大略而有抱负的英雄。努尔哈赤的揭竿而起,也是大明朝昏庸,李成梁之辈欺压异族所致。对这样的人,只有利用,焉能讨伐?想到此处,张御史蓦地站起,陈述道:"出兵征讨,实非上策。"

在场的各大臣都以惊异的目光,注视着张鹤鸣。众人屏住呼吸,只听张御史又神情自若地申述道:"自古用兵非善举,实不得已而用之。今吾军屡败,士气受挫,应宜整顿兵备,养精蓄锐。眼下局势,敌气方盛,吾无隙可乘。依臣之见,如若贸然出关,危险至极。当年盛唐十万大军轻率出关,在潼关被安禄山挫败的教训,诸位大臣都不会忘记吧?"

高个子兵部尚书听到这里,气得脸色通红,他道:"不要被努酋吓破胆!我堂堂大明朝如不出兵,岂不被彼视我好欺?"他捋了捋袖口,习惯性地提了提右衣襟,又道:"我大军在抚顺、清河之败,实非伤筋动骨,只不过拔我毫毛一根,张御史之言,岂不灭我威风,长他人志气?"

张御史站起来还想据理反驳,万历皇帝马上右手一挥,阻止,说:"你们二人不必再争执,朕主意已定,明日即将下诏征讨,以示惩戒。眼下急需荐举得力将帅,主持辽东军务。众卿议议,看谁去为好?"

皇上言毕,殿内嗡嗡之声盈耳。有的主张用身经百战的老将,有的荐举血气方刚的后生,还有的出于朋党之利,提议张三李四。正在议论不决,皇上愁眉不展时,忽然殿外一道刺眼的蓝光,如闪电似的掠过皇上灰白脸庞,接着隆隆声传进大殿,随之天摇地动,烛光摇曳,一个个文官武将头重脚轻,有的被看不见的魔力从座上弹起,有的吓得钻进椅子底下,有的像宫廷的舞女在地毯上东摇西晃。最叫人惊疑的是皇上竟然像坐滑梯似的,从宝座上滑到御案下,后背紧托着一只倒下的蜡台,眨眼间,龙袍被未熄的烛火燃着。

众人见皇上身上着了火,都抢着去扑火。可是,只见四根金漆大柱摇晃,不见一个人能走近皇上身边。一时宫娥太监,呼天抢地,大有皇宫即刻倾覆之势。

过了片刻,风平浪静之后,人们才恍然大悟,方才是经历了一场地震。太监们把皇上身上的烛火扑灭,从御案下抬出来,只见万历皇帝面颊蜡黄,口吐白沫,闭目不语……

二

万历皇帝经历了一场地震,犹如从地狱中救出的活鬼,整天惶惶不可终日。他从灭顶之灾中醒来,更不愿多理朝政。当方从哲荐举杨镐为兵部右侍郎兼辽东经略时,他当即批准。

圣旨一下,明朝进军后金,大举剿灭满洲的备战立即开始。起初,遣将派帅,一道道圣旨发下。新派辽东巡抚,起用山海关总兵杜松,征调还乡老将刘大刀。接着,调集兵马,从福建、浙江、四川、山东、山西、陕西、甘肃等地征调万人,星夜赴辽。为应付军饷,全国每亩加派辽饷三厘五毫,征集白银一百万两,同时在广宁专设辽东饷司,专管转输粮秣,以应军需。征兵入营后,兵工二部,又将库存的虎蹲炮、三眼枪、鸟铳、火箭等发下,派官挑选,运赴辽东。

于此,兵部刊印榜文,晓谕天下,榜文曰:"擒斩努尔哈赤者,万金悬赏,加级示酬。"并传示叶赫、朝鲜:"凡擒斩努尔哈赤,赏银一万两,升都指挥世袭。"

皇上下旨时,杨镐正在家中闲居。第二天,方从哲立刻派使臣星夜赶赴杨镐家中。

杨镐是河南商丘人,万历八年(1580)中进士。他先是做知县,后被调进京城当御史、山东参议、辽海道守、辽东巡抚。但因滥杀边民,诡词报捷,被御史参奏,革职为民,才解甲回乡闲居。

这天,杨镐因闲居无聊,便到商丘西南的火神庙游逛。他伫立庙前,仰望着帝喾王的儿子阏伯的墓台,回忆起自己的坎坷生涯,不禁凄然泪下。他捻着灰白的胡须,暗自叹道:"我这一辈子算完了!为官一生,年老削职为民,有何脸面来见古人?阏伯呀,阏伯,当年您管理火种,尚且有功,为后人缅怀,我统率千军万马,却利欲熏心,在您面前,我深感有愧呀!"

　　蒙蒙细雨,飒飒秋风,如泣如诉。正当杨镐痛心疾首之时,忽然家人来报:皇上传旨。他疑疑惑惑地回到家中,领旨后,连忙叩拜,第二天便起身进京。一路上,他思前想后,决心将功补过。

　　杨镐进京之后,万历皇帝马上召见,亲赐他一口尚方宝剑,授予全权,随时有权处决总兵以下的将官。然而,他哪知大明朝这座大厦已岌岌可危,连年灾荒,民不聊生,招兵之难,军饷之缺,自洪武以来,已登峰造极。杨镐在京筹划多日,心若腊月在冰上泼水,一腔热血渐渐变凉。到了万历四十七年(1619)的二月,杨镐在朝廷上下的多次催促下,才不得不率师出征,迎着凛冽的西北风,向辽东进发。

　　杨镐率师出关的消息,很快传到广宁。此时,在城里养伤的皮廷相,正闲在广宁新总兵李如柏的家里。

　　皮廷相名为养伤,实非有伤。去年他身为明军左翼副将,实则未见努尔哈赤的兵卒,就临阵逃遁。为掩人耳目,他偷偷地用剃头刀在左肩划了道伤口,敷了些药,就带着几名亲信,跑到广宁躲避。恰巧,皇上下诏命李如柏代张承荫为广宁总兵官。因皮廷相与李如柏是结拜兄弟,于是皮副将由逃兵,一跃成了功臣。李如柏亲自把他请到府上,视为上宾。

　　不过,皮廷相也有自己的心病。他逃跑的那天,同行的还有一个姓陈的游击,此人是镇守清河城的副将陈大通之弟陈大道。如果陈游击将临阵脱逃的真相跟其兄讲明,那将会以军法论处,斩首示众。所以,皮廷相听说杨镐带着尚方宝剑出京,就惶恐不止,度日如年。

　　一天傍晚,皮廷相听说次日杨镐将到广宁,便慌慌张张地跑到李如柏的住处探听虚实。恰巧,李如柏正为杨镐准备接风的宴席。李如柏从水缸里抓起一条刚从辽河冰洞里网来的鲤鱼,向他炫耀道:"杨将军与家父是世交,等他一到,我将向他荐举皮老弟为总兵官,到那时,老弟如何谢我?"

　　皮廷相因祸得福,木然片刻,随之笑道:"为贤兄弄三颗东海真正的珠子。"

　　说话间,李如柏手中的鲤鱼突然摇头摆尾,掉到地上。李如柏慌忙跪下,迅速抓住三斤重的鲤鱼,抱在怀里,用缎子面长衫小心翼翼地揩掉鲤鱼身上的灰土,喃喃道:"哎哟,可别弄掉鱼鳞哟!"

"咳!掉点鱼鳞怕啥?"皮廷相不以为然地道。

"杨将军是贵客,焉能马虎从事?"李如柏板着长挂脸道。

当晚,皮廷相如同吃了天宫的蟠桃,做了一连串甜蜜的美梦。夜半醒来,他点起蜡烛,对着烛影自言自语起来:老话讲,无毒非丈夫。既然杨镐可做靠山,何不趁机将陈氏兄弟剪除,以免后患。

次日中午,皮廷相跟随李如柏迎出城外三里,隆重接待杨镐光临广宁。黄昏时分,大宴完毕,杨镐回到驿馆,兴致勃勃地召见在辽东的心腹密谈。李如柏马上向杨镐荐举了皮廷相。杨镐当即答应向皇上禀奏,提升皮副将为副总兵,协助李如柏镇守广宁。

皮廷相谢恩之后,马上献策道:"杨将军乃大明朝一大台柱,要想重振朝纲,必惩恶扬善,顺乎民心,这样才能使将军之威如同日月。"

皮廷相所言,正中杨镐下怀。杨镐满面笑容地问道:"皮副将所言极是。只是我多年未到关外,不知其恶有何征兆。望爱将略述一二,我好来他个下马威!"

皮廷相万万没想到杨镐干事如此痛快。于是他趁机将昨晚自己的一番筹划,一口气说出来:"禀报大人,古语道,见微而知著。辽东大军之所以阵阵败北,多是由于有些贪生怕死之辈影响所致。比如……"皮廷相警觉地朝门外瞥了一眼,难言停下。

李如柏见皮廷相有所顾忌,就直言道:"说吧,里里外外没有外人。"

皮廷相凑近杨镐身边,小声道:"比如去年七月清河兵败,就是因副将陈大道、高炫等临阵脱逃所致。"

"真有此事?"杨镐一拍檀香木椅扶手反问道。

"末将敢拿脑袋担保!"皮廷相身子一挺,肃然答道。

杨镐听罢,嗖地抽出尚方宝剑,脸色铁青道:"等我到了沈阳,定拿他们斩首示众!"

三天后,杨镐率领亲兵赶赴沈阳。

沈阳筑城始于西汉,历经唐、辽、金、元扩建,此城已是东北的军事重镇、交通要冲。到了明朝万历年间,沈阳中卫城已城郭威严,堞楼高耸,在方圆九里的城区,已是商号鳞次、民宅栉比的繁华之城。

此时,久居沈阳的总兵官贺世贤,听说杨镐赴沈,连忙命城里总管在四座城门楼插起彩旗,沿街各家商号挂起纱灯,以节日的气氛迎接辽东经略的到来。这天,日上三竿了,贺世贤亲率城内的副将、参将、游击、千总、百总等大小官员,迎出城外,亲自把杨镐接到总兵府。

沈阳总兵府位于四门十字交叉路口的南面西侧,与城中心的大庙遥遥相对,中间只隔一道夹壁墙通道。当天,杨镐由城南保安门进城后,马不停蹄,人未下鞍,就命传令兵,马上向开原、铁岭、辽阳、清河、山海关等卫所传令,命各路总兵将官火速赴沈,三日内不到者,斩!

第三天一早,各卫所总兵官、副将、参将相继到齐。各路将官向杨镐请安之后,杨镐当即在总兵府大厅宣布道:"查清河城副将陈大道、高炫等将兵十人,在清河之战中,临阵脱逃。为严军纪,陈、高二将当众问斩!"言毕,当众抽出尚方宝剑,交给侍官,道:"中心庙前斩首示众!今后凡不遵军令者,定斩不赦!"

陈大道闯出队列,刚想喊冤,早被几员武卫绳捆索绑,押赴法场。皮廷相站在法场西侧,眼见陈大道人头落地,扑哧一笑,转身跑回驿馆。

处死陈、高二将,杨镐声威大震。但杨镐本人并不觉得轻松。因为据他摸底,山海关只有三万兵马,广宁、开原、铁岭、辽阳各地加在一起,也不足六万。若以八九万残兵老将去对付训练有素的六万满洲骑兵,谈何容易?想到这里,他不战自馁,唉声不止。所以,杨镐上任多日,从不言如何出兵。

杨镐离京多日,朝内不见辽东捷报,兵部尚书十分忧虑。所以,他与大学士方从哲几次磋商,力主速战速决,几次传发红旗,命令杨镐迅速进军。

眼下,杨镐如同热锅上的蚂蚁,进退两难。进兵吧,那是以卵击石;不出兵吧,朝内会以空耗兵饷财力,出师不利为名,重遭弹劾,弄得晚节不保,身败名裂。所以,他便以兵员不足、军饷亏空为由,屡向朝廷要兵要饷,借施缓兵之计。

上行必有下效。辽东各级将官,也趁增兵加饷之机,虚报兵员,多领军饷。皮廷相到广宁上任不到一个月,就积银三千两。他原来的银库放不下,又专在医巫闾山小庙里另开一银库,专雇一名和尚,为他看守。一天黄昏,他派一名亲信前往小庙送饷银,被人发现,那亲信跪在他面前请罪,他哈哈一笑道:"起来,起来,这有何惧?我才弄几两银子,还有比我弄得更多的呢?"

"谁?"

"李总兵。"

那亲信诡秘地朝四下看看,见四周无人,便哆哆嗦嗦地站起,又把银子送到医巫闾山小庙。

可是,这亲信胆小怕事,又多嘴多舌,不久,他跟皮廷相的一番对话传到李如柏的耳中。李如柏与皮廷相并无私怨,就直言不讳地教训了皮廷相一顿。皮廷相觉得脸面上过不去,就以自己的亲信"胡乱嚼舌,扰乱军心"为由,当众斩首。于是,李如柏、皮廷相之间的缝隙,就以一条人命弥合了。

到了这年三四月间,各地征调兵员名册,总共达四十七万多人。而实际不足十万。清明节那天,杨镐第四次接到皇上命他出兵的圣旨,他不得不召集各路大军将领,云集沈阳,当即部署出兵谋略,然后兵分四路进军:左翼中路,由山海关总兵杜松统兵三万,从沈阳出抚顺关;左翼北路由开原总兵马林会同叶赫兵共一万五千人从开原出三岔口;右翼中路由广宁总兵李如柏与沈阳总兵贺世贤指挥,率军二万五千人,由清河出鸦鹘关;右翼南路,由辽阳总兵刘大刀指挥,率兵二万,从宽甸出佟甲江。四路大军约定于满洲东边二道关会齐,然后围攻赫图阿拉。其总帅杨镐,坐镇沈阳,指挥号称四十七万大军。

誓师已毕,各路兵马开始整军备粮,待命出征。

三

杨镐统率四十七万大军进击赫图阿拉的消息,如同闪电,传遍辽东。此时,努尔哈赤正带领一万五千夫役民工,在浑河与苏子河交叉的河湾,修筑萨尔浒新城,休养士卒,以防明军突然袭击。这天清晨,努尔哈赤站在新城西南角的角楼,朝远处眺望,忽然远处飞来一匹战马,弄得大道上烟尘四起。不一会儿,那骑士进城,跑上城墙,向努尔哈赤禀报:"汗王,不好了!明军昨晚举着火把,要来攻打我们山城了!"

"来人多少?谁是统帅?"

探马摇头不知。努尔哈赤连忙走下城楼,回到大殿,召集八旗将领火速议事。

众旗主坐定之后,忽然又有探马进来报告:"禀报汗王,末将获悉,明军四十七万,兵分四路,已于昨晚出兵!"

"好家伙!八对一。"龙敦听罢,面带惊色道,"我军仅有六万,相差太悬殊,汗王,您可要拿定主意啊!"

"嗐!不必听那一套!"安费扬古听罢,站起来道,"大明朝军饷匮乏,上哪儿去征那么多兵?"

那哨探马上申辩道:"四十七万,就是四十七万,是我亲耳所闻、亲眼所见。"

"何处所听?何处所见?"努尔哈赤关切地追问道。

"是我在明军的大舅哥所说。"哨探瞪着大眼珠子,生怕别人不信似的,比比画画地说着,"昨晚我听说后,就看见明军带着火把,傍黑天从抚顺关出发,浩浩荡荡,光火把就摆了好几里!"

"那叫外强中干!"安费扬古笑道,"如果明军真正兵强马壮,何必晚上行军,白天打仗?"

龙敦听了稳不住神了,他一拍椅扶手道:"哎哟!安费扬古大臣,这回可不是跟尼堪外兰打仗!大明朝已坐殿二百多年,拿大屁股碰你一家伙,也够呛哟!"

努尔哈赤听罢,拍案而起,厉声呵斥道:"不要危言耸听!眼下探察不实。谁若再胡言乱语,长敌之志气,灭我之威风,休怪我无情!"

大敌当前,努尔哈赤动怒,一时殿内默然无声。正当努尔哈赤犹豫不决之时,忽然门口的卫士进殿来报:"汗王,有个汉人远道而来,要亲自见您。"

努尔哈赤赶忙进入侧殿,等待来者。他刚坐下,端起烟袋,忽然一个青年,身着明服,叩首来见。努尔哈赤平稳地道:"免礼!"

来者抬头站起。努尔哈赤打量着眼前这个汉人,随之问道:"你叫什么名字?"

"切捻爱林!"

"你是满洲族人吗?怎么叫满洲族人的名字?"

"我说不清楚,妈妈有时叫我白山。"

"对!切捻爱林,汉语就是白山的意思。看来,你自身一定和白山有缘。"努尔哈赤不想再盘问切捻爱林的身世,就直截了当地问道:"你见我有何事?"

"向您报告军情。"接着他禀报道,"汗王,据小人探知,明军从前天开始已兵分四路,分别从沈阳、清河、开原、宽甸出发,围攻您的都城。"

"来多少人?"

"九万!"

"谁是统帅?"

"辽东经略杨镐!"

努尔哈赤寻思了片刻,接着问道:"是谁派你来报告如此重要军情的?"

"我家老母。"

"她叫什么名字?与我满洲有何因缘?"

切捻爱林摇头道:"家母不许我告诉她的姓氏,只嘱咐我叫您多加小心,用计破敌!"

这时,龙敦鬼鬼祟祟地站在门口,听了努尔哈赤与切捻爱林的一问一答,心中一惊。

龙敦自有心思打算。多年来,他勾结汗王的异族仇人,阴谋害死汗王,从中夺得指挥建州的指挥使,乃至在长白山称汗。可是,每次策划都未能如愿。如今,明军发兵攻打赫图阿拉,岂不是用他人之手,灭己之敌的良机?他本想在汗王未定御敌大策之前,把军心搅散,使满洲军不战自垮。可是正当施展权术之际,半路杀出个送军情的切捻爱林,因此,他随着汗王走出大殿,来到侧殿门口,想弄清军情的虚实。当切捻爱林有依有据地讲清杨镐带兵九万,他就想趁汗王拿不定主意之机,杀人灭口,叫汗王无法再核准军情。他合计了片刻,就倒背着手,进了侧殿,对汗王小声道:"这小子,身穿明服,报军情又不肯说出自己的老母。汗王,他定是杨镐派的细作。"

"胡说!"切捻爱林听到龙敦叽叽咕咕的耳语,怒吼道,"我是堂堂正正的天朝后生。"

天朝!多刺耳的字眼。努尔哈赤多年恨透了天朝的贪官污吏,恨透了当今天子,为此起兵,浴血奋战,以铲除天朝的恶势力,以求安康。可是眼前这个青年,竟在自己面前,以天朝的后生为荣,岂不令人生厌!龙敦的挑拨,加重了他的疑心,暗想:此人不是明人派的奸细,也是别有用心的逆贼。想到这里,他又一次盘问来人。那切捻爱林,不仅不再答话,反而挺起脖子,挺直身板,显出一副大事告成、视死如归的神态。

努尔哈赤眼见这位身穿明服的汉子,这样傲慢不羁的样子,气不打一处来。他一拍桌案,唤来两个手握长剑的武士,怒吼道:"奸细!奸细!拉出去,给我斩了!"

等努尔哈赤回到大殿,侍从已把切捻爱林斩首于殿外。努尔哈赤懊丧地在大殿坐下,沉默了半天,忽然卫士又进殿禀报:"汗王,佟养性求见!"

努尔哈赤一愣,随之起身,走出殿外。此时,佟养性已两鬓染霜,满脸污垢。努尔哈赤见了,慌忙问道:"兄从何来?"

佟养性道:"从沈阳牢狱里出来。"努尔哈赤问何故坐牢。佟养性简洁地道:"还不都是因为我前两年给您弄了些生铁,以暗助外夷下狱问罪。"佟养性说罢,慌忙问道:"切捻爱林把明军出兵的军情,都报告了吗？"

努尔哈赤点了点头，蹙眉问道："他是谁的后代？"

佟养性看了看殿内几位侍从，似有不便，努尔哈赤连忙挥手，让侍从到殿外去。佟养性才眉开眼笑地道："他就是范梨花所生的儿子。"

四十年前，范梨花被明军逼得跳山涧时，恰巧挂在悬崖的松枝上。傍晚被一户姓万的猎户搭救。从此，就更名改姓，叫起万梨花来。以后她与范江鹄卖艺为生，暗助努尔哈赤捉拿仇人尼堪外兰。自万历十八年（1590）春，努尔哈赤进京朝贡，她在悯忠寺看到努尔哈赤而未能说话后，皇太后见她年过三十，容颜已老，就把她赐给沈阳总兵官贺世贤为妻。几十年来，她朝思暮想，希望能见到努尔哈赤，但总未能如愿。梨花的心，天天挂着努尔哈赤，四处探听努尔哈赤的消息。此次，明军四路进兵使她坐卧不宁，在她得知消息的当天，就派切捻爱林前来报信。

努尔哈赤听罢，泪流满面，后悔莫及地双手击头。

男儿眼泪不轻弹。努尔哈赤擦去了泪水，两手发颤地抓住佟养性的手，感激地道："你和切捻爱林都送来了准确军情，我不知如何感谢你和梨花才好？"

"咳，感谢什么？"佟养性抹了一把花白胡楂儿道，"咱们和梨花，虽非同宗同族，但仇人却是一个。今后不推倒大明朝，谁也别想过舒心日子！"他解开衣扣，摘下头巾，恳求道："既然梨花托人把我从牢狱里放出来，我就不打算回去啦！汗王，您就收我当个老兵吧？"说着，双膝跪下。

努尔哈赤忙将佟养性扶起道："岂敢，岂敢，佟老兄本是眼观六路、耳听八方之人，大将之才，焉能做卒？"

努尔哈赤把佟养性迎进大殿，立即召集各部将重新议事。众人坐定，又有探马来报，在宽甸发现大队明军向赫图阿拉方向逼近……

第一八章　两军血战　一决雌雄

一

明朝大军压境,如同暴雨将至,急坏了萨尔浒山城的夫役民工。率领民工筑城的黑汉子图鲁什,跑到努尔哈赤的临时大殿,急得团团转:"汗王!明军发兵几十万,俺图鲁什一点也不觉得畏惧,您马上吹螺号下令吧,叫俺杀个痛快!"

"莫急!莫急!"在场的安费扬古把图鲁什让到一个座位上,说,"你看,汗王不是正在跟大伙商议军情,制定决策吗?"

图鲁什用袍襟抹了把额头上的汗,扫视了一眼在场的各旗旗主及文官武将,说:"还商议个啥?汗王戎马数十年,身经百战,已有兵法十二条嘛!"说着他站起来,像咏经似的念着努尔哈赤总结的十二条兵法,"汗王兵法曰:刺探敌情,知敌知我,诱敌于险,设伏围挫,巧用疑兵,出奇拼搏,集中兵力,各个击破,一鼓作气,速战速决,用计其间,里应外合。"

安费扬古站起来,又把图鲁什按到座位上,问道:"这知敌知我,你就说说吧。"

图鲁什摸着黑胡楂儿,憨厚一笑,伸伸舌头,不再言语。

努尔哈赤见图鲁什安静地坐下来,抿了抿唇髭,道:"兵法者,多言常规,然而每战又有每战之法。此次大明发兵号称四十七万,不同寻常。此战将决定我满洲的生死存亡,为此,需要将敌军的将帅、指挥、部署、军器、士气、粮秣等敌情摸清再作商讨,然后再定对策。眼下,大军压境,交战迫在眉睫,望众将速议。"

努尔哈赤话音刚落,佟养性第一个站起来,说:"汗王,据我在沈阳刺探,明军四十七万是诈。实者,西路杜松部,仅有两万余人;南路李如柏部,也是两万余人;北路马林部再加叶赫二千助战,也不过一万五千人;东路刘䋲部一万,另加朝鲜援军一万多人,总共四路大军,也不过十万。"

"好!好!此情十分重要!"努尔哈赤坐在豹皮椅上,点头称赞。

"汗王,"范文程见佟养性坐下,赶忙站起来,道,"据卑职平日所知,明军将帅历来不和。领兵大帅杨镐,既庸懦昏聩,又骄躁寡谋,诸将不服。杜松靠老子身居要职,是有名的花花千岁,贪杯好色,没有带兵的本事。北路之将马林,虽有军衔,但徒有虚名,并无将才。刘䋲,外号'刘大刀',此人身经大小数百战,名闻海内,可能难以对付。至于李如柏,他身为汗王的侄女婿,多年怯懦闻名,卑职不必多言。明军帅与将、将与将之间历来互相忌妒不满,争魁夺功,缝隙很深,他们的将帅不和,我军可以伺机利用。"

"天时,地利嘛!"安费扬古听了佟养性、范文程的陈述,也激动地站起来,说,"兵家胜筹,唯在得天时、得地利、顺人心。眼下虽是初春,但天气尚寒,明军多是江浙、陕甘兵士,怕冷畏寒,天时于敌不利也。至于地利,建州多山多谷,再加之解冻雪融,道路泥泞,对惯于平原作战,长于施放火器的敌军,十分不利。相反,天时地利于我八旗兵士,多习以为常,不会干扰斗志。"

安费扬古说罢,接着几个派出的细作又禀报了明军的部署、士气、粮饷情报。努尔哈赤听罢,没有吱声,也没下令,他忙站起来,令侍从找来八个身强力壮、善摔跤的牛录额真,到殿外校场待命。不一会儿,八条大汉先后奉命来到殿外。这时,努尔哈赤率领殿内所有部将,走出大殿,来到练兵的校场。接着把八大汉分成四组,每组二人,分别站在长方形校场的东西南北四面。

八大汉站定之后,努尔哈赤又叫图鲁什挑选三名彪形大汉当他的助手,他们四人组成一组,然后对图鲁什道:"老部下,你四面八人就好比你的敌人,现在他们向你包围,看你怎么对付吧?"

图鲁什听罢,连忙脱去袍子,光着膀子,对三个助手道:"南面的两个小伙子体格最棒,我去对付,其余的,你们一人一面,自去对付。"最后他朝手心吐了口唾沫,边擦边嘱咐道:"你们可不要叫我在汗王面前丢脸呀!"

较量的办法是看谁把谁摔倒,被摔倒者,就算输。两方准备停当,努尔哈赤一声令下,图鲁什首当其冲,冲向南面,其余三人,也分别独当一面,各自冲向对方。

图鲁什和南面的两个对手相遇,一开始抻胳膊搌腿,迫使两名对手难以靠近。等他面颊流汗、张口发喘时,两名对手,突然一前一后发起强攻。待两人同时靠近,一个抱腰,一个抓手,刹那间,便把图鲁什摔倒在地。与此同时,东、西和北面,也都当了败将。

图鲁什爬起来,吵吵嚷嚷地大喊不服,还要再较量一次。努尔哈赤点头应允。可是,不一会儿图鲁什等四人又以失败告终。

图鲁什向来不服输,他还要再较量一次。努尔哈赤笑道:"你看安费扬古怎么斗法。"说着努尔哈赤对身边的安费扬古耳语了几句,安费扬古就带着刚才图鲁什带的三个助手,出场较量。

努尔哈赤一声令下,安费扬古带领三猛士一起向西面距离自己最近的一方冲去。四个人斗两个人,轻而易举地获胜。等南、北、东三方分别先后扑来,他们四人,又分别以最快的速度,将对方各个击败。

校场上响起掌声。努尔哈赤十分兴奋地道:"众部将,安费扬古四人为啥能取胜?因为他把指头合成拳头。图鲁什四人为啥吃了败仗?因为他把拳头弄成巴掌,又用指头去捅人。手指头再硬,也难把人捅倒呀!"接着努尔哈赤直截了当地对眼前的战局分析道:"眼前明军十余万,我军六万。他们兵分四路,分兵合击。如果我们也兵分四路去迎击,那就像用指头捅人一样,很可能失败。所以,此战……"

突然城门口一阵狗叫,努尔哈赤马上机警地命众将回到大殿。接着他部署道:"我南路尚有驻兵五百,先跟明军周旋。不然,如果我们被他们诱到南路,而抚顺所来之敌,就要乘机袭我都城。为此,我应集中兵力先破抚顺一路,其他几路不足为虑。这种打法,暂叫'任他几路来,我自一路去'的拳头打法吧。"

图鲁什首先拍手赞成,众部将也一致同意。于是,努尔哈赤命令老城留下四百名老弱官兵守城,另派多罗甘珠、巴什泰、李永芳为谍工,立即出动。同时,任命代善为先锋官,率军先行,剩下的六万人,由努尔哈赤及各贝勒、大臣率领,西进迎敌。

中午,天色阴沉。向阳的山坡上虽然枯草丛丛,但也时而露出片片绿色草芽。高崖上的几株老松,也开始脱去暗绿色的冬装,换上嫩绿的春服。然而,在这乍暖还寒的季节,萨尔浒地区,也时常飘来一阵轻雪。

日影西斜,代善率军来到扎喀关,忽然探马来报:"禀报大贝勒,清河方向,发现明军。"

代善停马蹙眉道:"清河一带山高路险,行军艰难,明军不会很快来到。还是按汗王的部署,西去迎击杜松。"

四月十四日,杜松率领两万大军,来到浑河岸边萨尔浒山口。此时,忽降大雪,西北风卷着烟雪,直扑人面。午前浑河水面还是清水潺潺,而一阵风雪过后,河面已冻了一层薄冰,冰上又落了一层鹅绒似的积雪,茫茫雪野,银白一片。

杜松骑在一匹枣红马上,眼望着不见首尾的大军,自得地用右手食指绕着马缰绳绳头,在胸前摇动。

这杜松,刚三十岁出头,长得体态匀称,五官端正,如果他脱去那身盔甲,倒很像个白面书生。他本来是兵部尚书的远房外甥,从小过惯了花花公子的生活。三年前,做知县的父亲,花了五百两银子,为兵部尚书的小儿子做了件像样的"长命百岁"金锁,兵部尚书便在皇上面前提名,让杜松当了个总兵官,镇守山海关。此人跟女人周旋颇有本事,但论起带兵打仗,他却一窍不通。刀枪剑戟俱无功夫,兵法韬略更一概不知。三年来,为了游山玩水,才勉强学会了骑马。此次出征,杨镐奉兵部尚书之命,特意为他配了两员副将,以应付战事。

可偏凑巧,在两员副将中,杨镐偏偏挑中"抗夷有功"的皮廷相。这皮廷相,为了趁机捞一把,很想攀附皇室的这棵大树,所以对杜松有言必从。至于另一员副将,已年过花甲,本不想出战,无奈皇上有令,才勉强随从。这样,两万大军,实际上还是杜松一人说了算。

出征前,杜松做了场梦。他梦见出师之后,所向无敌,自己骑着一匹神马,驰骋于白山黑水,云间水中,最后他孤胆获胜,官升至兵部尚书,独得皇上赏银万两。出关后,他一直自得地回味着梦中的情景,感到兴奋、甜蜜与幸运。即使眼下即将与敌短兵相接,他依然觉得身轻似燕,翱翔于云间。

雪越下越大。杜松一心想夺平定满洲的头功,似乎一切严寒,他并不在乎。正在他远眺萨尔浒山之际,忽然哨探飞马来报:"禀报总兵大人,界藩山发现满洲筑城夫役多人,那里披甲兵士甚少。"

"好!"杜松骑在马上,右手一挥当即下令,"火速进军!"

明军进入萨尔浒山区,迎着西北风前进。大军进入萨尔浒山第二道山口,忽然一队人马飞下山冈,顿时箭飞刀闪,冷不防将明军长蛇似的队列,拦腰冲断,明军的队伍一时大乱。

此时,杜松与皮廷相正并驾齐驱,走在队列的前头。当他听见马嘶人叫、杀声震天而勒马观看时,探马来报:"禀报总兵,刚才是一伙满洲刁民在突围!"

杜松向那队人马逃去的方向看去,只见一个身着葱绿色旗袍,身跨青马的姑娘,正站在山头指挥众人后撤。他眼望着那满洲姑娘的倩影,动心了。杜松眯着细眼观赏了半天,突然一个明军哨探押着一个满洲青年向他走来。

"禀报总兵大人,"哨探走近杜松,跪下禀报道,"部下抓住一个筑城的满族青年。"

杜松瞥了一眼那其貌不扬的满族青年,心里依然惦着远处的那个满族姑娘。于是问道:"傻小子,你可认得远处的那个姑娘?"

"认得!认得!"满族青年爽快地用汉语回答道,"她叫多罗甘珠,是满洲第一大美人!"

杜松眼盯着美人,问那青年道:"你能不能把她给我叫来?"

满族青年连连摇头,道:"她是界藩城的公主,我哪敢去叫她。"

说话间,多罗甘珠已走远。杜松望着她的背影,心如猫抓。此时,他已忘了自己是统率千军万马的将帅,而一心想着男女之乐。他跳下马来,走到满洲青年身边,突然问道:"你帮我想个什么办法,能把她捉住?"

满族青年又摇了摇头,无可奈何地道:"界藩城只离这二三里路,你自个去抓呗,反正城里没几个人。"

风雪停了,日落西山。杜松眼见天色已晚,心里有些焦急。站在他身边的皮廷相,听了杜松的问话,再看看他的表情,心里已明白杜总兵此刻心情。于是心生一计,道:"杜总兵,天色已晚,我看咱们就先安营扎寨。我带些兵驻守萨尔浒,您带些兵去界藩,您看如何?"

杜松连连点头,当即给皮廷相留下一万兵马,驻守萨尔浒,自领一万兵马,由副将陪同,直逼界藩城。

二

皮廷相留驻萨尔浒,马上命一万人马分山上山下设营,然后各营伐木筑栅,挖壕设障,傍晚时分,各营安排就绪,接着点火造饭。疲劳的兵士钻进营帐,早已四肢无力,双目发涩,不一会儿,除了值更哨兵外,多数已入梦乡。皮廷相坐在牛皮大帐正昏昏欲睡,忽然侍卫进帐来报:"禀报副将,帐外有一故交求见。"

皮廷相眨了眨双目,用右手指肚抹去眼角的眵目糊,刚站起来,只见一位身着明服,方脸下留着黑须的人进帐施礼。皮廷相一愣,刚想称呼,忽而又改做打手势,把来客让到马扎上坐下,然后回身屏退侍卫,坐到来者身边,小声道:"哎哟!李永芳老兄,你怎么跑到这里来了?"

"我十分感谢你。"李永芳抓住皮廷相的大手道,"一年前,你为了救我,险些遇难,吾将永志不忘!"

皮廷相的圆脸盘儿映着灯光红了一下,就摇手道:"何足挂齿!何足挂齿!"他似乎为了掩饰一下不安的情绪,下意识地用手摸着两腮,表情痛苦地道:"可惜张承荫总兵已在援战中作古!"

"可惜,人死了,还落个无能的名声。"李永芳抹着眼角的泪水道,"如若张总兵在天有灵,定会破口大骂!"

皮廷相霍地站起,气愤地道:"当今的世道,尽忠就是愚忠!"

"是呀!"李永芳接着道,"我们在沙场卖命,那些朝内的官员有几个惦着我们的小命?有谁抚慰我们的家室?张总兵死于疆场,不仅轻如鸿毛,如今连他的眷属都被赶进深山老峪。皮老弟呀,今后可要长个心眼呀!"

皮廷相一时心烦意乱,问起李永芳失踪的后事。李永芳作了如实的讲述。他说,自被汗王努尔哈赤收编后,仍坐镇抚顺,擢升副将,并娶了汗王的孙女,结缘修好。汗王本人慈善爱民,不杀不掠,不动民间田宅。抚顺城内的百姓,依然平安度日。李永芳凑近皮廷相身边,拍着他的肩膀道:"依我之见,满族汗王,比那些虐民敛财的明官,不知要好多少倍!"

皮廷相听罢,赶忙走到大帐门口,放下厚厚的帘子,转身道:"老兄,降服的名声,可不好听呀!"

"咳!啥叫降服?"李永芳脸色铁青地道,"当年姜子牙弃殷助周,兴起周朝,为世人称道;韩信离开异地,为汉王做帅,打下汉朝天下,成为美谈。为啥替汗王努尔哈赤出力,就招来白眼儿!"

"努尔哈赤不是夷人吗?"皮廷相直截了当地说。

"夷人,夷人,夷人就比华夏的子孙矮人一等吗?"李永芳气愤地说,"成吉思汗被称为夷人,可是如今哪个汉人,有他那样的雄才大略、气吞山河的气概?难道神州万里,只有汉人才可以戴皇冠吗?"

"亦不尽然,"皮廷相道,"金朝、元朝不也出现过太平盛世吗?"

李永芳缓了口气,道:"古人说,人皆可以为尧舜。有朝一日满洲人进关,推翻了朱氏王朝,以贤明代替昏庸,繁荣代替贫穷,岂不是人人乐道的好事吗?"李永芳拍了一下皮廷相的肩膀,鼓励说道:"到那时,再回头评说往事,岂不有趣!老弟,凡事都要三思呀!"

皮廷相本无心恋战,也不想此战取胜,升官晋爵。此时,经李永芳一番劝说,动心了,脑海里浮现出种种幻觉……

帐外漆黑,皮廷相隔着幔缝朝外瞥了一眼,仿佛自己陷进一座黑牢,接着四周传来啾啾的鸟鸣、嗷嗷的狼嚎、呱呱的鸦叫。他毛骨悚然地朝李永芳瞥了一眼,问道:"李游击,听这四周的动静不妙呀!"

李永芳道:"噢!皮副将真是耳灵得很。老兄,实话相告吧,你已经被汗王的大军包围了!"

"多少兵马?"皮廷相大惊失色,映着烛光,脸色一阵紫、一阵白。

"四万五千!"

"我的老天爷呀!"皮廷相如牛似的身躯"扑通"一声倒在地上,仰面朝天地傻愣了片刻,忽又坐起,赶忙抓住李永芳的胳膊,愤然骂道:"杜松这个狗杂种把我撇下,不是叫我白白送死嘛!"皮廷相双腿有些发颤了,他求救似的哀求道:"李大哥,你帮我拿拿主意吧!"

"你想死,还是想活?"

"当然想活了。"

"你想体面地活,还是归顺?"

皮廷相为难了。他知道,李永芳所指的体面,就是不战而逃,像抚顺一战那样,既不舍身又可求仁。归顺吗?广宁的大片财产,四房姨娘又怎么办?

李永芳见皮廷相为难的样子,只好不阴不阳地道:"皮将军,金鼓在你手里,怎么个敲法,可由你自己安排喽!"

鸦叫、狼嚎,声音越来越大。皮廷相再次恳求道:"李大哥,请你替小弟向汗王求个情,只要对我能说得过去,我皮某绝不会做出不义之事。"

李永芳笑了笑,拍着皮廷相宽厚肩膀,道:"真是个'老皮条'!"说着走出帐外,由卫士送出大营。

皮廷相送走李永芳回到帐内,山下的铳炮营两个游击上山通报敌情,道:"禀报副将,山下发现满洲兵!"

铳炮游击是皮廷相的两个心腹,他听完禀报,不假思索地道:"今晚满洲兵四万五千,我兵只有一万。你们可要小心从事,千万别激怒那个汗王!"

"那满洲兵要进攻呢?"一个游击不解其意,反问道。

"炮朝天放!"另一个大脑袋游击抢先道。然后转脸对皮廷相道,"副将,等杜总兵打出个眉目,咱们再见机行事,是不是?"

皮廷相嘿嘿笑着,拍着大脑袋游击的肩膀,亲近地笑道:"你这小子的大脑袋真没白长!"

三个人同时乐了。

说笑间,山下螺号响起。

三

皮廷相虽然从李永芳那里得到满洲兵的动向,但心中仍然无底。他暗想,万一李永芳未能向汗王表述自己的心情,发动强攻,到时候吃亏挨打的还是自己?再说那嗖嗖的利箭也没长眼睛,万一碰上几支,射中前心,岂不命归西天?想到这里,他马上命令各营立刻燃起火把,待命应战。

明军兵营各成方阵,每营挖三层壕沟,沟外骑兵列队,再往外是一排排铳炮,铳炮下炮手直立待命。等点燃火炬的命令传来,山上山下顿时明如白昼。

努尔哈赤骑在马上,立在山北,把明军的布防看得一清二楚。他等劝降的李永芳回来,探明了皮廷相的意向,就马上发起强攻。

又一阵螺号响起,努尔哈赤统率的四万多大军,同时从四面将明军包围。弓箭手听到发箭的螺号声,立即弯弓搭箭,照直向明军炮手射去。

一排排炮手应声倒下。没倒的立即点火发炮。可是,明军在明处,满洲兵在暗处,每一发铳炮发出,只能在远处的山林里闪光,而丝毫伤不着满洲兵士。

满洲兵借着炮火的光亮,跨过壕沟,冲入敌阵,刀光剑影顿时吓得明军胆战心惊。

明军新入伍者为多,都没见过阵势,他们眼见一个个满洲兵如狼似虎,哪还顾得打仗,一个个丢下兵器,四处逃窜,一时明军大乱。满洲兵如入无人之境,一阵砍杀。明军纷纷倒毙,尸横遍野……

黎明时分,萨尔浒山上山下的一万明军,除逃命者,全部被歼。

杜松率领的一万精兵,在那个满洲青年的引导下,傍天黑时便来到界藩城外。

界藩新城三面靠山,一面临水,新砌的石头城墙巍然屹立。杜松骑在马上,走在前头,眼见那美人闪进城里,关上城门,一时怅然若失。他沉思了片刻,转脸问身边的向导:"小伙子,你能把那姑娘请出来吗?"

满洲青年马上答道:"她怕您抓她才躲进城里的,您这千军万马堵在城门口,她是不会出来的。"

"那我们大军撤离城门呢?"杜松像馋猫见鱼,看见女人就迈不动腿,他舔着被风吹得干裂的嘴唇问道。

"那也许能行。"满洲青年为难地摸着后脑勺,道,"满洲人历来好客,我进去说说,也许那姑娘还能亲自给您送壶酒呢,不过……"

杜松心里发痒了,他见满洲青年迟疑的样子,追问道:"不过什么?"

"不过您得把兵撤出去一里,我才能进城。"

"咳,这有何难?"杜松满不在乎地道,"反正天色已晚,城门紧闭,就是我明知努尔哈赤住在城里,也不敢攻呀!"

于是,杜松下令大军后退一里,靠近浑河两侧,安营扎寨。杜松住进营帐之后,马上派两名亲兵陪着满洲青年去请那位美人儿。

这满洲青年并非乡间百姓,而是努尔哈赤派的谍工巴什泰。巴什泰自从抚顺一战被削职为民以后,心里十分懊悔,此次受汗王指派,一心想将功补过,自然办事也就胆大心细了。他带着杜松的两个亲兵,来到城下,叫开城门。

巴什泰早已和多罗甘珠商量好了暗计。巴什泰进城后,找到多罗甘珠,向多罗甘珠述说了经过,多罗甘珠马上转身回到院内。不一会儿,一个老阿哈挑着两桶酒,多罗甘珠随在身后,如约走来。

巴什泰陪着多罗甘珠回到杜松的军帐,把两桶酒放下,马上向杜松禀告道:"大人,您要我请的人,我已请到了!"

杜松两眼发直地盯着多罗甘珠俊俏的脸儿,他瞅了半天,才问道:

"你家是卖酒的?"

多罗甘珠装作羞怯的样子,答道:"是的。"

"城里有努尔哈赤的兵马吗?"

"连个穿甲的人影也没有。听说大军都在赫图阿拉。"

"你没撒谎?"

"您手里有军刀,俺敢说谎吗?"

杜松盘问一番,似乎消除了疑虑。他马上用白瓷碗从桶里舀了一碗酒,咕嘟咕嘟地一饮而尽,称赞道:"好酒!好酒!"说着他从左手指上摘下一枚金戒指,抓住多罗甘珠白嫩的手,放到她手心,笑道:"姑娘,这个够不够你的酒钱?"

多罗甘珠摇头道:"用不了!用不了!"

"用不了,算大人送给你的。"巴什泰见机插话道。

多罗甘珠转身欲走,杜松猛地抓住她,笑道:"姑娘先别走,等我喝完,还要再来一桶。"说罢,他叫卫士用铜壶装了满满一壶,一甩手道:"把这些分给副将、游击。"

杜松把巴什泰及卫士打发走后,手拎着酒壶,一边喝一边对多罗甘珠道:"好姑娘,你坐下,等卫士把酒桶拎来,我就叫人把你送回家去。"

夜幕降临,军营内闪着灯火。不一会儿,各将领的军帐里传来猜拳行令的吆喝声。

夜静、更深。多罗甘珠坐在军帐的地毯上,一盅一盅地为杜松斟酒。杜松越喝越高兴,越高兴越能喝。多罗甘珠边斟酒,边躲闪着杜松那不怀好意的到处乱摸的手。当多罗甘珠发觉杜松醉眼发涩,舌根发硬,前言不搭后语时,又一连给杜松灌了两碗,不一会儿,杜松烂醉如泥。多罗甘珠趁机摘下杜松的宝剑,悄悄地溜出帐外,神不知鬼不觉地将帐口的两个卫士刺倒,立刻将杜松的大帐点着,随之溜走。

总兵的大帐火光冲天,一时吓坏了左近的兵将。正当军营大乱之时,皇太极率领的二旗大军势如破竹般冲进军营。

火光、喊声、杀声,把杜松吓醒。他从地上爬起来,支撑着摇摇晃晃的身子,冲出帐外便"扑通"一声跌倒。请战的部将,把他扶上马,还未等坐稳,突然一箭飞来,正中杜松头部,接着未披甲的前胸又中数箭,便一头栽到马下死去了。

慌了手脚的明兵,一个个如丧家之犬,到处乱窜。一时只听咔嚓咔嚓刀枪撞击声,应着马嘶、人喊,交织成惊心动魄的鏖战曲。

长庚陨落,努尔哈赤率领的四万多旗兵,结束了萨尔浒山头的激战,立刻回师界藩。

皇太极率领的一万五千精兵与努尔哈赤的兵马会合夹击,使界藩的明军腹背受敌。战斗更加激烈,明军死伤无数,血流成河。那些侥幸逃出大营的明军,妄图履冰北窜,可是前脚踏上去,后脚就陷进冰洞,不一会儿就一命呜呼。黎明时分,明军的旌旗、器械、甲杖、尸体壅浮于浑河之上,致使河水滞流。

杜松统率的两万大军,一夜之间,全部溃散。努尔哈赤命兵士打扫完了战场,命人造饭歇息,忽然探马来报:尚间崖又发现大批明军兵马!

第一九章　对垒斗智　总兵拜庙

一

黄昏,小雪夹着西北风依然没完没了地下着。

马林身披盔甲,骑在一匹膘肥体壮的枣红色蒙古马上,率领二万多开原城的步骑兵,来到萨尔浒西北三十里处的山谷尚间崖。

马林曾跟随李成梁多年,当年他靠着李成梁这棵大树,由一名卫士,很快升为备御、游击、副将、总兵。他镇守开原多年,靠克扣军饷,发了大财,成了开原、铁岭一带的富翁。可是,好景不长,李成梁一倒台,他的总兵官衔,也随之被撤,削职为民。他闲居家中,无事可做,便舞文弄墨,以文会友,结交名士,串通官府,也过得十分快活。从军为将二十多年,他从未看过兵书,更不研究兵法,凭着运气和身后强大的支柱,浑浑噩噩,风平浪静地过着豪华的生活。

一个月前,马林由在京一位文友荐举,杨镐重新起用他为北路大军主将。驻守开原的几个中级军官,联名写信给杨镐,说:"此人庸懦无能,不可信赖,恳请大帅另选将领。不然,会辱国误事,危及天朝。"但杨镐自负,不仅不听劝告,反而又给马林增派了五千骑兵。对此,马林十分感激,写血书致杨镐:"腰悬赤子头,誓取努酋首。"

此刻,马林遥望远山,手抚剑柄正做着升官发财的美梦。

他远眺峰顶一棵挺拔的红松,正诗意大发,忽见前面半山腰的小径上,飞奔来几匹战马。

战马驰骋,惊飞了山野的小鸟、野兔、狍子。

马林伫马立镫,朝来者看去,见为首的披甲骑士身材高大,膀阔腰圆,黑黢黢的方脸上,一对牛眼睛,直愣愣地望着他,飞驰而来。他看了一阵儿,觉得十分眼熟。等来者赶到跟前,他才认出领头的是皮廷相。他慌忙迎上去,心中又惊又喜。因为一天多沉默的行军,未探听到满洲军的动向,虚实不知。他想,皮副将到来可能通报军情,或者助战,若不,怎么会半途到此? 想到此处,马林立刻下马,迎上去施礼,笑道:"皮副将凯旋至此,受老兄一拜。"

"屁!"皮廷相坐在马上,愤然骂道,"杜松这只骚狐狸,真不是东西,为了个娘儿们儿,中了满洲人的奸计,丧师辱国!"说着皮廷相失声痛哭起来。

马林见军情有变,为稳定军心,马上命全军停下,扎营待命。不一会儿,马林把皮廷相迎进帐内,听他细说了一遍杜松全军覆没的全部经过。马林听罢,额头上不禁渗出汗珠。

"老兄,"皮廷相用袖口抹了一把泪水,劝慰道,"咱们一起为官多年,镇守边陲。虽说立功不多,但苦劳也不少呀! 哪想到杜松这不到两天,就丧师两万! 马老兄,你我虽非同胞手足,可情谊可贵呀! 咳! 为了你的前程,你也要做防备呀! 老弟孤身到此,只此一言,为了大明朝……"说着,皮廷相抽出宝剑,就要自刎。

马林慌忙夺过宝剑,摔到地上,紧紧抱住皮廷相,哀求道:"老弟是大明朝的功臣,怎能如此轻生?"

其实,皮廷相并无意自裁,他只不过做做样子,以引起马林对生的留恋而已。马林把皮廷相让到座上,又感激地道:"老弟,兵败之时,仍不忘愚兄,吾心中十分不安。"

"唉! 咱们是生不逢时呀!"皮廷相叹道,"当年朱洪武开国之时,打一仗升一次官,分一次浮财。可是,到了如今,朝廷里尔虞我诈,互相倾轧,难道你我就这样为他们卖命吗?"

"谁叫我们天天吃军饷呢!"马林无可奈何地说,"吃军饷的人,不打仗,于心有愧呀!"

"哎呀呀,你这个死脑瓜!"皮廷相像老母诱导孩子似的道,"杨镐比你吃的军饷多得多,可是人家名为经略统帅,坐镇沈阳,用动一刀一枪吗?"

马林如梦初醒,可又无计可施,只好叹息:"事到如今,你看咋办为好?"

"见机行事呗!"皮廷相用十分轻松的口气道,"胜败乃兵家常事,皇上还有闹肚子的时候呢,打次败仗,杨镐还能把我们吃掉?"

"老弟!"马林忧虑地道,"此战非同小可。大明朝几乎倾黄河以北的大兵,与满洲人决一雌雄。这一仗若全溃,大明朝就要丧失元气,满洲的汗王,就有可能入关。未来的日子将不堪设想呀!"

"哪管那么多?当兵的有奶就是娘!"皮廷相话刚落音,突然探马进帐来报:"禀报总兵,西南方向,发现满洲兵!"

马林顿时慌了手脚,他深知努尔哈赤不仅是勇敢的斗虎英雄,百发百中的神箭手,而且还是个很有军事韬略的将才。当年他从抚顺把努尔哈赤抢到广宁,又几次斗虎惊动全城,就暗自佩服努尔哈赤的智勇双全。眼下跟这样的人较量,其结果将不堪设想。

西天放晴,长庚在西天闪烁。马林出征时想凭着四十七万大军围剿赫图阿拉,企图浑水摸鱼取胜的心情,一时烟消云散。此时,他经过一番衡量,决定转攻为守,立即传令全军安营扎寨,布起他的"牛头阵"。

马林军一分为三。左翼偏将和右翼偏将各率军七千,其余由他统率。三军因军旗颜色不同,分别称为黑旗军、红旗军、黄旗军。

三军停下,马林立刻派左翼偏将率军速奔尚间崖西南约五里处的斡珲鄂漠扎营,又派右翼偏将率军直插尚间崖东南五里处的飞芬山据守。然后自己统率余部驻守尚间崖,依山结成方阵,环营挖三层壕,壕外排列骑兵,骑兵外布枪炮,枪炮外设骑兵,壕内布列精兵。这样三营相距数里,形成牛犄角形的阵势。等他布置完毕,回到帐内,点着红烛,笑着对皮廷相说:"老弟,这'牛头阵'也许是兵书上不曾记载的。以我之见,此阵既可相互救援,又可以用战车、战壕阻击满洲兵的铁骑,然后以炮铳、火箭制伏努酋的弓矢。"

"妙！妙！马老兄若能胜努酋,我将第一个为您请功！"皮廷相从怀里掏出酒壶呷了一口,奉承道。

马林闻到酒香,酒瘾顿时上来。兵营尚未安顿就绪,他就陪着皮廷相喝起酒来。

天色微明,努尔哈赤派出的探马一一回到萨尔浒军帐,向他禀报了北路马林军"牛头阵"防守阵势。努尔哈赤喝了碗马奶子,吃了块苏叶饽饽,就传令八旗将士,拔营进军,集中三倍于马林的步骑兵,速向萨尔浒西北处进发。

日出东南,努尔哈赤亲自统率一千精骑,来到斡珲鄂漠的黑旗营。

黑旗营防守甚严,盾车屯营,环营挖壕,排列枪炮。八旗军离黑旗营约一里许,黑旗营内明军先发火炮、乌铳枪,一时浓烟滚滚,火燃枯草。努尔哈赤的先遣队受到阻拦,死伤多人。努尔哈赤先后派出两批大刀队,都未能冲破明军的方阵。努尔哈赤的右胳膊也被敌方炮火击伤。黑压压的明军,潮水般地涌来。

恰在这时,皇太极率领的五百白盔白甲白马的铁骑从右翼杀来。

皇太极今年二十七岁,正是血气方刚、风华正茂之时,再加骑技弓法训练有素,他冲杀在千军万马中,真如猛虎下山。

他身披铁甲,外罩白斗篷,黑鬃的雪花马如离弦之箭,嘶叫着冲向敌营。他手抡大刀,左砍右杀,刹那间冲出一条血路,随之兵卒进营,推倒明军的盾车、火炮。五百铁骑在敌营如同入水蛟龙,冲突、砍削、狂奔,明军顿时乱了阵脚。

皇太极正拼命冲杀,突然他骑的雪花马被明军飞箭射中,雪花马嘶叫着,竖起前蹄。他眼见战马将要倒下,恰在此时,忽见身后跑来一匹惊马,他灵机一动,双手朝马背上一摁,身子向后猛地一纵,来了个"过梭",稳、准地落在跑来的惊马的背上,又继续拼杀。

皇太极从小跟着阿玛努尔哈赤射箭,马上的功夫甚精,无论是卧马技、立马技,还是滚马技,样样精通。就是上马,他也与众不同,什么反背上、抓鬃上、夺鞍上、纺车上,他做起来都得心应手,如同马戏团的驯马师,样样自如。至于箭功,他更是精湛,他骑在马上弯起弓来,身稳、眼尖、臂平、力大,什么右手箭、左手箭、兜底箭、花马箭、旋身箭,样样干净利索。

眼下,皇太极冲杀在千军万马之中,凭着他娴熟的马技弓法,时而立马挥刀,时而卧马弯弓,弄得明军眼花缭乱,弄不清他的箭来自何处。有时,明军的弓箭手瞄准皇太极射去,可箭总是落空,而皇太极则已单腿跨镫,伏在马背一侧,回身放箭,把明军弓箭手射死;有时皇太极抡起战刀,呼呼生风,飞蝗似的箭头未等近身,他早已左拨右撩,前抡后挥,把箭拨回落地。在他的坐骑周围,地上的箭头,如同秋天的高粱茬子,使明军的神箭手束手无策,无可奈何。

皇太极的五百铁骑把黑旗军的大营搅乱了,一时铁骑驰突,越堑破栅,厮杀拼搏,所向披靡。黑旗军领兵大将,营破战死,明军见帅将身亡,一个个便丢盔弃甲,四处逃命。

整个斡珲鄂漠交战,不到一个时辰,马林的黑旗营,就全营覆没。

中午,努尔哈赤的八旗军马会合后,便直逼尚间崖。

马林军中兵士多是周围林寨新入伍的庄稼汉,入伍打仗,本非心愿,行军时已有不少人偷偷逃跑。此时一听努尔哈赤几万大军蜂拥而至,更无心应战。马林也自知军心浮动,就当场抓了几个逃兵,问罪斩首,才算勉强镇住。

螺号阵阵,满洲军势如排山倒海。马林选派了几个善骑的游击,前去阻挡,自己便悄悄溜回开原。群龙无首,明军溃散。不到一个时辰,北路的两万大军,死的死,逃的逃,伤的伤,被俘的都被赶入满洲人居住的村寨。

皮廷相见投马林无望,便带着两个亲信,逃回沈阳。

二

杨镐几日未接到军报,心情十分焦急。这天早晨,他特意到沈阳城东门内天齐庙拜庙求神。东北多年道教盛行,远在汉平帝时,这里就修了座天齐庙。据道教讲,庙里所供东岳天齐王,率领群神五千九百个,主管生死,是百鬼之帅。杨镐走进大庙,跪在天齐王神像下,往香炉里插了三炷香,然后闭目祈祷。

烟香萦绕,杨镐的思绪也随着袅袅升起的烟云,出现种种幻觉:战鼓咚咚,旌旗蔽日,四路明军如同四条人的河流,奔腾呼啸,直冲向满洲人的老家——赫图阿拉。随之,赫图阿拉山崩地裂,眨眼间,满洲人陷进地洞,被洪水吞没……唢呐响起,歌舞不止,杨镐率领千军万马回到北京,步入皇宫,宫娥们为他斟酒洗尘,皇上为他戴上桂冠……

歌声笑语,令人陶醉。杨镐正合掌再拜,忽然一个侍卫悄悄跪到身边,俯下身子,耳语道:"经略大人,杜松、马林两路大军,已全军覆没!"

杨镐睁开双眼,瞥了侍卫一眼,表示诧异。侍卫见杨镐有疑,马上朝身后一指。杨镐回头蓦然发现满身血污的皮廷相,陡然目瞪口呆,一下子瘫软在跪垫上。

三个侍卫一时慌了手脚。皮廷相马上叫侍卫把杨镐抬进轿里,送回总兵衙门。

回到沈阳总兵府,经过急救,杨镐渐渐苏醒。他睁开眼,躺在软榻上,仰望着云字卷的天花板,如坠云空。恍惚中,他似乎觉得皇上差来御史向他问罪,并把他五花大绑地捆走,送回皇宫,带到宣武门外斩首。他似乎觉得冰凉的刀已搁在脖梗,本能地呼叫道:"救命呀!"

"大人!大人!"皮廷相在外屋,听到杨镐呼救,慌忙闯进里屋,忙喊:"大人,大人!"俯身一看,蓦地发现一条二尺多长的灰蛇,正从杨镐的脖子底下钻过。他顿时额上冒出冷汗,后退了一步,头昏脑涨,如同夜半遇鬼。

长蛇倏然而走,皮廷相强打精神,看了看杨大人的脸和脖子底下,又看了看自己脚下,确信再没有第二条灰蛇,于是咳嗽一声,慌忙问道:"大人,您有什么吩咐?"

杨镐从恐惧中睁开了惺忪的睡眼。一见皮廷相的手,如同溺水之人抓住一块木板,悄声道:"皮副将,你看李如柏、贺世贤和刘大刀三个人战果会如何?"

皮廷相未加思考,口齿爽快答道:"大人,南、东两路大军,多行走于峻岭丛山,行路已够辛苦的了,何况尚需打仗!"皮廷相趴到榻边,又道:"再者,满洲兵骑马善射,又惯于山林生活,如今又是胜利之师,余勇可畏。所以依末将之见,南、东两路大军,会比西、北两路更惨!"

杨镐四肢无力,如同大病之后的病夫,有气无力地仰面躺在软榻上,他半睐着眼问道:"皮副将,你看下步棋该咋走?"

皮廷相站立俯首,虔诚地道:"恕末将直言。辽东一战,若遭惨败,您将以丧师辱国之罪问斩无疑!"

杨镐陡然打了一个冷战,额上又渗出冷汗。

皮廷相俯下身子,边给擦汗,边道:"大人,眼下求全已不可得。不过,您如若能保住东、南二路兵力,可望减罪。"

"狼狈而归,叫我有何脸面见人?"杨镐哭丧着脸道。

"嗜!带兵的谁没打过败仗!当年诸葛亮能掐会算,呼风唤雨,不还有失街亭嘛!"

"皇上可能稀里糊涂地饶我一命,可是那些朝内大臣会把我推进油锅!"

"大人,顾不得那么多了,您赶快差人把李、贺、刘三将召回来吧!"

"咳!"杨镐又愁了,他轻咳了一声,道,"派谁去呢?"

眼下确实无人可派。当初,杨镐只有胜利的打算,并无失败的准备。他把所有的将官已派走,若不是皮廷相半途而归,整个沈阳城根本找不出第二个能统兵领将之人。他有心派皮廷相出马,可是心里又怕,万一努尔哈赤兵进攻沈阳,自己守个空城,岂不是束手待毙!

皮廷相亦是惊弓之鸟,他心里也很怕再次派他进山玩命。此人打仗无能,可是玩弄权术颇有本事。他灵机一动,计上心头,献策道:"大人,沈阳不能留个空城!依小人之见,李如柏、贺世贤尚有家眷在此,何不派他们亲人至前营,规劝其夫?至于刘大刀一路,我选两个亲信去也就是了!"

杨镐寻思了片刻,颇觉有理,就点头应许。不一会儿把李如柏之妻金尼雅、贺世贤之妻梨花找来,将东征赫图阿拉战况,一一做了交代。

梨花已是年近花甲之人,听了既不喜,也不表示悲。因为这正是她心中盼望的结局。几天前,她派儿子切捻爱林给狱中的佟养性两次送信,就是盼着满洲军取胜,又不伤害自己的亲人、丈夫。所以,此刻她心情平静地坐在大堂一侧,仔细观察着金尼雅的表情。

金尼雅已是两个孩子的母亲,她坐在梨花右侧,低着头,安然地玩着手腕上的银镯子,给人一种高深莫测之感。其实,金尼雅早就心里有谱。她身为赫图阿拉的骨肉,喝苏子河水长大的人,怎能容忍别人去践踏、去杀害养育自己的亲人?几天前,她坐在灯下,对将要出征的丈夫李如柏反复嘱咐道:"夫君,你不要忘了,当年你玩弄五门出殡时,是伯父在张御史面前替你讨了好话,才使你免于一死,保留了总兵的官职。再说,为妻也是满洲人,你切莫做出忘恩负义之事。"当时,李如柏曾咬破中指,写下血书:"不伤害满洲一兵一卒!"所以,当她听到北、西两路溃散,李如柏还未曾与满洲兵相遇时,心中暗自佩服丈夫讲义气,有心计。

杨镐见二位部将的夫人如此平静,就捻着胡须,强作镇静地道:"两位夫人,我身为主帅,思虑再三,为保全辽东实力,想派你们到前营将李如柏、贺世贤两位将军招回,以待再战。"说罢,将拟好的一封亲笔信交给金尼雅,道:"李夫人,事关重大,望两位夫人,火速起程!"

金尼雅马上站起,叩首道:"遵命!"梨花也随之站起,作揖而别。

当日,梨花和金尼雅同坐一辆三匹马拉的篷车,由十名骑士陪同,立即踏上征程。她们从南门出城后,过浑河,穿过白塔铺,直奔玛哈丹,打算半路截住李如柏的兵马。

车过玛哈丹,进入崎岖的山路,篷车开始颠簸起来。第二天黎明,篷车在大山沟里穿行,车身晃荡得更加厉害。车子跑着跑着,忽然前轱辘被石头颠了一下,接着车身一阵摇晃,随之金尼雅被颠到梨花的怀里。梨花慌忙抱住金尼雅。金尼雅刚刚坐好,忽然左手上的翠玉戒指滑落到车厢内的地毯上。

梨花俯身拣起,放在手心里端详了一番,不禁一愣,心想:这戒指不是我当姑娘时戴的吗?她沉思了片刻,想起十四五岁时在广宁李总兵府的朝朝暮暮,回忆她与努尔哈赤在葡萄园私会赠戒指的情景。随之暗想:这不正是当年我赠给努尔哈赤的信物吗?

金尼雅见梨花望着戒指出神,就笑道:"贺夫人,看来您十分喜欢这枚戒指喽!"

梨花拢了拢花白的鬓角,道:"是的!"

"那就送给您好啦!"金尼雅爽快地道。

梨花点头称谢,把戒指戴在左手无名指上,笑着问道:"这戒指是谁送给您的,何时戴起?"

金尼雅笑着,把努尔哈赤如何巧扮侍从,陪同张御史出差广宁,如何机警地揭破李成梁五门出殡的假象,弹劾李成梁,如何深谋远虑收留李如柏和李如柏如何到赫图阿拉朝拜努尔哈赤,努尔哈赤又如何将自己许配给李如柏为妻的事,一五一十地说了一遍。

梨花听罢,紧紧握住金尼雅的手,激动地道:"你就是汗王的亲侄女?"

金尼雅点了点头,眨眨眼睛,反问道:"贺夫人,您见过我家大伯?"

梨花刚想点头,忽又摇头。

马拉篷车又一阵颠簸,忽听车厢外几声清脆的鞭响,车夫马上喊道:"前边就是虎拦岗!"

金尼雅听说篷车已进入满洲界,心中暗喜。她转身趴在车厢窗口,拉开紫色的窗幔,眼望着日夜盼望的故乡的山、故乡的水,眼泪禁不住扑簌簌地落了下来。

马车在峡谷间行进,路上不断出现马粪、破衣、断戟、散失的草料。不一会儿,探路的骑士回身来报:"前面已见明军的车马!"

梨花按捺不住激情,也趴到窗口,向前看去。

此刻,李如柏、贺世贤率领的兵马已到虎拦岗南山脚下。

当他们得知杨镐差派两位夫人到前营送信,心中又惊又喜,于是马上传令全军鸣金歇息。同时,派出侍卫接迎。

日至中天,梨花、金尼雅及随从等人,来到前营大帐。李如柏看过杨镐的亲笔信,不阴不阳地道:"早知如此,何必当初?"他把信递给身边的贺世贤,随之安然坐下。

贺世贤看罢,脸色铁青地说:"半路撤军,岂不是逃兵?男子汉大丈夫,舍生取义,以身殉职,乃天经地义。如今叫我们当逃兵,这不是把我们赶上罪人之路吗?"

"贺总兵不必多虑!"李如柏坐在一个破旧的木箱上,坦然地说,"既然领兵的帅将下令,我等只能服从,不得违抗!"

说话间,探马进帐来报:"禀报两位总兵,前面发现满洲骑兵,请速作迎战准备!"

贺世贤猛然将长剑抽出,连声吼道:"战!战!不战,我无脸去见辽东的父老!"

这时梨花陡然站起,道:"夫君,您可知杨经略委派吾二位女差之意?"

贺世贤一愣,把脸转向夫人。梨花道:"我们来时,杨经略有话在先,如不能把两位总兵准时劝回,就拿我们两个女流之辈人头是问。"

"哼哼!"贺世贤冷笑了一声,把剑推回鞘内,愤然道,"兵部侍郎,兵部侍郎,不懂兵法,不会打仗,为这等人卖命真是羞煞人也!唉!"

梨花见丈夫态度转变,立刻改变了规劝的主意,反而用起激将法,嬉笑道:"夫君若不遵命也可,如果孤军奋战,旗开得胜,为大明朝立功,晋升兵部尚书,为妻的我脸上也增光!"

贺世贤嘿嘿冷笑,在帐内转起圈子,一字一板道:"当今的世道是带兵的不打仗,当官的不问政。可是加官晋爵,一个个都变成竹签子脑袋……嘿嘿嘿,若想到这些,我就想马上退兵!"

李如柏蓦然站起,笑道:"这么说贺总兵打算保留两位女差的脑袋喽!"

贺世贤点头默许。

此时,又进来一个哨探禀报:"满洲骑兵来到对面山下!"

李如柏见事不能再延迟,马上下令立刻退兵!

军令一下,各营顿时欢腾起来,一个个挥枪舞旗,如同得胜凯旋。

三

努尔哈赤率军击败杜松、马林两路大军之后,马上回到赫图阿拉,集中全部兵马,准备迎击东、南两路大敌。四月十七日清晨,他正坐在大殿准备派兵迎击李如柏,忽然探马来报:"南路明军不战自退!"

努尔哈赤捻着唇髭笑道:"我料李如柏不会忘恩负义!如此举动,两兵不伤,正合我意。"

阿敏笑道:"这都是阿伯深谋远虑所致!当初阿玛并不赞成嫁我家阿妹金尼雅为李如柏之妻,说三道四,现在看来,谁是谁非,何高何低,已见分晓。"

安费扬古也笑道:"自古大智大勇,才能称得起贤君圣汗,没有超人的才智怎好称汗?"

众人说笑间,又有探马来报:"刘𬘩大军已抵阿布达里冈,离我都城仅有五六十里路!"

努尔哈赤听罢,一拍桌案,道:"迎敌!"

这时众旗主肃然起立,努尔哈赤当即命令扈尔汉率军一千先行,随后又派代善、阿敏、皇太极等率大军堵截伏击。部署完毕,各路兵马,立即树旗排队,飞马迎敌。

此时刘𬘩率领的一路军马,正在阿布达里冈下的一个村寨劫掠。

刘𬘩出身于将门,从小随父征战,久经沙场,屡建奇功,威震四方,是有名的刘大刀。此人身高体壮,勇猛无比,在战场上,只要抡起他的一百二十斤重的镔铁大刀,数十人也难靠近。所以,历来为朝廷重视。为此,刘𬘩也居功自傲,骄横日甚。此次出战,他一心想夺头功,梦想晋爵。他从宽甸出发后,一路不顾山路陡峭,大雪封山,昼夜兼程。半路上虽遭满洲军拦挡,但他自率精兵开路,进军颇为顺利。当他攻下眼前阿布达里冈下的村寨时,已进入满洲境地三百里。

阿布达里冈下,有座二百多人的小城堡。刘𬘩率军攻下后,马上将城堡里仅有的二十多个男人杀死,然后将女人集中起来,按年龄大小,相貌美丑,分成甲乙丙三等。然后按军功大小,分别配给各级将领晚上过夜。这天,中午分配完俘物,忽然抓住一个汉人,刘𫄨把战俘带到帐内严加审问,那战俘道:"杜松的大军已进赫图阿拉,正在城里摆酒设宴,小的是趁机逃出来的!"

刘𫄨听罢一惊,随之顿足叹惜道:"首功已被杜松所夺,我等何必马不停蹄?"于是他当即下令就地歇息半日,也摆酒设宴,犒劳众军。

日落西山,黄昏已至。刘𫄨喝得酩酊大醉,被抬到军帐。月牙初上,刘𫄨正睡得鼾声如雷,忽然一个探马闯进大帐,吵吵嚷嚷地道:"总兵大人不好了,满洲军就要进堡了!"

刘𫄨一惊,醉意减去大半,他爬起来,披上甲,钻出大帐,翻身上马,接过侍卫递过的大刀,迎着战鼓,一马当先,冲出大营。

明军如同潮水,随着领兵大将冲向正面攻来的满洲军。此时迎面杀来的正是皇太极统领的骑兵。

两军相接,刀光剑影,杀声震耳。刘𫄨舞起镔铁大刀,左右盘旋,上下飞舞,确有万夫不当之勇。皇太极虽然剑法甚精,但因刘𫄨力大过人,大刀过长,难近他身。一时两将交手,胜败难分。

刘𫄨正杀得有劲,忽然山顶上冲下一路军马,人人高举火炬,手拎大刀,如同猛虎下山,势不可当。刘𫄨映着火光看去,只见三面大旗上,都写着斗大的"杜"字,他禁不住自语道:"杜总兵来助我也!"

刘𫄨话音刚落,忽然一员大将已飞到马前,只见那员大将头戴金盔,身穿铁甲,由于火光刺眼,他一时未能看清来者何人。刘𫄨刚想发问,那将军抢先问道:"你莫非就是总兵刘𫄨?"

"卑职正是……"刘𫄨话未说完,只见来将以迅雷不及掩耳之势,举刀劈下,刘𫄨一声惨叫,落下马来。

刘𫄨的护军见势不妙,急忙相救,未等刀起,早被拥上来的扮成"杜军"的满洲兵拦住劈死。

明军见领兵大帅被杀,一个个便无心恋战,纷纷逃命。一个个满洲兵卒挥刀驰马,四处追杀溃逃的明军。号称四十七万大军的最后一路人马,全部被歼。

夜半,满洲兵就地宿营。当代善、皇太极、阿敏会聚军帐,代善脱去身上明军的金盔铁甲时,皇太极笑道:"阿哥扮的假牌杜军,真是滴水不漏,实在叫人佩服!"

阿敏也道:"明天到汗王面前,小弟替你请首功!"

代善咕咚咕咚地喝了两碗水,用衣袖一抹嘴唇,道:"萨尔浒之战仅是初战,大战还在后头,立功的机会多着呢,二位贤弟且莫着急。"

三旗主说笑了一阵儿,就各自睡去。第二天黎明,各路兵马凯旋。

萨尔浒之战历时五天,斩明将三百余人,兵士四万五千多名。满洲兵全部回到都城的当天,努尔哈赤命每旗各宰牛八头,祭天庆贺。

当天宴毕,努尔哈赤单独把佟养性叫到自己的住室。佟养性刚刚在炕沿坐下,努尔哈赤连忙从炕柜里拿出五根金条,道:"萨尔浒一战是生死攸关之战,您替我送来翔实的军情,又到刘大刀营中假扮逃俘,特赠小物,以赏功臣。"

"哪里,哪里,"佟养性慌忙站起,把金条推到炕里,道,"此战多亏梨花夫人,若不是她,我上哪里弄到军机情报?"

努尔哈赤眼里露出怀念之情,小声道:"我是该重谢她,不过何日能相见?"

"那就一不做,二不休,攻下沈阳城,就不难相见了嘛!"佟养性摩拳擦掌地道。

努尔哈赤摇了摇头,道:"沈阳城池坚固,拥兵数万,恐怕一时难以攻下……"

"我有办法!"未等努尔哈赤说完,范文程揭帘进屋,施礼笑道。

第二〇章　孤行遇险　知音搭救

一

火盆,暖炕,屋内温暖如春。

范文程在炕梢的木椅上坐下,擦擦汗,接过侍女端上来的茶水,呷了一口,道:"沈阳城固然城池坚固,然而事在人为。"他慢慢地在手心里托着细瓷茶碗,反问道:"汗王,您说阿布达里冈一战,为啥能速战速决,刀劈有名的刘大刀?"

"贵在施计用谋,假扮明军,以假乱真。"努尔哈赤捻着胡须说。

"若想攻打沈阳城,也得施计用谋。"范文程道。

"那我们就趁热打铁,假扮成明军,明天就去攻打沈阳算啦!"佟养性挽袖子、撸胳膊,大声道。

"明天?"范文程连连摇头,道,"你发兵去攻打沈阳,如果开原、铁岭的明军趁机捅咱们的老窝怎么办?"

努尔哈赤连说有理、有理,然后凑到范文程身边又道:"先攻开原、铁岭,解除后顾之忧,而后发兵沈阳,范秀才,你看何如?"

范文程慌忙站起,道:"这正是卑职要献的第一策!"

"那第二策呢?"佟养性着急地问道。

"调虎离山,里应外合。"范文程说着,又举棋不定地道,"不过……"

"不过什么?"佟养性追问着。

范文程眼盯着佟养性,道:"这要看时机,要弄清沈阳城内的真实情况。"

说话间,使犬部、萨哈连部归顺的女真人前来求见,努尔哈赤立刻更衣接见。

努尔哈赤把客人迎进客厅稍息之后,就设宴款待两部酋长及福晋。席间,努尔哈赤得知使犬部酋长舒西熟悉开原总兵马林,于是宴席一散,就把舒西夫妇单独领到自己的住处。

舒西今年三十一岁,从小在乌苏里江上划船打鱼,长得身强体壮,膀阔腰圆,方方的脸庞,浓浓的眉毛,那绛紫色的脸上吊起的眼梢透出几分豪气。他身穿豹皮背心,足蹬鹿皮靴,头戴鲟鱼皮凉帽,一眼看去,就知他是野人女真中赫哲人的后辈。

宾主落座之后,努尔哈赤又上下打量了一下舒西的穿戴,问道:"酋长,看你这副打扮,先祖想必是赫哲人喽?"

舒西霍地站起,答道:"小人正是!据老辈人讲,俺的先祖称'肃慎''靺鞨''黑斤',辽金之后称野人女真。"

努尔哈赤打着手势让舒西坐下,令阿哈送给他一袋烟,说:"什么生人女真、野人女真,统统是对满族的蔑视。我想,族不分高低,国不论大小,都应该是平等的。"

"汗王所言极是!"舒西的福晋李玉姬激动地站起来,施礼说道。

努尔哈赤吸着烟,瞥了李玉姬一眼,发现她唇红齿白,面色粉白细嫩,旗袍下露出一双浅口缎面鞋,于是断定她是朝鲜人的后代。他吐了口白色的烟圈儿,笑着说:"看福晋这副长相,恐怕不是女真人喽?"

"贫妇是朝鲜人!"李玉姬答道。

"不错。一看你的长相,就知道你是朝鲜人。"努尔哈赤说着,朝舒西一指,又问,"那你怎么做了他的福晋?"

李玉姬连忙答道:"俺阿爸叫李民突,在朝鲜姜元帅部下当幕僚,萨尔浒大战时,姜元帅协同刘大刀作战,兵败乞降。俺跟阿爸过江到长白山本想游山逛景,看看大明朝的山河,想不到俺父女失散,阿爸至今下落不明。几天前,俺流落到浑河边,本想跳河寻死,不承想被舒西酋长搭救。所以……"

"所以,以身报恩,做了酋长的福晋。"努尔哈赤接过李玉姬的话茬,说,"这么说,你们是千里有缘天保佑喽!"

李玉姬红着脸儿,说:"其实,天也未必可靠。俺出生十八年了,天天念天朝,想不到一进天朝,反倒把俺撇了!"

"大明朝出了昏君,哪还能顾得了属民?"努尔哈赤说,"有句老话说,树多不怕狂风,合心的喜鹊能捉住老虎。咱们这些属民,只要抱成团,就不怕如虎的昏君。几千年的历史,汉人也好,女真人也好,朝鲜人也好,谁也离不开谁。只要咱们这些大大小小的喜鹊合成群,就能开创天下太平的盛世。"

"汗王,俺就是想开创个太平盛世,才来投奔您的!"舒西再一次站起来,摩拳擦掌地说,"鸟无头不飞。只要您像现在这样与昏君血战到底,俺舒西愿跟您一生征战到底,死而无怨。"

努尔哈赤下座亲自为舒西斟了一杯茶,说:"我正为此事,才单独到陋室同你小叙。"努尔哈赤说着坐下,又道:"听说你同开原马林很熟。"

"对,他是开原总兵,过去,他曾差人到俺使犬部搜东珠、买人参、购貂皮。有几次,是俺亲自将采购的宝物送到开原。他虽明面上说是购买,其实就是搜刮女真人的血汗。对这样的吸血鬼,还是一刀捅死他为好。"说着,舒西弯腰拔出匕首,身子一挺,说,"汗王,您就派俺去一趟吧!"

"莫急,莫急。"努尔哈赤抿须笑道,"俺想先派你们夫妇到开原将马林的兵马多寡、兵士心理、粮饷虚实、将吏智庸的军情弄清楚,然后声东击西,里应外合,智取开原。酋长,不知你意下如何?"

舒西一拍胸脯,道:"汗王出言即是军令,卑职如有违误,愿拿脑袋担保!"

努尔哈赤哈哈笑着,拍着舒西厚实的肩膀:"好样的,好样的! 等我与众贝勒商量好攻城之策,定派你当细作。"

舒西当时高兴得跳起叉鱼舞来。

二

　　崇寿寺塔尖披上晚霞,西天火红一片。
　　努尔哈赤听完探哨的报告,既没言语,又没下令,便悄悄地离开墓地,走到一片松林,沉思默想:来自铁岭的明军,究竟是援军,还是游勇?是偷袭,还是掉头的蚂蚱?
　　铁岭是明朝沈阳北部重要城堡。时年四月,明廷派李成梁第三子李如桢为辽东总兵官。此人靠其父的名声,曾充任指挥使,官至右都督,并入锦衣卫,曾任南、北镇抚司。他虽出身将门,但不懂兵法,没上过阵,此次受命,他借父兄权势,又以锦衣近臣自诩,未及出关,就遣使与总督评是非,论高低,闹得朝议哗然。他到辽东后,失宠的杨镐以其祖籍为铁岭人,就派他守铁岭。可是,李如桢到任不久,得悉萨尔浒败北,已觉铁岭岌岌可危,于是串通杨镐,屯驻沈阳,铁岭仅派参将丁碧领兵把守。一个多月来,努尔哈赤曾三次派谍工向丁碧送了厚礼,探知丁参将与李如桢有隙。半月前丁参将曾对谍工说:"如汗王围城,将不反击。但要给我点面子。"
　　努尔哈赤想到这里,回身对围上来的贝勒、大臣说:"铁岭的三千人,可能是做做样子,不会入城。"
　　努尔哈赤话音未落,又一探马来报:"铁岭来的兵马已撤。"
　　努尔哈赤笑了笑:"各旗收兵庆贺开原大捷。"
　　过了月余,努尔哈赤又亲率八旗官兵,趁铁岭空虚,悄悄带兵围攻这座沈阳周围的重镇。七月二十五日,兵临铁岭。此战由于参将明着开门迎敌,暗地引导八旗军入城,全城很快被攻陷。辽北两座重镇被扫平,努尔哈赤更加雄心勃勃,决心夺取辽阳、沈阳,进入辽河流域。于是他从铁岭收兵回城之后,立即着手战前筹划,刺探军情,秣马厉兵,制钩梯,造盾车,准备发动辽沈大战。
　　努尔哈赤统率八旗军的节节胜利,引起辽东几座重镇守将的恐惧,也引起满洲内部反对势力的不安。

努尔哈赤的叔叔龙敦,已经是七十岁的老人。自从努尔哈赤世袭建州左卫都指挥使,他就妒忌万分,几次勾结努尔哈赤的继母、舅父,以及努尔哈赤的仇人尼堪外兰,想把努尔哈赤害死,以便自己接任都司的敕封。然而随着尼堪外兰的毙命,努尔哈赤继母、舅父身亡,他的美梦都成了泡影。他一时身孤力单,只好曲意从命,以曲求伸,等待时日。

三天前,龙敦跟随大军进入铁岭,偶然在一家梨园见到沈阳的老游击贺虎。这贺虎是沈阳总兵贺世贤的叔叔。贺世贤多日来很怕开原、铁岭失守,就暗地派他回老家坐镇铁岭,掌握辽北军情。龙敦年轻时曾在铁岭马市与贺虎有过交往,两人曾是酒肉朋友。那天两人在梨园见面,自然又惊又喜。当日,贺虎就请龙敦到他家喝酒叙旧。贺虎向龙敦透露,如果龙敦能将努尔哈赤除掉,皇上可以给白银万两,同时敕封都指挥使,代代承袭,龙敦听了喜不自禁。

一天,努尔哈赤在铁岭卫游击府摆酒设宴欢庆开原、铁岭大捷,龙敦便伺机而动。

各贝勒、旗主、大臣欢聚一堂,论功行赏,兵士们也都在各自的营帐喝酒。席间,各贝勒、旗主一一向努尔哈赤敬酒,龙敦一反平时长辈骄横的神态,串通手下大小牛录额真,向努尔哈赤大献殷勤,轮番向努尔哈赤跪地敬酒。努尔哈赤无奈,只好一盅接一盅地喝下去。

时至深夜,三星西移,努尔哈赤喝得酩酊大醉。两个侍从立刻把努尔哈赤送到后府衙内歇息。

一个个旗主大臣也喝得东倒西歪。这时,龙敦趁机抽身悄悄地离开了大厅,偷偷地走向后衙门。

后衙门是一套三间的瓦房,正中一间的方桌后,摆着一把虎皮椅。龙敦进屋,只见努尔哈赤侧身坐在虎皮椅上,右肘擎着腮鼾睡。他进屋到左右两间仔仔细细地察看了一遍,见室内别无他人,于是牙一咬,心一横,满脸杀气,猛然从腰间拔出腰刀,直奔熟睡的努尔哈赤。

努尔哈赤鼾声如雷。龙敦一个箭步蹿到他跟前,正举刀向努尔哈赤刺去,突然从桌下蹿出一条大黄狗,猛地扑向龙敦。

吓得龙敦出了一身冷汗,他惊恐地抽回手,便挥刀冲大黄狗刺去。

大黄狗灵巧地躲过凌空冲来的大刀,骤然竖起前爪,扑到龙敦的肩上,冲龙敦脖子就是一口。

龙敦急忙躲闪,大黄狗扑了空,龙敦转身抡起腰刀,一刀砍死了大黄狗。

大黄狗的惨叫声,惊醒了努尔哈赤,他睁开惺忪的睡眼,迷迷糊糊地看见一条黄色似狗非狗,似狼非狼的东西,伏在龙敦的胸前,前爪深深地插进龙敦的锁子甲缝里,耷拉着脑袋,口里流着鲜血。

龙敦做贼心虚,他对努尔哈赤皮笑肉不笑地说:"汗王,我把这狗误认为闯进您身边的恶狼,叫我一刀砍死了!"

黎明,努尔哈赤醉酒醒来,发现自己的随军猎狗死在衙内,忽然想起昨晚龙敦进帐的一幕,于是惊呼道:"来人!"

"嗻!"

随着应声,跑进两个佩刀的侍卫。

"快去把龙敦给我抓来!"

侍卫应声转身,这时大臣安费扬古进来禀报:"昨晚龙敦勾结明军暗谍,已逃向沈阳。"

"内奸!无耻!"努尔哈赤愤然骂道。

"汗王,龙敦这些年,可握有我满洲不少军机情报呀!"安费扬古担忧地说,"我看先派两人去沈阳把他抓回来。"

努尔哈赤摇了摇头,多皱的脸上,挂着忧虑的疑云,他叹息了一声:"明军有心把他勾走,就不会叫一般人近身,定会严加保护!"

"此事危及我满洲的安全,不除掉这个内奸,叫人难睡安稳呀!"安费扬古也愁眉不展地说。

努尔哈赤穿衣整冠,心中似乎有了个谱儿,他叫安费扬古坐下,说:"此事只有我去为好!如果我找到梨花,事就好办了!"

"去不得!"安费扬古霍然站起,劝阻道,"您是一国之主,怎好孤身去闯虎穴?万一您有个三长两短,我们这些大臣,怎好向后辈交代?"

努尔哈赤道:"不,只有我去才能把那条狼牵回来。为了满洲人的千秋大业,虎穴我也该去。"

三

秋日的一天,努尔哈赤化装成药农,带着侍卫巴什泰离开了萨尔浒城。他们两人经过三天的步行,来到沈阳城东北的一座高山。努尔哈赤放下背篓,胡乱采些野百合、五味子、黑芝麻等草药,装满了两背篓,就坐在一棵核桃树下歇息。此山离沈阳城只有三十多里,加之天晴气朗,站在山顶,可以清晰地看到沈阳城高耸的东门城楼。

努尔哈赤站在山巅,遥望城门楼,蓦然想起梨花,想起误杀的切捻爱林。他暗自思忖:今天如爱林活着,不是可以奔走于浑河上下,刺探军情,传送情报,为攻克沈阳出把力,何至由我亲自出马,冒此风险呢!想到这里,他又想起梨花,懊悔地喃喃自语:"不知她知不知道儿子被我所杀?如果她知道儿子由我所杀,一定会痛哭流涕,悲恸欲绝。唉!我真糊涂呀!"

巴什泰见努尔哈赤喃喃细语,就慌忙掏出一个黄裱纸的小本子,问道:"汗王,您说什么?要我记下来吗?"

巴什泰跟随努尔哈赤专门记录沿途山川河流,地势地形,以备出兵沈阳时供各路兵马使用。巴什泰见努尔哈赤低着头,就又连忙追问道:"汗王,此山记个什么名字?"

"悔山!悔山!"努尔哈赤声音低沉,面现愁容。

巴什泰记下山名,收拾好背篓,两人就又沿着山路向南山坡下走去。努尔哈赤走在山路上,心中依然默念着切捻爱林的名字。他边走边想:如若我真的见到梨花,谈起误杀其子事,她问我儿子的尸骨埋在何处,我该怎么回答呢?是呀,努尔哈赤确实无言以对。因为萨尔浒一战军情急迫,当时把切捻爱林问斩之后,无人收尸,接着两军混战,尸体遍野,切捻爱林的尸体也无从辨认。一年多来,他甚为此事懊悔。眼下如若真的碰见梨花,怎么去安慰她呢?想到此处,他悔恨已极,禁不住泪如泉涌。

巴什泰见努尔哈赤痛哭流涕的样子,慌忙问道:"汗王,您有什么心事?"努尔哈赤依然不语。

两人默默地走了一段路,来到一条山沟,见沟内草木茂盛,青松蔽日,泉水叮咚。努尔哈赤走到泉边,双手捧水,喝了几口,忽然想起古人讲"衣冠墓",他灵机一动,马上把巴什泰叫到身边,道:"巴什泰,我平常见你会画人,你可会用泥捏人?"巴什泰道:"会,可是捏不太好。"

努尔哈赤一把抓住他,欣喜若狂地道:"那你就给我捏个人吧!"

"什么样的人?"

"壮年小伙子,"努尔哈赤道,"虎背熊腰,浓眉大眼,旗袍凉帽。有点儿像我们爱新觉罗氏家族的人。"

巴什泰心灵手巧,不一会儿用泉水和黄泥,在地上堆堆、捏捏,塑造出一个满族小伙子。努尔哈赤左看右看,前瞅后瞧,满意地道:"像!像!"

"像谁?"巴什泰笑道。

"这个以后再告诉你。"努尔哈赤边说边在向阳的山坡处,用采药镰刀挖了一个土坑,然后把塑像规规矩矩地安放在坑内,埋上土,挥泪道:"切捻爱林,你就在这山泉边安息吧。"。

埋葬完毕,努尔哈赤又对巴什泰道:"记下这条山沟的名字。"

"叫什么?"

努尔哈赤迟疑了一下,道:"埋头沟。"

黄昏时分,努尔哈赤同巴什泰绕道来到城西北的舍利佛塔下。

此塔名为无垢净光舍利佛塔,是辽代所建。塔高十五丈,由八面塔身构成,一层为砖座,一层为佛座,共十三层塔檐。八面塔身均有佛龛,雕有坐佛,并装饰着宝盖、飞天、铜镜。宏伟壮丽的建筑,成为佛教信仰者的朝拜重地。每逢七月十五日,这里都举行盂兰盆会,信徒此日均备好百味饮食,设斋上供,意在脱罪祈福。

这天是农历七月十五,参加盂兰盆会的信男信女多已回城。只剩些坐轿骑马的达官贵人,趁人少马稀之际,专来祈拜。努尔哈赤不信佛教,他只是好奇地站在塔东一片小树林里,从远处窥视,想看看有些什么明官贵人到此。看着,看着,忽然一位雍容华贵的贵妇人,在两个丫鬟簇拥下,走出寺房。努尔哈赤借着夕阳,见那妇人十分面熟,暗想:她不就是自己多年思念着的梨花吗?说着,他身不由己地信步走出树林,直奔那妇人走去。

此刻,那妇人已走近篷车,踏上车箱板,掀帘进篷,忽听背后一个男子小声喊道:"梨……"

这妇人,正是梨花。今天她专门为儿子来祈祷。她虽然只听到一个梨字,但她敏感地觉察到,是在唤自己。她坐在车里,思前想后:是谁在叫我的名字呢?

努尔哈赤奔跑着,刚走近车篷,忽然被几个身着便装的明军拉住。他呆呆地站立着,望着飞奔驰去的篷车,怅然若失。他伫立片刻,想回头去找解手的巴什泰,陡然一个骑马的小个子高喊:"那不是满洲的汗王吗!"

话音刚落,十几个彪形大汉蜂拥而至。努尔哈赤正想躲避,两只胳膊早被几个大汉反剪过去,捆绑起来,当晚,就被押到总兵府。

努尔哈赤被投进大牢,逮捕他的贺小六马上向贺世贤报功。这贺小六是贺世贤本家兄弟,前几年一直跟着马林当贴身侍卫。满洲军攻打开原时,他正护卫着马林出逃,在大街上忽见努尔哈赤率领一伙精兵赶到,眼见大难临头,他就随着迎箭而倒的人群,钻进死尸堆里。等马林被斩,大军已过,就偷偷地爬起来,半夜溜回沈阳。因此,他对努尔哈赤的相貌刻骨铭心。

贺世贤听贺小六报告活捉努尔哈赤,讥笑道:"小六子你要想当官,我替你向上美言几句,可别净开这么大玩笑。"

贺小六起誓道:"要不是满洲汗王,我就天打五雷轰!"

"嘿嘿,哪有那么便宜?"贺世贤自然不信,笑道,"千军万马都伤不着他一根毫毛,你赤手空拳,怎能活捉他?"

不管贺小六怎么说,贺世贤就是不相信,于是二十三岁的小六子急得哭起来。

住在后院的梨花听到男人的哭声,马上提着灯笼来到前院,推门步入内室。贺小六眼见总兵夫人进屋,马上抽泣着,向夫人诉说实情。梨花起初一愣,随之镇静下来,坐在檀香木椅上,慢条斯理地问道:"那汗王什么长相?"

"高高的个子,浓眉凤眼,声若洪钟!"贺小六出口如同竹筒子倒豆,一口气说完。

"浓眉凤眼,声若洪钟。"总兵夫人半眯着双眼,自言自语,若有所思,"对,对。"这时她想起傍晚在舍利塔下,那喊出一个"梨"字的呼唤声音。于是她坐不住了,站起来走到贺世贤身边,道:"夫君,那汗王是真是假叫我一看便知。"

"你认识他?"贺世贤疑惑地问。

"看看再说吧。"梨花连忙叫过一个侍女,叫她提着灯笼,疾步走出总兵府。

沈阳城的牢狱紧靠总兵府,两院一东一西,只有一墙之隔。

梨花在侍女引导下,出大门往西,走进牢门,说明来意,狱卒就手提一只水罐,带她到后院一间牢房。狱卒打开牢门,提着灯笼进去,假装送水,他手提灯笼在努尔哈赤脸前摇来摇去。

努尔哈赤坐在木床上,捧起水罐喝了几口,就跟狱卒攀谈起来。

梨花站在窗下,透过窗户纸缝,把屋里的一切看得一清二楚。她看着,叹息着:他老了!灰白的头发盘在头上,额头上已是道道皱纹,脸上的皮肉已失去润度,变成昏暗的绛紫色。看着,看着,她眼前又浮现出在抚顺马市初次相见时努尔哈赤英俊的形象,想起在老秃顶子岭上的日子,忆起在北京悯忠寺的一瞥。几十年来朝朝暮暮,哪有一刻忘记过他呀!想到这里,她有心破门而入,同努尔哈赤彻夜长谈,然而当她离开窗口,又犹豫起来。她想,如若相认,岂不给努尔哈赤带来麻烦?再说半夜三更在狱中与一个素不相识的男子相会,也会给贺总兵招来是非。怎么办?咬咬牙,眼泪往心里流,救出努尔哈赤,就是一件幸事。想到此处,她抹了一下眼角,转身走出牢房的长廊,在狱门口找到侍女,一口气跑回总兵府。

此时,贺世贤正坐在堂屋西间吸烟,等待夫人查监的消息。烟雾伴着蚊香,满屋青烟萦绕,贺世贤望着袅袅烟雾,幻想着未来:一千名刀斧手押解着努尔哈赤,进入京城,步入宫殿;宣武门外努尔哈赤被斩首示众,人人夸赞贺世贤有功;皇上亲赐蟒袍玉带,黄金白银……

"咯吱"一声,门被推开。贺世贤见梨花进来,慌忙站起,问道:"夫人,囚禁之人可是那汗王?"

"一点也不假。"

"你不是开玩笑?"

"人命大事,谁敢开玩笑?"梨花脸绷得紧紧的,问道,"你打算怎么处置他?"

"押送京城,邀功领赏!"贺世贤高兴得山羊胡子抖着说。

"他与你何冤何仇?"梨花坐在炕沿,毫无笑意地问道。

贺世贤不解其意,反问道:"夫人你这话是什么意思?"

"君子向来不杀无辜!"梨花站起来,两眼盯住贺世贤,道,"既然汗王与你无冤无仇,你为啥要伤害他?夫君,你还记得秦王李世民遇险,众生救驾的故事吗?"

贺世贤一时被问得晕头转向,他眨着两眼,坐在太师椅上,又吸起烟来。他吸一袋烟,把烟袋往条几上一扔,站起来问夫人道:"你是叫我把他放了?不,不,不能。镇疆守界是兵将之责,我要把夷人放走,岂不是叛国欺君?"

"你的忠心倒是可嘉。"梨花道,"可惜,替纣王、秦二世那样的昏君卖命,那可是愚忠!"

贺世贤刚想辩解,梨花马上抢先发话:"李成梁、杨镐、李如柏、刘綎可谓尽忠尽义,可是他们哪一个有好下场!罢官的罢官,下狱的下狱,逼死的逼死,阵亡的阵亡。难道夫君,想步他们的后尘?"

"你这是替汗王说话!"贺世贤六神无主,抖动着肥胖的身子,白净的方脸上肌肉抽动着,不服软地说,"那汗王又与你何亲何故?"

"是我的救命恩人!"

接着梨花把自己从小卖艺,在抚顺被小罕子搭救的前前后后说了一遍,然后"扑通"跪在丈夫面前,恳求道:"夫君,请看在我的面子上,救汗王一命吧。"

贺世贤不加理睬,梨花步步紧逼道:"夫君如若不肯给我这个面子,那我就撞死在你脚下。"说着,梨花甩头朝椅脚上撞去。

贺世贤见梨花如此恳切,慌忙将夫人扶起,为难地道:"我可以答应夫人的请求。可汗王被俘之事,已有人知晓,此事若传出去,岂不招来灭族之祸?"

"谁能认出汗王?"梨花问道。

"贺小六。"

"他有什么凭证?"

"汗王攻打开原时,他亲眼所见。"

"嗯!"梨花笑道,"贺小六临阵脱逃,已够死罪,靠这样的人作证,岂不向外人表明你是窝藏逃兵的罪臣?夫君,你不要再干那种引火烧身的傻事啦!"

贺世贤被说服了。在梨花的策划下,以夜审为名,把努尔哈赤请到总兵府,以礼相待。

第二天下午,贺世贤正陪着努尔哈赤宴饮,忽然门官来报:"一个沈阳城老相识前来求见。"

贺世贤陪努尔哈赤在正房西间宴饮,为避人耳目,特意到东间接客。门官把客人带来,贺世贤见是个眉目端正的中年汉子,连忙问道:"请问客人尊姓大名?"

"沈阳人氏范文寀!"

贺世贤听到这熟悉的名字,连忙站起,把范文寀让到座位上,致歉道:"先生本是大宋范仲淹之后,卑职有失远迎。"

范文寀客气了一番,正欲打听努尔哈赤的下落,忽然努尔哈赤推门进屋。范文寀一惊,立刻迎上去施礼问安。贺世贤见两人一见如故,笑道:"原来二位一条是苏子河,一条是小沈水,异道同归,共入大海哟!"

三人互相寒暄一番,就一起入席再饮。这样,范文寀陪努尔哈赤在总兵府一连住了七八天。

一天,京内忽然传来万历皇帝驾崩的消息,沈阳城一片惊慌。恰逢这年辽东碰到百年不遇的大旱,眼看已到秋收季节,辽河两岸的庄稼都是遍地枯黄。高粱无粒,稗谷无穗,而满地乱爬的黑盗虫,把地里仅剩下的野菜,也咬得叶梗皆无。饥荒袭击着辽沈村民,他们一听说皇上已死,一个个生怕兵荒马乱,便四处逃荒,寻求生路。沈阳城内到处挤满求生的难民。

贺世贤眼见这种悲凉景象,十分懊丧。一天傍晚他邀努尔哈赤、范文寀再次酌饮,就大发起牢骚来。他坐在八仙桌右侧,喝得红头涨脑,连损带骂道:"万历整年花天酒地,荒淫无度,一死完事。可剩下我们这些带兵的,一无粮,二缺饷,怎么混下去?皇上,皇上,就是黄了上西天!"他拎起银酒壶为努尔哈赤斟了满满一杯酒,又说:"汗王,您也是一方之王,我很佩服您!您能带兵,能打仗,还亲自探察,不怕坐牢房。来,来!"他举起酒杯,邀努尔哈赤干杯,边喝边道:"我真佩服您这马上皇帝!"说着推开椅子,向努尔哈赤跪下。

努尔哈赤慌忙将贺世贤扶起,道:"小人只是个族人头领,哪能跟真龙天子相比!"

"不,不!"贺世贤有些醉意,手发颤,舌头根发硬地道,"什么龙不龙,那都是骗人的玩意。我只信奉一条,能替百姓着想的人,才配当皇上。汗王,您就到北京当个皇上吧。"

范文寀马上接着话茬儿道:"汗王可是北方夷人哟!"

"什么夷人不夷人,还不都是羲皇、女娲的子孙!"贺世贤又为努尔哈赤斟了一盅酒,自己先喝干,把酒盅一推,道,"当今谁有本事治理天下,谁就该登基坐殿!"

贺世贤话刚落音,贺小六陪着龙敦偷偷地推门进了屋,嬉皮笑脸地道:"哟!总兵大人,您长几个脑袋!"贺世贤抬头一看,马上目瞪口呆。因为皇上治丧期间,是不许设宴取乐的。此事若叫皇室知道,定要杀头。

贺世贤虽有几分醉意,但头脑仍很清楚。他想:捕获努尔哈赤之事,只有他一个人知道底细。今后若万一被小六子传出去,必招大祸。今日何不先下手,以除后患?贺世贤历来手脚利落,他想到此处,一面从身上摸护身匕首,一面唤道:"小六子,你身后是谁?"

贺小六刚一转身,一刀飞去,正中贺小六后心,便一命呜呼。跟随贺小六前来拜会总兵的龙敦,见贺小六身亡,转身就跑,他刚跑出门槛,早被范文寀飞镖打中后心,于是转眼间,也命归西天。

努尔哈赤见倒下去的,一个是捕获自己的那个汉子,另一个是自己追杀的叛逆内奸,就连忙站起,朝贺世贤拱手致谢,道:"日后我若得天下,一定请将军为帅!"

贺世贤拱手笑道:"鄙人只要不再受大明朝的窝囊气就是了。"

贺世贤叫近侍把贺小六、龙敦的尸体抬走,又畅饮了一个时辰,便各自歇息。又过了一日,贺世贤便差人把努尔哈赤、范文寀两人送至城外。临走的那天,梨花站在城楼,遥望着努尔哈赤的身影,暗自流下了眼泪。这些天,她既高兴,又觉得委屈。高兴的是,努尔哈赤安然无恙而归;委屈的是,因礼教家法,不得面见努尔哈赤,像当年那样促膝谈心。而努尔哈赤走出城门,也恋恋不舍,他一步一回头,心里想着梨花。他在总兵府虽住了数日,但高墙相隔,难得与梨花相见,虽有心与梨花见面,但又不便与总兵提起此事。所以,近在咫尺,遥距天涯。

第二一章　博采众议　智取沈阳

一

努尔哈赤回到新迁的都城界藩城,心里有些后怕,又有些侥幸。他想:赴沈阳侦探除奸虽至关重要,但若自己落在他人之手,今日岂不成了刀下鬼,误了大事!想到此处,他又后悔起来,当初为啥不多听听众大臣、贝勒的劝告,致使自己一意孤行,险些铸成大错!他暗思忖:自从称汗之后,为啥直言敢谏的人少了?若长此下去,岂不成了孤家寡人!

第二天,努尔哈赤叫来两个木匠,令他们在城门口竖起两根木桩,中间横上木箱,上面写着:"欲谏欲诉者,悬其辞于木桩上。"不几天,进谏桩上挂起不少治国强兵、西进伐明、严明军纪、规劝汗王的谏言。努尔哈赤看了十分高兴。过了一个多月,北京又传来新皇上光宗驾崩的消息。次日,进谏桩上就有人进言道:"皇上连崩,举国人心浮动,朝内各党纷争,吾满洲人应趁机攻破辽(阳)沈(阳),站稳辽东,此策不行,后悔莫及。"

努尔哈赤看了连声叫好,赶忙召集八旗部将、大臣到新殿议事。当日决定先扫清沈阳城郊城堡,伺机攻打沈阳,直捣辽阳,割据辽河以东。在范氏兄弟的参谋下,议定先派大臣额亦都、正蓝旗主莽古尔泰通力合作先围攻蒲河,建立前哨阵地,打开通往沈阳古城的道路。

蒲河城位于沈阳城东北,相距有四十余里,是由开原、铁岭运送粮草的必由之路,也是沈阳城北的一个大门。八月的一天,额亦都、莽古尔泰各率领一路人马,直逼蒲河城下。由于开原、铁岭相继被占,蒲河城的明军早已撤出城里,城里只剩下些平民百姓。额亦都、莽古尔泰轻取了蒲河城。忽然探马来报:"在沈阳城北二十里的地方,有一伙明军正在挥鞭驱赶逃荒的蒙古族人、女真人。"

莽古尔泰听了异常气愤,他把马鞭子一挥道:"欺人太甚!"他向额亦都抱拳道:"额赤客,我先去把那些狼狗撑跑,回头会师。"说罢便率领一队人马,飞驰而去。

莽古尔泰一行涉过牤牛河,迅如闪电,直逼沈阳城北,他们在北门外的官道上与一伙明军相遇。明军多是步兵,哪抵挡得了莽古尔泰的铁骑?双方对杀了一阵,明军丢下百十具尸体,便逃回城里。

额亦都身为大臣,有责任保护正蓝旗主莽古尔泰,但因莽古尔泰一伙兵精马快,追了半天,也未追上,只好半路停下。第二天,回师界藩后,有人指责额亦都违抗军令,管诉讼的大臣也照章审理,提出要按军法论处,判处死刑。

当天,额亦都自己绑上自己,到大衙门听候审判。这天早晨,努尔哈赤带着诸大臣走进衙内,听候诸大臣审理。诉讼大臣列举了额亦都与部下的过失,决定将额亦都以下的众领兵额真削功降职,没收赏物,各鞭三十。额亦都身为众军之首,当斩不赦。

如果是平时,凡是诸大臣、贝勒一致同意的事,努尔哈赤都依议而行。可是这次对额亦都的定罪,他却一反常态,摇头捻须道:"贫时得铁,犹胜于金。吾无部臣之时,额亦都首先来投,他跟我攻城略地,出生入死,血洒疆场,转战千里,为我大金的建立立下了汗马功劳。如今他身负要职,颇孚众望,若以偶尔过失,严酷惩治,岂不是自伐栋梁?眼下大业未就,若因此弄得人心惶惶,将会丧失臣心,引起八旗将士混乱,岂不是自毁长城?"接着,努尔哈赤严厉地责备了额亦都,并向诸大臣求情道:"此次免额亦都一死,只削其功,收回赏物,诸位看如何?"

主管诉讼的大臣何和礼,觉得努尔哈赤讲得句句有理,深为努尔哈赤的宽厚所感动,就带头站起来道:"汗王远见卓识,如此厚爱功臣,我等为之高兴不已。"接着当场为额亦都松了绑。审判刚刚结束,众人步出衙门,忽然一个驻沈阳的密探闯进来,禀报紧急军情。

三月的沈阳,时暖时寒。有时南风吹来,暖风拂面,人们穿红戴绿穿行走在古城四门,聚集在东西、南北交叉的十字大街,在鳞次栉比的店铺前,或买或卖,或游或逛,使这座古城显得热闹异常。

然而,有时一夜北风,天气骤然变冷,风夹着雨雪,铺天盖地。周围九里长二丈五尺高的灰砖城墙上,盖着厚厚的积雪,城墙内外宽三丈、深八尺的两条护城河上,解冻的河水又结上薄冰。城内家家院子里绽芽的小树,在寒风中抖动,快活的雀鸟不得不钻进房檐,沉睡栖息。在这严寒的日子,城民也多闭门不出,猫在家里,守着火盆,或坐在热炕头干点小的营生。

天启元年(1621),沈阳城十几万城民和驻军,不仅忍受着天气变化无常的折磨,而且在动乱的时局中,也忍受着天灾人祸的磨难。

自去年夏天明神宗万历帝死后,仅一个多月,新继皇位的光宗泰昌帝又吞红丸死于乾清宫。一月之内,梓宫两哭。新继皇位的十五岁的小皇帝熹宗,只会斗鸡养狗,难理朝政。于是朝内党派林立,纷争不息,大臣之间,结党营私,排斥异己,互相告发,倾轧不已。京城内乱,地方不稳。偌大个辽东,一时成了奸臣争权夺势的角斗场地。数月之内,辽东的大小官员,撤了又换,换了又撤,弄得人心惶惶。近日,掌握朝内大权的太监魏忠贤,为控制辽东的兵权,特意派亲信尤世功出任沈阳总兵,与贺世贤并列,同时增派皇室亲族朱方良为副将。他们到沈阳名为协助贺世贤,实则是排斥贺世贤,进而取而代之。

尤世功是贺世贤的老乡,两人都是榆林卫人。他矮墩墩的个子,罗圈腿,其貌不扬。但此人处事圆滑、狠毒,是那种咬人不露齿的人。萨尔浒之战,他身为游击,隶属李如柏麾下。兵败后,他本应治罪,但他善于钻营,趁朝内各党纷争之机,与朱方良合谋,首先告发李如柏,御史趁机弹劾,迫使李如柏自缢而终。他由游击很快晋升为副总兵。魏忠贤揽权之后,他又升为总兵。这样他靠权术连升三级。此次到沈阳走马上任,他雄心勃勃，一心想独揽辽东的大权。因此到沈阳后，他加紧在城外修筑各种工事，亲自监督挖堑掘壕，壕中埋下削尖的木桩，并用高粱秸盖在壕上，以伪装掩盖。同时在城墙附近挖掘宽五丈、深二尺的二道大壕，并从北京运来十门西洋火炮，摆在城墙垛口。他骄傲地向官兵们说："沈阳城森严壁垒，固若金汤，努酋如越雷池一步，我敢拿脑袋打赌。"

三月初七，尤世功带着十多个侍从，骑马到浑河岸边的芦苇塘打野鸭子。傍晚在回家的路上，遇到十几个女真人打扮的商人，从城东门走出。尤世功见他们骑着马，马背上搭着布匹、农具，并无兵器，便上前拦住，骄横地说："满洲鞑子，休走！快把马背上的东西卸下来，交给老爷！"

一个胖子中年商人，上前施礼，道："我们都是规规矩矩的商人，请大人高抬贵手。"

"胡说！"尤世功嗖地从腰间拔出宝剑，厉声道，"不许你们巧辩，你们是努酋的探子！"

"不，不，"胖子商人连忙跪下求饶，"我们确实是商人。"

"是商人，也得把东西放下。"尤世功蛮横地吼叫起来。

"你们是强盗！"一个小个子年轻商人，忍无可忍，在马上站起来喊道。

尤世功冷笑一声，长剑一挥，十几个商人立刻被包围。一个个手无寸铁的女真人，有的被活捉，有的反抗被当场打死。明军把商人的首级割下，吊在城东门楼上示众。

次日，潜伏在沈阳城里的范文寀，马上派人把尤世功屠杀满洲良民的消息报告努尔哈赤。

努尔哈赤年已六十三岁，他在界藩新城听到同胞被明军无辜杀害的消息，放声大哭，一时昏倒在大殿。三月初十，努尔哈赤与诸大臣、八旗旗主商定，决定当日发兵，攻占沈阳，为死去的同胞报仇。

日照东南，努尔哈赤率领八万满洲军，在堂子前祭天，拜祝曰："皇天后土，上下神祇，我满洲百姓，向来是天朝的边民，按年进贡，服从天朝。然而自万历以来，边官凌辱我属民，屠杀我父老，为此官逼我民反。此战愿皇天鉴之,助我戎行,旗开得胜!"

祭毕,八旗大军,张黄盖、吹喇叭、敲锣打鼓,浩浩荡荡分水旱两路向沈阳进发。

次日傍晚,两路大军会合于沈阳城东二十里处,设营扎寨,准备翌日攻城。日落星出,明境烽火台一处接一处燃起大火,从城外向城内报警。

当晚,尤世功接到努尔哈赤出兵的消息,他一时慌了手脚,立即派人找到贺世贤、朱方良到总兵府议论军情大事。二更时分,诸将到场。尤世功摆出大帅的架势,在大厅里踱着步子道:"眼下努酋发兵,已兵临我城下。此人欺人太甚,我提议明日我城内七万大军,倾城而出,与努酋决一死战!"

朱方良随之骄横地道:"此战由尤总兵亲自挂帅,必将旗开得胜,绝不会像萨尔浒一战,兵败辱国!"说罢,故意朝贺世贤瞟了一眼,又挖苦地说:"贺总兵虽与努酋未能刀兵相接,可是半途而归,也心中有数吧,贺总兵您看此战如何?"

贺世贤拍案而起,道:"朱副将身为皇室亲兵,出口如此无礼,叫贺某实难容忍。"他霍地拔出长剑掷向尤世功道:"尤总兵,您要看我无能,就给我一剑好了,何必如此旁敲侧击?"

尤世功抓住飞来的剑柄,马上劝道:"总兵息怒,总兵息怒!眼下大敌当前,怎好同室操戈?"

朱方良也自觉恶言伤人,马上皮笑肉不笑地道:"小弟是和总兵开个玩笑,何必当真!"

"哼!"贺世贤依然怒气未消地道,"我们明军的将官有劲总往自己人身上使,所以常打败仗。而满洲人上下团结精诚,一致对外,所以出师就胜。"

"叭!"朱方良气得顺手抓起一个茶碗摔到地下,嘴唇发紫地道:"贺世贤,你不要长他人威风,灭我大明朝的志气!"

贺世贤毫不示弱地道:"那你就到皇上那里告发去吧!"

朱方良气急败坏地抽出长剑,走向贺世贤,向他示威。尤世功见势不妙,马上把朱方良喝住,顺口道:"朱副将,休得无礼。昨晚上我怎给你说的?"

贺世贤耳听话中有话,就毫无惧色地反问道:"君子做事向来不背人!尤总兵,昨晚你们说了些什么,就当面说个明白,可别把我蒙在鼓里呀!"

尤世功干哂嘴,不自然地舔了舔嘴唇,掩饰道:"没说什么,没说什么。"

贺世贤气愤异常,便向尤世功一抱拳,道:"出兵大计请尤总兵决策,卑职悉听尊便!"说罢,转身扬长而去。

贺世贤回到家门口,气得浑身无力,心悸肉跳。他回到书房,推门进屋,忽见范文寀秉着烛光,笑吟吟地迎过来,道:"贺总兵,看来你气色不好,一定是受人欺负喽!"

贺世贤也顾不得与客人寒暄,就愤然骂道:"当今朱氏王朝的官场,很少有好人!"

范文寀听话音,就猜到贺世贤与朱方良唇枪舌剑地争辩了一番。于是他故作惊讶地道:"朱方良初来乍到,他不会与你过不去吧?"

"哼!"贺世贤气得出着长气,道,"他是一条十足的看家狗!仗势欺人,无赖至极!"

范文寀立即劝道:"老话说,君子坦荡荡,小人长戚戚。何必与那些嚼舌的小人一般见识?"

贺世贤把范义寀让到椅子上,自己也坐下来,连忙给客人斟上茶,无可奈何地道:"如今在明朝做官当兵,叫人生气太多。我早知有今日,还不如早早地投奔汗王为好!"

"如今也不晚嘛!"范文寀呷了一口茶,道,"跟着他们这伙狼心狗肺、卸磨杀驴的人当差,日子着实难混呀!"范文寀瞟了贺世贤一眼,道:"贺老兄,你若有心,我愿在汗王面前说句话,他会重用你的。"

贺世贤摇了摇头:"悔之晚矣!如今我已是大明朝的总兵,吃着皇家粮,穿着皇家的衣。俗话说,吃谁家的饭归谁家管。眼下如若改换门庭,岂不成了叛贼,千载令人笑骂!"

范文寀哈哈笑道:"愚忠!愚忠!大明朝如今已把百姓、官兵抛弃,此时不反,尚待何时?!"

"反?"贺世贤一愣,沮丧地道,"小小总兵能推倒一座大厦?"

"贺总兵,只要你不愿忍受朱氏王朝的欺压,小弟愿为你献策效劳!"

说话间,门"吱咯"欠开一条小缝。贺世贤机警地向门口跑去,一个黑影不见了。他回到屋里,端起蜡台,四处寻找,都不见踪影。他索性回到屋里,房门大开,仰面朝天地躺在一张板床上。

二

雄鸡报晓了,城东响起进军的螺号。贺世贤已是年过花甲之人,再加之一宿未睡,觉得十分疲倦。他折身刚下地,忽然一个蒙古族卫兵带进一个中年女子,那卫士道:"总兵大人,她要求见大人。"

贺世贤一见来人十分陌生,只好点头致意,不便先开口。那女子刚叫了一声"总兵大人",范文寀便迈着轻快的步子,从对面走来,向贺世贤介绍道:"这位女子名叫哈布多,是汗……"

哈布多朝范文寀递了个眼色,岔过话头,有意奉承道:"小人从科尔沁逃荒而来,听说总兵大人为人宽厚,待人和气,特意到府上想找点差事,混碗饭吃。"

城东又一阵号角响起,贺世贤哪顾得了这等小事,就向卫兵一挥手,道:"这事你就先安排安排吧。"说罢就去洗漱更衣。哈布多趁贺世贤更衣之机,走进范文寀的房间,对范文寀说:"眼下我一切安排妥当,只欠东风一吹……"

范文寀深表敬意地道:"贵福晋真不愧女中豪杰,想不到办得如此神速!"

说话间,尤世功专派的差役进屋,此人盔甲整齐,腰系长刀,站在门口,喝道:"贺总兵大人,尤总兵请您披甲出征!"

这时,贺世贤已脱去便装,换上盔甲,他在屋里应道:"知道了!"说罢,他怏怏不乐地步出总兵府,绕过院东高墙,来到十字街口中心庙北。

尤世功已把集结的七万兵马部署完毕：四门各设万人把守，剩下的三万刀斧手，集结在总兵府后的东西大街上，准备随时增援各门。尤世功骑在马上，见贺世贤神情沮丧，就双拳一抱，施礼笑道："小弟向将军赔个不是，大敌当前，望老兄多多效劳出力！"

"哼！"贺世贤眼皮也没抬，绷着脸道，"尤总兵不必客气，老朽听候您的调遣！"

此刻，尤世功很想叫贺世贤替他当炮灰，寄希望贺总兵能抵挡住满洲的兵马。他暗自合计：等贺世贤的兵马损伤过半，丧失元气时，再统率精兵出城应战，以夺首功。所以他跳下马来，不客气地道："满洲军离城东只有七里路光景，这头阵就靠老兄领功喽！"

贺世贤是经过阵势，打过多年仗的将才，他听了尤世功的命令，冷笑道："此战老朽能落个完整的尸首就不易了，何谈功爵？"说罢，接过近侍递过来的马缰绳，扶鞍上马，奔城东而去。

城东又响起螺号，那声音越来越近，声音越来越大，震天动地，响彻云霄，如同阵阵海涛涌向沈阳古城。努尔哈赤是个善于智取的沙场老将，他一方面利用声势威慑敌人，一方面巧布阵势，真真假假，虚虚实实，引敌人上钩，然后出奇制胜。事前，他已对城内的防御了如指掌，依据敌城设防严固的特点，把正黄、正白、正红、正蓝四旗左翼大军部署到城西，另外把镶黄、镶白、镶红、镶蓝四旗右翼大军埋伏在城东树林、土窑、洼地、荒草沟渠之中，然后由皇太极统领一千轻骑，应着号角，推着盾车，抬着云梯，摆出强攻东门的架势。

皇太极率领的兵马来到东城门外一里许的一片荒地。守卫在城门上的明军见黑压压的满洲兵涌上来，一时慌了神，城门上的炮手未等统帅下令，就点着西洋大炮，轰轰乱放。炮声应着杀声，震天撼地，撕裂人心。皇太极的兵马穿过炮火，越过沟堑，直逼城墙脚下。接着竖云梯，推盾车，佯装强攻。

云梯刚刚架起，攀城的兵士爬到墙中腰，就被明军如雨似的石头、木棒赶下城墙。弄得梯折人亡，惨叫不止。皇太极眼见二十几个刚刚才抓到的明军战俘，攻城毙命，便马上鸣金收兵，佯装丢盔弃甲而逃。

这时,恰好尤世功登临永宁门城楼观战,他眼见满洲军弃尸而逃,心中大悦,便手拔长剑,飞下城楼,下令打开城门,追赶满洲军。他跨上一匹菊花青,一马当先,一路杀声,冲出一里多路。

守护城东的一万多明军,见主帅冲出,也一个个手执大刀,举着盾牌,潮水般地涌出城门。尤世功率领的一万兵勇刚杀出二里多路,忽见逃窜的满洲骑兵转身杀来,接着大路两侧的树林里、土窑里、洼地里、荒草里、沟渠里骤然涌出几万大军,犹如火山爆发的岩浆,决堤的江水,将尤世功一万人团团围住。刹那间,刀兵相接,杀声震耳。一时四野炮火连天,八方快马如梭,刀枪剑戟叮当乱响,马踏人身而过。一会儿,满洲军的骑兵像旋风似的向明军冲去,一会儿明军轻骑向满洲军涌去,整个战场,刀枪乱刺,杀气冲天,难分你我。

两军交战数个回合,明军阵内的大个子先行官落马,一员偏将头盔被满洲军刺掉。两军厮杀混战,刀来枪去,马蹄下人头乱滚,剑去戟迎,头盔上鲜血淋漓。

在千军万马中,皇太极白盔白甲,骑着白马,紧紧咬住尤世功不放。

尤世功一手一根狼牙棒,前后左右,上下乱舞,时拍、时打、时砸,使皇太极难以近身。

皇太极手挥五虎长枪,枪路多变,出枪稳准,一时枪晃如雪飞,枪摆似风摇。两个领兵大将,左右盘桓,战马首尾相咬,旗鼓相当。两人快一枪,慢一枪,虚一棒,实一棒,一来一往,犹如走马灯,难分胜负。皇太极一连用了左八路"龙探爪",右八路"虎登山",上八路"鹤展翅",下八路"猴上天",枪路枪法神出鬼没,顿时使尤世功招架不住,望而生畏。尤世功交战数十个回合,自觉难敌,于是拨马转身,准备逃走。恰在此时,皇太极追上去先虚晃一枪,来了个"长蛇吐芯",猛地刺入尤世功的腋下,尤世功惊叫一声,落下马来。

这时巴什泰快马赶来,一刀将尤世功身首分家。

明军见帅将身亡,一时乱了阵脚。皇太极率领的马队,趁机冲了上去,吼叫着,杀入明军阵内,一个个手挥大刀,左冲右撞,把明军杀了个丢盔弃甲,狼狈溃散,四处逃命。

走在队伍最后督战的贺世贤,本无心为昏庸的大明皇上送死,他眼见退回来的兵士浑身血污,便凄然泪下。俗话说,兵败如山倒。城东的明军眼见主将尤世功命归西天,一个个便如惊弓之鸟,涌向城门,奔进城内。

守卫西门的明将朱方良听说尤世功战死,马上调出自己的五千兵马,前来增援。他骑在马上,挥刀连砍了几个逃兵,也无济于事,就连他自己也被败下阵来的逃兵人流拥到十字大街口,挤在人山人海之中。

败退的明军刚刚拥到西城门楼下,这时假扮成蒙古难民的哈布多,随着惊慌失措的城内难民,也拥到西城门楼楼下。她鼓动起一百多城民,从门卫那儿抢来钥匙,打开大铁锁,撤下横门闩,推开西城门。

门刚打开,努尔哈赤亲率的左翼四旗大军趁机涌向城门。两股人流相遇,人挤马踏,死伤不计其数。

明军的炮火失去了作用,两军展开了肉搏战,于是从城内到城外,从城上到城下,从屋里到屋外,处处摆开了战场。

混在乱军之中的皮廷相,眼看败局已定,暗想,一个槽头不能拴两匹叫驴,有贺总兵在,我就难升总兵!于是他搭弓射箭,对骑在马上的贺世贤连发数箭,贺世贤后背连中三箭,惊叫连声,猛然栽下马去,立刻被拥过来的乱军踩在脚下。皮廷相见贺世贤再没有爬起来,就悄悄地从一个墙洞,溜出北门外,在城北一个小村找到正在那里养病的梨花。他说:"贺夫人,眼下城内军情吃紧,贺总兵派我先把您接到辽阳躲避躲避。"梨花关切地问:"城内仗打得怎么样?"

皮廷相皮笑肉不笑地道:"小打小闹,眼下皇上易位,将官频繁更换,谁还有心卖命?"

"那我就不走了。"梨花倔强地说。

"不行!不行!"皮廷相快速地眨着老眼皮,心生一计,随机应变道,"即使满洲兵不会伤害您,可是大乱之后,您也架不住土匪折腾!"

"我都是老太婆啦,谁还敢把我怎么样?"

"不行,不行。您是总兵夫人。如果我不照总兵的话去办,万一有点闪失,叫我如何跟贺总兵交代?"说着,皮廷相"扑通"跪下,哀求道,"贺夫人,您要不走,我就跪死在这里。"

梨花见皮廷相如此笃情,一时盛情难却。她当即简单地收拾了衣物,坐上马车,跟着皮廷相向辽阳走去。

皮廷相为啥如此苦苦哀求梨花与他同路呢?这其中也有他的难言苦衷:一则,他探知梨花与努尔哈赤有某种说不清的关系,他想将来万一自己被满洲人所俘,梨花会出来说情,留条活命,甚至得到努尔哈赤的重用;二则,如果将来大明军打败满洲军,自己手里有个败将的夫人,努酋的奸细,也就有了邀功请赏的本钱。所以他想千方百计地笼络住梨花,以求左右逢源。即使这两方面都得不到,起码也为自己临阵脱逃制造个口实。如若有人追问自己为啥从沈阳逃到辽阳,那就脸不变色心不跳地回答:"是贺总兵派我为其夫人保驾!"反正贺总兵已死,上哪追根问底?

大篷车由城北绕到城南,跨过浑河大桥,一路飞跑。皮廷相陪着梨花坐在车厢里烦躁不安,忽听浑河下游传来车马之声,她撩开厢帘向远处一看,只见一队队兵马向浑河岸集结,由于路远,又有薄雾,她一时看不清远处是何家兵马,只好怀着惴惴不安的心情,急忙催促车夫快马加鞭,慌忙赶路。

三

浑河南岸集结的是明军名将陈策的两万兵马,他们正列阵布炮,准备渡河援救沈阳的明军。

陈策五十多岁,身强力壮。他多年镇守四川,兵精善战,深得兵部尚书的信赖。自萨尔浒兵败后,尚书点名叫他统兵赴辽,充任援剿总兵官,以救关外之急。此人用兵得法,兵士训练有素,自到辽东后,一直坚持野外训练,驻扎在辽阳与沈阳之间的荒山子。清晨他得知沈阳被满洲军围困的消息,便立即集合兵马,拔营驰援。可是当他们来到浑河南岸,只见由沈阳城内逃窜的明军,已涌满大道。于是他急令全军火速前进。

两万川军眼见逃兵浑身血污,腿折臂残,不禁不寒而栗。恰在这时,从城里逃出的副将朱方良看到陈字大旗,他慌忙跑到陈策马下,哀求道:"陈总兵,切莫进城!切莫进城!"他见陈策下马,就慌忙扑上来,哭泣着说,"我们七万大军都未能抵住努酋,你这两万人马去拼,岂不是白白送死?"

站在陈策身后的游击官周敦吉,反驳道:"我辈不能杀敌救沈,在此三年何为?"

"我们誓死不当逃兵!呸!"

"呸!""呸!"唾弃之声连成一片。

朱方良哪受过这种窝囊气,他双脚一跺,骂道:"你们懂个屁?谁敢骂我,我日他老祖宗!"

几个气粗的四川兵,撸起胳膊就冲上来。眨眼间,把朱方良摁到地下,一阵拳打脚踢。

陈策一时急得额上冒出豆大的汗珠,慌忙喝退兵士。一个大胡子四川兵并不知晓朱方良何许人也,他不顾陈策的劝阻,依然用脚踢朱方良的屁股。陈策急了,哈腰抓住大胡子兵,手执短剑,道:"他是皇上的亲戚,领兵副将朱方良,你今日竟敢冒犯皇家,我岂能容你!"说罢,手起剑落,大胡子兵的人头落地,一腔热血喷得陈策满脸,犹如关公。

川军一个个惊慌失措,面面相觑。

等大军渡过浑河,陈策命令,在离河北岸一里许的地方设下两座营盘,以便歇息解乏,再与满洲军决一雌雄。

努尔哈赤率领大军绕城冲杀,明军尸体累累。当满洲的八色彩旗插上沈阳四门城楼,努尔哈赤步入贺总兵府歇息时,忽然探马来报:"河南发现大批明军!"

努尔哈赤听罢,喝了几口老酒,立即翻身上马,急令右翼四旗大军,披甲迎敌。

号角阵阵,黄白红蓝四色旗帜,迎风抖动。镶黄旗部将额亦都骑着一匹红鬃马,驰骋在全军最前面。他虽已年近花甲,胡髭很长,但仍气宇轩昂,精神抖擞,风度翩翩。上次初征沈阳,因为自觉年高一时疏忽,险些造成三贝勒莽古尔泰遇险受困,按军法本应斩首示众,承蒙汗王厚爱,免予一死。自此他多日自愧内疚,闭门思过,决心悔过自新,尽心辅佐汗王,完成满洲大业。这次出征前,他曾挥毫写下"老骥伏枥"四个大字,把它挂在正房北墙上,以激励自己的斗志。

战马飞驰,满洲右翼四旗大军四路排开,犹如四股潮水,从城内涌向城南。大军跃出南城门,涉过五里河,忽见浑河北岸军帐簇簇,旗帜林立,火炮高耸。在一杆"陈"字帅旗下,站着一排排手执长枪、大刀,腰佩利剑、头戴铁盔、身披铁甲的四川兵卒。陈策统率的两万大军,黑压压形成一层人墙。

陈策久经沙场,熟知兵法,他深知满洲人能骑善射,自己的兵马善于拼搏的长处。于是,他未等满洲兵靠近,就合计好扬长避短的战略,急令三百步兵推出遮箭盾车,随后跟随执枪的兵士,主动向满洲军靠近。

两军越靠越近,明军首先发炮轰击。一时战场上浓烟滚滚,杀声四起,额亦都率领的镶黄旗应着炮声,死伤多人。

火炮声音越来越大,烟火越来越浓。额亦都趁着烟火弥漫,明军辨不清目标时,率军突然冲入明军阵地,冲杀拼搏,展开了白刃战。

明军的炮火停止了,两军刀对刀,枪对枪,噼里啪啦,刀枪撞击,火星飞溅,战斗异常激烈。

两军大战了一个时辰,相互伤亡很大。川军因长途跋涉,水土不服,逐渐有些不支。而满洲兵一个个骑在马上,居高临下,又是以逸待劳,越战越勇。最后满洲军把川军压向浑河沙滩、浅水、苇塘。

此时浑河正是桃汛暴涨季节,落入水中的明军,很快被水卷走,溺死者的尸体漂在河上,一个接一个,犹如水中放伐的圆木,漂向下游远方。

额亦都骑在马上,手挥铁矛,与陈策厮杀了多时,两将仍不见胜败。当额亦都把陈策逼到河岸,陈策想趁机转身逃脱时,忽然马踏尸体,前腿失蹄,陈策便身不由己地跌下马来。额亦都手疾眼快,他未等陈策落地,便猛挥长矛,刺透陈策的咽喉,一代名将眨眼间一命归天。

明军失去了指挥,顿时全军溃散。满洲骑兵乘胜追击,大军追过浑河约五里路光景,忽然驻扎在奉集堡和武靖营的两路援军飞驰而至。三四万明军扑来,为首的骑兵边放铳枪,边喊冲杀。

额亦都率领的先头骑兵,毫无准备,他们在对方铳枪的射击下,纷纷落马。前军一乱,后军堵塞。一时自相践踏,死伤惨重。额亦都身边的两员大将先后阵亡,正当他心急火燎之时,皇太极率领的正白旗五千轻骑,冲杀上来。

此队人马,白旗白马白盔甲,五千骑兵如同一把长剑,骤然刺向明军。明军的先头部队,在皇太极的突然袭击面前,一时惊慌失措,纷纷败退。皇太极一路兵马越战越勇,一直追到白塔铺,眼见明军溃散,方勒马回营。

当晚,努尔哈赤率领的大军凯旋。八万大军来到沈阳城东门外,就在万泉河边安营扎寨。

吃过晚饭,混在城内的范文寀来见努尔哈赤。努尔哈赤小声问起梨花,范文寀叹息道:"听人说,她被皮廷相骗到辽阳去了!"

努尔哈赤顿时目瞪口呆。

第二二章　兵进辽阳　震惊辽东

一

皮廷相紧随着大篷车后,跑得满头大汗。他的单骑跑到十里河,忽听身后马嘶,猛回头见一匹白马飞驰而来,他顿时一惊,暗想:皇太极的白马,怎么这么快就追上来呢?白马越跑越近,他心里愈发恐惧,竟至一鞭三回头。车马相距半里许,猛听背后叫道:"皮副将!"

皮廷相自觉耳熟,打起精神回头一看,见是朱方良策马而至。皮廷相疑是总兵来追,便丢下篷车独自逃走。

朱方良并不介意,因为自己也是被皇太极追到白塔铺,未经拼杀,私自逃命的。他理解皮廷相此时此刻的心情,于是就不再叫喊。当他的白马跑到篷车后,立即翻身下马。他一手牵着马,一手用马鞭子挑开轿帘,突然瞥见梨花,随即问道:"贺夫人坐车何去?"

梨花道:"跟皮副将去辽阳。"说着她站起来,把头探出帘外问道:"朱总兵,你单枪匹马何往?"

"去……"朱方良说了半截又咽了回去。因为自己是带兵的总兵。总兵就是战场上的统帅,眼下沈阳兵败,只身逃命,岂不令人耻笑!他装作天热,用手扯了扯衣领,接着搪塞道:"我要去辽阳搬兵!"

"沈阳很吃紧吗?"梨花焦急地问道。

朱方良道:"也紧也不紧!"接着把话题一转,问道,"皮副将是不是与你同路?"

"是。他说是贺总兵特意派他接我到辽阳。"

盗贼最熟悉盗贼的心理。朱方良冷冷一笑暗想:这小子贪生怕死,真有鬼点子!他一转念,万一他跑到辽阳乱说一通,岂不于自身不利?朱方良想到此处,决计把皮廷相笼络住,以防万一。于是,他快马扬鞭,朝前追去。

白马飞驰,红马紧跑,不一会儿白马追上红马。皮廷相眼见朱方良追上来,一时惊慌失手,马鞭子打在红马的脑门上,红马一惊,竖起前蹄,皮廷相倏然摔下马来,昏了过去。

朱方良翻身下马,将皮廷相扶起,等大篷车赶上来,马上跟车夫一起将皮廷相抬进车厢,自己独自先行。

朱方良骑着快马,越过太子河,不一会儿来到辽阳城下。他来到城西门时,正好代行杨镐职务的辽东经略袁应泰坐在城楼,等待陈策等人驰援的消息。袁应泰见朱方良单枪匹马而至,自觉战事不妙,于是急令卫士打开城门,将朱方良迎进城内。

朱方良进城后,未等进衙门,就在城楼上,将沈阳失守、诸将身亡、援军败北等事情一一禀报。袁应泰听了异常紧张,立即召集邻近诸部,部署守城。

辽阳是关外的古城,居诸城之首。从战国西汉以来,就是山海关外政治、经济中心,到了金代曾在此设过京城,名曰东京,到了明朝就将辽东都司设在此处。这座城池雄伟壮观,城周三十二里,八座城门高耸。城内街道纵横,店铺林立,颇为繁华。尤其是那座古老高耸、插入云霄的白塔,更增加了古城的威严、壮丽。

袁应泰进士出身,办事机敏,但多年做的是文官,对军事战法所知甚少。沈阳失守,死亡七八万兵马,对他是极大的打击。众将集聚都司衙门之后,袁应泰竟急得不知如何说话。

巡按御史张铨多年在京为官,熟悉官场之事,他见袁经略心急如焚,就代袁应泰应付场面,道:"诸帅众将,近日沈阳失守,战事吃紧,辽阳乃辽东之重镇,为保大明江山,请众将献计献策。"

大胡子总兵侯世禄霍地站起道："努酋连取抚顺、沈阳、铁岭诸城，猖狂至极。依末将之见，此夷锐气不挫，必将如洪水决堤，祸及中原。"

朱方良冷冷一笑，道："说得比唱得还好听，侯大胡子，你有本事，到阵上比试比试，不比在家里撸胳膊卷袖子强多了嘛！"

侯世禄觉得朱方良话不对味，寻思片刻，冲着朱方良发起火来："老子打仗多年，身上的箭伤比你见过的娘儿们儿的奶头还多，别吃饱了胡呛！"

朱方良听侯大胡子把他比作猫狗，顿时火冒三丈，他嗖地抽出长剑道："侯大胡子，你小子别有眼无珠！老子是从小吃皇粮长大的，你他妈从小是狗屎喂胖的，你有能耐，咱到院里遛遛。"

侯世禄哪肯示弱，他也把短剑拔出，吵嚷着就往门外走。

袁应泰一时气得脸色发白，他抓起桌上的石印，往桌上一蹾，厉声道："此处是辽东衙门，哪容你们泼妇骂街？"说着他示意衙役将尚方宝剑取来，往桌上一放道，"谁再胡闹，休怪我不讲情面！"

一把尚方宝剑把侯世禄、朱方良镇住了。接着张铨道："眼下城内兵马不多，固守乃为上策！等几日皇上派来援兵，再从长计议。"说罢，又部署道："侯总兵，你回到大营以后，立即令军士疏城之渠，放太子河水，将护城河灌满，然后沿壕布置火炮，城内加紧防守，以防努酋突然袭击。"部署完毕，各自回营。

护城河宽约两丈，河深五尺。三月十九日中午，侯世禄率领三千兵士，刚刚用太子河水，把护城河灌满，忽见太子河渡口，烟尘滚滚，旌旗蔽日。不一会儿，一个探马来报："禀报总兵大人，太子河北岸发现众多的满洲军！"

军情告急，侯世禄未敢怠慢，火速进城禀告袁应泰。袁应泰得知后，立即委派侯世禄、朱方良率兵五万，出城迎敌。侯、朱二路大军出城西五里，恰与满洲军相遇。

努尔哈赤坐在马上，忽见前面大路烟尘滚滚，马上下令左翼四旗由额亦都率领，列队迎战。额亦都率领三万大军快马加鞭，与明军相距一里许时，见明军摆出"燕翅阵"飞奔而来，他当即选派正红、正黄两旗大军咬住明军左翼,斩其左翅,再战右翅。

两军交战,号角迭起。满洲军一个个手执藤盾,先发数箭,见敌兵成排倒下,便乘势冲上去,挥刀拼搏厮杀。

明军一开始擂鼓发炮,地动山摇。几颗火炮发出,满洲军顿时倒下一片。但满洲军人多势众,兵不惧死,前面的兵马倒下,后面接着冲上来。等两军接近,明军的炮火已失去效力,于是短兵相接,刀光剑影,厮杀成团。

明军将士易于分辨。临阵后,只要一看盔甲样式、驭骑好坏就会看出谁是主帅,谁是副帅。额亦都骑着黄骠马,手执长柄铁钺,一眼发现侯世禄,便拍马迎了上去。

侯世禄是有名的"铁锤子",手执两把各重五十斤的铁锤,抡起来,虎虎生风,很难向他靠近。他当兵多年,上阵百次,从未受过枪伤。额亦都举钺向他抡去,只见侯世禄两锤交叉,"当啷"一声,将额亦都的铁钺架住。接着侯世禄的两个护卫如同两只猛虎,拍马举刀,蜂拥而上。额亦都立即拨马相迎。

这时,侯世禄趁机绕到额亦都背后,举起双锤朝额亦都砸去。恰在此时,两个满洲兵赶到,举起马叉将双锤挡住。

两人大战多时,胜败难分。双方为保其帅,各自护卫越来越多。几十个兵将扭杀在一起,互有伤亡。

日影西斜,两方不分胜负。努尔哈赤眼见守卫辽阳的兵将,不同往日明军,便另派皇太极增援。

二

皇太极多日野外征战,脸色晒得黧黑,方脸两鬓与漆黑的唇髭,都长得老长。近年,当年跟随努尔哈赤起兵征战的费英东、博尔晋、劳萨、叶克书相继战死、病死,统帅的重担就落在他肩上。连日来,他出营入阵,战场拼杀,甚觉疲倦。但由于节节胜利,众军士气甚高,他依然精神抖擞,神采飞扬。

此次,皇太极出战侯大胡子,依然白盔白甲,骑着白马,他放下过去使用的虎枪改用双刀,迎战侯大胡子的双锤。

清晨,满洲军与明军摆开阵势,皇太极一马当先,第一个与侯世禄交锋。

侯世禄眼见皇太极单骑来到眼前,立刻拍马上前,抡起双锤,如流星赶月,虎虎生威。他时而抡起左锤朝皇太极天灵盖砸去,时而又抡起右锤直奔对方的前胸。皇太极左挡右架,刀锤撞击,迸发出片片火花。

两人交战片刻,侯世禄开始有些气喘。这时皇太极转守为攻,挥起双刀,寒气袭人,六十四路刀法施展开来,只见刀光闪闪,如瑞雪纷纷,顿时只见刀光不见身影,逼得侯大胡子只有招架之功,毫无还手之力。

皇太极越杀越猛,一会儿来一招"金龙大张口",一会儿又换一招"叶里藏花",一会儿"海底捞月",一会儿"刀劈华山"。最后,皇太极把侯大胡子逼到一处水塘,侯大胡子坐骑顿时陷进泥坑,侯世禄见无路可走,便陡然跳下马来。

"嗖!嗖!"趁侯大胡子行将下马之机,皇太极弯弓搭箭,一箭射中侯大胡子的咽喉。名噪一时的大将侯世禄,便中箭倒在烂泥里。

明军的左右卫队,见主帅侯世禄落马,立刻蜂拥而上,侯世禄的几个亲信跳进泥塘趁侯世禄尚有一口气,便把他架上马背拨马回城。

明军眼见主帅负伤而归,士气大减。不一会儿,只见大小明军跟着侯世禄的战马,拼命而逃。这时,满洲军乘势杀去,明军大败。

此次参战的朱方良本无心恋战,可惜身为总兵,不能做主。再加之袁经略持有尚方宝剑,不从者立斩,他不能不从。他上阵以后,只是督战,并不冲锋。他坐在马上,远远看见侯字大旗向城内败退,心中暗喜,便带着几个亲信,丢下帅旗,偷偷向南山跑去。

朱方良率领的一路大军,眼见主帅南逃,便紧随其后。

皇太极见此阵势,亲率二旗兵将,咬尾直追。明军兵卒,哪经得住训练有素的满洲骑兵追杀?当皇太极率军追出六十里,兵至鞍山小城时,明军已四处逃散。

傍晚,皇太极回到辽阳,与满洲大军会合,当晚就露宿辽阳城南。

车夫赶着篷车,到了太子河北岸的芦苇荡,忽听背后人沸马嘶,自觉战事不妙,就掀帘对梨花递了个眼色,示意把皮廷相丢在芦苇里,改道更辙。梨花本来就惦记着沈阳的战事,不愿离开沈阳,她见车夫递眼色,就顺水推舟地点了点头。于是车夫把睡得昏昏沉沉的皮廷相拖下车,丢在芦苇荡里,挥起鞭子,向太子河下游走去。

　　皮廷相一觉醒来,已半夜时辰。他独自爬起来,向河岸走了半里路光景,来到一片坟茔地。他狐疑地正向前走,忽然坟堆处冒出三个蒙面大汉,未等他弄清东西南北,就被蒙面人捆上,不一会儿涉过河,被推进满洲大营。

　　这时,努尔哈赤正坐在牛皮大帐里审问辽阳城内的一个军士。皮廷相被推进帐内,解下绳子,摘去蒙面巾,一时愕然。

　　"皮总兵!"受审的军士望着皮廷相,一惊,情不自禁地脱口呼出。

　　努尔哈赤听到叫声,便向皮廷相瞅了两眼,随之下座,把皮廷相让到右边的座位上笑道:"久闻大名,想不到竟在此相会!"

　　努尔哈赤的客气,感动了皮廷相,他屁股刚着木扎子,又连忙站起,牛眼珠子一转,慌忙施礼道:"多谢汗王赐座。"

　　努尔哈赤见皮廷相很随和,就把手一挥,对侍卫道:"拿酒来!"

　　不一会儿,侍卫把斟满的两碗白酒用托盘端上。努尔哈赤端起一碗递给皮廷相,自己又端起另一碗道:"为我们初次相会干!干!"

　　皮廷相受宠若惊,涨红的脸儿一仰,一饮而尽。此人,脑瓜活,骨头软,他想:既然身进夷营,生路已断,何不先发制人,绝处求生?想到这里,他又一次施礼道:"卑职在明营,虽身兼要职,实则混饭度日,无所事事。汗王日后若有用处,敬请吩咐!"

　　"好,好!真是快人快语。"努尔哈赤满意地再一次给皮廷相让座,一一问明辽阳城内的情况,然后征询道:"皮总兵,你身在辽东多年,依你之见,若取辽阳,何为上策?"

　　皮廷相道:"辽阳乃关外重镇,城池牢固,又近大河。多年来,驻守辽阳官将,凭借护城之河,没有哪家大军攻进一兵一卒。因而,依卑职之见,不破护城之水,断难取胜!"

"高见!高见!"努尔哈赤道,"皮总兵,你平日和袁经略、张御史过往如何?"

皮廷相摇头叹息道:"袁、张二人,为人多疑,自他们来到辽东,凡异己多已剪除。卑职虽身为总兵,但在他们眼里,只不过是为他们卖命的走卒。唉!当今的大明朝官场,是鸡狗相斗,狼虎相争!"

努尔哈赤听皮廷相一番伤心之谈,把原想让皮廷相打进城里的念头取消了。当晚努尔哈赤对皮廷相热情款待之后,与众部将商议,决定对辽阳先放水,后强攻。

第二天清晨,努尔哈赤下令左翼四旗由额亦都统率,去城西挖开泄水闸放水。右翼四旗由皇太极统领,去城东叠坝堵水。然后,伺机攻城。

令下不到一个时辰,皇太极统领的右翼四旗大军首先到达城东,叠坝堵水,河口顿时黑压压挤满人群,一时挖土的挖土,抬石的抬石,河上河下一片繁忙。

这时,站在东城楼上的袁应泰,身着盔甲,翘首远眺,发现了护城口的满洲军,他自觉不好,惊叫道:"不好!"

坐在城楼里歇息的张铨听到惊叫,神经质地跑过来,朝城东南一瞥,也发觉军情危急,就凑到袁应泰身边,道:"袁大人,护城河历来是护城天堑,河内的水一旦被放光,岂不等于为满洲人打开了城门?"

袁应泰果断下令,立即出动三万步骑兵,打开东城门,沿着护城河列阵布炮,以阻止满洲军挖河。

"轰"、"轰",一门门火炮,向对岸的满洲军轰来。应着炮声,倒下一片挖土担石的兵士。

掘闸受到了干扰,努尔哈赤站在高坡,急得额上渗出汗珠。不一会儿,皇太极跑来,对努尔哈赤道:"阿玛,我看挖河很难一时奏效,先夺下吊桥,压住明军,方能护住掘河的兵士!"

努尔哈赤点头赞许,皇太极立即组织一百名水手,泅水渡河,夺下吊桥。

对岸的明军发现了皇太极的行动,便拼命地向下水的满洲兵士射箭,刹那间有数人中箭,死于河中。这时,皇太极红着眼睛,对身边的三千弓箭手喊叫着下令放箭,立刻压住对方的明军,致使守桥的明军抬不起头来。袁应泰站在河岸发现护桥的兵士压不住对方,便火急调出五门火炮,到吊桥增援。未等火炮运到桥头,满洲的泗水兵士已游到岸边,巴什泰第一个跃出水面,冲上河岸,挥刀砍断吊桥大缆,只听一声巨响,大吊桥眨眼间横在河面。

满洲军呼叫着,奔跑着,冲上吊桥,一股人流顿时涌向护河的明军,展开了厮杀拼搏。

明军的火炮变哑了,护城河的水渐渐变浅了,高处的河底开始露出地面。这时,四旗兵士一字排开,一个接一个跳进城池,踏着泥泞的河底,开始攻城。接着铺草垫路,推着防箭的盾车越过城河,逼近城下。明军兵士,一个个张皇后撤,龟缩进城。

三

袁应泰站在城楼,眼望着城外蚂蚁似的败兵涌进城门,一时急得在楼板上踱来踱去,六神无主。

袁应泰年事已高,满头白发,他在京内做文官多年,为人正直、廉洁,自诩出淤泥而不染,对朝内贪污腐化深恶痛绝,冒死进谏。一年前,兵部侍郎的侄子趁萨尔浒战事,克扣军饷五千两。他探知后,立刻告了御状,万历帝派御史张鹤鸣,查清此事,将兵部侍郎的侄子推出午门斩首。

为此,现今掌权的魏忠贤,十分畏惧他,于是趁辽东缺帅,就派他出使辽东,当了个经略。但他深知,在多事之秋把他送到辽东,并非荣升,而是推入火炕。一则,萨尔浒一战,大明朝的战将多死于沙场,士气不振,军饷又缺,天朝的军威大伤;二则自己从未带过兵,更不懂打仗,在满洲军铁骑践踏之下,自己很难对付。

近日沈阳失守,奉集堡战略要地被满洲军占据,孤立的辽阳危在旦夕,所以,满洲军兵进辽阳,他就自觉大势已去。不过,为保持晚节,誓做岳飞,不做秦桧,眼下,尽管辽阳被包围,他依然站在城楼,在"袁"字帅旗下,发号施令。

辽阳城头上的火炮吐着火舌,轰轰的炮声,震耳欲聋。

袁应泰站在城头,从早到晚,指挥兵士放火箭、掷火罐,使满洲军无法靠近城墙竖梯登城。

皇太极率领的兵马大半过河,但由于受到阻击,一时难以登城。他站在河岸,十分焦急。正在皇太极无计可施之际,忽然李永芳骑马而至,出现在他面前,献策道:"四贝勒,我抓住两个会点火炮的明军兵士。我何不用敌之炮,攻敌之城?"

皇太极听了大喜,连忙叫兵士抬过来二门明军的火炮,掉转炮口,朝城头轰击。

"轰!""轰!"连发几炮,火光四起,此法果然奏效,城头明军一时抬不起头来。此时攻城的满洲军趁机抬着云梯,跑到城下,竖起云梯。

接着,一个个满洲兵士陆续出现在城头,在城墙上、垛口处展开了肉搏拼杀。傍黑时分,整个西城城墙都被满洲军占领。

当天夜里,明军点着火炮,从南北两个城角,展开一次又一次争夺战,但一次又一次都被阻击住了。天亮时,两个角楼的楼道口,光死尸就堆了一人多高,血顺着泄水孔,从城墙流下。

红日出山,进攻城西门的左翼四旗兵士也相继登上城墙,打开城门。八旗兵士势如潮水一拥而入,守城的明军拼命厮杀,两方在城墙上、屋顶上展开了激烈的巷战。

日至中午,鏖战渐渐平息。袁应泰带领一伙文官和卫士被逼到城东北镇远楼,眼看大势已去,急忙将御史张铨召到楼内,痛哭流涕地道:"张御史,本官有负皇恩。辽阳危在旦夕,我身为经略,城在俱在,城亡俱亡。你身为巡按御史无守城之责,愚兄劝你走脱为好,以便东山再起!"

张铨叹息道:"长兄如此忠于大明,小弟岂非不知?"说罢冲出楼口。

袁应泰翘首望了望登上城来的满洲兵,自觉无路可走,于是将尚方宝剑与玉印挂在墙上,然后将腰带解下,搭在房梁上,自缢身死。

侍卫进屋见经略自缢而死,便悲恸地将一筐蜡烛点着,镇远楼当即燃起大火。

等满洲军冲上镇远楼,发现主仆皆死,唯有张铨被烟呛昏,倒在八仙桌下。巴什泰把张铨背出镇远楼,走下城墙阶梯,来到努尔哈赤跟前。

傍晚战火已熄。努尔哈赤及诸王、贝勒相继来到都司衙门。

他们各自占用了经略的几处房间,洗漱歇息。

晚饭后,张铨醒来。他睁开眼睛,一眼便看出头戴顶珠暖帽的是努尔哈赤,他眨了眨眼睛,问道:"大王,何不杀我?"

努尔哈赤笑道:"为汗爱将如子,怎好将御史大人一刀送命?"

说话间,李永芳进屋。李永芳往日与张铨有旧交,他发现张铨有气无力地躺在软榻上,就跑过去,俯下身子,喜不自禁地道:"张老弟真是命大,福大!"

张铨惊奇地盯了李永芳一眼,接着转过身去,面壁无言。

努尔哈赤见李永芳与张铨相识,就故意躲出屋外,让李永芳再对张铨进行规劝,伺机收留这个明官。

李永芳笑着把张铨扶起来,接着又把枕头给他垫在后背,让侍卫送来两碗鸡蛋汤,亲自端给张铨让其喝下,可是张铨依然默不启齿。

李永芳笑道:"贤弟,莫非想当陪伴项王至终的虞姬吗?"

张铨合掌作揖道:"老兄别取笑老弟啦!"他起身又道:"项王虽兵败垓下,但仍称其为英雄。我之兵败而死堪称何也?"

"大明的忠臣!"

"此忠何益?"

李永芳听张铨话中有话,就有意引话说:"死后树碑立传,流芳千古!"

张铨摇首道:"为贤君之臣,忠之可敬;为昏君效忠,死亦可悲!"

"贤弟此话何意?"

于是,张铨向他透露了京城内幕,说:"自打阉党魏忠贤得势后,他的党羽遍布朝廷内外,而且一个个担任要职,不少无耻的官吏趋炎附势,甘愿拜在他们的门下,自称儿子、孙子,见到魏忠贤跪下就称九千岁,九千九百岁!"他叹息了一声,沮丧地说:"如今党内又闹起'移宫''红丸'两案,弄得朝内人心惶惶,人人自危。李老兄,我是不愿意听那污秽之事,才躲出皇宫,来到辽东的!"

"何谓'移宫'案?"李永芳让张铨坐下,不解地问道。

"'移宫','红丸'同出一辙!"张铨接着又道,"神宗在位时,他最宠爱郑贵妃。郑贵妃留居乾清宫,侍候神宗。光宗即位后,郑贵妃理应移出乾清宫,可是自打魏忠贤插手,郑贵妃一心想当皇太后,她就串通李选侍,要挟光宗皇上,不仅郑贵妃要当皇太后,李选侍还要做皇后。当时光宗应诺,谁知过了不几日,光宗皇上吃了一个和尚送的红丸仙药,当晚就暴死于皇宫。这样一方要移宫,一方反对移宫;一方对献药者治以死罪,一方为之袒护。弄得朝内上下其乱如麻。"张铨说着,掀被而起,愤然道:"如此政局,为谁尽忠报国?"

"那就应改换门庭。"

张铨摇头道:"我难比老兄,我如今在京内还有五个孩子、妻子和老母。如若归顺满洲人,就要满门抄斩,祸灭九族。唉!如今偌大个神州,竟无张某栖身之处!"

"那,老弟下一步棋打算怎么走呀?"

"上千山,当和尚。"张铨果决地道。他思虑了片刻,又道:"如若汗王有用得着我的地方,张某可暗中协助!"

努尔哈赤坐在内室,张、李二人的对话,一一听清。他听到此处,十分谅解张铨的处境,就慢慢地步出屏风,亲自为张铨斟了一杯黄酒,端上道:"张御史果然是个有识之士,可惜生不逢时啊!"

张铨听了感激涕零。努尔哈赤见此情景,又道:"老话说,千军易得,一将难求。为汗今日有幸得识君,真如入海得珠啊!"

张铨被感动了,他刚凑近努尔哈赤身边想说什么,忽然佟养性推门进屋。

佟养性与张铨在京有过一面之识,两人相见各怀心事,寒暄了一阵,感慨万端。佟养性听说张铨要上千山当和尚,甚为惋惜,劝他留下供职。张铨无可奈何地述说了自己的处境。佟养性立即替他向努尔哈赤求情道:"汗王,张铨身为京官,落到如此地步,实出无奈。他若上山隐居,就从了他吧。今后若改朝换代,他定会出山!"

努尔哈赤历来爱惜人才,在佟养性、李永芳的谋划下,先制造张铨已死的舆论,贴出诛杀张铨的告示,然后改名换姓,把化了装的张铨偷偷送上千山大庙。

张铨走进祖越寺山门,回首对护送他的李永芳拱拱手,念了两句诗:

进山为出山,
静卧待晴天。

第二三章　安民移都　计丁授田

一

攻下辽阳城,连日满洲军又攻克辽东数城,于是辽东明城十四卫,皆变成了满洲的牧马场。

夏日的一个清晨,努尔哈赤在辽阳都司衙门召集诸旗主、大臣议事。

衙门是座青砖瓦四合院,正房五间是往日辽东巡抚办理公务之处。此处高窗亮门,十分宽敞。努尔哈赤占领辽阳后,就选择此处做了临时的汗王殿,凡举国大事,多在此与大臣、贝勒商议。

日影从东窗投进殿内。一个个喜笑颜开的大臣、旗主,相继穿着新袍、新裤步入大殿。图鲁什作为长白山八兄弟的元老,也应邀入殿。

图鲁什已是六十多岁的老人了,然而因他活泼、耿直、心直口快,并不显得衰老。他进殿后双手拎着几个麻袋,走进衙内,嘻嘻哈哈地跟门卫打着招呼,又跟总管笑道:"老兄,此战获物甚多,您就高抬贵手,多分给我点儿老粗布吧?"

"绫罗绸缎不要,要粗布干啥?"

"给我孙子做尿布呗!"

图鲁什说说笑笑走进衙内,此时大臣、贝勒多已到齐,只见努尔哈赤正襟危坐,气氛严肃。努尔哈赤目视着图鲁什坐下,又环顾了群臣,说:"今日辽东之都已到吾手,此城古称襄平,又是大金京城之一。为此,汗有一事与众臣相商,明日我们是回旧地萨尔浒,还是迁都于此呢?"

按照历次攻城的惯例,毁城分俘之后,立即回旧地。努尔哈赤突然提出迁都之事,群臣一时茫然,不知如何回答为好。图鲁什向来习惯放头炮。他放下手中的等待装俘物的麻袋,果决地道:"我老家还有八个大孙子呢,还是回老家好!"

众臣也附议道:"回老家!回老家!"

努尔哈赤蹙眉沉思片刻,道:"众臣主张回老家,我当然理解。可是,大军一撤,此城必然会被明军再次占领。那样周围归顺的七十多个大小城民,也必然人心思异,逃匿山谷,各奔他乡。况且,等明军重整旗鼓站稳脚跟,我们再来攻取,那就要再次流血流汗。因此,以我之见,移都为好!"

安费扬古马上赞成道:"汗王远见!汗王远见!"

众臣虽有穷乡难舍、故土难离之感,但觉得努尔哈赤所言有理,也就点头同意。当日决定以辽阳当都城,立即着手搬迁。

辽阳城是平地城市,分南北两重城池。搬迁后,努尔哈赤及诸大臣、八旗将士住南城,一般市民和明朝降官迁居北城。

三个月后,迁都之事一切安排就绪,努尔哈赤十分欣喜。为庆贺迁都之喜,七月的一天,全城举行庆典,摆设大宴。同时根据范文寀、范文程兄弟的建议,吸取明代军事、政治建制所长,以满洲旗制为主,将二百三十一个牛录整编,将各级额真改为备御、游击、参将、副将、总兵官。重新委派各旗旗主,任命一等总兵官额亦都为左翼王,统管左翼四旗;安费扬古为右翼王,统管右翼四旗;扈尔汉授三等总兵官;何和礼为正红旗总管;佟养性为二等总兵官;李永芳授三等总兵官,其他人也分别授职。

皮廷相当日也被授予副将,赐给兵马衣物,他十分感动。他回到新居,蓦然想起梨花之事,自觉心中有愧,于是当晚找到努尔哈赤,将梨花如何离开沈阳,到辽阳太子河北岸如何失踪,一一做了禀报。他痛哭流涕地道:"听说您与梨花互有救命之恩,我未能把她送到辽阳,末将实在有罪,死有余辜!"说罢,挥起左右手,"叭叭"连打了自己几个嘴巴。努尔哈赤连忙上前劝住,道:"过矣!过矣!副将能从兵荒马乱中带她离开沈阳,免受战乱之扰,已有大功,何谈有罪?"说罢,亲自斟上一碗黄酒敬给皮廷相,以表谢意。

皮廷相受宠若惊,将黄酒一饮而尽,用袖子抹了抹嘴角,抱拳道:"末将受汗王如此厚爱,但愿为您效力,死而无怨!汗王,请给我调拨兵马,去寻梨花。"

努尔哈赤摇了摇头,道:"副将先回去歇息养身,另有重用。寻找梨花之事,我另派佟养性去办。"

皮廷相拭去泪水,走出衙门。努尔哈赤立即召见佟养性,商量寻找梨花之事。

第二天清晨,佟养性带领七八个随从,扮成平民,各自骑着毛驴老马,涉过太子河,四处打听梨花的下落。第四天,佟养性依据百姓提供的线索,找到沈阳城东。当他们一行,刚刚涉过万泉河,忽见东门外黄泥岗下围得人山人海。他们急忙骑上骡马,直奔黄泥岗。佟养性下马走到一个土岗上,忽见人丛中,包围着一位老妇人,那妇人被五花大绑,身背斩首招子,面东而跪。他又向妇人身旁看去,见大贝勒代善站在一旁,手举长剑,吼道:"范梨花,最后再给你抽袋烟的工夫,我看你降不降?若再不降,哼!"代善举起明晃晃的长剑。

"住手!"佟养性耳听贺夫人的名字,知道是梨花被满洲兵所俘,于是急忙跑下高坡,直奔人群而来。

佟养性拨开人丛,跑到梨花跟前,躬身道:"贺夫人,您受惊了!"

看热闹的人,一个个愕然。等佟养性给梨花松了绑,同代善耳语了几句,就把梨花请到一辆大轱辘车内,急忙赶回城里。

佟养性回到沈阳总兵府,立即向梨花说明了来龙去脉。梨花笑笑道:"我已是快入土的人了,一死了事,何劳汗王如此挂心!"她感激地拭着泪水,反问道:"佟家兄弟,汗王眼下身体可好?"

"他壮实得很!"佟养性道,"你们分别多年,他时常挂念着您。若不是汉人有三从四德,一女不嫁二夫的规矩,他非得把你接到新都不可!"

梨花叹息道:"我一辈子是受折腾的人,享不了汗后的清福,也许这也是命中注定。"

佟养性笑道:"圣人之言,有可信的,也有不可信的。如夫人能冲破世俗篱藩,内助汗王大业,他一定高兴得跳起蟒势舞!"

梨花摇摇头,轻唉了一声,说:"时至今日,木已成舟,过去的就算过去啦!"

"那,夫人下一步有何打算?"

"听说当年的养父尚在,我想投奔他。"

"他叫什么名字?"

"万海。"

"现住哪里?"

"广宁城里。"

佟养性再三劝说,让梨花回辽阳,可是梨花只是不从。他好话说尽,不得不由梨花自作主张。第二天,佟养性为梨花选派了几个汉子,给了些银两,就把她送往广宁。

梨花走后,代善追问道:"佟总兵,您身为满洲的大臣,怎能私自放走敌魁之妇?"

"此话不便细说,等见了汗王,再议论吧。"佟养性有口难言地推辞道。

过了数日,佟养性见护送梨花的汉人回来,就同守护沈阳的代善一起离开沈阳,赶回辽阳。

代善骑马走在路上,十分纳闷。佟养性为何对贺夫人如此关照?贺夫人与家父有何相干?一连串的疑问弄得他一路烦闷不语。

原来在一个多月前,沈阳城一切恢复正常之后,代善被派到此城守卫。一天他在北门外巡视,忽然一个城民报信说,城北堡子里发现贺世贤的夫人,他闻讯后当即派人将梨花抓来,投进人牢。经再三审问,她闭口不承认是贺总兵的妻子,昨天甚至骂代善忘恩负义,有眼无珠。因此,代善在盛怒之下,打了梨花五十大板,并决定翌日斩首示众。

太阳落山了,天气凉爽了一些,代善、佟养性的马,跑得快了些。傍黑时分,他们来到辽阳城。

二

佟养性回到辽阳,把梨花闲居沈阳城郊,被代善抓获,以及殴打、问斩——做了回禀。努尔哈赤听了勃然大怒骂道:"小小代善,无法无天!怎敢擅自乱杀无辜?今后各大臣、贝勒、将官,也如此仿效,岂不等于纣王重生,秦二世再现?"说罢立即传令各大臣、贝勒,马上到衙门议事。

诸王众贝勒到齐,努尔哈赤立即将代善私自设牢滥杀无辜的事,向众人做了陈述,然后训诫道:"自古明君,凡料理国事,皆利于民,凡断民案,求其公正。汗用众臣,就是要为民着想,顺乎民心,扬善弃恶。大贝勒留守沈阳,与汗所想背道而驰,于天理难容。为严其法,汗决定惩罚之。"

经各大臣商议,对代善立即裁决:一、没收在沈阳城战中所赐的一切俘获品;二、半年不许带兵。

平日,努尔哈赤十分赏识代善,器重他刚毅勇敢。此次,虽有过失,总想教诲他日益长进,日后能料理国政。再就是出于对长子的偏爱,想把自己蒙受梨花的恩惠,向他讲明,让他知道自己能有今日,也是来之不易,使之从中领悟一些处世之理,为人之道。

一天清晨,努尔哈赤把代善叫来,跟他一起到辽阳白塔前散步。他们穿街越巷,来到二十多丈高的白塔下,努尔哈赤合掌朝塔拜了一拜,转脸问道:"代善,此塔何时所建?"

"听说是金大定年间所建。"

"此塔为谁所建?意在何处?"

代善摇头不知。于是努尔哈赤向他述说了白塔的来历。此塔是佛塔,是金世宗完颜雍为其生母贞懿皇后李氏所建。李氏原是辽阳渤海贵族的后裔。金初,李氏家族举族降金,颇受优待。李氏到了成年,美貌出众,十分贤惠。后来嫁给金太祖三儿子完颜宗辅做元妃,生下完颜雍。当完颜雍十三岁时,宗辅突然病死于外地。李氏因不满金廷的夫死妻嫁的陋习,便丢下爱子,回到辽阳出家当尼姑。1155年,完颜雍来到辽阳,出任东京辽阳府的府尹,突然在寺院见到分别二十多年的母亲李氏。李氏见儿子在海陵王朝受排挤,就与其弟李石谋划,联合辽阳各派势力,乘海陵王昏政昭著,民怨沸腾,征战乱杀之机,举兵起事,完颜雍从此称帝,年号大定。金世宗称帝后,仁改安民,深得人心,不久由辽阳到达北京,统一了北方,开创了一代帝业。李氏死后,金世宗为向有大功的老母表示敬意,就在其母当年修行之处,建了这座佛塔。

努尔哈赤讲罢,感慨地道:"梨花,终生坎坷,历尽人间之苦。她在患难中,几次救我,暗助我业,终生难忘。她的恩德,你我都不应忘怀。百年之后,我的后辈,要为她烧香祭灵,这也是我对你这个做长子的信赖和委托。"

代善听罢,向白塔拜了几拜,然后道:"父王所言,后辈铭记在心里。等我们攻下广宁,一定设法把她老人家找到,让她好好享几年清福。"

代善几句话,感动得努尔哈赤热泪直流。

努尔哈赤迁都辽阳数月,眼见战乱逃离的民众,相继回到老家,无衣无食,他整天睡不好觉。一天,他把诸臣、贝勒找到衙门,说出了自己的忧虑。他拿出一本土地造册,道:"眼下辽阳有荒地二十万垧。海州有荒地十万垧。这些土地有些是汉官所占,有些是战死、逃走农户丢下的。我想把这些土地分给住在这两地的汉民、满人,以养两地的民众,抚慰将士。"

安费扬古首先站起支持,道:"汗王历来爱民如子,体察民情,此举一定深得人心。"

图鲁什有些想不通,就开门见山地说:"分给满洲人尚可,为啥还要分给降民?"

努尔哈赤解释道:"以汗之见,满汉应该平等,其民应视同仁。以往大明朝视我满洲人为夷人、野人,倍加歧视、污辱,所以激起我满洲人的反抗,以至今日揭竿而起,竖起大金的旗帜。前有车后有辙,我们切勿再做欺侮汉族平民的蠢事。"

努尔哈赤一席话,说得图鲁什哑口无言。范文程当即提议参照明朝辽东的军屯制,后金牛录屯田制,把三十万垧荒田收归后金所有,然后按男丁计算,每丁授田六垧,其中五垧种粮,一垧种棉。同时规定三丁耕官田一垧,每二十丁抽一人当兵,一人服役。

努尔哈赤十分赏识范文程的奏议,当场欣然同意,接着又补充道:"汉民善料农田,长于耕作,满洲人会养牲畜,又会渔猎,满汉人等合居一处,同住、同吃、同耕,必将农丰屯富,丰衣足食。"

图鲁什是直性人,有不明白的地方,张口就说。他听完努尔哈赤一席话,问道:"汗王,谁去管那些汉人?"

努尔哈赤立刻笑道:"还是不说管好!既讲平等,焉分高低?"接着又打比方道,"假如你是主人,别人为仆。那做主人的,就要首先同情仆人;而仆人,也应该体谅主人;仆人种田与主人共食,而主人所获之财,也应当与仆人共享。犹如当年我们八兄弟在长白山一样,有福共享,有难同当,那样岂不共享其乐!"

众人深为努尔哈赤的博大胸怀所感动,一致赞成"计丁授田"之策。第二天,各旗就分头丈量土地,将土地分给满人和汉人耕种。

"计丁授田"颁布之后,辽沈地区背井离乡的百姓,逐渐回到故土,社会日益安定,街市瓜果菜蔬逐日增多,辽东几个城市开始繁荣。

夏日的一天,额亦都作为大臣,去各地巡视"计丁授田"的状况。黄昏时分,来到辽阳城北的十里河屯,这里住着一牛录满汉民众,由游击达奇管理。

达奇是额亦都的第二个儿子,他从小跟着努尔哈赤的眷属长大,吃穿不愁,出户有车,再加之他聪明伶俐,很受努尔哈赤的宠爱。一次,努尔哈赤为他的十八岁生日,做了一对猴头儿菜,他接过来尝了一口,大叫不好吃,就吐在地上,把剩下的扔到院子里。额亦都听说后,气得脸色煞白。当日,额亦都以聚友饮酒为名,召集来不少亲友,众人酒兴正酣,忽然额亦都拍案站起,命侍从将达奇绑来。侍从对此不敢怠慢,只好照办。额亦都见到达奇,抽出短剑,喝道:"达奇,赶快跪下。你小小年纪,竟对汗王无理。今日对山珍海味都食之生厌,明日吃仙桃岂不嫌腥?如此傲慢、奢侈的后生,今日不治,久后必负国败家。"说罢,挥剑要斩。众人连忙上前阻拦,把达奇支走。从此,达奇十分惧怕其父。额亦都对达奇要求也更严。

额亦都骑马进屯后,一个五十多岁的老头,忽然跑过来,朝他磕头要钱。额亦都慌忙下马,将老人扶起,问道:"各地都'计丁授田',你为何不分田耕种?"

"庄稼人,谁不想种地?"那老汉拭着眼角的眵目糊道,"可俺这屯里,光'计丁'不'授田'。"

"那田哪去了?"

"据小民所知,本屯十户人家土地,都被住本村的一个游击占去了。"老汉气愤地又道,"这游击贪占成性,吃喝玩乐,跟大明朝的官员一样。"

额亦都听罢,从身上掏出十两银子送给老汉,然后翻身上马,直奔游击驻地。此刻,达奇正在一所新盖的砖瓦房里,同两名备御在堂屋饮酒。

额亦都径直走进堂屋,二话没说,就命令达奇道:"把'计丁授田'花名册拿来!"

达奇一句话也不敢说,慌忙从抽屉里抽出名册,恭恭敬敬地交给额亦都。额亦都一页一页翻了一遍,又问道:"三百人丁的田,都分下去了吗?"

"一户不差,全分下去了。"

"有没有没分到的?"

"如果有半点儿差错,达奇愿受天打五雷轰!"达奇扬着粗眉毛,瞪着圆圆的豹子眼,理直气壮地说。

额亦都问着,手有些发颤,嘴唇儿也在抖动。他耐着性子,用手指着名册,问道:"这十户,分没分到?怎么手印是一个人摁的?"

"阿玛,那是别人代签的。"

"把手伸过来!"额亦都立即抓住达奇的右手,捏住他的食指,在印泥里沾了一下,摁在花名册上方。他大吃一惊道:"这十个手印分明是你所摁。达奇,你知不知道虚报兵丁,克扣授田,是要治罪的?"

达奇还要狡辩,额亦都下令立刻将其抓获,送到辽阳大衙门。

三

额亦都押着儿子回到辽阳，立即向努尔哈赤禀报。在场的诉讼大臣审查了达奇克扣授田的罪过，按刑律，应立即惩办。老臣图鲁什听说后，首先跑到衙门，替达奇说情："汗王，达奇是开国功臣之后，念其年幼无知，就免罪一次吧！"

另外几个老臣，也随之附议道："汗王，您不看僧面，也要看佛面，就饶过达奇这一次吧！"

努尔哈赤刚想开口，额亦都突然离座，转身跪在努尔哈赤面前，道："汗王，达奇之罪，切勿饶过。此辈仰仗老子，负我满洲，为非作歹，今日若不严惩，久后必坏大事。汗王，俗话说，蚁穴可毁长堤。我满洲的大业，可不能败坏在他们手里！"

努尔哈赤令他起来，额亦都又道："达奇若不定罪，老臣跪死不起！"

努尔哈赤被额亦都的忠贞感动了，他步下虎皮椅，亲自去扶额亦都，道："达奇所犯罪过，理应削职为民，汗听你的。"

额亦都站起来，高兴地拭着泪水，命传令兵立即将达奇假报名册、克扣授田之事写成文，布告各旗，以免此类事件再次发生。

达奇脱去游击衣帽，回到家里，一头倒在炕上，唉声叹气不止。额亦都听说后，马上走进达奇的屋里，手拎一把锄头，叫达奇坐起来，道："达奇，你已经是个二三十岁的堂堂男子汉，应有些骨气。在哪里倒下，就应在哪里爬起来。"

达奇连声应"嗻"，抽泣不止。过了一阵儿，他拭着泪水，望着竖在墙角的锄头，道："阿玛，您身为大金的大臣，开国元勋，让您的儿子去种田，您不觉得丢人吗？"

"我跟汗王，从小上山挖参，都是受苦受累的人！从来不觉得受累出汗丢人！"额亦都说着，进而开导道，"男子汉志在四方，一切要靠自己去闯。靠别人，靠老人，自己不争气，直不起脊梁骨，成不了大器！"

达奇见说服不了阿玛，只好勉强接过锄头，下地种田去了。

额亦都大义灭亲、送子种田的事,很快在满汉百姓中间传开,众人十分佩服。不久,辽河上下出现了埋头务农、加紧练兵的繁忙景象。

辽沈地区的安定,引起明朝驻辽东官员的妒恨。尤其是皇室之后朱方良,更加仇视。此人,自几个月前被皇太极追至鞍山,腿负箭伤,从死人堆里爬出来之后,含恨逃回广宁。近月来伤愈之后,妄图独占辽东的野心不死。最近听说新任巡抚要到辽东,就想搞点惊人之举,取悦巡抚,以谋辽东总兵之职。六月的一天,他与几个心腹化装成马贩子,赶着十几匹蒙古马离开广宁,渡过辽河,来到辽阳郊外,露宿太子河岸,窥视时机。

正巧这天,努尔哈赤领着总兵以上的文官武将到太子河南铲高粱。几十个人铲了一会儿,顿时汗流浃背。随来铲地的图鲁什热得一时难忍,就跑到河边,脱下衣服,跳到太子河里洗起澡来。

随从的侍卫见护卫官下水,也就都脱衣扑扑通通地下水。努尔哈赤带着各总兵官坐在柳荫下歇息,他见图鲁什等人游得十分痛快,就转脸对其他总兵官道:"你们谁热,谁就下河里洗洗吧。"

众人见努尔哈赤不拘礼节,就相继脱下衣服,跳进水里。最后岸上只剩下额亦都及努尔哈赤。

烈日当空,天气愈来愈热。跳进河里洗澡的官兵,顺着河流,越游越远。

努尔哈赤歇息了一阵,觉得坐得两腿发麻,就站起来,直直腰,伸伸胳膊,觉得十分舒服。他站立了一会儿,忽见对岸柳树毛子里有人影闪动,他机警地朝额亦都小声喊道:"额亦都,你看对岸!"

他话刚落音,只见嗖嗖射来几支毒箭。额亦都慌忙站起,扑向努尔哈赤。

额亦都刚站到努尔哈赤胸前,冷不防又一阵毒箭射来,只听他惊叫一声,后心中了一支毒箭,应声倒下。

努尔哈赤俯下身子,见血已从额亦都后背渗出,粗布白背心已被血染红。等众人上岸,额亦都已不省人事。

皮廷相给额亦都拔出毒箭,敷上些随身带的白药。又看了毒箭头,箭杆上的标记,惊叫道:"这是朱方良干的!"努尔哈赤听罢,马上命护卫士兵过河追踪。

战马飞驰,烟尘四起,满洲卫队的快骑追了十几里路,未见刺客的踪影。他们一时无可奈何,就掉转马队返回辽阳城。

次日,黎明时分,额亦都的家里传来哭声,额亦都为掩护努尔哈赤,身中毒箭,医治无效,与世长辞。

噩耗传到汗王府,努尔哈赤悲恸已极,哭昏过去两次。当日努尔哈赤下令全城为开国元勋祭奠三日。整个葬礼,按满族古老的风俗,给额亦都制了一副"葫芦棺",努尔哈赤亲自动手为他做了两样供品:烧猪一头! 鸭一对。半斤重的大馒头两盘,并备木墩子四个,分设于祭筵两旁,名曰"木兰墩子"满筵。

安葬那天,努尔哈赤亲率贝勒、大臣登上阳鲁山,站在茔地前,他追述了额亦都十三岁离家,流浪多年,年轻有志,与自己结拜盟誓,东拼西杀,战功卓著的一生,然后道:"人贵有志,额亦都年少时就说,大丈夫生在世间,莫要碌碌无为,而应轰轰烈烈干一番大业。这样的人,虽死犹生,死而无憾!"松涛呜咽,千树俯首,参加葬礼的人,深为满洲民族失去了一位英雄而惋惜。安费扬古拭着泪水,接着努尔哈赤的话说:"浑河之波,后浪推着前浪,额亦都大臣虽离开人世,然其魂灵犹在,如日如月,为我引路,荡我心胸!"

"活捉朱方良!"

"推倒大明朝,为满洲的英雄报仇!"

呼声震撼山谷,冲入云霄,图鲁什挥着双臂,在额亦都的新坟前,呼叫着,集合了一列整整齐齐的马队……

第二四章　大明残阳　审时而进

一

立秋这天,广宁城里的达官富商家家杀鸡宰羊,置酒设宴,忙活着"抢秋膘"。一些小户人家,虽无钱摆宴,但也多到肉铺买上半斤肥肉,弄些韭菜,包一顿荞麦面饺子,再打二两烧酒,用大碗盛着,全家轮着各自喝上一口。

晚饭时,广宁城大街小巷到处散发着酒香和油炸菜馔的香味,时不时传来划拳行令的吆喝声。

然而,在偌大个广宁城,独有全城院落最大、门户最高的总兵府,特别冷清,这里既不摆酒,又不设宴,连府内的三只看家狗,都溜到邻近人家趴到桌子底下啃骨头去了。

此刻,新任兵部尚书张鹤鸣私访辽东,正愁眉苦脸地坐在总兵府后院卧室的太师椅上,抽着闷烟。

水烟袋呼噜噜呼噜噜一阵接着一阵,张鹤鸣越抽越觉得口苦,他抽了两袋,自觉无味,索性把水烟袋往桌上一蹾,忽地站起,便在屋里倒背着双手,踱来踱去。

西天的浮云,一块块如晚归的马群,在天空飞驰。

张鹤鸣的卧室忽明忽暗,这变幻无常的天气,更增加了他的烦恼。他在这寂无人声的屋子里,在这远离妻室的地方,禁不住回忆起那些不愉快的往事。

在京城,自明神宗驾崩之后,朝内党派林立,分成齐、楚、浙三大派,各立门户,争权夺位,闹得不可开交。张鹤鸣为人正直,不愿参加派别之争,也就成了水中浮萍,整日在府内沉默不语。

数月前,辽阳失守,朝内文官武将齐奏皇上,弹劾了兵部尚书。当另派兵部尚书时,各派谁也不愿从本派人选中物色,其因在于辽东近年屡遭惨败,兵折无饷,在这多事之秋,谁若治军,等于自套绞索。所以朝内议奏几次,无人入选。最后不得不委派威名卓著的三代贤臣张鹤鸣代理兵部尚书,去辽东收拾残局。

张鹤鸣此次出使辽东,心乱如麻。一则,他赏识努尔哈赤的魄力、胆略,不想去伤害他。二则,他目睹大明朝国政昏暗,明知自己无力回天。所以在痛惜、哀叹、敬佩、盼望之中,出京来到辽东。

掌灯时分,佟养性突然骑马来到总兵府,拜会张鹤鸣。两人一见如故,张鹤鸣视佟养性为上宾,设宴款待。席间,议起努尔哈赤,佟养性趁机问道:"张大人,汗王曾口谕,他想和您私会攀谈攀谈。"

张鹤鸣满口答应。三天后,彼此在辽河、太子河、浑河交汇口的西平堡如约相会。

深秋的辽河平原,赤橙黄绿,美不胜收。西平堡到处堆放着黄的玉米,红的高粱,绿的秋菜。在堡中心的一座四合大院里,院主人佟米年从清晨起,就亲自忙着筹办酒菜,盼望着贵客的到来。

日影西斜,张鹤鸣、努尔哈赤先后骑马而至,佟米年在佟养性的引导下,将化装为商民的张鹤鸣、猎人打扮的努尔哈赤一一迎进大院,让到上房。

歇息片刻之后,酒宴便在堂屋摆好。张鹤鸣、努尔哈赤在佟养性的陪同下,便开始宴饮。努尔哈赤首先端起酒盅,面对鬓发斑白的张鹤鸣笑道:"御史大人!不,兵部尚书大人!为我们第二次相聚干杯!"

张鹤鸣眨了眨松弛的眼皮,问道:"那第一次,是在哪儿呢?"

"哈哈,真是贵人多忘事。"佟养性笑着,插言道,"大人,您忘了,万历十八年,汗王进京朝贡,在您府上……"

"噢！记起了,记起了!"张鹤鸣手拍右腿,哈哈笑道,"就是我第一次出使辽东,努尔哈赤识破李成梁五门出殡的那年……"

三人提起往事,谈笑风生。佟养性为两位官人一边斟酒,一边说:"老话说,年年岁岁花相似,可是三十多年了,人和人倒各自不同啊！当年天朝的御史,荣升为兵部尚书,由四品官,升为二品官,真是可敬可贺!"

"唉!"张鹤鸣摇头说,"莫提官场之事。老弟不知我的难言之苦呀!"

"咦！大人,此话从何说起?"佟养性自觉话题引得对,又故作惊讶地问。

张鹤鸣毫无顾忌地说:"如今的官场是火场,是水场,酸甜苦辣,应有尽有。"说着,他讲述起魏忠贤网罗党羽,剪除异己,假传圣旨,干预朝政等事。他干了一杯酒,借古讽今地说:"当年秦二世独宠指鹿为马的大太监赵高,致使威震四方的秦朝瞬即灭亡。如今大明朝,看来又要重蹈覆辙喽!"

佟养性是个脑瓜儿很活的人,他见张鹤鸣哀怨悲愤已极,就耍起欲擒故纵的手腕,摇头道:"大明朝不能灭亡。"

"何以见得?"张鹤鸣瞪着醉眼盯着佟养性反问道。

"大明朝有您这样的忠臣主持军务,还能有错?"佟养性脸儿绷得紧紧的说。

"咳!"张鹤鸣叹道,"我只是个有名无实的角色。辽东安宁,他们邀功;辽东失利,我解甲归田!"

"哪里！哪里!"佟养性连劝加激地说,"您是万历年间的贤人！您要还乡,谁来辅佐皇上?"

"大明朝的皇帝,一代不如一代!"张鹤鸣愤然站起,自斟自饮了一杯,道,"日近黄昏,只有妖魔鬼怪才肯陪夜神,去度暗夜!"

佟养性哈哈笑道:"听大人的口气,您不甘与那妖魔鬼怪为伍喽!"

张鹤鸣扑哧笑道:"你这佟老弟,真不愧是'牛贩子'!"

三人说说笑笑,日至黄昏。努尔哈赤从张鹤鸣那里听来不少朝廷内幕,他神情轻松地跟张鹤鸣开玩笑:"张大人,您如今是兵部尚书,握有兵权。您对我准备是生擒,还是处死?"张鹤鸣摇头道:"老朽非汗王对手,只不过当一天和尚撞一天钟。不过,新任经略,您可要严加提防。"

"新经略何人?"

"熊廷弼!"张鹤鸣随之介绍道,"此人进士出身,身长七尺,有胆知兵,善左右射。然而性刚自负,好骂人,在朝内人缘甚差。"

"那新任巡抚呢?"佟养性插话问道。

"新任巡抚名叫王化贞。这个人任性狂妄,素不习兵,好放炮,说狂话,此人对你们无大威胁。"

努尔哈赤此次约会的话语并不多,他只想通过佟养性与张鹤鸣的闲谈,探探兵部尚书的口风。到了秉烛时分,努尔哈赤见张鹤鸣醉眼模糊,就离席告辞了。

二

秋末冬初,王化贞走马上任来到广宁。努尔哈赤闻讯,立即派李永芳、佟养性亲自到广宁拜会。这天清早,李、佟二人五匹马驮着上等礼品,来到巡抚衙门。衙内的总管禀报之后,王化贞更衣下楼,到门口迎接。

王化贞乃诸城人,此人长得矮粗,活像个地缸子,他那红枣色的脸上,长着显眼的朝天鼻,一眼看去,丑陋无比。他出门抱拳,操一口山东口音道:"久闻永芳老兄大名,卑职有失远迎!"

李永芳慌忙还礼,指着礼盒,道:"末将在辽东多年,多谢朝内诸位关照。此礼菲薄,略尽地主之谊。"

王化贞快步上前,两眼眯成一条缝,道:"老话说,强龙难压地头蛇,俺初来乍到,还望老兄多多指点。"

当日,王化贞宴请过李、佟之后,傍晚就一道驰马城西,游医巫闾山去了。

医巫闾山是东北三大名山之首,此处峰峻涧深,苍松掩映,景物奇幽。三人下马,步入山门,沿着石阶步步升高,他们游览了大石棚、圣水盆名胜之后,不一会儿便踏上望海堂的阶梯。李永芳首先踏入寺院,手扶石栏,远眺沃野,俯视脚下的雾霭,禁不住感叹道:"此处,真乃仙境,难怪东契丹王选择此地,修身养性,以避世俗。"

"怎么?此寺有典?"王化贞的朝天鼻喷着粗气,兴致勃勃地问。

李永芳点了点头,坐在石凳上,讲起望海堂的来历。传说辽太祖出兵征服了渤海国之后,就改渤海国为东契丹国,把长子耶律信封为国王。耶律信聪明好学,少有抱负,他来到广宁之后,就选择医巫闾山,修了座藏书楼,题名"望海堂"。以后他带着万卷史书,来到楼内终日苦读。日复一日,年复一年,他通晓古今治国之道,才学很高。但他有个做皇上的弟弟十分忌妒他,就派人想害他。耶律信闻讯后,立即离开医巫闾山,跑到唐朝古都,做了唐朝的官吏,干了一番事业,写下"小山压大山"的著名诗句。

佟养性听到此处,插话问道:"永芳老弟,这'小山压大山'是什么意思?"

李永芳捋了一把胡髭,道:"他弟弟是皇上,可谓大山,他在一地为王,故称小山。"

"有胆量!有胆量!"王化贞搓着手,称赞道,"世上敢跟皇上比高低的人不多。"

李永芳笑着问道:"王大人,你呢?敢不敢……"

王化贞立即明白了李永芳的用意,忙道:"俺当这个不大不小的三品官就够过的了,岂敢压人?"

"咳!你这就太自卑了!"李永芳道,"兵部尚书张大人,当初不就是个四品官嘛!如今官升正二品!"

王化贞捻了捻胡子,官瘾上来了,他小声说:"王某并非不想升官。今天俺在真人面前不说假话,虽然朝内有人替俺说话,可惜,一是有熊廷弼作对,二是有汗王难斗。"

"那我们可以助一臂之力嘛!"李永芳、佟养性异口同声地道。

王化贞激动地站起来,仰望骆驼峰,俯视辽西大地,仿佛这一切都囊括在自己手中,他成竹在胸地说:"只要二位知己做俺内应,俺管保三个月内,立即踏平赫图阿拉。"

李永芳笑道:"一旦辽东取胜,别忘了李某就行了。"

"哈哈哈,"王化贞得意地道,"辽东要取胜,你们二位一个当经略,一个当巡抚……"

"那么大人你呢?"李永芳一眨眼睛问道。王化贞也一眨眼睛,得意地用右食指朝天上一指,彼此会意地哈哈大笑起来。

明月出山,三人又谈唠了一阵子,就下山回城。

过了数日,一天,王化贞正忙着为李永芳找个漂亮的儿媳妇,在广宁城几家富户来往奔走,突然坐镇山海关的兵部尚书兼右副都御史熊廷弼专程来广宁。

熊廷弼六十多岁,身高七尺,膀阔腰圆,方面大耳,卧蚕眉,豹子眼,气度不凡。他骑马走在广宁的大街上,看到他,会令人立刻想起当年不可一世的辽东总兵李成梁。

王化贞向来不服人,他远远地看见熊廷弼的高大身影,与自己矮小身材相比,顿觉矮了半截,心情十分不快。再加之熊廷弼比他官大一级,事事要受其节制,皇上又亲赐熊廷弼麒麟服,郊宴饯行,妒意自然加重。

王化贞硬着头皮前去迎接,但他故意在大街上东瞅西望,迈着方步,以傲慢的态度迎接骑马而至的熊廷弼。

王化贞把熊廷弼迎到府内,摆酒设宴。两人刚喝了两盅,熊廷弼就对辽东军务发号施令道:"我此次前来,想与老弟切磋辽东防务。努酋自萨尔浒一战,节节获胜,但凡事总有阴有阳:他善骑射,速战速决;不过短于攻坚,缺乏水师,后方不稳,兵力不足。我方应避短扬长,三方严防:一、陆上以广宁为中心,集中主要兵力,坚城固守,沿辽河西岸列筑堡垒,用步骑防守,从正面牵制满洲军的主力;二、海上各置舟师于天津、登莱,袭扰满洲人于辽东半岛沿海地区,从南面乘虚击其侧背,并利用各种兵力,扰乱其后方,动摇其军心,待努酋回师内顾,即乘势反攻,可收复辽阳。眼下当务之急,就是修筑城池,充实军备,守……"

"叭!"王化贞把景德镇瓷盅摔在地下,涨红着脸,拍桌子道:"守,守,守,你这是'乌龟之策',怕死就不要出关!"

熊廷弼是个宁折不弯的人,他本来对王化贞的傲慢已有察觉,眼下见身为部下的王巡抚放肆无忌,出口不逊,顿时火气冲天,骂道:"不要狗仗人势,无法无天!老子南征北战,屡立战功时,你才是个小小进士!"

"呸!"王化贞气急败坏地挖苦道,"熊大人你不要忘了,你已经是被罢过的辽东经略!"

熊廷弼最忌人揭短。一年前他被罢官,本来怒气未消,王化贞眼下提起,如同火上浇油,他气得脸色铁青,奋力将八仙桌一翻,满桌的美酒佳肴,稀里哗啦,全翻到地下。然后怒气冲冲地跨出门槛,命侍从牵过马来,当天就离开了广宁,回山海关驻守。

熊经略与王巡抚争吵的消息,很快传到辽阳,努尔哈赤得知后,暗自欢喜。当日就召集大臣、旗主等人议事。众人坐定,努尔哈赤叙说了熊、王二人之间主守、主攻的矛盾,然后道:"我满洲若想入关,必克广宁。而广宁城池坚固,又有十三万大军,攻之实在不易。我思虑再三,想趁经略、巡抚不和之机,速取广宁。但攻以何策,如何发兵,我想听听诸位高见!"

巴什泰首先站起,道:"老话说,外甥打灯笼,照旧(舅)。还用攻沈阳的办法,保准取胜!"

皇太极摇头说:"沈阳战法再用,恐怕不灵。我们围城,他不出城;我们引蛇出洞,他不予理睬,岂不枉费心机?"

安费扬古道:"王化贞速胜心切,此人又狂妄自负,只要他略取小胜,就会不引自出。"

"言之有理!言之有理!"努尔哈赤称赞道,"历来军家处事,既要想到天时地利,也要想到带兵人的脾气,这样制定大策,才会立于不败之地。"

接着,安费扬古献策道:"依臣之见,在远离都城之地,可以先让出寸土,以诱敌深入。待王化贞略为动心,立派李永芳额驸前去策应,然后在辽河之岸摆下战场,将深入之敌,分割吃掉。"

"好!好!"努尔哈赤连连点头,但又皱眉道,"让出何地为好,眼下举棋难定。"

佟养性插言道:"镇江堡为妙!那里有吾弟佟养真守城,兵士多熟汉语,又是本地人,或攻或退,极为有利!"

"对!对!"安费扬古接着道,"明将毛文龙经常出没于沿海,那里有他的耳目。只要我们略有动静,毛文龙会立即出动。"

努尔哈赤听罢,拍案而起。

三

七天后,广宁城传来毛文龙偷袭满洲占地镇江堡成功的佳音。王化贞立即上报朝廷。十日后皇上下令嘉奖王化贞领兵有功。授奖这天,恰巧李永芳特意赶到广宁城,前来贺喜。晚宴之后,王化贞把李永芳带到自己的卧室,小声对李永芳道:"李游击,镇江大捷人心大振,我想趁热打铁,攻过辽河,直取辽沈,你看如何?"

李永芳道:"正合我意。如若打过江东,我也就不会再受异族的夹板气啦!"

"本官深知辽东父老兄弟的心情,如你能助我一臂之力,我当终生不忘。"

李永芳叩首道:"末将甘愿效劳,死而无怨。"接着,李永芳又献策道:"广宁守城之兵,可偷偷潜往辽河沿岸,待我再与蒙古骑兵联络,等几路大军会合,我在河东做内应,此战必胜!"

王化贞高兴地拍着李永芳的肩膀,道:"今晚我就速奏皇上,速取河东,待明年春天,让辽东大地,都挂起大明的旌旗!"

两人唠至夜半,拟定了分兵防守、全面出击的方案。待侍女将夜宵端来,忽然门外传来马蹄声,不一会儿,管家提着灯笼,领进一个人来。

"李永芳!"来人进屋惊叫道,"大明朝的罪臣!"

来人是谁?正是从沈阳、辽阳败下阵来的总兵官朱方良。

一个多月前,他被派到锦州做总兵官。近日他听说毛文龙在镇江堡取胜,就想与王化贞密商,偷袭江东,出奇制胜,以求加官晋爵。

王化贞被朱方良突然的喊声惊呆了。他疑惑地盯着李永芳,想从对方的神情变化中,看出点儿破绽。

但李永芳泰然自若,只是安然地吸烟,从嘴里吐出一口口白烟。王化贞见此情景,对朱方良道:"总兵言之过矣!汉朝能出个苏武,明朝就不会出忠臣?"

这时,李永芳站起来,以攻为守地道:"朱总兵,请你点出我李某的罪状,末将死而无怨!"

朱方良眨巴着三角眼,干舔着风干的嘴唇,支吾道:"抚顺失守,你逃向何处?"

"守在古城!"

"那努尔哈赤为啥没把你杀掉?"

王化贞听朱方良话无凭证,就从中调解道:"一城失守,亦非他一人过失!至于努尔哈赤不杀他,也不是他个人的错处。朱总兵,我看还是精诚团结为重,共守边陲为好!"

朱方良摇头道:"我与他水火难容!"

李永芳冷笑道:"就算我失守抚顺有罪,那失守沈阳、辽阳,是谁的罪呢?你身为沈阳总兵,大城失守,尚能活到今日,努尔哈赤是不会对你刀下留情的!"

朱方良一时气得脸色铁青,他吼叫道:"王化贞,今日你若不把李永芳投进大牢,我明日就要奏请皇上,革你的职!"

老鼠怕猫,猫怕狐,一物降一物。王化贞深知朱方良是皇族弟子,只好把李永芳关进大牢。

七天后,皮廷相满面污垢,穿着破衣,骑着一头毛驴来到广宁。他走到巡抚衙门,连声呼叫,总管急忙把他带到府上,去见王化贞。皮廷相走进大厅,"扑通"跪下,连磕了两个响头,哭丧着脸道:"巡抚大人,请您赶快发兵,攻过辽河,为我大明臣民伸冤报仇!"

王化贞慌忙把他扶起,问道:"皮总兵,有何冤屈,坐下慢慢说来。"

皮廷相坐在椅子上,从袖筒里抽出一张布告,交给王化贞。王化贞展开一看,只见上面写道:"查李永芳,系大明朝忠臣。在辽东留居多时,到处煽动明人,杀人放火,无恶不作。近日潜逃,若有抓捕者,赏银三百两。"王化贞看罢,连忙问道:"皮总兵,前些天,你身在何处?怎么得此布告?"

皮廷相瞪着牛眼睛,委屈地道:"自辽阳兵败,我一直被关进大牢!三天前,李永芳的一个表弟用一百两白银买通狱卒,将我夜半放出。出城后,我在城北民房的墙头上,揭下这张布告,偷了一匹毛驴,就直奔广宁城,想请大人为他们报仇雪恨!"

王化贞听罢,抖动着布告,自语道:"李永芳本是忠臣,眼下不明不白地被投进大牢,岂不冤枉?"接着他传来牢头,命他立刻放出李永芳。

牢头为难地道:"朱总兵回锦州前,一再嘱咐,没有他的口令,不许放出李永芳!"

王化贞气得脸色煞白,道:"你是听巡抚的,还是听总兵的?"

牢头哑口无言,只好将李永芳从牢里放出。当天,王化贞请皮廷相作陪,设宴为李永芳压惊,以表歉意。

皮廷相不期而至,使王化贞倍加相信李永芳。第二天就按照原来商定奇袭河东的计划,把广宁城内的十三万兵马,沿着辽河以西的大小村堡布防扎营,每五十步搭一个土窝棚,置军六人,划地分守,一字摆开,号称"蛇阵"。

天命七年(1622)正月十五,努尔哈赤头戴貂帽,身穿皮裘,率领各旗青年男女,以及福晋子女一万多人,来到太子河上,做跑冰比赛。日上三竿,努尔哈赤骑马来到太子河岸,分八旗依次坐在木椅之后,顿时鼓乐齐鸣。在乐声中,各贝勒的夫人、汉官各妻妾、蒙古贝勒的夫人、各游击的夫人依次分组,只见一个个夫人身穿各色皮棉旗袍,头戴狐皮裘帽,足蹬冰滑子,打扮得花枝招展。

组织跑冰的巴什泰,见众夫人一字排开,准备停当,立即打了声口哨,接着,挥起铁锤,敲起云板。

刹那间,一个个年轻漂亮的女子,如鹰似燕,飞跑在冰河之上。跑在最前的是多罗甘珠,飞在她身后的是哈布多。巴什泰的妻子是个有名的胖子,她跑出不到半里路,就腿直抖、发喘,她刚想站下歇歇脚,突然脚下的冰滑子朝前一跳,随之惊叫一声,便仰面朝天地摔到冰上。圆胖的身子在冰上滑了一丈多远。观赏跑冰的人,哄然大笑,努尔哈赤也乐得流下了眼泪。

女子跑冰结束,努尔哈赤亲自赏给第一名银子二十两;第二名十两。其他各人,凡参加者,也各赏银三两。巴什泰的妻子尽管跑在最后,但为表扬她坚强,努尔哈赤特给她加银二两,这样倒数第一,共得银五两。

男子跑冰刚刚开始,忽然一个探马跑来,凑到努尔哈赤耳边,禀道:"汗王,集结在河西的明军,开始向我河东移动。"

探马刚刚退下,李永芳派来的密探又来禀报:"西平堡的明军,劫掠了河东一座满洲村寨,把旗民押向广宁。现正密谋偷袭鞍山、海洲城。那里的明军官兵不足万人,是东线明军的老窝,可一举歼之。而后,直取广宁,救出满洲儿女。"

努尔哈赤听罢,立即命令敲起云板,不一会儿,跑冰比赛的男儿,分八旗集结完毕。努尔哈赤与诸大臣、贝勒商议之后,命令他们火速回城,中午发兵攻取西平堡,直捣广宁府。

东北的正月,依然寒风刺骨。八旗兵士骑在马上,并不觉得寒冷。因为他们一个个深信努尔哈赤谋事周密,出战必胜。所以一个个快马加鞭,心花怒放。

翌日傍晚,努尔哈赤率领的九万大军来到西平堡,将小小城堡团团围住,然后命神箭手将劝降书射进城内。

过了一个时辰,守城总兵站在城楼上大叫道:"满洲鞑子,你们有胆子就攻吧!老子劝你们一句,今晚若攻不下,明天我们援军一到,你们一个也跑不了!"

努尔哈赤冷笑一声,命令各旗推盾车,竖梯子,火速攻城。

第二五章　百川汇集　古庙相会

一

高悬的圆月，时而被浮云遮住，时而又挣扎着露出云层，凄然俯视着大地。

西平堡随着时明时暗的月光，人心也在浮动。守城的将官王小贞，三十一岁，是王化贞的小儿子。此人随父赴辽，初任总兵，却与其父大不相同。从外貌上看，其父是矮个子，而他却长得又高又壮，黑黝黝的脸，粗大的手脚，走起路来，如同铁塔搬家，父子相貌差之千里；从性情上看，其父骄狂轻敌，而小贞，却深沉矜持，寡言少语。另外，父子同到辽东，其军事战略想法也各异，老子主战，速战速决；儿子却主守，稳扎稳打。为此，父子到辽东数月，见面就吵嘴。白天满洲军开始围攻西平堡，王小贞就深感其父"蛇阵"的构思太荒唐，太失策，此阵犹如散开的羊群，可能被饿虎一一吞掉，到时候连相聚在一起壮胆的机会都没有。

城外篝火片片，满洲军围着城堡屯驻着九万大军。入夜以来，满洲军遵照努尔哈赤的军令，每个时辰抽两牛录兵马，轮番攻城，其余各旗兵士扎营歇息。

王小贞站在城头，指挥着全城三千兵士，在城墙上，一会儿跑到南门，一会儿又跑到东门和西门，点燃火把，飞箭投石，跑得满头大汗，腰酸腿疼。他有时累得实在不支，就手扶着城墙垛口，望着广宁城的方向，埋怨起王化贞:什么三品四品,打起仗来,晕头转向,真是皇上瞎了眼,乱差乱派,堂堂巡抚,屁事不顶!

夜猫子在寒夜惨叫,王小贞身披棉甲,禁不住打着寒战。

"禀报总兵!"王小贞正坐在城墙内侧歇息,突然一个哨探跑过来,小声报告道,"据小人探知,城外满洲军共计九万。"

"什么!"王小贞噌地跳起,惊叫道,"九万?"

"是,总兵,只多不少!"哨探附到他耳边,说,"总兵,西平堡守是守不住的,您为了三千兵士着想,快想点儿办法吧!"

"不!我堂堂巡抚的儿子,绝不当逃兵!"

"总兵,"哨探哽咽着,哀求道,"此时不走,城内的雕翎箭,用不到明日中午就用光,到那时若援兵不到,岂不束手待毙?"

"当兵就是等死。沙场就是兵士的最好坟墓,你若怕死,就滚吧!"

东方露出鱼肚白,努尔哈赤坐在城东一座小山上,指挥着千军万马,向西平堡发动了新的攻势。一个个身强力壮的兵士,得令后如同下山的猛虎,展翅的雄鹰,推着盾车,飞跑着,遮住城上明军嗖嗖射来的雕翎箭,喊叫着,直逼到城墙脚下。随后登城的兵士竖起梯子,如同攀藤的猿猴,噌噌噌顺梯而上。

这时,督战的皇太极立即命令伏在战壕里的弓箭手,朝城头猛发弓箭。一时飞箭如雨,直逼得城头上的明军抬不起头来。

登城的白旗兵士,趁机攀上城垛,拔出腰刀,与明军展开白刃战。

刀光剑影,映着初升的朝阳,耀人眼目。喊杀声、惨叫声,惊飞了城内的麻雀,扑棱棱,抖动翅膀,一群群飞出城外。

城内的明军一夜未得歇息,清晨又没吃饭,一个个又饿又乏,头晕眼花,哪敌得住如狮似虎的满洲骁勇的兵士!阳光下,寒风中,只见一个个明军兵卒,如同卸下车的秫秸,一个接一个被枪挑刀劈,滚下城墙。

王小贞正伏在城头挥剑指挥,突然城外飞来一支雕翎长箭,正中右眼,箭头将眼球射穿,他咬着牙,猛地将箭拔下,血淋淋的眼球随着箭头夺眶而出。

王小贞惊叫一声,把带着眼球的长箭搭上弓,嗖地又射出城外:"浑蛋！浑蛋！统统全是浑蛋！"也不知他是骂眼前的满洲军,还是骂其父王化贞,或者骂当朝的皇帝。此时,在死神逼近的时刻,也许是骂所有的人,甚至也在骂他自己,然而,落花已去,春难留也。王小贞叫骂着,一连刺倒两个攻上城来的满洲军,当他再次挥剑刺向左侧的一个满洲兵士时,突然后心挨了一剑,他惊呼一声"皇上",随之倒下。日至中天,全城攻破。

皇太极率军攻进大牢,救出被明军抢掠来的满洲少女、老人和小孩,忽然探马来报:"增援的三万明军,正从西北飞奔而来！"

皇太极一惊,立即去城外找努尔哈赤禀报,要求出兵迎敌。努尔哈赤抓住皇太极的袖口,笑道:"莫急！莫急！"

皇太极甚觉奇怪,问道:"阿玛,此时若不出兵迎战,恐怕沿途百姓遭殃！"

努尔哈赤打了个笊篱捞丸子的手势,小声说:"你忘了李永芳设的'引蛾扑火'之计了？"

一句话,提醒了皇太极。几天前,李永芳曾去广宁,表示愿意为王化贞效劳,并主动提出,如果明军愿意一举歼灭满洲大军,他愿带领在河东的一千汉人做内应,来个里外夹攻。王化贞本来速胜心切,听了自然喜不自禁。当即联络蒙古大军,布置沿辽河备点的防守驻军,加紧训练,争取在"二月二,龙抬头"之前,联合攻下鞍山、海洲,然后直取辽阳,活捉努尔哈赤。此次,广宁明军出动,就是要到西平堡会师主力,窥伺时机。

不过,王化贞的一整套设想,李永芳已通过密探报告给努尔哈赤,并提议,将明军会师之地,变成葬身之地。所以努尔哈赤不紧不慢地下令道:"左翼四旗,埋伏在城外大道两侧壕沟。其余各旗进城,守株待兔。"

军令一下,各路兵马,各就各位。努尔哈赤进到城里,命令兵士马上把路上、墙下的明军尸首抬走,然后紧闭四门,让护门的兵士换上明军的服装,自己悠然地坐在城西北的角楼,时不时朝广宁方向眺望。

此时的辽河平原,冰天雪地。努尔哈赤吸完一袋烟,站在角楼西侧,凭栏远眺,只见远处的大路上,一条如蛇似龙的长长队列,由远而近,由小变大。等他看清了为首的"王"字帅旗,不禁暗自赞道:"永芳之谋,高也。"随之,下令城内各路兵马,准备迎敌。

三万明军越来越近,努尔哈赤已看清为首的正是李永芳。只见他身披盔甲,骑在一匹枣红马上,如同胜利而归的将领,神情自若。李永芳越加鞭,离西平堡城越近。此时他已从楼上的"斜插城旗"的暗号中,得知满洲军已占领本城,于是他离城越近,心越激动。等他来到城西,离城门约有一里路时,向身后的各路总兵抱拳道:"末将先走一步,向城内报喜迎接诸将!"

李永芳猛加一鞭,顿时枣红马飞跑如箭。努尔哈赤见李永芳独自打马而来,立刻叫护城的兵士放下吊桥,打开城门,把李永芳接到城里。

李永芳进城后,城内鼓乐大奏。三万明军以为守城官兵大礼相迎,一个个喜上眉梢,整军列队,准备入城。

礼乐已毕,立即响起螺号。城外的满洲军听到螺号声,顿时跃出壕沟,射箭挥刀,呼叫着冲向明军。

明军本无防备,一个个被突如其来的喊杀声,吓得蒙头转向。等披甲的满洲军从大路两旁,如决堤的洪水冲来,他们才明白受到伏击夹攻。为首的几员总兵官见势不妙,急忙打马进城。

等明军拥至城下,努尔哈赤立即下令,城头万箭齐发,为首的明军将官,在不明敌友的情势下,多被乱箭射死。

遭到伏击夹攻的明军,眼见将官多被击毙,一个个便丢盔弃甲,拼命四处逃窜。

西平堡之战,满洲军大胜。接着,努尔哈赤又命大军兵分三路,横扫河西明军各个据点,指定三日后到广宁会师。

二

范江鹄的儿子范文亮从辽河岸被抓到广宁,关了多日。这天中午,皮廷相看见他,一口咬定他是范文寀、范文程的亲兄弟,王化贞当即大堂提审。

巡抚衙门大堂里既高又黑,再加上大厅内横眉立目的衙役,显得十分阴暗恐怖。衙役把范文亮押到大堂,命其跪下。只见堂上王化贞正襟危坐,惊堂木一拍道:"堂下所跪何人?"

"范文亮。"

"哪里人氏?"

"先祖家住江西,乃北宋大臣范仲淹之后。"

"呸!"王化贞小胡子一撅,朝天鼻翕动着,吼道,"还有脸说出范仲淹的大名!"然后惊堂木又一拍,道:"你知罪吗?"

"小民不知身犯何罪。"

"哼!"站在公案桌旁的皮廷相,捋着粗胳膊,瞪着牛眼睛,道,"什么无罪?你是恶贯满盈!"接着他历数道,"你伯父范鸿身为抚顺军士,兵变造反;你父亲范江鹄夜半打死铁场场主,畏罪私逃,为努酋卖命为奸;还有你本家兄弟范文寀、范文程叛我大明,为夷人出谋划策。你们范家老小,哪一个不是大明朝的死敌?"

范文亮哈哈冷笑道:"这话你说对啦,我们范家就是大明的死敌!"他脖子一仰,怒斥道:"我范氏家族本是爱国之家,可是腐败的朝廷,把我家一个个逼得走投无路。老话讲,官逼民反,民不得不反。我家伯父范鸿之死,范文寀、范文程半生颠沛流离,范梨花屡遭劫难,终生坎坷,这一桩桩、一件件,哪件不都是由于大明朝昏庸所致?哪件不都是你们这些奸臣促成?"

"住口!"王化贞气得站起来,眼珠子瞪得溜圆,惊堂木不停地拍着,望着眼前这个二十六七岁的青年,吼叫道,"大胆刁民,今天是我审你,还是你审我?"

皮廷相气得双手发抖,顺手从衙役手里夺过一根木棍,冲向范文亮,举棍要打。王化贞连忙喝住:"不得动手!"

范文亮泰然地朝王化贞瞥了一眼,只见那位巡抚大人眯着眼,倒背着手,迈着方步,朝他走来。王化贞上下打量了一眼范文亮,自得地嘿嘿一笑道:"等我大军把努酋灭掉,我就把你们范氏兄弟的头,一个个割下来,穿成串,到辽阳各地示众!"

惯于察言观色、见风使舵的皮廷相,见审案接近收场,就献媚地跑到王化贞跟前,道:"巡抚大人,到那天,末将愿做监斩官。"

"哈哈哈!"范文亮扬着浓重的眉毛,一阵大笑,接着霍然站起,指着皮廷相道,"你这个常败将军,可不要忘了,你已经从努尔哈赤那里讨了个副将的官衔。哟!皮大人,你这样朝秦暮楚,时东时西,就不怕到阴曹地府受判官惩治!"

范文亮的冷嘲热讽,揭到皮廷相的痛处,他顿时暴跳如雷,再次举起木棍,朝范文亮打去。

皮廷相棍子还未落下,只听门口惊道:"巡抚大人,不好了!满洲大军攻到中安堡。"

王化贞摇头道:"李永芳曾与我密谋,等满洲军一到,他就做内应,城里城外夹击,击败努酋!"

探马将西平堡阵亡的将官衣物递上,道:"大人,您中了李永芳的奸计了!"

皮廷相历来眼疾手快,他瞥了一眼血染的明官战袍,顿时惊叫道:"大人,兵临城下,还不快逃!"

皮廷相凄惨的叫声,如同夜猫子夜半嚎叫,在场的衙役一个个吓得面如土色。

王化贞哆嗦着双手,还想去整理文牍。皮廷相一把抓住他的长袖,呼叫道:"大人还不快走,晚一会儿就没命啦!"

衙役们见皮廷相转身要逃,一个个如惊弓之鸟,涌向大门口,拼命逃窜。

王化贞原一心想东渡辽河,得胜凯旋,哪料想转眼兵败,空城已难再守。于是他被人扶上灰兔马,夹在竞相逃命的官军中,灰溜溜地逃出了广宁城。

努尔哈赤豪爽好义、体贴平民、除暴安良的种种传说,很早就传遍广宁。特别是他与李成梁的斗智,已成为街谈巷议的话题。所以,当辽沈被攻克之后,广宁的百姓就编了一首顺口溜,在民间传唱:

想汗王,盼汗王,
汗王来了除霸王。
鸡鸭牛马得安宁,
平民百姓得安康。

日影西斜,广宁城内的百姓眼见都府的大小官员,骑马坐轿纷纷南逃,一个个大开院门,互相交头接耳,议论纷纷。不到抽袋烟工夫,一位年过百岁、当年在李成梁家里当仆役的老人,手拎铜锣,四处敲打着喊叫道:"汗王来了,还不快快到城东迎接!"

城民们听说努尔哈赤归来,一个个喜不自禁,东邻西舍奔走相告,将过年时准备的馒头、炸糕、丸子装进篮筐,把埋在雪里的猪肉扒出来抬着,几家烧锅的老板也把几年的陈酿老酒抬上马车,还有的现从鸡架上抓来几只小鸡,从羊圈里牵出一只只肥壮的绵羊,一群群,一伙伙,敲锣打鼓,吹着喇叭迎出广宁城外三里处。

努尔哈赤见百姓带着礼物涌来,便下马致谢。

站在道旁手拎铜锣的百岁老人,见努尔哈赤走来,立即丢下槌、锣,摘下皮毡帽,扑了上去,老泪横流地呼叫道:"汗王,您可回来了!"

努尔哈赤一愣,连忙将老人扶住,上下打量着银须白发的老人,刚要张口打听,老人就拭泪道:"我就是当年李总兵府的更夫孙有!"

老人话音刚落,努尔哈赤"扑通"双膝跪下,抱拳谢道:"多谢老人当年救命之恩!"

白胡子老人连哭带笑地道:"唉!谢什么,还不是您福大命大。"他赶忙拉起努尔哈赤,也不知是哭是笑,用袖子紧擦着鼻涕眼泪,泣不成声地道:"赶快进城吧,百姓都等着您呢!"

努尔哈赤带着兵马,被百姓簇拥进城。当日,家家户户拿出过年时的食物,一一招待满洲官兵。

傍晚,努尔哈赤带着两个随从,来到城西十字街路北的热闹小街,在关帝庙西侧的一间小土房里,找到了孙有。努尔哈赤进屋,孙有正坐在炕上打瞌睡。土房又低又小,四壁已被烟火熏得亮黑亮黑。五尺长的土炕上,除了铺着的谷草,一床露着黑乎乎棉絮的旧被子,再没有其他衣物。努尔哈赤的目光从炕上移到炕下,除了看见几件土盆、土锅、木勺之外,再没有看见可口的饭菜、值钱的东西。

努尔哈赤看完,禁不住长叹了一声。

孙有老人听到动静,霍地爬起,他揉了揉惺忪的睡眼,借着窗户透进来的亮光一看,发现了汗王,立即跪到炕上,道:"谢主隆恩!"

努尔哈赤转身坐到土炕上,哈哈笑道:"您老人家,可真把我当成皇上啦!"说着将老人搀着坐下。

孙有泪眼婆婆地道:"您如今领着千军万马,统管着白山黑水的河山,怎么不可跟当年的明神宗媲美?"

努尔哈赤道:"我宁肯回到长白山挖参,也不当明神宗那样的皇上!"

"这倒也是个理儿!"孙有赞成道,"历代皇上多吃喝玩乐,不问百姓困苦。您可不能当那样的吸血鬼!"

努尔哈赤跟孙有谈唠了一阵儿,就叫随从抬来一架二人抬的小轿,把孙有接到李成梁当年住的总兵府。

当晚就把三间正房,俘获的衣物,外加一头红鬃大马,十亩好地,都统统送给孙有。

孙有搬进新房,努尔哈赤还把一个十七八岁、无家可归的姑娘留给他,让姑娘专门侍候老人,欢度晚年。

努尔哈赤的贤德感动了周围的百姓和明军下级军官。不久,锦州、大小凌河、松山、杏山等四十余城的守卫官,纷纷率其所属投奔广宁,归顺满洲军。每天,在通往广宁的大道上,骑马的、推车的、抬轿的、挑担的,男男女女,老老少少,络绎不绝。广宁城成了人的山、人的海。

二月初二,努尔哈赤在总兵府设百桌大宴,款待归顺的各城堡守御官。他坐在当年李成梁办理公务的太师椅上,对众汉官道:"此府,当年是辽东总兵的官府,卑职曾在此为李成梁端茶倒水。可是转眼五十年,此地又成了我的汗王府,你们说这是何故?"

一个胖得圆圆的、剃过发的乡绅,满脸堆笑地道:"这是天意!这是天意！"

有些乡绅也随声附和，七嘴八舌地道："那是汗王的福分所致，祝汗王万岁！"

努尔哈赤笑道："这就且算做天意吧！不过，万岁的皇帝，一氏的天下，历史上是没有的。自夏商以来，秦汉隋唐，五代十国，由宋至元，有一个皇帝是万岁的吗？没有。有一姓一氏统治千年吗？也没有。其因何在？"

努尔哈赤环视着大厅里的武官乡绅，一个个面面相觑。他见无人回答，就又笑道："暴虐无道者，必亡！"接着他历数起纣王暴虐无道，仅有五百里地的文王起来，获得了天下；秦始皇暴虐无道，泗上亭长刘邦单身起来，推翻了秦始皇；大辽的天祚帝，要完颜阿骨打起舞以污辱他，要杀害他，完颜阿骨打愤然起兵，夺得大辽的江山；金朝的末代皇帝在蒙古族成吉思汗来叩头时，看到他相貌不佳，就想杀害他，结果成吉思汗起兵征讨，灭掉金朝。最后努尔哈赤道："从古至今，由大变小，由小变大的兴亡事例甚多。就以南京、北京、汴京而议，那里就不是一姓一氏盘踞之地，而是女真、蒙古、汉人轮流统治的都城！"

一个中年武将听罢，马上站起来道："当今大明朝的皇上，也是暴虐无道，所以他仗仗都败。"说着，这位武将，一叩首道："汗王，您何不趁此良机入关，独得神州，推翻朱氏王朝，也叫成千上万百姓舒舒气！"

努尔哈赤离开座位，走过去，亲自为那中年武将斟了一杯酒，赞道："你不愧是有见解的将官！"

武将端起酒杯，一饮而尽，真诚地祝愿道："汗王万岁！"

在座的人也都随之兴奋地祝福："汗王万岁！"

三

二月十三那天，努尔哈赤突然打听到梨花的下落：半年前，梨花的养父死后，她到广宁城西北的万紫山出家当了尼姑。数月来，她平日咏经，抽空进山采药，凭着她当年在京内皇城耳濡目染御医诊病的知识，为当地百姓治病。日复一日,她的医道比一般乡医都高明,深受百姓的欢迎。不久前,她拿出自己多年的积蓄,在娘娘庙一侧,新盖了一座尼姑庵,起名慈仁寺。因此到这里进香求医者,都尊称她为慈仁大师。有的病人,因娘娘庙修于万历年初,将这里的法师,俗称万历妈妈,所以到这里求医的老人、孩子多尊称她为"万历妈妈"。

这天午时,努尔哈赤决定带着两个近侍,身着民服,借朝山问医的机会,去见梨花。

万紫山位于城西北,努尔哈赤三人步出城门,直奔西山,不一会儿来到山脚下。他们登山入庙后,努尔哈赤让近侍在庙门外静候,独自一人进庙焚香。

此刻,梨花正身着缁衣,正襟危坐,为一个老妇人祈祷。法事完毕,到庙侧一间耳房,开方给药。老妇人走后,努尔哈赤进庙焚香,他跪在蒲团上,面向慈祥的观音塑像,低头小声祷告道:"我乃凡人,多年颠沛流离,终日思念亲人,多年神情恍惚。有时白日时常落泪,晚间常常梦中惊醒。几十年,朝朝暮暮,春春秋秋,遥望长白山,痴醉如迷,求菩萨给医治解脱!"

坐在一旁专为他人祈祷的梨花,起初闭目细听,当听到祷告到长白山时,她突然睁开了眼睛,望着扎着头巾、身穿紫袍的努尔哈赤。她望了一眼,又闭上双目。然而,过了片刻,她又情不自禁地睁大了眼睛,静思了片刻,朝小尼姑使了个眼色,就把努尔哈赤让到耳房。

小耳房,就是小药房。这里除了成排的药箱、药架,就是简单的桌椅。努尔哈赤在小尼姑的引导下,进屋坐在木凳上。不一会儿,梨花慢慢进来。她为努尔哈赤切脉后,朝小尼姑一努嘴,示意她到庙内去接待其他信徒。

小尼姑出屋关门,努尔哈赤向门口瞅了一眼,发觉小尼姑走远,就倏然站起,向梨花扑过去。

梨花虽然是出家进庵之人,但并未拘于法规,拒绝人之常情。当努尔哈赤的脸贴到她的脸时,两位老人都泪如泉涌,随之是呜咽抽泣。几十年来,盼望的日子到了。然而,似乎又觉得那么遥远。一时,悲喜交加,感慨万端。

两人无言地泣哭一阵之后,梨花把努尔哈赤让到一张木板凳上,用衣襟拭着泪道:"你身子骨可好?"

努尔哈赤呜咽着说:"已是年过花甲之人,不咳不喘就算好呗!"接着他把话题一转,道:"梨花,我对不住你!长白山……叫我……"

梨花未等努尔哈赤说完,就泰然地安慰道:"一切我都知道了!只要能把信送到,叫你千军万马脱险,就是我最大的欣慰!"

"梨花!"努尔哈赤又激动地伸手抓住梨花的手,无限感激地摇着,一句话也说不出来。

梨花说着又问道:"长白山八兄弟还有几个活着?"

努尔哈赤长叹一声:"除了安费扬古、图鲁什健在外,都为满洲人的大业捐躯喽!"

"你们几个人,能一统关外的江山,确实不易呀!"

"若不是你把我从李成梁家里救出来,恐怕难有今天!"

"这也是你的福分、造化!"

"梨花,"努尔哈赤说着站起来,恳切地说,"你还俗出庵跟我走吧?"

梨花笑道:"我已是朽木,出庵何用?"

"不,"努尔哈赤道,"只要你出庵,我就为你在辽阳盖座新城,好享几年清福。这样,我的心,才觉得安稳。"

梨花摇头,又笑道:"如今我能亲眼看到你统领千军万马,除恶扬善,为挖参的、打猎的、跑腿子的、闯江湖的人,撑腰打气,不再受李成梁之辈的欺凌,就觉得很幸福!"

努尔哈赤着急了,他紧紧地抓住梨花的手,再次恳求道:"你若不答应跟我走,我就不走!"

"不能那样!"梨花拭着眼泪说,"我已是出家之人,不想还俗。再说,你已经有了妻室儿女,往事忘了吧!"

"不,不,"努尔哈赤瘦削的长脸上,忧愁满面,他声音颤抖地说,"我不会忘记你,我的后代,也不会忘记你!"

梨花拭着眼角的泪水,笑了笑说:"我死去,只要孩子们能为我烧炷香,想着我,我就心满意足了!"

"不!"努尔哈赤又道,"我已经跟孩子们说了,没有你,就没有我,更不会有今日天下。百年之后,我要叫孩子们为你每年烧香磕头,敬为圣母!"

梨花马上摇头道:"我只不过是个凡夫俗子,颠沛流离一生的女人,受不了大烟火!"

梨花越谦恭,努尔哈赤越感到心神不安,最后他几乎哭出声来,叫道:"梨花,我再次求你,跟我走吧!"

努尔哈赤说罢,猛地跪下。

"吱扭"一声,突然门开了。

梨花抬头看去,只见小尼姑推门进来,她便随机应变,对跪着的努尔哈赤道:"大人,不要跪下谢我。您的病情减轻,应快到庙堂里谢谢菩萨!"

"是的。"小尼姑接着对努尔哈赤道,"大人,慈仁大师,人称万历妈妈,心善仁慈,从不受人跪拜,请大人还是快些退出,到大庙里去吧。"

努尔哈赤只好站起,抹了一把哭得通红的泪眼,随着梨花步出便门。

第二六章　严词教子　百思汗位

一

辽阳城内大街小巷,道路两旁开遍了杏花,嫩绿的柳枝随着和煦的东风摇曳着。

努尔哈赤度过了六十四个春天。这天他风寒刚愈,支撑着虚弱的身子,由两个阿哈陪着,来到书房外几株老杏树旁晒太阳。他坐在虎皮椅上,望着朵朵盛开的杏花、飞来飞去采蜜的蜜蜂,心里觉得畅快不少。

春日融融,暖风轻轻,努尔哈赤不知不觉地靠在椅子上睡着了。不一会儿,刚才他在书房看过的那本《帝王梦》里的情景,像走马灯似的闯进梦境:楚成王的儿子商臣要篡夺王位,突然用卫兵包围了王宫,逼成王自杀;晋朝司马炎在位二十五年,一夜之间爆发了八王之乱;元朝两宫相争,宫廷大乱,皇孙与皇后拼杀;明朝朱元璋的儿子燕王,兴兵打朱元璋的孙子建文帝,相杀三年,南京宫殿起大火……漫天的大火,跨过长江、黄河,越过长城,直扑向关外……

"火!火!"努尔哈赤浑身发烧,脑门发烫,禁不住喊出声来。两个阿哈慌忙走到他身边,小声唤道:"汗王爷!汗王爷!"

努尔哈赤醒来,他不知是热还是梦中发急,额上渗出几滴汗珠儿。他抬手拭去汗珠儿,瞥了一眼亭院的亭台楼阁、红花绿草,觉得梦境与眼前的仙境实在太不融洽。不过,他由梦想到自己开创的大业,想到自己百年之后,想到满洲人创立的大金国……他两眼迷离地望着光怪陆离的花影,暗自思忖:我开创的大业,不应该像古代帝王,中兴晚败,自毁长城,而应该借鉴历代王朝兴衰的经验,永葆青春,万古不朽。

伺候努尔哈赤的女仆人见主人汗流不止,以为主人口渴身热,就马上进屋端来一杯清茶。努尔哈赤接茶饮毕,思绪依然不断。他忆古抚今,暗自问自己:"吾百年之后,谁来接替我?汗印该交给谁?"

八年前,努尔哈赤随着诸事浩繁,年事渐高,不胜日夜操劳,一度把国政委托给长子褚英掌理,希望他能接替汗位。可惜,褚英心胸褊狭,虐待弟侄,蔑视努尔哈赤重用的五大臣。更不能叫努尔哈赤容忍的是褚英背后诅咒其父,阴谋叛乱。他清楚地记得,有一次他出征乌拉,褚英坐在房里用剪刀剪了些纸人纸马,并在纸人身上写着"努尔哈赤"四个大字,然后点着火,把纸人纸马燃着,边烧边骂:"你这个老不死的,快快完蛋吧,死了好让出汗位!"后来努尔哈赤出征归来,知道了此事,痛心地在苏子河岸将褚英处死。

此刻,努尔哈赤想到这个不孝之子,叹息道:"那败家的小子,如不及时处决,恐怕闹到今日,可能酿成大祸!"他联想起那燃烧的纸人纸马,摇着头自言自语地说:"多浑的小子,完全辜负了我的一片心意。"

"汗王,你在骂谁?"爱妃哈布多手里端着一碗用蜂蜜调的鸡蛋茶,朝努尔哈赤走来,当她模糊地听见努尔哈赤骂着"浑小子"时,便顺口问道。

努尔哈赤没有吱声,他接过哈布多送来的鸡蛋茶,慢慢喝下,示意让哈布多坐在自己身边的木凳上,然后冷不丁问道:"哈布多,你看将来谁接替我的汗位好?"

哈布多不自然地笑笑:"汗王,如此重大国事,俺女流之辈,怎好乱说?"

"三个臭皮匠,顶个诸葛亮,说说无妨。"努尔哈赤哈哈笑着说。

哈布多替努尔哈赤装了袋旱烟,送到努尔哈赤手里,给他点着火,又四处看了看,说:"照理儿说,汗位应由大贝勒代善接替。一则,他是大福晋所生,又是诸子中年长的一个。二则,自打褚英下世,你叫代善辅政以来,他办事还算勤恳。三则他性格宽厚,颇孚众望,军功多,权势大。就此看,他接替汗位既名正言顺,又得人心。不过……"

"不必顾虑重重,你就直言吧。"努尔哈赤见哈布多欲言又止,特意说道。

哈布多不好意思地笑了笑,压低声音说:"不过代善过去跟继母阿巴亥眉来眼去,行为不端,名誉不佳,恐怕以后人家会背后戳他的脊梁骨,有失爱新觉罗家族的体面。"

"那你看还有谁呢?"努尔哈赤抽完烟,把烟袋搭在椅背上,关切地问。

"若以俺看,四贝勒皇太极是棵好苗子。论才能、武功、智慧,他在兄弟十几人中,堪称出类拔萃。他从小随您出征,每遇劲敌,总是身冒矢石,冲锋在前。萨尔浒大战、辽沈之役、征服叶赫、驰援科尔沁,他都是独当一面的将帅,军功甚高。孟子说'天将降大任于斯人也',皇太极将来可能成个不负众望的明君。"

"可是,他有几个兄弟也对他不满。"努尔哈赤听罢哈布多一番议论,惋惜地说。

"为什么?"哈布多问。

努尔哈赤叹息道:"说他目无兄长。"

哈布多摇摇头:"皇太极智勇双全,精明强干,自从去年二月您让四大贝勒'按月分值'、轮流执政以来,素孚众望,恐怕目无兄长之说,是一种挑拨……"

努尔哈赤正与哈布多唠得投机,突然莽汉子图鲁什手拎着一个陶罐子,开门见山地说:"汗王,大贝勒也太不像话!"

努尔哈赤一惊,猛地欠起身,眼盯着图鲁什等待后话。图鲁什拭拭汗,就地坐在水桶似的罐子上,向努尔哈赤禀报他所见所闻。

阳鲁山风和日丽。一大早代善吃过早饭,换上一身崭新的缎子长袍马褂,长发梳得油光,就带着两个从海州掳来的歌伎,坐上带篷的轿式马拉车,离开辽阳城,直奔阳鲁山的南山坡驰来。

此时山坡上红杏绿柳,青草萋萋,处处显得静谧而洁净。代善从马车上跳下来,撩开粉红的幔子,把两个身材苗条、长相迷人的歌伎搀下车子,便旋风似的钻进杏林山石之中。

不一会儿,杏林里传出琵琶声声,箫管阵阵,清脆的歌声,在杏林里萦绕:

　　花枝草蔓眼中开,
　　小白长红越女腮。
　　可怜日暮嫣香落,
　　嫁与春风不用媒。

代善斜倒在草地上,十八岁的歌伎偎依在他身边,媚笑着。那歌伎唱罢李贺的这首《南园》小曲,代善猛然伸出胳膊,把唱曲的歌伎搂到怀里,倒在草地上,又吻又抱……那歌伎一时不好意思挣扎,代善乜斜着醉眼,调情地喃喃着:"什么'嫁与春风',还是嫁给我吧?"

那歌伎挣扎不脱,只好闭着双目,让代善戏耍取乐。

另一个二十多岁的弹琵琶的歌伎,眼见同伴与代善亲亲热热,心里十分不快。她索性边弹琵琶边唱起一首古诗《春怨》:

　　打起黄莺儿,
　　莫教枝上啼。
　　啼时惊妾梦,
　　不得到辽西。

歌声含蓄委婉,悦耳动听,她一连唱了三遍,一遍比一遍动情。代善躺在草地上,被歌声迷住了。

一只黄莺啾啾叫着,从头顶飞过。琵琶停了,代善仿佛从梦中醒来,猝然站起,丢下那红裤绿衫的歌伎,猛地朝背靠着杏树的琵琶女扑去。

恰在这时,图鲁什风风火火地跑上山来。

"大贝勒,请您下山!"

代善的一场好梦被惊醒,便站起来,脸子拉得老长,问:"什么事?"

"兵器场正研制黄色火药,想请您去过目。"

代善不耐烦地说:"这月四贝勒分值,料理国事,你去找他吧。"

图鲁什见大贝勒阴阳怪气的声调,心中顿时火起,便放开粗嗓子吼叫道:"前天八大贝勒、五大臣在大殿都推举您分管造火药的事,您怎么一推六二五?"

代善冷笑道:"不在其位,不谋其政,你有本事去找汗王去?哼,看你黑不溜秋的样子,哈哈哈……"

图鲁什气得一蹦二尺多高,嘴唇哆嗦着,大胡子颤抖着,连说:"你……你……"说完他跑下山,骑上枣红马,一口气跑到汗王府。

二

努尔哈赤听罢,狠狠地拍着皮椅扶手,骂道:"孽种!孽种!秦二世,隋炀帝,哪个不毁于贪杯好色,不务正业。"

哈布多上前抓住努尔哈赤颤抖的双手,立即安慰道:"汗王息怒!汗王息怒!大贝勒有过,慢慢开导嘛!"

"朽木难雕!朽木难雕!"努尔哈赤气得急促地喘着气,又坐在虎皮椅上。

哈布多把图鲁什打发走,又对努尔哈赤劝慰了一番。努尔哈赤喘息未定,忽听门口吵吵嚷嚷,一个尖嘴利舌的女人在门洞里喊叫着:"我是来告状的,你们凭啥不让我进去?"

门卫横着大刀,挡住那汉族女子说:"汗王正在歇息,不受状子。"

"他当汗王的,也得替小民着想。俺家里死了人,他当汗王的还坐在衙门里躲清静?"那女子越吵声音越大。

"你再不听劝告,我就把你抓起来。"门卫放开粗嗓门发着脾气,威胁着,"你知不知道乱闯汗王府要杀头的?"

"俺就是冒死来告状的。"那汉人女子毫不示弱地依然喊着。

努尔哈赤听到门口的喊叫,立刻叫人把那告状的女人带来。

进来的女人三十多岁,穿一身白色的孝服,两眼哭得红肿。她被领进门,带到努尔哈赤面前,扑通跪倒:"汗王爷,俺丈夫死得冤枉呀!求汗王为俺申冤。"

努尔哈赤慌忙站起,走到那女子跟前,把她扶起来,坐到右侧的木凳上,然后关切地说:"你有啥冤就说吧,俺为你做主。"

戴孝的女子坐下用袖口擦了擦眼泪,边抽泣边说:"俺家住奉集堡,是那堡子里的老户,现今归正蓝旗三贝勒管辖。昨个儿傍黑天,牛录里派人到沈阳修城,俺家四个男丁,出去三个,家里就剩下一个有病的男人。当差的三个人刚走,后脚就进来一个牛录额真。他进屋发现俺男人躺在炕上,就二话没说,操着鞭子就打。俺那男人本来就病得面黄肌瘦,加上又气又急,重鞭之下,不一会儿就死了。"说着那女人泣不成声,又哭叫起来。

努尔哈赤轻咳了一声:"你没去找三贝勒莽古尔泰?"

那女人呜咽着说:"俺去找他,他说'打死活该'。汗王爷,你说俺家男人犯了什么罪,犯了什么法?您是一国之主,爱民如子,求您明镜高悬,以正国法!"

努尔哈赤含着眼泪,叫阿哈从屋里取出三十两银子,亲自用鹿皮巾包好,交到那女人手里,一边道歉,一边说:"你先回去把你男人安葬了,回头我定严惩不贷!如有不公,你可当面责骂。"

告状的女子见努尔哈赤如此果决,通情达理,连连点头站起,手里拎着银子,退出汗王府。

努尔哈赤目送着告状的女子走出大门口,心便扑通扑通猛烈地跳起来,随之觉得胸口发闷,手脚发凉,额头上不停地冒着冷汗。努尔哈赤的病,又犯了。

春日的一个傍晚,努尔哈赤的大妃阿巴亥,带着十岁的儿子多尔衮和他的小弟多铎,从界藩城来到辽阳,特意看望病中的丈夫努尔哈赤。

她一进屋,见努尔哈赤面容憔悴,身弱体虚,便一头扑到炕头上,手扶着努尔哈赤的面颊,呜咽起来:"汗王呀,俺刚离开您两年,就把您折腾成这般模样。这都怨俺心狠如铁,不能前来照料照料您呀!"

努尔哈赤听到大妃悲切的哭声,禁不住也落下泪。他躺在炕上,那一滴滴眼泪从眼角滚到缎子面长枕上,他抬手抓住大妃白嫩的手指,一时说不出一句话来。

大妃阿巴亥,是乌拉那拉氏族,满太贝勒的女儿,十二岁就聘于努尔哈赤为妃。她生得体态丰腴,眉眼妩媚,再加之聪慧机巧,深得努尔哈赤的喜爱。努尔哈赤的原妃佟甲氏死后,很快就封她为大妃。

前年在界藩城也是一个春日的黄昏,努尔哈赤出外狩猎归来,忽然觉得腰酸腿疼,头晕目眩,因年事已高,便产生了"夕阳余晖人意懒,南屏钟声送晚归"的悲凉心情。当晚,他歇息片刻,觉得身上松爽了好多。便打发阿哈将阿巴亥找来,置办了一桌大妃平时爱吃的酒菜,夫妻二人,由大妃所生的三个儿子阿济格、多尔衮、多铎陪着,开怀畅饮起来。

六十三岁的努尔哈赤坐在南炕面西而坐,怀里抱着六岁的儿子多铎,筷子不停地给多铎和多尔衮夹菜,娇妻爱子欢聚大堂,努尔哈赤喜不胜喜。他为爱妃斟了一杯海洲葡萄酒,夫妇碰杯饮下,努尔哈赤抹了抹嘴唇儿,说:"阿巴亥,你觉得我老了吗?"

阿巴亥娇媚地笑了笑:"老了也是俺的夫君!"

努尔哈赤叹息了一声,又说:"我年少丧母,终日漂泊;二十五岁起兵之后,年年戎马疆场,劳苦一生,今天才创立了这份基业。如今,我已年过花甲,时常思虑后事。"

阿巴亥听努尔哈赤语重心长,就欠身为努尔哈赤斟了杯老酒,说:"汗王,您有什么心里话,就说吧。"

努尔哈赤一仰脖把酒喝下,放下酒杯,说:"阿巴亥,我多喜欢你,你是知道的。我想,多尔衮这孩子从小聪明,如你能多加注意教养,长大成器,尔后能承继我的大业,也就了却了我的一桩心事。"

阿巴亥赶忙点头致谢。努尔哈赤笑了笑:"此事我思虑再三,觉得大贝勒为人忠诚持重,日后就把你们母子托付给代善吧。"

阿巴亥有了汗谕,当晚高兴得一宿没睡。第二天,她便派人给代善送去一些大贝勒平时爱吃的点心。又过了几天,阿巴亥浓妆艳抹,穿戴整齐地去代善家里看望大贝勒。这年,恰好阿巴亥三十一岁,代善年长她六岁。少妇与壮士,一来二往,便倾心爱慕,情深意浓,时常暗地私会。有一天,大妃亲手做了一盒三花糕,派贴身侍女送给代善。侍女进屋后,打开点心盒,用小手捏起一块三花糕,塞到代善的嘴里,她见大贝勒有滋有味地嚼着,就问:"大贝勒,你吃着甜吗?"

代善笑着,点了点头。侍女连忙从内衣里掏出一封信塞到代善的手里,说:"还有比这更甜的!大贝勒,您好好看看吧,她对您可是一片赤心呀!"

代善听侍女说话太露骨,就绷着脸儿,训斥道:"不许闲扯嘴!"

恰在这时,大门"咣当"一声推开,四贝勒怒气冲冲地走到代善跟前,指着信说:"拿来,我见识见识。"

代善惊慌地抖着手,掩饰地说:"大妃托我给她办点小事,八弟切莫多疑。"说着把信纸揉成团,丢进燃烧着的小火炉里。

皇太极"哼"了一声,转身就走。

当晚,皇太极就把此事告诉了努尔哈赤。努尔哈赤听说后,气愤难平,他顺手抓起身边的陶瓷茶壶、茶碗、烟盘、玉碟,狠狠地摔到砖地上,骂声不绝,他恨不得抽出长剑,把大妃一剑刺死。然而,转念一想,大妃膝前带着幼子,家丑不可外扬,只好假借阿巴亥偷拿公物送人为由,把大妃幽禁在界藩冷宫……

转眼两年过去了。努尔哈赤斜躺在炕上,看见大妃身后的两个儿子长得虎头虎脑,十分可爱,顿时心软下来。他轻叹了一声,折起身,把站在炕边的两个儿子搂到怀里,鼻子一酸,低声呜咽起来。

三

大妃的到来,在汗王府上下,又引起对汗位接替的种种猜测。有的说:"将来还是多尔衮继承汗位,大贝勒摄政辅佐。"有的说:"照序齿而论,代善居长,又是四大贝勒之首,理应充任未来的汗王。"还有人说:

"皇太极是汗王掌上的一颗明珠,大汗的龙椅必由他坐。"

大妃阿巴亥听了种种议论,又唤起她做汗后的美梦。她权衡了各方的利弊,觉得要想推举自己的亲生儿子多尔衮接替汗位,首先要击败竞争对手大贝勒、四贝勒,然后劝说汗王,生前立汗位继承人,死后合法当政。

这天,她一切思虑周全,便穿戴一新,来到努尔哈赤跟前,亲手做了道汗王爱吃的"扒熊掌",带了一瓶家制的老酒,然后摆到八仙桌上,陪努尔哈赤吃晚饭。努尔哈赤多日没吃到熊掌了,他见一盆炜得又烂又香的熊掌,食欲大振,于是不拿刀筷,直接下手抓起一块熊掌,放到嘴里,慢慢嚼起来。熊掌越嚼越香,抓菜的手越来越勤,不一会儿,一大盆熊掌叫努尔哈赤一个人吃得干干净净。他满意地瞟了大妃一眼,笑着说:"当年,我在长白山落草时,抓住狗熊,吃熊掌时,就是这么个吃法。不用碗筷,不放油盐,煮熟了,抓起来就吃。"

大妃赔笑道:"那时候,您哪能想到今天当了主宰关外的汗王!"

努尔哈赤叹息一声:"今日的基业来之不易呀!"

"老话说,创业难,守业更难。"阿巴亥慢慢把话题引到汗位上,故作忧虑的样子说,"可是古往今来,历朝历代,先祖开创的大业,多毁于不争气的太子之手。"

"对对。西汉时,汉平帝九岁称帝,由于年幼无知,大权旁落,叫王莽废掉;到了东汉和帝,母后临朝,宦官国戚互相残杀,造成党锢之祸,最后葬送了汉家王朝;西晋时,晋武帝大封同姓子弟为王,造成各自为政,酿成八王之乱,群雄混战;至于陈桥兵变、辽金更迭,哪朝哪代,不都因皇位继承者不利、无能,而毁掉先祖开创的江山!"努尔哈赤滔滔不绝地引经据典,口若悬河,议论了一番。

努尔哈赤刚才只吃熊掌,并未喝酒,此时因长篇大论,似觉口渴。他抬手去抓酒壶,早被善于应酬的大妃抢先抓到手里。大妃连忙给努尔哈赤倒了满满一杯,双手举着送到努尔哈赤唇边,努尔哈赤张口喝光。大妃笑着问道:"汗王爷,对您的汗位,您有啥想法?"

努尔哈赤闭口不言。

大妃见努尔哈赤双眉紧锁,就试探地问道:"汗王,两年前,您在酒桌上说汗位……将来让,让给多尔衮……"

"不要说了!"努尔哈赤霍地站起,说,"我自有主张。"

屋里只有努尔哈赤与大妃两人。阿巴亥觉得机不可失,就笑着,用话激努尔哈赤:"您也做了这么些年汗王了,怎么说话也不算数了?"

一句话,把努尔哈赤激恼了。他抓起酒瓶,摔到地下,大声吼道:"你妇道人家,休问国家大事!滚!滚!"

大妃见努尔哈赤真的来了脾气,只好忍气吞声退出汗王府。

第二天,天至亥时,努尔哈赤突然把府内的阿哈全部找来,叫他们把成年的儿子和四大贝勒招来,宣召要事。大殿里摆好一张方桌,四周放着檀香木的汉椅。不一会儿,大贝勒代善、二贝勒阿敏、三贝勒莽古尔泰、四贝勒皇太极先后进殿。接着,住在外地的努尔哈赤三子阿拜、四子汤古代、六子塔拜、七子阿巴泰、九子巴布泰也相继骑马来到汗王府议事大殿。

努尔哈赤见诸子济济一堂,心中大悦。他坐在中堂的虎皮椅上,接受了诸子的朝拜问候之后,就命范文程、额尔德尼抬来连夜铸好的两尊铁鼎,放到桌上。

两尊铁鼎,都是一尺多高,大小相仿,造型相似,只是一个八足,一个独足。诸子坐在两旁,不知努尔哈赤摆鼎的用意,一个个或蹙眉沉思,或眼盯着铁鼎鉴赏其工。岁数最小的巴布泰觉得两鼎造型设计古怪,便起身问努尔哈赤:"汗王,我看的古鼎都是三足二耳,为啥这两尊一个八足,一个独足?"

努尔哈赤抹了抹胡髭,说:"小九子,你把那尊独足的给我在桌上立起来。"

巴布泰弯腰把独足鼎抓过来,看了看,见鼎足好像冰锥子,他双手捧着在桌上立了半天,似觉立好,可是手一离开,铁鼎马上歪倒。他一连立了五次,一次也没成功,只好丧气地坐下。

莽汉子塔拜长得又粗又壮,他见九弟立不起来,暗想:堂堂男子汉,能挥一百多斤的大刀,难道小小的铁鼎还立不起来?他不服气地站起来,自告奋勇地抓过独足鼎,猛地往桌上一蹾,桌面上顿时砸出一个窟窿。他小心翼翼地立了一阵,结果仍和巴布泰一样,没成功。

聪明过人的皇太极见六哥九弟都立不起来,心里觉得十分好笑。他站起来,扫视了兄弟一眼,就抓过独足鼎,轻松地放在八足鼎旁边,叫独足鼎身紧靠着八足鼎之身,当时就立住了。

努尔哈赤满意地笑着,问皇太极:"四贝勒,你说八足鼎为啥不立自稳?独足鼎立半天反倒立不起来?"

皇太极说:"多足易平,独足难牢。"

"对,对。"努尔哈赤脸上堆着笑容说,"今天我把你们弟兄叫来,就是想借物论理,商定汗位的继承大事。如今我年事已高,身体欠佳,鉴于古今历史,我想扫除历代中国王朝唯天子第一之弊,立八王共治国事的新体。"

诸子想不到努尔哈赤突然提到汗位接替大事,于是一个个洗耳恭听,目不转睛。

努尔哈赤饮了一口茶,清了清嗓子,接着说:"我死了之后,嗣登大位为汗的,不要选择那种恃强恃力的人,因为这类人凭借暴力行事,必有损于民。你们八旗旗主之中,应选择既有才能又善于接受劝谏的人,继承我的汗位。推选时,一定要合谋共议,谨慎选贤,特别要防止品德不正的人侥幸入选。继位后,若发现才能浅薄,不能主持正义,甚至只顾享乐,不理国政者,应立即经过众议换掉。一定坚持贤者为君,八主共议,谨防一人独断专行。否则,就像足鼎一样,难站难立。新汗只要照此去办,江山必定万世永存!"

努尔哈赤说罢,诸子肃然起立,三呼万岁,相互拥抱,拍掌拥护。

这时专管起草文书、管理汗档的额尔德尼立即将努尔哈赤所言记下,归入汗王老档。他整理完毕,笑着对范文程说:"范章京,自神州立国以来,两千余年,恐怕'八王共治'的政体,独有汗王兴起吧?"

"创举!创举!"范文程挥臂赞赏着。

第二七章　火速迁都　独树谏桩

一

东京新城沐于在花红柳绿的春色之中。雄伟的宫殿,黄瓦红墙,新筑的城池,碧水环绕;飞檐起拱的庙宇,栉比鳞次的灰色砖瓦衙门,以及富有满洲风俗的木栅小院,座座相依,使这座新京城显得更加壮丽辉煌。

东京城坐落在太子河东一处高坡上,它前临太子河,背依绿山,离辽阳老城八里。城墙高三丈五尺,东西宽二百八十丈,南北二百六十二丈五尺,共长六里零十步。巍峨的高墙,宽大的城郭,设八大城门。城东有迎阳门、韶阳门;城南有龙源门、大顺门;城西有大辽门、显德门;城北有怀远门、安远门。八门门楼威严壮观,耸立城头,遥遥相对,犹如踞守山城的卫士。

一天清晨,努尔哈赤率领诸臣、贝勒徒步来到城西南一座新筑的功德大殿,鉴赏殿内的壁画。殿内高大宽阔,洁白的四壁画着努尔哈赤自起兵以来几十年间的功德:十三副铠甲起兵、智擒诺米纳、处死尼堪外兰、费阿拉称王、古勒山之战、破哈达、灭辉发、鲸吞叶赫、并服野人女真、联姻结盟、创建八旗、制定满文、智斗总兵、计袭抚顺、萨尔浒大战、巧取开铁、夺取辽沈、占领广宁、修筑新京……一幅幅色彩绚丽、形象生动的壁画,再现了汗王的功德。众人看后,无不拍手叫绝。努尔哈赤看毕,正坐在殿内木椅上歇息,忽然哨探进来,打千道:"禀报汗王,海城、鞍山一带村庄,惨遭毛文龙偷袭,劫走二十匹蒙古快马!"

努尔哈赤一惊,随之走下交椅,在大殿里走来走去,皱眉沉思。中午,他把诸王大臣辞走,用过午膳之后,就到后宫歇息。他躺在御榻上,蒙眬中觉得东海卷来阵阵巨浪,那浪头铺天盖地,翻过高山大河,直奔新城而来。他仿佛看见占据辽东海岛的明廷总兵毛文龙,耸立浪尖,手挥狼牙棒,犹如一条恶虎,朝他扑来……努尔哈赤吓醒了,他揉了揉惺忪的眼睛,起身四下看看,并无人影,就又躺下。然而,这次躺下,就再也闭不上眼睛了。他呆呆地望着天花板,思绪万千。

日影西斜,努尔哈赤马上传令诸大臣、贝勒进殿议事。等诸王大臣们到齐,列坐两厢之后,他开门见山地说:"诸臣、贝勒,眼下新城虽刚刚落成,但我想此地不能久住,我想迁都沈阳为好,尔等意下如何?"

诸王大臣一听异常吃惊,一个个面面相觑,猜不透努尔哈赤心意。他见众人不语,就指名道姓地问起老臣图鲁什。

图鲁什慌忙站起,疑疑惑惑地说:"我满洲王朝迁都不过几年,连汗室的祖坟都迁来了,建了个东京陵,此处本应久住,为何又要迁都?"

大贝勒代善也附议道:"东京城新建的宫殿刚刚落成,大部分旗民尚未定居。如若眼下迁都,其人力、物力岂不消耗过大?汗王,以孩儿之见,劳民伤财之事,不能轻举妄动!"

接着又有几个老臣直谏反对。只有皇太极站起来,慢条斯理地说:"汗王所想,英明之至!"他环视了一下,观察着众人的表情,接着陈述道:"沈阳是四通八达之地,它南临浑河,直通苏子河,可以从老家采运木材,还可到浑河打鱼。再说,它西与明境相接,若西征明朝,可以渡辽河,又直又近。如此圣地作为都城,岂不更好?"

努尔哈赤点了点头,说:"四贝勒所言,略有道理。"接着他又点名问了几位大臣,发现能真正理解他心思的人不多。努尔哈赤迁都用意何在呢?

他主要考虑了辽东军事的发展变化,掂量了自己眼下的处境。自萨尔浒之战,攻占辽沈,占据辽东后,明王朝虽然军事上受挫一时,但实力仍很雄厚。辽河以西各城镇,还集结着大量兵马,直接威胁着后金的政权。眼下流窜沿海各地的毛文龙一伙,日渐活跃。此时,若长居辽阳,就可能陷入受到辽西的明军与海上明军夹击的被动局面。如果辽河以西的明军东进,收复失地,直插入沈阳一线,不仅满洲大军遭到南北夹击,而且可能切断八旗大军的退路。到那时,就悔之晚矣。努尔哈赤之所以主张迁都沈阳,就是因为沈阳与抚顺、建州相连,如果与明军大战万一失利,还可以迅速撤出沈阳,直奔抚顺、赫图阿拉山区,保存实力,等待时机。沈阳作为进可攻、退可守的战略要地,怎能不作为都城?努尔哈赤听完诸王大臣的不同陈述后,就把自己的想法细说了一遍。众人点头赞许。

范文程兴奋地站起,叩首道:"汗王深谋远虑!真不愧当代少有的军事名家。"

于是,决定三日后,火速迁都沈阳。

三月初三的清晨,薄雾笼罩着东京新城。早餐之后,八旗兵丁眷属依照各旗的顺序整军列队,备马套车,整个京城顿时沸腾起来。八只螺号齐鸣之后,一面面彩旗迎风招展,一列列队伍开始向北进发。努尔哈赤率领着十万大军浩浩荡荡在无边的平原上奔驰。当大军来到太子河岸,汗王马上向各旗传令:伫马歇息。

努尔哈赤扶鞍下马,率领子侄数十人,站在河岸,遥望埋葬先祖的阳鲁山的东京陵,叩头焚纸,然后祈祷道:"列祖列宗,晚辈即日与祖宗分手,望多谅后生不孝。为了满洲大业,不得已耳。等他日毁边入关,重振国威,尔等定来为先祖焚化纸钱!"

香烟袅袅,纸钱为烬。努尔哈赤又在侍卫的簇拥下,同福晋一起上马,涉过太子河,离开了辽阳京城。

第二天中午,车队、马队、旗兵耀武扬威地涌进沈阳城。当日,努尔哈赤被本城士绅商贾请到总兵府大院,接受各界的朝拜祝贺。这时的沈阳城,已是断壁残垣,四门城楼多缺檐残破,小十字街已失去往日的繁华,长安寺、城隍庙、三官庙也人烟稀少,香火不多。整个沈阳城,千疮百孔,满目凄凉,唯有北门外的崇寿寺白塔,傲然挺立,俯视城池。

努尔哈赤进城后,立即动员八旗兵士整修城池,加固城墙,并以十字街为中心,在南北通天街的东侧,营建宫殿。一天早晨,努尔哈赤特意宴请工匠邓公池,请他设计、主持修盖宫殿,扩建城墙。邓公池熟悉历代皇宫的建筑,也研究过辽、金、元时期的宫廷建筑。他当即建议道:"城墙要扩建,大殿要新盖。"

皇太极马上问道:"城墙如何扩建?"

邓公池站起,闪动着明亮的豹子眼说:"明代城墙矮而窄,是兵家一忌。以小人之见,城墙应将原来高一丈,加高为三丈五尺,原有四门改建为八门。"

"为啥改为八门?"陪坐在一旁的老臣图鲁什问道。

邓公池又转过身答道:"都城不同于民城,历来都城都是神圣象征。所以,我想,新城应按照天干地支,设八门入关,再建城楼——钟楼和鼓楼、四塔。这样八门八卦,郭圆像天,城方像地,四塔如象,两楼如仪,如此都城岂不是天堂再造于地。"

范文程听了击节叫好:"很有学问,很有学问,邓老弟,真若鲁班再世。"

邓公池连连摇头,道:"岂敢!岂敢!"

努尔哈赤未加言语,只是亲自让侍从斟了一杯酒,赐给邓公池。邓公池一饮而尽,努尔哈赤急切问道:"那大殿如何设计?"邓公池连忙施礼,道:"容小人到下房一趟,回来再禀。"

邓公池离开正房,走到前厅,将来时寄放的一只木箱放在长条几上,然后打开木箱,立即拖出一座大殿的木制模型,放在几案一头,施礼道:"请汗王过目。"

努尔哈赤及众人回头,都不约而同地惊叹道:"好一座金碧辉煌的大殿!"

此殿八角重檐,黄瓦金顶,柱廊宽敞,须弥坐台,周围绕以雕刻精美的荷叶净瓶栏杆,特别是正门红漆大柱上,那两条张牙舞爪、栩栩如生的蟠龙,更衬托出大殿的雄伟气势。

图鲁什站起来,呆望了半天,笑着问道:"邓大人,这大殿为啥建成八角殿?"

邓公池习惯地抹了抹狮子鼻道:"老话说,四纪维地,八柱承天。这天地之间的御座,自然是真龙天子的了!"

"妙!妙!"范文程赞不绝口地说,"辽代早有八方公用殿。我看,这殿奇就奇在不落俗套。紫禁城内的金銮殿尽管富丽堂皇,独居中央,但未免有些孤高离群之感!"

"对!对!"努尔哈赤喜形于色道,"我这个马上大汗,从来喜欢千军万马,绝不做孤家寡人!"

范文程接着感慨道:"辽、金两代各自推举'夷离堇'和'勃极烈',所以辽太祖、金太祖颇得民心,又深知民意,因此'八方公用殿'成为天子爱民的象征。"努尔哈赤慢慢站起,捻须道:"我看这大殿就叫'八方殿'吧!"

图鲁什带头拍手赞成,孩子似的跪到努尔哈赤跟前,笑道:"汗王,只要您和后代不忘八方公用殿,管保满洲大业,万代不衰!"

努尔哈赤笑道:"不过,要出个败家子,也很难保证百代!"

众人说说笑笑,一致赞成邓公池的设计。努尔哈赤当时就命令由皇太极、范文程、佟养性、邓公池等人主持监督,第二天就开始营造宫殿。

二

额亦都之子达奇,与邓公池之弟二十多岁的邓公泊专管运输木材。这木材从浑河上游的吉林哈达伐来,由浑河放排,直运到沈阳城南的万泉河口,然后用大车拉回沈阳。

一天,达奇与邓公泊率领五十名兵士和十名汉人船工,放排来到萨尔浒河口,此处山高谷深,河水湍急,再加之暴雨之后,河水暴涨,不少木排行至此处,常被峻峭的岸崖撞散,随之一根根红松、曲柳、楸子顺流而下。这天放排的是一个五十多岁的老船工,名叫周兴。他因水土不服,时常腹泻,身子十分虚弱。他撑篙行至S形的河湾,突然木排左颠右晃,"咣"的一声撞在豹头崖下。木排散了,一根根缸口粗的云杉如同脱缰的野马,飞驰而去。

达奇见此情景,二话没说,噌地从后排跳到前排,一脚把老船工踹到河里,骂道:"饭桶尼堪!饭桶尼堪!"

老船工在急流中,沉下浮上,顺水漂流,眨眼间,鬼见愁下的旋涡就把他吞没了。

这时,站在后排上的邓公泊猛地跳起,纵身跃进水里,顺着旋涡,潜入水底,将老船工拦腰抱起,又顺着水势冲出水面。当他把老人推上木排时,老船工已被水呛得奄奄一息。邓公泊跃出水面,爬上木排,立即抢救,过了抽袋烟的工夫,老船工长吁一声,才苏醒过来。

老船工得救了。木排穿过崇山峻岭,行至抚顺平原地区,渐渐平稳下来。邓公泊把老人放在后排的草垫子上,然后凑到达奇跟前,斥责道:"游击大人,你做事如此手狠,也欺人太甚!我想,额亦都若有灵,定前来治罪于你!"

邓公泊一句话,刺痛了达奇。然而,他只敢怒不敢言。其原因何在?

原来,五年前,额亦都在世时,有一次达奇到沈阳北山狩猎,马刚出城门,就将一个汉人的十岁孩子踩伤,那汉人纵身跃到马前,将达奇拉到马下,要到努尔哈赤面前告状。当时达奇傲慢已极,目无汉人,飞起右脚把那汉人踢伤。第二天额亦都听说此事,就集合镶黄旗兵士,在众人面前述说达奇的罪过,然后当众抽出长剑,要达奇自尽。恰好,努尔哈赤路过此地,为达奇初犯旗规讲了点儿情,才幸免一死。额亦都看在努尔哈赤的情面上,当众责骂道:"这小子乳臭未干,竟如此傲慢,若今日不严惩,他日必将误国败事。今天看在汗王的面上,饶你一死,下次若再犯,定斩不饶!"自此,达奇老实了几年。但自额亦都死后,他又老病复发,仰仗其父是左翼总兵官、一等大臣的功劳威望,更加有恃无恐。

此刻,达奇虽然不把邓公泊放在眼里,但他也怕此事万一告到汗王那里,老账新账一块算,会招来自身受苦。于是变骄横为无赖,嬉皮笑脸地说:"此次,多怨小弟一时性子不好,望贤兄多多包涵。"邓公泊见达奇服软,也就将此事压下,不再追究。

木排在宽阔的河面缓缓而行,两岸的垂柳一簇簇甩在身后。邓公泊回到沈阳后,立即协助其兄建造大殿,分管木匠活计。

八方殿是八角重檐的木架结构。邓氏兄弟带领三十名手艺精湛的木匠,挑选上好的木料,经过细量初锯,精心地锛削斧砍,刨刮砧凿,然后支柱架梁,安斗扣拱,铺椽设檐,装门加窗。不久,又在泥瓦匠及各类漆匠、粉刷匠及石匠的共同合作下,一座金碧辉煌的大殿、坐台高筑的汗宫和八旗办公的十王亭相继建成。

八月初八,努尔哈赤在八方殿举行大殿落成典礼。八旗诸王、大臣、总兵、将官应邀来到殿前,他们分左翼、右翼两厢站好之后,努尔哈赤坐在殿内的金交椅上,右手一挥,乐师们马上在殿外奏起喜庆曲,三百名青年男女,穿着艳丽的满族服装,跳起"空齐舞"。

一时宫廷上下,鼓乐喧天,载歌载舞,热闹异常。

歌舞之后,文人书生纷纷前来献诗祝贺,城内所有的汉族墨客都来献诗题匾。努尔哈赤看过一张张阿谀之作,如同嚼蜡,再看看那些写景辞赋,又觉平庸。他本想从众多的题词之中,挑选一幅得意之作,悬挂在宝座之后,可惜未有一个中意的。

颂诗匾词送上一个时辰,最后范文程从匾词中挑选一幅送给努尔哈赤。努尔哈赤注目一看,只见在一份白绢上,写着四句话:

木多一撇,正少一横,
一点不见,两点全欠。

站在一旁的一个文官看罢,马上向努尔哈赤提议道:"此匾荒唐已极,岂不是戏弄汗王吗?"

另一个连鬓胡子武士凑到跟前,浏览了一遍,然后一拍腰间的刀柄,向努尔哈赤施礼道:"汗王,此人对您如此无理,我马上到门外把他抓来,当众惩办。"

努尔哈赤看了半天,不明白这四句话的用意何在,不过绢上的十六个大字,写得龙飞凤舞,颇见功力,心里很想见识见识此人。他朝武士点点头道:"快到门外把题匾人请来,他是否真的有心戏弄了我,等弄明白再惩治也不迟呀!"

武士一手拎着题匾,大步流星地走出殿外,在宫墙大门口宣召之后,果然找到那个题匾人。此人二十多岁,眉清目秀,举止大方,穿一身浅色明服。他随武士穿过御道,踏上殿阶,步入大殿,朝努尔哈赤施礼之后,就站在一旁。

努尔哈赤上下打量了一下这个青年,并无恶意,只是捻须凝思。站在一旁的一个文官见汗王不语,就厉声喝道:"你这奴才欺负吾满族人不懂汉语,竟在匾上胡言乱语,戏弄汗王,你可知罪吗?"

那青年施礼答道:"小人并无戏谑之言,而是金玉良言,治国之策!"

"你这个小尼堪还嘴硬!"武士一拍刀柄,怒目而视地喝道,"你若不讲出个正理来,我当场就给你一刀!"

努尔哈赤马上一扬手,劝阻武士,和气地问道:"请问座前的后生,姓甚名何?"

"姓邓,名公泊。"

"噢!"努尔哈赤抹了一下嘴巴,接着问道:"你这四句话,哪句是金玉良言,治国良策呀?"

那文官着急地揉着衣襟,插话道:"汗王不要信他胡诌八扯!'木多一撇,正少一横'正好是'禾止'二字,这哪里有一点治国之理呀!"

邓公泊转身面向那文官,从容地说:"这就怪先生只见其一,不知其二喽!那两句并非'禾止',而是'移步'。"

努尔哈赤听罢一愣,然后捻须沉思,觉得有理,就立即问道:"那后两句又是什么意思呀?"

"禀报汗王。"邓公泊施礼,显得有些文质彬彬地答道,"'一点不见',是'视'字,'两点全欠',是'钦'字。四句话合起来就是'移步视钦'四个字。"

努尔哈赤琢磨了片刻,觉得有理,就暗自高兴地问道:"你为我题'移步视钦',其意何在?"

邓公泊又施礼道:"奴才是想,您坐在宝座上处理国事的时候,不要忘记百姓,要常到下面,体察民情,才能把国治好!"

努尔哈赤听了喜不自禁,他立即移步下殿,亲自把邓公泊让到一旁坐下,命侍从摆上几案,自己亲侍笔墨。

邓公泊端坐几案一旁,平心静气,挥毫自如,立刻写下"移步视钦"四个大字。当天找来雕刻名匠,精雕细刻,真金铸塑,不久就挂在大殿正中,作为座右铭。同日,努尔哈赤就下令为邓公泊加官晋级,官升参将,并令其留在宫内专管民情调查。

三

努尔哈赤迁都沈阳后,依然保留进谏自由的风习,在宫墙外的正门西侧竖起"进谏桩",随时倾听各方面的奏议、检举。

邓公泊进宫后,每天两次出宫,专门到"进谏桩"前,及时取下署名或不署名的奏章书札。

一天清晨,他从"进谏桩"木架上取下一片桦皮小札,只见上面写道:"兵骄必败,士腐必垮。汗王坐殿不到几年,竟有兵将居功自傲,欺压平民,霸占国宝,不可一世。若长此下去,真金可腐,长城可倾。"下面的落款是"浑河老船工"。

此谏言传到努尔哈赤手里,他坐在大殿反复看了数遍,自语道:"金玉良言!金玉良言!"当时努尔哈赤脱去蟒袍,换上便服,离开宫殿,同邓公泊一起骑上马,直奔船工集居的五里河一带,查访那位"浑河老船工"。

五里河在浑河北岸,这里住着三十多户常年在河里打鱼,或专门以摆渡为生的渔民船夫。邓公泊进村后,首先想起和自己一起伐木放排的周兴老船工。于是,首先来到周兴家里,登门拜访。周兴把客人带到院里葡萄架下,沏上茶,边饮边谈。三人谈唠了一阵,邓公泊从褡裢里掏出那张"桦皮奏折",问道:"周老伯,你可知这'浑河老船工'何许人也?"

"你们打听他干啥?"周兴不以为然地答道。

"我们想请他谈谈心里话。"

"我不见汗王不谈。"

"我可以代您向上传禀吗?"

"您现在何处供职？"

"在汗宫。"

"那好，那好。"于是，周兴谈起三天前的一件事。

三天前，周兴驾船和小女儿在浑河打鱼，大网撒下之后，忽然被水中的一块石头挂住。网挂住后，父女二人想了不少办法，都没摘下。于是周兴不得不脱衣下水，潜入水底。他潜入水下顺着网一摸，摸至一块长约七尺、宽近二尺的光滑石板，他心中暗自欢喜。因为他听老人说，辽金之战时，辽兵大败后，曾将浑河北岸的"石经幢"推入河内。据说这"石经幢"是辽初所制，上面刻着《佛顶尊胜陀罗尼经》，多少年来屹立在浑河北岸，镇妖降怪，才使浑河未能泛滥成灾，成为人们心目中镇妖魔鬼怪的降魔石。当时人们以能见到它为荣，再加之它造型奇特，八角八面加上天盖、底座两面，共有十面，人们也往往称它为"大十面"。看的人多了，传来传去，就传成"大世面"。以后本地人就把是否见过"大十面"，当成是否见过大世面的标准。因此，"大十面"就成为沈阳人心目中之宝。

周兴从小仰慕"大十面"，所以当天他就丢下渔网，和小女儿一起打捞。父女二人把石板打捞上岸仔细一看，果然是六百多年前的"石经幢"。父女二人欢喜异常，当天把"石经幢"运到家里，把它保存起来。可是"石经幢"刚刚放好，看热闹的人尚未走完，达奇正好打猎路过他家院门口。此人入院后，如进无人之境，见到"石经幢"如获至宝，当即在村内抓了一个车夫，强令将"石经幢"装在车上，打算运到自己家里。小女儿哭叫着不依，上前拦住辕马，被达奇一脚踹倒。周兴气愤地冲上前去，要与达奇撕拼，被船工们劝住。于是达奇骑在马上，监护着马车，把"石经幢"运到大南门内，搬到自己家里。当晚，船工们凑到一起，愤然不平，才替周兴用桦皮写了那份奏折，以求努尔哈赤明镜高悬。

努尔哈赤听罢，抿着唇髭，愤然站起，骂道："无赖！回去立刻关起来！"

周兴见努尔哈赤如此动气，笑道："老兄，你动肝火有什么用？汗王若像历代皇上那样，只顾吃喝玩乐，不顾百姓死活，咱们百姓还不是甘受气！"

邓公泊大笑道："周大伯,你眼前这位老翁就是汗王!"

周兴一愣,仔细瞅了努尔哈赤的模样,马上跪下磕头请罪："小人冒犯天子,死有余辜!"

努尔哈赤哈哈笑着,赶忙将周兴扶起,道："我拜佛不信佛,什么真龙天子不真龙天子!你从小摆船打鱼,我从小挖参打猎,还不都是一样的人!"

周兴一时热泪横流,道："您真是天下少有的明君!"

三人谈唠了一会儿,努尔哈赤当即邀请周兴陪同进殿。邓公泊陪着汗王、周兴一路快马加鞭,不到一袋烟工夫,便回到宫殿。

黄昏时分,努尔哈赤下令诸大臣、部将速到大殿。等众人到齐,分左右两厢站定,诉讼大臣马上将达奇叫出队列,宣布了达奇的罪过。达奇听了,在大殿台阶下跳起来,抵赖道："诉讼大人,你说我伐木放排时,欺压周兴,摧残无辜,有什么罪证?控告我抢掠国宝,窃为己有,凭据何在?"

"住口!"这时努尔哈赤坐在金交椅上,怒不可遏道："小小达奇,竟如此狂妄,来人!"努尔哈赤一声令下,将周兴从后宫请上大殿。努尔哈赤走下交椅,陪着周兴步下台阶,向正仰天傲立的达奇走去。努尔哈赤走近达奇喝道："达奇,你看他是谁?"

达奇映着晚霞,蓦地瞥见周兴,随之扑通跪下："汗王,奴才知罪!奴才知罪!"

努尔哈赤未加理睬,接着诉讼大臣宣布达奇终身监禁的判决。等侍卫把达奇押走,努尔哈赤道："我满洲人,今日能独踞辽东,平民安康,不受他人欺凌,实在来之不易!可惜才安宁几日,竟有人居功自傲,无视法规,仰仗老子的一点功绩,目空一切,为所欲为。此风,若警钟不敲,满洲的大业,将半途而废!"努尔哈赤为使后人吸取达奇的教训,决定将"石经幢"立在宫门之外,以戒后人。

第二天,努尔哈赤送走周兴,回到汗宫,忽然探马进宫来报："梨花被劫到宁远,城内守将将要处死她老人家!"

努尔哈赤顿时胡子一抖,默默不语,陷入沉思。

第二八章　壮志未酬　河畔辞世

一

汗宫坐落在沈阳内城北,镇边门西南的城墙脚下。这是一座长方形两进院落,面南而筑的满洲式院落。正南为宫门,入门后第一进院落是阿哈、卫士的住处。第二进院落筑在高台上,宫门与穿堂门之间,铺着鹅卵石的御路,沿石级而上,正面是一座三间正殿,殿顶为黄绿两色琉璃瓦铺成,正殿东西两侧,各有宽敞的配殿一座。

汗宫建筑典雅,小巧别致,比之萨尔浒、界藩、赫图阿拉的宫殿,显得庄重、宽敞、富丽。特别是屋顶那象征皇权的黄色龙砖彩瓦,使这座建筑更尊贵,更至高无上。

汗宫是汗王的寝所,而非殿堂。努尔哈赤自辽阳迁都沈阳,就一直住在这里。

这天,努尔哈赤在正殿听说梨花被明军从广宁尼姑庵抓到宁远,他霍地从腰间抽出龙虎纹宝剑,大叫道:"赶快发兵,解救亲人!"

在场的几个贝勒、旗主立即应:"嗻!"

范文程慌忙施礼道:"汗王,您不必着急!"

代善一跺脚道:"梨花是汗阿玛的救命恩人,眼看她危在旦夕,焉能不急?"

范文程又慌忙朝努尔哈赤施礼道:"容小人细言!"

"说吧!"努尔哈赤把剑插进鞘里。

"朱方良密谋抓我们的亲人,绝不是要梨花老人一死,而是意在于您。"范文程说。

"要我怎么样?"努尔哈赤坐下问道。

"他可能伙同明军新经略,让梨花老人当人质,要挟您。"

佟养性接着说:"范老弟言之有理。"他走到努尔哈赤跟前又道:"如果朱方良想加害梨花,只要派个密探,到万紫山趁机暗害也就算了,何必抓到宁远?"

"更叫人疑虑的是,"范文程又道,"梨花老人被抓的消息,是从宁远传来的。这就叫醉翁之意不在酒喽!"

"依尔之见,如何为好?"努尔哈赤焦急地问道。

"可派几人到宁远要人。"范文程献策道,"只要我们的人一到,朱方良之辈就会露出狐狸尾巴!"

努尔哈赤觉得范文程说得在理,于是,当日就选派范文寀、范文亮等七人日夜兼程赶赴宁远,向朱方良要人。

七天后,范文亮独自一人被放回,其余六人,都被当场扣压。朱方良要范文亮捎来口信说:"汗王若不让出广宁,就拎着脑袋到宁远城下相见!"

努尔哈赤在宫内听完范文亮的禀报,气得踢翻桌案,怒吼道:"明人欺人太甚!明人欺人太甚!此气不出,我难做满洲之汗!"

他刚要召集众臣发兵,忽然卫士禀报道:"千山一个名叫智远的法师,前来求见!"

"智远何人?"努尔哈赤气得急躁起来,大叫道。

站在一侧的一个谋士走到努尔哈赤跟前,小声说:"可能是出家的张铨。"

努尔哈赤自近两年安费扬古、扈尔汉、何和礼诸大臣相继去世后,失去了一批谋臣,此时,他正需要有见解的谋士,于是当即更衣出宫,令人将法师请到八角殿。

法师登上台阶,走进大殿,叩首抬头,猛见努尔哈赤端坐在龙椅上。

309

努尔哈赤立即惊喜地道:"果然是张大人,请坐,请坐。"

张铨在一旁坐下,努尔哈赤立即问道:"法师远道而来,有何急事?"

张铨口念阿弥陀佛,然后道:"僧人听说梨花被朱方良拖到宁远,特为此事而来。"

"你在庙里,是怎么听说的?"汗王奇怪地问道。

张铨整了整袈裟道:"近日从宁远、北京去了几个官人。他们都和我一样,不愿在官场受气,只好躲进深山老林,隐居而终。所以宁远、北京的许多传闻,都会传入我的耳中。"接着,张铨细述了明廷的重大变化。他说:"自满洲军占领广宁之后,辽东经略熊廷弼、巡抚王化贞相继入狱,阉臣魏忠贤抓住熊廷弼丧师败兵之事,陆续又逮捕了在京官员,一大批正直的大臣惨遭杀害,张鹤鸣被迫告老还乡。如今的京城已是阉党的天下,白天无日,夜晚无光,贪官污吏,四处横行。"张铨拭了把眼泪,又说:"友人多已升天,我还做什么隐居之士?大丈夫不肯为正义而献身,岂不空活百岁?"

努尔哈赤慌忙从御坐上站起,兴奋地道:"那就同我一起发兵,直取宁远!"

张铨摇了摇头说:"宁远城非同关外其他老城。这几年,在守城明将袁崇焕的经营下,又加固了城墙,配备了火器。此城高三丈二尺,宽达二丈四尺,城墙之上又加筑了高六尺的射箭护身墙,再加之袁崇焕有一批训练有素的兵将,取其城,确实不易呀!"

努尔哈赤听了张铨的口气,有些恼怒,他压住火问道:"你今天是想破城救人,还是动摇我的军心?"

张铨慌忙施礼道:"小人只有破城入关之意,岂敢来此动摇军心?"

"那你的诚意何在?"努尔哈赤如同审讯一个俘虏,毫不客气地问道。

张铨连忙从怀里掏出一卷裱糊精致的长卷,铺在殿旁的长几上道:"汗王您看。"

努尔哈赤瞥了一眼,发现是一张《九边图》,就紧走两步,低头细看。只见图上清晰地绘着辽东、蓟州、宣府、大同、偏关、榆林、宁夏、固原、甘肃等九个地区边防的重要标记。努尔哈赤早就听说过《九边图》,但从未亲眼见过,眼下偶然目睹,顿觉心胸开阔。

张铨见努尔哈赤兴趣盎然,就笑道:"汗王,卑职不仅想陪您攻下宁远,还想直入中原,横扫九边,斩尽杀绝污吏贪官、昏君腐臣。"

张铨年轻时曾在京内参与绘制《九边图》,近几年隐居深山,无事可做,就凭着记忆,绘了这《九边图》,希望有一天能重整山河,恢复盛唐之治。张铨望着长图,又对努尔哈赤解释道:"不是卑职无诚意,而是觉得眼下时机不利。"

"何以见得?"努尔哈赤低头看着图,反问道。

张铨凑到努尔哈赤身边说:"卑职听说朝廷要派高第接替辽东经略,此人是魏忠贤的党羽,根本不懂军事,他懦弱无能,胆小如鼠。只要一换他,就会事半功倍,轻取宁远。"

努尔哈赤思虑了片刻,忧愁地道:"那梨花和我派去的范文寀等人,如何解救?"

张铨道:"我们可以采取缓兵之计,尔后看准时机,突然发兵。"

努尔哈赤与众臣商议,一致赞同。过了数月,果然传来高第走马上任的消息。

入冬,高第冒着关外凛冽的寒风,乘着四人抬的小轿来到宁远城。他进城的当天,就把守城名将、四十二岁的袁崇焕叫到衙内,下令道:"撤除锦州、右屯等地的全部军营,退守山海关!"

袁崇焕当即反对道:"兵法有进无退,已经恢复的地方,怎能随便放弃?若锦州等地一丢,宁远等地便受到威胁,山海关就失去了屏障。末将之职就是守住宁远城,若死就死在这里,我绝不能撤退!"

高第一时气得嘴唇发紫,吼道:"小小边官,岂敢违抗军令?"

袁崇焕腾地站起,抽出腰间的宝剑毫无惧色地道:"大人若逼我退出宁远,我就死在你面前。"

高第无可奈何,只好让袁崇焕留下几千明军。第二天,高第就传令锦州、右屯、大凌河、松山、杏山等地的明军,立即拆除守城器械,火速退入关内。

退令一下,那些怕死的明军,就一窝蜂似的涌向山海关。在辽西各地的大道小路上,到处挤满了车马驴骡,步骑官军,被迫弃家丢园的百姓。一时哭声、叫声,响彻大小凌河上下。

冻死、饿死、挤死、马踏死的妇孺老人,不计其数,如同秋后田野上的高粱秸捆,丢在路旁,无人过问……

二

努尔哈赤坐在八角殿,手捧暖炉,接到辽西一次又一次探马的密报,高兴地一次次放下手炉,脱下蟒袍,在大殿踱着方步,拍腿叫好。

天命十一年(1626)正月十四日,努尔哈赤决定西征,救回被明军扣压的范文寀、梨花等部将及亲人。自广宁之战以后,八旗兵并未参加过大规模的战役,经过几年的养精蓄锐,满洲军显得更加兵强马壮,士气高昂。在行军的路上,尽管冒着风雪严寒,一个个依然威武雄壮,高歌猛进。

正月二十三这天,努尔哈赤率领的十三万大军浩浩荡荡地来到宁远城北。他骑在一匹蒙古快马上,眺望远处的宁远城郭、门楼,暗想:朱方良之辈能把范文寀、梨花藏在何处?此城如何攻取?兵马越走,离宁远城越近,在离城五里许的地方,努尔哈赤举目看去,只见城池严整,军士环城而立,刀出鞘、箭上弦,几尊新式西洋大炮,如同卧狮蹲在城头,威严无比。努尔哈赤暗自赞佩袁崇焕守城有术,治军有方。努尔哈赤正在思虑如何攻城,忽然一个探马驰马而至。

探马跳下马,送上一封书信道:"这是城内守将射下的挑战书。"努尔哈赤展开信纸,只见上面写道:

满洲汗王:

  闻汗王亲率十几万大军,攻吾宁远,深表谢意。

  宁远之城,历来是军事重镇。近两年经卑职修整,城池高大坚实,设防严密,可谓铁壁铜墙。吾久闻汗王横行天下,如贵军能攻下宁远,吾等将大头朝下,前去欢迎。若攻不破,请汗王自动让出锦州、广宁诸城,归还大明。

另,三日内,若不退军,吾等将拿范梨花、范文寀等人斩首示众,祭我战刀。

此表

　　　　　　　　　　　　　　　宁远城守将　袁崇焕
　　　　　　　　　　　　　　　　　　　　　朱方良

努尔哈赤看罢,"哧啦"一声撕毁,掷之于地,长剑一挥道:"欺人太甚!快快攻城!"

站在一旁的范文程,坐在马上,抱拳道:"攻城之事,要周密计议。"

代善气得满脸通红,反对道:"难道你就不想赶快救出你的同胞兄弟?"

"卑职愿以大局为重。"范文程向代善点头致意道,"如若眼下凭意气用事,当即攻城,正好中了贼人的奸计。"

努尔哈赤如同入水多时的潜水者,骤然钻出水面,摇着脑袋,猛然清醒地道:"文程言之有理!"当即下令八旗军退至离城五里之外,安营扎寨。

这时,宁远的情势确实很危急,袁崇焕手下的兵力,只有一万多人,还不足满洲军的一个零头。其中,一部分将士,因为主帅高第逃跑,军心浮动,悍悍不可终日。若不是诡计多端的朱方良提早抓住梨花、范文寀等人当做人质,要挟对方,兵士们早就失去生的念头。

袁崇焕十分厌恶朱方良的为人,但对他谋划人质的花招,却十分赞赏。入夜,袁崇焕把朱方良找到帅府,研究对策。朱方良蛮有把握地道:"努尔哈赤是个重义气的人,我们就应利用他这点'鞑子气',略施小计!"

"如何施计?"

"满洲兵个个善射,只要我们把七个满洲人质,绑上城墙头,就可以当挡箭牌,叫汗王手中握箭不得发,这样我们的城就易守了。"

"光守城也不行呀?"

"满洲军不懂得西洋大炮的厉害,等他们集中攻城时,我们连发大炮,保证满洲军尸首成堆,到那时,汗王就会不战自退。"

"他们若不退呢?"

"我们就拿范文寀先开刀。只要先斩了范文寀,努尔哈赤就会为报范梨花的救命之恩,使范梨花免于一死,而自动退兵!"

袁崇焕得意地拍着朱方良的肩膀,笑道:"你小子花里胡哨的鬼点子可真不少。等有一天我当了兵部尚书,一定请你当军师!"

朱方良也得意地笑了。他自参战沈阳、辽阳连连败阵之后,威信皆无。后来他仗着自己是皇室的亲族,才免于一死,暂留宁远,协助袁崇焕共守此城。但他想主宰辽东的梦,一直萦绕于脑海。所以,他只好攀袁崇焕这棵树,以求荣升。出于种种幻想,他才亲自带人到广宁大庙里,将梨花抢来,投进大牢。接着,又扣压范文寀等人当人质。他很欣赏自己布下的几步高棋。城外虽是大兵压境,但他走出帅府,依然钻进妓院,去过他那灯红酒绿的生活。

正月二十四日黎明,北风呼啸,天寒刺骨。朱方良分别将范梨花、范文寀等七人绑赴城墙,在东西南北四墙要害处,让七个人质面向城外,绑在城垛一尺多粗的旗杆子上。

不一会儿,满洲军的探马立即报给努尔哈赤。他闻讯后,差点儿气昏,等他清醒后,立即传令进军。大军来到北门,努尔哈赤抬头看去,只见城头上梨花、范文寀被五花大绑地捆在杆子上。按照平日打法,登城的兵士在弓箭手的掩护下,推盾车,竖梯爬城。然而,眼前面对亲人、爱将,他怎能忍心让飞蝗似的快箭,朝自己人的面前射?箭是不长眼的,万一飞箭射到亲人身上,岂不成了自相残杀?不能,不能!努尔哈赤决定让登城的兵士顶盾牌强攻,不许城下发一弓一箭。

满洲军得到攻城的命令,第一梯队登城兵士携带云梯,推着盾车,铺天盖地涌到城下。登城的兵士迅速地越过护城河,来到城墙下竖梯登城。

　　登城的兵士顺利地爬上城头,刚刚双脚离开木梯,手攀砖垛,忽然脚下一滑,一张张梯子以及梯子上的一连串登城的兵士,都滑下城墙。站在远处指挥作战的努尔哈赤觉得十分奇怪,等跌伤的兵士被抬过护城池,一打听,才知明军早在城上泼水成冰,等人刚好登上城头,用脚奋力登城之际,正好趁着脚劲,把梯子蹬歪,于是梯倒人滑,难以登城。

　　努尔哈赤正急得火冒三丈,只听城上明军又喊道:"努酋,赶快撤兵吧,不撤,梨花要冻死啦!"

　　梨花仰首挺胸,知是敌人施计,就朝努尔哈赤喊道:"汗王,不要管我,你们赶快攻城,救出文奂!救出乡亲!"

　　梨花的每一句喊声,都如同尖刀刺着努尔哈赤的心肝。登城不下,他就命另一梯队,用撞车撞城,凿墙成洞,破城而入。

　　穴城战,满洲军已多次运用,曾破取了数城。此次,图鲁什凭着往日攻城的经验,第一个自告奋勇带兵凿城。他在八旗兵伴攻的掩护下,携带撞车、铁锹、斧头等攻到城下。

　　所谓穴城,就是先在城墙墙脚下,凿一空洞,然后逐渐扩大,最后使城墙塌陷。图鲁什一队人来到城下,用盾车遮住城墙上飞来的雕翎箭、飞石,挥锹舞镐,凿了半天,果然凿开缸口粗的一个墙洞,墙洞在撞车的冲击中,逐渐扩大,到了傍晚时分,城墙的一角竟开始塌陷。

　　城墙倒塌,城内的气氛骤然紧张起来,一个个明军提心吊胆,有的偷偷溜下城墙逃走。

　　袁崇焕眼看军心动摇,城池难保,暗想:虽然明军多数英勇,但城中炮石火器毕竟有限,更不可能指望高第派兵来援。想到这里,他决定速战速决。于是他立即命令城上的兵士投石掷木,把一捆捆燃着的枯草投下城墙,同时命令炮手,向满洲军密集的地方开炮。

　　城上的大炮是从欧洲引进的西洋炮,此炮的炮身长一丈多,重六千多斤,一次就能装火药几十斤,再装上铅弹、铁砂,射程达二里多远,杀伤力很大。袁崇焕一声令下,炮手们立刻燃起大炮。刹那间,炮声震耳,火光一片。应着炮声,满洲军倒下一片,顿时血肉横流,尸体遍野。

看到此等惨景,被绑在城头的范文寀朝努尔哈赤高声喊道:"汗王,不要管我们,赶快撤兵!"

日落西山,天渐渐黑下来。努尔哈赤不得不鸣锣收兵。

翌日,努尔哈赤同兵士们一起吃过早饭,又来攻城。此次,他采用声东击西的办法,一面组织穴城战,一面组织佯攻,以消耗明军的炮火。双方交战了一整天,袁崇焕眼看火药用去过半,十分焦急。黄昏时分,朱方良走进城北城楼,来见袁崇焕,他见主帅急得在城楼里团团转,就献策道:"主帅,现在该用最后一招喽!"

"什么招?"

"砍死范文寀,逼迫汗王退兵。若再不退,就斩范梨花。"

袁崇焕立即采纳了朱方良的毒计,立刻命令全城四面同时开炮。袁崇焕站在炮前,亲自指挥,守城的炮手,居高临下,见哪里满洲军多,就往哪里开炮。一时炮声隆隆,火光夹着巨石、砂弹,如风似雨,打到哪里,哪里死伤一片。

这时,朱方良趁机带着两名刀斧手,走到范文寀跟前,然后停下炮火,朝努尔哈赤喊道:"努酋,现在你退不退兵?不退,我就开斩了!"

"汗王,不要中计,要以大局为重呀!"范文寀在城上喊着。

过了片刻,满洲军又重整旗鼓攻城。袁崇焕见努尔哈赤没理茬儿,就右手一挥,只见刀斧手手起刀落,范文寀顿时身首分家。

努尔哈赤见此心如刀割,他急忙脱去战袍,手握雕翎长箭,冲上前去,边跑边喊:"满洲人凭着好马快刀,没有攻不下的城池!"他手挥长箭,搭弓射上城头。正在此刻,猛听"嗖"的一声,明军从城头上用火炮射来几块巨石,冲上去的大军,又死伤一片。

在激烈的炮声中,努尔哈赤也被巨石崩伤,额角、面颊与两手鲜血直流。

当两名刀斧手走近梨花时,努尔哈赤把头一低,抹了一把泪,道:"退!大丈夫不以一城一地得失为胜败!"

一声令下,偃旗息鼓。

站在城头的梨花见满洲军退了下去,哭喊道:"汗王,不要管我!只要能救下乡亲,我死而无怨!"

努尔哈赤朝城头瞥了一眼,轻声唤道:"梨花你等着,等春暖花开,我们再来攻城,救你……"他话未说完,身上的炮伤一阵剧痛,随之昏了过去。代善见努尔哈赤伤重,赶忙叫士兵把昏倒的努尔哈赤抬走,随后立即下令撤兵。

三

二月初,代善率领兵马回到沈阳。努尔哈赤静养了数日,伤口渐渐愈合。到了六七月炮伤已痊愈。

七月的一天,代善与诸贝勒商议,为保护好六十八岁的汗王贵体,决定送汗王去清河温泉洗汤。可是到清河不久,努尔哈赤后背突然生了个毒疮,终日疼痛难忍,时冷时热,坐卧不宁。

七月二十七那天,努尔哈赤正在温泉坐汤,突然宁远传来梨花被害的消息,他当时就昏了过去。从此数日,不吃不喝,昏迷不醒,病情加重。陪同的诸王大臣,不得不采取应急措施,决定速返沈阳。

八月的一天,努尔哈赤被抬上太子河的战船,此船由数十只帆船护卫,在皇太极的陪护下,顺着太子河,经浑河,驶向沈阳。

八月十一日傍晚,帆船驶到浑河河湾,努尔哈赤突然喘息不止,不省人事。陪同他的皇太极不得不令船工停船,把努尔哈赤抬到岸上,迅速架起牛皮大帐,让努尔哈赤在帐内静养。

大帐设在岸北,紧靠瑷鸡堡。此堡离沈阳只有四十里路,是来往辽阳、去辽南的一条交通要冲。努尔哈赤躺在帐内厚厚的棉垫子上,依然昏迷不醒。随身的御医时不时地切脉,翻看着努尔哈赤的眼皮,心情十分焦急。

皇太极喂了努尔哈赤两口人参汤,努尔哈赤慢慢有了些知觉,他无力地晃了晃头,舔了舔干涩的嘴唇,半眯着眼睛,眼前影影绰绰出现了种种幻觉:他骑在心爱的蒙古快马上,驰骋于辽西走廊,千军万马飞过长城,直逼北京城……坐在京城大殿的明朝皇上,跑出紫禁城,向他跪地求饶,他高声大笑,一刀将皇上劈成两段……血流成河,淌进运河、黄河、长江;他骑在生翼的马上,驰骋于地下天上;他像苍鹰一样在天地间翱翔,他看见山川平原上的猎户、牧马人、庄稼汉在平分从紫禁城里抬出的金银、财宝、米面、新衣……他高兴得喊叫起来……他看见梨花朝他跑来……

站在努尔哈赤身边的皇太极,听到阿玛言语不清的声音,马上蹲下去,俯在努尔哈赤耳边,小声问道:"阿玛,您喊我吗?"

努尔哈赤醒了,兴奋地睁开了眼,想坐起来。皇太极马上把被子垫在他身后,努尔哈赤刚坐好,范文程带着范文亮进来,范文亮手握一把草药向努尔哈赤施礼之后,问道:"汗王,您……"

努尔哈赤咧嘴一笑,声音不大却很清晰:"我会好的!"然后转脸向范文程问道:"我从二十五岁用兵,一辈子攻无不克,战无不胜,为什么宁远一仗败下阵来了呢?"

范文程只好安慰道:"老话说花无百日红,您不是因身遭炮击,身体不佳,才停止攻城的吗?此战未完,也算不得败阵!"

范文亮接着说:"我们吃了西洋大炮的亏了!"

"对!对!"努尔哈赤道,"古人讲,工欲善其事,必先利其器。可惜我们没能造出火炮。"努尔哈赤一把抓住范文亮的手,痛苦而惋惜地说:"我误用了你!想不到误用一人,竟带来如此重大不幸呀!"

范文亮咂了咂嘴唇,不便接话,只是不好意思地摇了摇头。

原来,萨尔浒战后,范文亮就曾向努尔哈赤提议,听说明军已从外国买来六千多斤重的红衣大炮,咱们也要以牙还牙,刀兵相对,制造自己的火炮。同时他拿出自己用铅弹、铁砂、火药试制的小炮,对努尔哈赤恳求道:"汗王,您拨给我点银钱,保证半年造出火炮。"努尔哈赤哈哈笑道:"做那东西干什么?萨尔浒一战,吾满洲大军凭着大刀快马,不是也打了大胜仗吗?小伙子,明天还是去给我好好地牧马吧?"于是范文亮只好丢下试制小炮的念头,去草原牧马。

努尔哈赤忆起往事,叹息道:"宁远之败,是血的教训。满洲若想兴起,切记要研制新兵器,运用新技艺,无此大业难成!"

范文亮接着道:"自打人类有争战以来,从石器到铜器、铁器的使用,从棍棒到刀枪,从盾牌到战车,如今西洋又造出六千斤火炮,兵械如此进步。历史表明,谁一旦掌握了最先进之利器,谁就能先发制人,处于优势,反之就要受欺,重则亡国!"

"爱臣见解极是!"努尔哈赤对身边的皇太极道,"此类兴邦治国之道,你应铭刻于心!"

皇太极点点头应声"嗻"。说话间,护卫努尔哈赤的六七个年轻兵士进屋。这些兵士都是当年努尔哈赤在长白山上七兄弟的后代。努尔哈赤见他们进屋蓦然想起相继逝去的额亦都、安费扬古,想起老秃顶子岭上的日日夜夜。此刻努尔哈赤对自己的惊人清醒特别奇怪。他暗想:也许是回光返照吧?他自觉生命不会维持多久,很想为后代留点儿"念想",想来想去,马上叫侍从做锅野菜粥。当年八兄弟创业时,在山上一天两顿喝菜粥,以苦励志,终成今日千军万马。

侍从听说努尔哈赤要喝野菜粥,赶紧去做。于是几个人跑到野地里弄了些蚂蚁菜、车前子、灰菜叶等,从村里弄了点高粱米面,不一会儿做了几碗粥。等野菜粥端到帐内,点起红蜡烛,努尔哈赤先叫皇太极、巴什泰及安费扬古的儿子喝下。

努尔哈赤见诸后生捧碗喝下,抿嘴乐了。他兴奋地捧起碗,粥碗刚放到嘴边,突然热血冲顶,倏然倒下,失去知觉,与世长辞。

满洲汗王——努尔哈赤悄悄地在野帐里安息了。此时,四野漆黑,只有帐内那盏明烛,噼啪作响,放着光焰,越燃越亮……